Kolor herbaty

HANNAH TUNNICLIFFE

Kolor herbaty

przełożyła
Magdalena Konopko

BUKOWY LAS

Tytuł oryginału: *The Color of Tea*

ISBN 978-83-63431-29-7

Projekt okładki: Mariusz Banachowicz
Redakcja: Anita Baraniecka-Kozakiewicz
Korekta: Zofia Smyk, Lidia Szagdaj
Redakcja techniczna: Adam Kolenda

Wydawca:
Wydawnictwo Bukowy Las Sp. z o.o.
ul. Sokolnicza 5/76, 53-676 Wrocław
www.bukowylas.pl, e-mail: biuro@bukowylas.pl

Wyłączny dystrybutor:
Firma Księgarska Olesiejuk
Spółka z ograniczoną odpowiedzialnością S.K.A.
ul. Poznańska 91, 05-850 Ożarów Mazowiecki
tel. 22 721 30 11, fax 22 721 30 01
www.olesiejuk.pl, e-mail: fk@olesiejuk.pl

Druk i oprawa: Opolgraf S.A.

Dla Matta
Odnalazłam Cię i teraz rozumiem

Prolog

Przyjechaliśmy do Makau pod koniec Roku Złotej Świni. Podobno Rok Złotej Świni zdarza się raz na sześćdziesiąt lat i zwiastuje wszelką pomyślność. Kiedy zjawiliśmy się tu w ostatnich dniach roku, by uczynić Makau naszym domem, w oknie pobliskiej piekarni wisiały błyszczące tekturowe świnki w chińskich piżamach, pulchne różowe wieprze tańczyły na reklamach banków, a na poczcie można było kupić pamiątki w postaci maleńkich figurek złotych prosiąt. Taka obfitość tłustych ryjków i pyzatych uśmiechów była pocieszająca. „Witamy w Makau!" – chrumkały. „Polubicie to miasto. Nam się podoba". Byłam gotowa zaakceptować każdą formę szczęścia, jaką miał mi do zaoferowania złoty wieprz.

Makau: obwisły chiński nos, półwysep i dwie wyspy połączone jak trzyczęściowy naszyjnik, choć tyle już piasku i mułu między nimi, że niemal przykryły gładką taflę oceanu. Połkniętego, jak wszystko inne tutaj, przez Postęp. Postęp i hazard. Ten maleńki kraj, dawna senna kolonia portugalska, to jedyne miejsce w Chinach, gdzie można wsunąć monetę w paszczę jednorękiego bandyty albo rozłożyć żetony na owalnym blacie z zielonego pluszu. Niewielkie miasto, ale pełne migających świateł i szybkich pieniędzy: Las Vegas Dalekiego Wschodu.

Zeszliśmy z promu z Hongkongu ósmego stycznia 2008 roku. Data dobrze się kojarzyła. Sugerowała początek, kolejną szansę, nowe czyste konto... Przyjechaliśmy z walizkami pełnymi lekkich, zwiewnych ubrań, w sam raz odpowiednich na krótkie, tęsknie wyczekiwane brytyjskie lato. Australijski mąż i jego rudowłosa, rumiana angielska róża. Byliśmy jak dzieci we mgle, z naiwnym optymizmem wyczekujące nowych przeżyć.

Styczniowy ziąb był z wielu powodów trudny do zniesienia. Trafiliśmy na jedną z najchłodniejszych zim w historii i przemarzliśmy do szpiku kości w naszych kolorowych lekkich ciuszkach. Rano niebo miało kolor mleka. W mieszkaniu nie mieliśmy centralnego ogrzewania, a do tego przez długi czas nie zdawaliśmy sobie sprawy, że trudno tu przeżyć bez odwilżacza powietrza. Ściany pokryły się ciemnym nalotem, który na naszych oczach rozrastał się niczym wielki siniak. Wieczorami nie czułam palców. Zimno przenikało nas na wskroś i nie chciało odpuścić.

W tym właśnie miejscu chciałabym zacząć. W środku mroźnego stycznia, na krótko przed początkiem Roku Szczura, kiedy nie dało się dłużej uciekać, kiedy wytropiło nas i dopadło prawdziwe życie. Deptało nam po piętach od Melbourne do Londynu, od Londynu do Makau. Pędziliśmy z miejsca na miejsce, ale ono i tak nas znalazło, nie mogąc dłużej ukrywać się w nic nieznaczących życiowych drobiazgach i pytaniach o to, kto zrobi śniadanie albo kto odbierze pranie z pralni. W końcu musiałam znaleźć mój własny sposób na życie. Stworzyć coś z niczego. Przestać marzyć i jednocześnie zacząć marzyć na nowo.

L'Arrivée – Przyjazd

SŁODKI KARMELOWY ZE SŁONYM KREMEM MAŚLANYM

Mamie spodobałaby się taka wycieczka. Podróż autobusem w nieznanym kraju, wokół mnie morze słów zlewających się w niezrozumiały bełkot i jeszcze bardziej abstrakcyjne napisy. Jestem sama, jeśli nie liczyć skierowanych w moim kierunku dziesiątek twarzy. Rzędy ciemnych oczu, lustrujące moją bladą twarz i rude włosy. Ciepłe stłoczone ciała, obijające się o siebie nieświadomie, gdy koła podskakują na nierównościach asfaltu. Mama byłaby zachwycona, ale ja jestem spięta i trochę mi niedobrze. Kurczowo ściskam torebkę i odruchowo dukam po angielsku słowa przeprosin, bo zdaje mi się, że zawadzam. Czuję się, jak powiedziałby Pete, do bani.

Oglądam Makau zamknięte w ramę brudnego okna. Jedziemy mostem łączącym wyspę Taipa z półwyspem, jakbyśmy wjeżdżali prosto w mlecznobiałe obłoki. Autobus przystaje kilka razy, ostro hamując, więc pasażerowie wpadają jeden na drugiego jak kręgle. Nikt nie narzeka. Mijamy kasyno „Lisboa" w kolorze kiepskiego koktajlu z pomarańczy, z okrągłymi oknami w stylu lat sześćdziesiątych. Zaraz obok wyrasta z ziemi nowe błyszczące „Grand Lisboa" – ma kształt ananasa ze strzelającym w niebo pióropuszem kanciastych liści. Jego okrągła podstawa rozbłyskuje reklamami, niczym na gigantycznie rozdętym ekranie telewizora migają oferty, zaproszenia do restauracji, sypią się monety. Tu wysiadają pasażerowie w jednakowych białych koszulach i czarnych spodniach. Przeciskają się koło mnie, a ja tulę do boku torebkę i czuję wbite w piersi krawędzie okładki mojego przewodnika.

Coraz trudniej jedzie się wąskimi uliczkami, wijącymi się w kierunku centrum miasta. Większość budynków to poszarzałe ze starości bloki, z ciemnymi zaciekami wokół okien i girlandami spranych ubrań, wywieszonych równiutko na miniaturowych sznurach. Między autami lawirują roje hałaśliwych skuterów. Siedzący na chodnikach ludzie pałaszują kluski z plastikowych misek, zupełnie nieczuli na panujący tu hałas: dźwięk klaksonów, warkot tłumików i metaliczny pisk hamulców. Temperatura pomału się podnosi, świat odmarza. Zdejmuję z szyi szalik i wciskam go do torebki. Mam nadzieję, że zakończę tę podróż w San Malo, ale nie mówię po kantońsku, więc nie mogę zapytać o drogę. Przynajmniej mam pewność, że nikt nie wda się ze mną w pogawędkę. Drobna pociecha.

Siedzę z twarzą zwróconą do okna, szukając miejsc, o których czytałam. Skręcamy w dzielnicę wyłożoną czarno-białym portugalskim brukiem, ułożonym w wymyślne ślimaki i fale. Bloki i migające kasyna ustępują miejsca zabytkowym budynkom w kolorach wielkanocnych pisanek – cukierkowo różowym albo cytrynowożółtym fasadom z białymi zdobieniami. Wyglądają mniej atrakcyjnie niż w przewodniku, ale poznaję to miejsce.

– San Malo! – wykrzykuje kierowca, a ja zrywam się na równe nogi i przeciskam między ludźmi, którzy patrzą nie w moje oczy, ale na moje włosy.

Przede mną potoki turystów z workami wypchanymi pamiątkami płyną za kobietami i mężczyznami w szerokich kapeluszach, którzy wymachują żółtymi flagami. Patrzę ponad tłumem, bo morze ciemnych głów kończy się na wysokości mojej brody. Obiecałam Pete'owi, że dziś wyjdę z domu pozwiedzać miasto, w którym mieszkamy. Wcześniej wykręcałam się, mówiąc, że muszę poczekać na sofę, która z jakiegoś powodu nie dojechała z resztą mebli. Ale oboje wiemy, że nie na sofę czekam. Kilka dni wcześniej nakrył mnie w łazience, gdy, zanurzona w gorącej kąpieli, czytałam *Czego oczekiwać, gdy spodziewasz się dziecka?*. Spojrzał uważnie dwa razy, ale potem udawał, że nie patrzy – jego orzechowobrązowe oczy powędrowały w inną stronę i od niechcenia zasugerował, żebym „wyszła na świeże powietrze" i pooglądała miejscowe atrakcje. Dopiero teraz widzę, że tak przywykłam do anonimowości i do życia w kryjówce naszego mieszkania, że tłum i zainteresowanie, które wzbudzam, przytłaczają mnie. Umykam w małą uliczkę z dala od gwaru i zamieszania, próbując odnaleźć opisaną w przewodniku świątynię.

Po chwili stoję przed wysoką drewnianą bramą, pokrytą ręcznie malowanymi wizerunkami dwóch wojowniczych bogów z wyłupiastymi oczyma i długimi, wijącymi się i powiewającymi na wietrze brodami. Gwar tłumu jest tu mniej dotkliwy, czarno-biały bruk wytarty i nadkruszony. Nogi niosą mnie lekko, jakby znały drogę. Nie wiedzieć czemu, przechodzi mnie dreszcz. Smugi dymu z kadzidła spływają w kierunku wyjścia, gdy wstępuję po kilku drobnych schodkach. W środku jest ciemno, ale rozróżniam kontury złotych rzeźb, owoców i malowideł. Na betonową podłogę kapie miodowy wosk świec. Ponad moją głową pali się kadzidło, a jego dym opada w szerokich szafranowych zwojach jak dziwaczny złoty wąż. Spod moich nóg wyskakuje kot, mieszanka czerni, bieli i imbiru. Wzdycham przestraszona, a on odwraca się i wlepia we mnie okrągłe ślepia. Ktoś w głębi chrząka.

– To tylko Molly. Mieszka tu. – Słyszę język angielski, ale głos na pewno pochodzi z chińskich ust.

Muszę zmrużyć oczy, aby w ciemnym świetle dostrzec sylwetkę młodej kobiety w obcisłym dresie. Przykucnęła na piętach, zupełnie jak kot, i żuje gumę. Oczy ma podkreślone grubą kreską. Trudno powiedzieć, czy w jej spojrzeniu więcej jest ciekawości czy znudzenia.

– Pani do cioci?

– Do tej wróżki?

– Ehm – potwierdza chrząknięciem, nie ruszając głową. – Tędy proszę.

Podnosi się i przechodzi na obrzeże świątyni, gdzie znajduje się mały dziedziniec. Kłęby kurzu wirują w zimnym powietrzu. W dłoni ściska oklejony kryształkami telefon komórkowy, z którego, niczym wahadełko, zwisa mała złota zawieszka. Ogląda się na mnie i podchodzi do starszej kobiety. Wróżka nie wygląda tak, jak ją sobie wyobrażałam. Spodziewałam się raczej damskiej wersji Laozi w zwiewnej jedwabnej piżamie. Moja wróżka ma na sobie dżinsy i siedzi okrakiem na taborecie. Brązowa twarz ściągnięta jest w grymasie niezadowolenia.

– Proszę się nie przejmować – mówi kobieta w dresie. – Nie jest w najlepszym humorze. Ja będę tłumaczyć. Jej angielski jest okropny, więc proszę mnie pytać o to, czego chce się pani dowiedzieć.

Jej wzrok zsuwa się ku mojej lewej dłoni, w której trzymam torebkę. Potem umalowane oczy wędrują do moich.

– Mężatka?

– Tak.

– Dobrze, proszę pytać o cokolwiek, o pieniądze, o zdrowie... Proszę mówić do mnie, a ja spytam ją, jasne?

Dokładnie wiem, o co chcę zapytać, ale pytanie więźnie mi w gardle. Patrzymy na siebie przez kilka chwil, a ja zaczynam się zastanawiać, czy nie powinnam wyjść.

– Jasne – mamroczę.

Siadam na podsuniętym mi plastikowym stołku, a wróżka wpatruje się w moją twarz. Włosy ma ufarbowane na czarno, ale przy skórze widać szeroką srebrzystą aureolę. Przygląda mi się, jakby szukała defektów, z twarzą o kilka cali od mojej. Nerwowo spoglądam na jej stopy. Widzę sandały ze złotych pasków z podróbkami logo Gucci przyszytymi do zewnętrznych boków. Kładzie mi rękę na brodzie – czuję na skórze opuszki zgrubiałych palców.

– Jak się nazywa ten sposób wróżenia?

– Siang Mien – odpowiada moja tłumaczka. – Czytanie z twarzy.

Wróżka chwyta mnie za ramię, aby przyciągnąć jeszcze bliżej. Czuję, że oblewam się rumieńcem, jakby czytała moje myśli, moje ukryte żale i najgłębsze pragnienia.

– Aha – odpowiadam.

– Okej, mówi, że jest gotowa – informuje mnie dziewczyna, tłumiąc ziewanie. Podsuwa taboret, by być bliżej nas. Jej ciotka wyszczekuje jakieś zdanie, a ona tłumaczy.

– Ma pani bardzo kwadratową twarz – zaczyna.

Kiwam głową. Moją twarz można rzeczywiście określić eufemistycznie jako szeroką. Nic nowego.

– To znaczy, że jest pani osobą praktyczną. Kształt oczu sugeruje niezbyt wielki optymizm, ale za to dużą intuicję. I kreatywność. Szczęka jest mocna, co oznacza determinację i upór. Ale jest pani osobą ofiarną…

Zapada krótka cisza. Wróżka spogląda kątem oka na bratanicę, która zdaje się szukać czegoś w głowie.

– Nie znam tego słowa. Kiedy nie chce się robić rzeczy nietypowych, nie chce się sprawiać innym kłopotu. Rozumie pani, o co chodzi?

Przytakuję. Ustępliwość, myślę sobie. Ma rację. W tej sprawie różnię się od Mamy.

Lustracja trwa dalej. Dowiaduję się, iż kształt moich uszu oznacza, że szybko się uczę, ale jestem nieśmiała. Kiedy spogląda na mój nos, znów oblewam się rumieńcem. Moje panieńskie nazwisko to Raven*, więc przezwisko Krukodziób było na porządku dziennym.

– Nos wskazuje na to, że jest pani niezależna, że może pani działać na własną rękę.

Szkoda, że wredne koleżanki w szkole tego nie wiedziały.

– Ciocia mówi, że taki kształt nosa oznacza, że pracuje pani po to, by pomagać ludziom.

– Hm. – Nie wydaje mi się, żeby moje obecne zajęcie, jeśli mogę w ogóle użyć takiego terminu, komukolwiek pomagało. „Żona przy mężu", tak to się nazywa. Podążająca za żywicielem rodziny. Jak sprzątacz w cyrku, chodzący krok w krok za słoniem – wiadomo, na czym polega jego praca… Pete zawsze był bardziej ambitny, więc przenosiliśmy się tam, gdzie on musiał być, gdzie potrzebowały go kasyna. Przed przeprowadzką pracowałam jako kelnerka w kawiarniach, pubach lub hotelowych restauracjach. To zajęcie pozwalało uniknąć nudy i bezrobocia, ale nie było niczym nadzwyczajnym. Można je nawet nazwać pomaganiem ludziom. W końcu jest to „działalność usługowa", choć z prawdziwą służbą nie ma nic wspólnego. Służą lekarze, strażacy albo wolontariusze w Afryce. Ale wydaje mi się, że sprawdzałam się w takiej pracy – nie tylko dlatego, że uwielbiam jedzenie, ale także dlatego, że nauczyłam się w dzieciństwie zaspokajać cudze potrzeby. Mam to we krwi. Albo, jak się teraz okazuje, w nosie.

Poprawiam się na stołku, bo kręgosłup mi zesztywniał, a wróżka pochyla się do przodu, by ująć moją rękę. Ogląda

* *Raven* – ang. kruk.

w skupieniu linie po wewnętrznej stronie dłoni, muskając moją skórę ciepłym, wilgotnym oddechem.

– Ciocia mówi, że ma pani mężczyznę. To pani mąż, prawda? Mówi, że tylko jednego.

Potwierdzam skinieniem głowy. Nietrudno zgadnąć: jesteśmy małżeństwem tak długo, że obrączka z czerwonego złota prawie wrosła w moją lewą rękę i wycisnęła na palcu głęboką bruzdę nieopalonej skóry.

– To całkiem dobry człowiek, ale jest jakiś smutek. Dla niego i dla pani. Nosicie go tutaj. – Moja tłumaczka pokazuje na swoje piersi, chyba chodzi jej o serce.

Kiwam pomału głową.

– Przed panią spokojne, zdrowe życie. Żadnych problemów finansowych. Zostanie pani przez jakiś czas w Makau, ale niezbyt długo.

Starsza kobieta marszczy brwi, spogląda na mnie, a potem ponownie na moją rękę. Przełykam ślinę. Młodsza chowa komórkę do kieszeni i też pochyla się, by lepiej widzieć. Gdaczą po kantońsku, ale o ton wyżej niż przed chwilą. Też się pochylam, jakbym chciała podsłuchać ich rozmowę, ale przecież nie rozumiem ani słowa. Ciotka potrząsa palcem przed nosem dziewczyny.

– Dobrze, dobrze – ta wznosi oczy ku niebu. – Często tak robi. Że coś może oznaczać jedną rzecz albo inną, dokładnie odwrotną. – Marszczy czoło. – Chodzi o dzieci.

Wciągam ze świstem powietrze, mając nadzieję, że tego nie słyszały, i mam ochotę wyrwać rękę z uścisku kobiety. Ale ta dalej studiuje moją dłoń.

– Może będzie jedno… – W ciszy niemal słychać tańczące wokół nas kłęby kurzu. – Linia jest cienka. Mówi, że albo jedno, albo nie.

Wróżka głaszcze wymownie mój mały palec, jakby chciała tym gestem coś przekazać. Patrzę pytająco to na jedną kobietę, to na drugą.

– Powinna się pani domyślić. – Dziewczyna wzrusza ramionami.

– Ale ja nie rozumiem – mówię z wahaniem.

– Mówi to tak, jakby wszystko było jasne, ale nie jest. A potem mówi, że najważniejsze, żeby się nie martwić. Może mówi o dziecku...

Ogarnia mnie smutek i chyba znowu mi niedobrze. Stwierdzenie, że mam się nie martwić, jest śmieszne. Chcę wiedzieć więcej, w głowie kłębią mi się tysiące pytań. Otwieram usta, ale wróżka też zaczyna mówić, z twarzą zwróconą do dziewczyny. Ta potrząsa głową i gestem dłoni odgania spojrzenie ciotki. Kobieta puszcza moją rękę, pochyla się nad bratanicą i podnosi głos.

– Przepraszam... – mówię, ale one nie słuchają.

Teraz ciotka opiera dłoń na kolanie dziewczyny i kieruje w jej stronę wskazujący palec. Młoda kobieta blednie i odwraca twarz. Kantońskie słowa fruwają w powietrzu, gardłowe i krótkie. Patrzę to na jedną, to na drugą, a wymiana zdań staje się coraz głośniejsza i bardziej natarczywa. Mam wrażenie, że nie powinnam tego oglądać. Gdy ciotka niemal krzyczy, dziewczyna podnosi na mnie wzrok. Jej źrenice, czarne i zimne jak kamienne koraliki, utkwione są wprost we mnie.

– Czy mogłabym się dowiedzieć... – zaczynam.

– Już skończyłyśmy – odpowiada nieco zbyt szybko i zrywa się na nogi. Wróżka ciągle gada, ale dziewczyna posyła w moją stronę krzywy uśmiech i ignoruje paplanie.

Rozumiem aluzję. Podnoszę się pomału, nogi mam zdrętwiałe i zmarznięte. Dziewczyna nie robi nic, aby mi pomóc. Chwiejąc się, przeczesuję torebkę w poszukiwaniu portfela.

– Sto pięćdziesiąt?

– Tak. Ale moje wynagrodzenie nie jest wliczone w cenę.

– Aa, oczywiście. – Podaję jej dwa nowe, sztywne studolarowe banknoty hongkońskie. Bierze je w obie ręce w milczeniu, wpatrując się we mnie ciemnymi oczyma. Ciotka wciąż coś mamrocze, potrząsając głową. Tłumaczka stoi nieruchomo i nie odrywa ode mnie wzroku.

– Proszę zatrzymać resztę – mówię.

– Dziękuję – odpowiada bezbarwnym głosem.

Wracam przez świątynię, idąc za słodkim zapachem kadzidła. Oczy zaczynają łzawić, zapewne z powodu jaskrawego słonecznego światła. Czuję ucisk w piersiach, więc głęboko wdycham świeże powietrze.

Na zewnątrz tłum wciąż wije się niczym jakaś gigantyczna bestia, w całości potężniejsza niż suma jej części. Słońce wygląda jak żółtko na tle białego nieba. Wracam na główną ulicę, unikając autobusów i przystanków, i gestem dłoni przywołuję taksówkę. Wypowiadam do kierowcy jedyną frazę, którą znam po kantońsku:

– Gee Jun Far Sing.

Remède de Delivrance – Eliksir Wielokwiatowy

FIOŁKOWY Z CIERPKIM NADZIENIEM Z CZARNEJ PORZECZKI

Po trzech dniach nareszcie przyjeżdżają kanapy. Jakiś mężczyzna dzwoni do drzwi bez zapowiedzi i staje w progu w towarzystwie dwóch spoconych tragarzy oraz dwóch opakowanych w karton łóżek, ze spojrzeniem, które mówi: „Co teraz?". Każe je wnieść i rozpakować, puka palcem w rubrykę, którą mam podpisać i znika. Mogę wreszcie usiąść w salonie i powyglądać przez okno.

Mieszkamy na szóstym piętrze apartamentowca Gee Jun Far Sing, po angielsku Supreme Flower City. Mieszkania są tu zadziwiająco przestronne – po wstawieniu wszystkich naszych mebli i tak jest pustawo. Jest jeszcze Super Flower City i Grand Flower City, powstaje Prince Flower City. Ale nasz fioletowy wieżowiec jest Supreme, czyli najlepszy. Trudno nie zwrócić uwagi na czterdziestokilkupiętrowy budynek w kolorze fiołków, strzelający w niebo niczym egzotyczna lilia. Przy dokładniejszych oględzinach widać, że nie jest pokryty tynkiem, ale siateczką maleńkich fioletowych kafelków jak piksele. Okazuje się, że prawie wszystkie apartamentowce są w ten sposób wykończone. Wyobrażam sobie, że kafelki są naklejane w postaci arkuszy, które wygładza się jak tapetę albo polewę na ślubnym torcie.

Z kanapy widzę parking dla mieszkańców, na czwartym poziomie, pustą działkę pośrodku i wieżowiec Nova City naprzeciwko. Nova City to starszy budynek. Kiedyś musiał być biały, ale teraz jest szary jak zasnute smogiem niebo w bezwietrzny dzień i pokryty brudnymi pionowymi zaciekami z nieszczelnych klimatyzatorów. Mówi się, że na pustej działce niedługo powstanie park. Ale każdy tydzień przynosi nową koncepcję: słyszałam już o parkingu podziemnym, stacji kolejki miejskiej i o kasynie. Tymczasem nic się nie dzieje. Porośnięty chwastami placyk pozostaje smutny i pusty.

Telefon dzwoni w momencie, gdy spoglądam przez okno na nieszczęsną działkę i robię to, co potrafię najlepiej: czekam. Po pierwszym dzwonku serce łomocze mi w piersi. Próbuję normalnie oddychać. „Odbierz telefon, Grace". Serce galopuje jak koń wyścigowy w gonitwie Grand National. Wyobrażam sobie moje wyniki w jego dłoni, ową czerwono-żółtą teczkę z napisem „G. Miller". Czekam, by usłyszeć ton jego głosu, który być może wszystko mi wyjaśni, ale połączenie jest za słabe. Słyszę, że odchrząkuje.

– Dzień dobry, doktorze Lee – mówię.

Wyobrażam go sobie po drugiej stronie linii, po drugiej stronie świata. Jest młodszy, niż mogłoby się wydawać, tak przynajmniej sądzę po rozdawanych przez niego uśmiechach. Jedyne zmarszczki na jego okrągłej twarzy wyżłobiły się przy policzkach, jakby przez lata był zwiastunem tylko dobrych wiadomości. Oczyma wyobraźni widzę jego szeroki uśmiech i ramiona pełne tłuściutkich chichoczących niemowląt w różowych i błękitnych bucikach. Dzwoni z biura w Londynie, ale pochodzi z Hongkongu, więc zna Makau, bo to rzut kamieniem od jego domu. Spędzał tu letnie wakacje.

Minęły dwa lata wypełnione rozpisanym na godziny seksem i trzymaniem kciuków, zanim zdecydowałam się na wizytę w jego szmaragdowozielonej klinice z recepcją ozdobioną sztucznymi jedwabnymi makami. Wcześniej chodziłam do renomowanego endokrynologa. Miałam podwyższony poziom hormonu folikulotropowego i oboje z Pete'em wiedzieliśmy, co to oznacza. Łatwiej było nam rozmawiać o FSH, niż używać tego strasznego słowa na „m". A jeszcze gorzej od „menopauza" brzmiało słowo „niepłodność". Wypowiadane tak beztrosko i lekko. Zawsze robiło mi się wtedy słabo.

– Poszukamy kogoś innego. Ostatni raz – powiedziałam wtedy do męża.

Doktor Lee obdarzył nas uśmiechem i od razu poczuliśmy przypływ nadziei. Tym bardziej że pan Lee miał potomstwo, a to dobry znak, prawda? Jego dzieci uśmiechały się do nas z fotografii na lekarskim biurku, odwrócone co prawda taktownie od pacjentów, ale i tak odbijające się wyraźnie w szklanych witrynach z tyłu. Bezdzietna kobieta widzi takie rzeczy – wszystko widzi.

Zachęcona przez niego, próbowałam akupunktury, jogi, wykluczyłam z diety pszenicę, zrzuciłam pięć kilogramów i przed każdym testem z całej siły trzymałam kciuki. Niebieskie kreski za każdym razem odmawiały współpracy i na białą umywalkę w łazience spływały potoki moich łez. Tak bardzo pragnęłam zajść w ciążę! Potem już tylko chciałam dostać normalny okres. Ale mimo starań i modlitw nic się nie zmieniało. Zostało ostatnie badanie.

– Potem już przestań, kochanie. Proszę – błagał Pete. Tak wiele musiał znieść: hormony, wahania nastroju, moje łzy. Nie miałam zamiaru się z nim spierać, bo ja również byłam wykończona. Ostatni test na FSH.

Teraz, patrząc na panoramę Makau, mam ochotę powstrzymać lekarza przed powiedzeniem czegokolwiek.

– Grace, mam wyniki badań.

Słyszę wyrok w jego głosie: oprawione w ramki zdjęcia dzieci i ich odbicia w szklanych witrynach nie są dla mnie.

– Nie na to liczyliśmy, niestety. Myślałem, że intensywne leczenie hormonalne i alternatywne terapie pomogą, ale...

Czekałam na tę wiadomość, ale teraz głos lekarza zamienia się w moich uszach w nieczytelny szum. Nie jestem w stanie podążać za jego wywodem, poza tym i tak nie ma on żadnego znaczenia. Słyszę tylko dwa słowa: wygasanie czynności. Przedwczesne wygasanie czynności jajników. W wieku trzydziestu kilku lat jestem starą kobietą.

Gdy wraca Pete, ja dalej siedzę na kanapie. Na dworze jest już ciemno, ale nie zasunęłam zasłon. Nie zadzwoniłam do niego, choć to rozważałam.

Patrzy na mnie kątem oka, zdejmując buty.

– Grace?

Wyobrażam sobie, co widzi: zwiniętą w kłębek żonę z postarzałą i zmęczoną twarzą. Siada obok, ujmuje moją dłoń i, opierając się, wydaje z siebie westchnienie. Oboje wzrok mamy wbity w ekran telewizora, bo to centralny punkt pokoju, ale telewizor jest wyłączony. Czarny ekran jest trzecim uczestnikiem rozmowy.

– Powinniśmy o tym pogadać – odzywa się po długim czasie Pete. – Może jest jeszcze coś, co można zrobić. – Mówi mocnym głosem, którym chce mi dodać odwagi. To głos samca alfa. Głos, który sprawia, że mężczyźni ciągną za nim jak wilki za przywódcą watahy. Zapewne dlatego jest takim dobrym menedżerem. A może to jakiś feromon? Nie używa wód toaletowych, więc zawsze ma na skórze swój naturalny słony zapach. Kiedyś ten zapach przyprawiał mnie o ciarki. Ale te czasy minęły.

Potrząsam głową.

– Grace, co on dokładnie powiedział? – Ściska pocieszająco moje palce, ale ton jego głosu jest protekcjonalny.

Znów potrząsam głową: nie chcę, aby mnie pocieszał.

Mówi coś jeszcze, ale go nie słyszę, choć odwracam w jego kierunku twarz. Widzę gęste kręcone włosy, pasujące do muzyka lub artysty, a nie do biznesmena. Jak zwykle wymagają strzyżenia, muszę o tym pamiętać. Właściwie od dawna mu się nie przyglądałam i ze smutkiem zdaję sobie teraz sprawę, jak bardzo się od siebie oddaliliśmy. W pewnym sensie stał się obcym człowiekiem. Ostatnie lata starań o dziecko sprawiły, że powędrowaliśmy osobnymi drogami. Kontempluję jego ciemne brwi i delikatnie opuchniętą skórę pod oczyma, zdradzającą brak snu. Dwie głębokie bruzdy wzdłuż policzków, niczym nawias, zaznaczają usta. Przechyla głowę na bok i marszczy brwi. Jego twarz wyraża tak wiele żalu, że robi mi się niedobrze. Co można w takiej chwili powiedzieć?

– Nie chcę o tym rozmawiać – mówię zgaszonym głosem.

Odkryłam kolejny talent. Przeszłam od czekania do spania. Pete zdobywa skądś recepty na tabletki nasenne, a ja pochłaniam je zamiast posiłków. Biorę je w regularnych odstępach czasu, aby się nie budzić. Nie chcę się obudzić.

Niestety kilka dni później podrywam się z pościeli, zlana zimnym potem. Przyśniła mi się Mama.

Szłyśmy przez łąkę pełną maków, których dorodne czerwone kielichy kołysały się na wietrze. Mama szła kilka kroków ode mnie i śpiewała. Myślę, że śpiewała. Albo może rozmawiała z kwiatami. Pochylała nad nimi głowę z szerokim uśmiechem na twarzy. Włosy odgarnęła za ucho. Świeciło ciepłe słońce, powiewał przyjemny wietrzyk, a jej rozpromieniona twarz zdawała się mówić: „Kocham cię, moja Grace", tak jak mawiała wieczorami, tuląc mnie do snu. Świat był bezpiecznym miejscem. Ale nagle ciszę przerwał gwałtowny dźwięk, jak uderzenie pioruna albo trzaśnięcie bata o wyschniętą ziemię, i w niebo wzbiło się stado ptaków. Spojrzałyśmy na siebie – twarz Mamy pobladła i znieruchomiała. Wyglądała lekko, nie była mniejsza, ale jakby przezroczysta. Wydawało mi się, że jej usta wypowiadają bezdźwięczne: „Przepraszam". Żołądek zwinął się we mnie ze strachu. Chciałam do niej podejść, ale moja spódnica zaczepiała się o maki. Mama wciąż śpiewała, ale tak cicho, że widziałam jedynie ruch jej uszminkowanych ust. Rozpływała się w powietrzu. Zaczęłam płakać. Chwyciłam ją w ramiona i przyłożyłam ucho do jej warg, a moje łzy kapały na jej szyję i spływały w dół na bluzkę. Wtedy usłyszałam, że śpiewa: *Summertime, and the livin' is easy*…

Siadam na łóżku i z całego serca pragnę, aby ten sen mnie opuścił. Jej twarz, jej głos, nawet zapach jej ulubionych perfum wirują w mojej głowie, oszałamiają i zapierają dech w piersi. Sięgam w kierunku nocnego stolika i łykam kolejną tabletkę nasenną. Nie zadziała przez najbliższe pół godziny, ale nie mogę znieść życia na jawie. Bolą mnie wszystkie mięśnie, lecz największy ból mam w sercu. Wzdrygam się, widząc wpadające przez okno światło. Zbliża się wiosna, a Rok Złotej Świni ma się ku końcowi. Co teraz? Co dalej?

Właśnie w tamtym czasie, podczas długich godzin spędzanych w łazience w oczekiwaniu na magiczne niebieskie kreski, znów zaczęłam myśleć o Mamie. Teraz jest tu ze mną w Makau i nawiedza moje sny. Córki nie rozumieją matek aż do chwili, gdy same zostają matkami – stwierdziła kiedyś moja koleżanka z pracy. Może miała rację. Matka powróciła do mnie, kiedy siedziałam w poczekalniach specjalistów i przyglądałam się kobietom z dziećmi w wózkach. Wyparłam ją ze świadomości razem z jej tajemnicami na bardzo długo, ale powróciła, tańcząc i trzymając za rękę moje własne dziecko, budując z nim zamki z piasku, śmiejąc się i płacząc. Razem z nią, poukładane po kolei jak kwiaty w girlandzie, powróciły wspomnienia z przeszłości. Nie mogłam przestać o niej myśleć. Czasem wydawało mi się, że widzę ją w sklepie albo jak wsiada do pociągu. Jedno wiem na pewno: tej kobiety nie można było zrozumieć. Nigdy nie uda mi się zrozumieć Mamy. Przyciskam palce do skroni i kładę się z powrotem na poduszkę.

Pete zostawił kanapkę przy łóżku – widzę, jak wysycha na białym talerzyku. Pod spodem położył czystą kartkę papieru. Nie mogę się powstrzymać – to mój kolejny nawyk. Biorę kartkę i rozglądam się za piórem. Zaczęłam pisać do niej liściki, gdy rozpoczęliśmy starania o dziecko. Z jakiegoś powodu pisanie mnie uspokaja i sprawia, że czuję się lepiej. Chociaż przez chwilę. Są kobiety, które prowadzą pamiętniki, a ja mam rubinowowłosą Mamę. Dziką jak kotka. Jedyną osobę, która wie o mnie to, co najlepsze, i to, co najgorsze. Stale kryjącą się gdzieś w mojej głowie.

Kochana Mamo,

pamiętasz, jak kiedyś, gdy mieszkałyśmy w Borough, w okienną szybę uderzył ptak? Piekłyśmy coś wtedy – bezy albo tarty – coś francuskiego i słodkiego. Byłyśmy w kuchni, obie usłyszałyśmy to głuche uderzenie i obie uniosłyśmy głowy. „Boże, taki dźwięk, jakby z nieba spadł anioł" – powiedziałaś.

Byłam pewna, że to naprawdę anioł i próbowałam wdrapać się na brzeg zlewu, żeby go zobaczyć. Spodziewałam się, że ujrzę piękną panią z kręconymi blond włosami, rozcierającą posiniaczone czoło i wygładzającą długą, błękitną, błyszczącą suknię. Anioła takiego, jak na wierzchołku bożonarodzeniowej choinki. Ale zamiast anioła, w skrzynce na kwiatki, na brudnej ziemi, leżał maleńki wystraszony ptaszek.

Pamiętasz, jak go zabrałyśmy i ułożyłyśmy w czystym pojemniku po lodach, wyłożonym skarpetkami? Leżał na boku i patrzył na nas niewidzącym wzrokiem, mrugając raz po raz. Małe serduszko biło tak mocno i szybko, że bałam się, by nie eksplodowało z przerażenia. Położyłaś pudełko na łóżku i zaczęłaś coś nucić. To była „Cudowna Boża Łaska".*

Odkręciłaś buteleczkę eliksiru wielokwiatowego Rescue Remedy i przyłożyłaś pipetkę do pomarańczowego dzióbka. Byłam pewna, że ptaszek go nie otworzy, ale on otworzył. Niewiele, ale to wystarczyło, aby odrobina eliksiru dostała się do środka. Kilka kropel kapnęło na jego pierś i spłynęło pomiędzy sklejone piórka. Cały czas nuciłaś i po jakimś czasie, który mnie wydawał się bardzo długi, ale pewnie taki nie był, ptaszek zatrzepotał skrzydełkami i poderwał się na nogi. Jednym okiem patrzył na mnie, a drugim na Ciebie. Zaniosłyśmy go do ogrodu, na dach, pamiętasz? Jak tylko postawiłyśmy pojemnik, wyskoczył na zewnątrz i niepewnie poderwał się do nieba. Szybko przypomniał sobie sztukę latania.

Mamo, nie wiem, co mam robić, co myśleć, co mówić i czuć. Mogę myśleć tylko i wyłącznie o innych sprawach. Na przykład o tym ptaszku. Gdy zaczynam myśleć o TYM, czuję, że tonę. Duszę się. Moje serce zaczyna łomotać tak, jak serduszko tego ptaszka. Chciałabym, abyś tu była. Żeby ze mną piec, śpiewać i głaskać mnie po głowie.

Twoja kochająca córka Grace

Tego samego wieczoru leżę na kanapie i patrzę przez okno. Telewizor jest wyłączony.

---

* Cudowna Boża Łaska (ang. *Amazing Grace*) – angielska pieśń religijna.

– Grace? Nie śpisz? – pyta Pete, wchodząc do domu. W mieszkaniu jest ciemno. Zapomniałam zapalić światło. Włącza pstryczek położony najbliżej wejścia i jednocześnie zdejmuje buty. Uśmiecham się blado – wygląda na zmartwionego, więc chociaż tyle mogę dla niego zrobić. Gdy podchodzi, wyciągam rękę i dotykam opuszkami palców jego warg. To te same usta, które całowałam dziś rano na do widzenia, ale wydają się jakieś inne. Pochylam się i znów go całuję, jakbym próbowała egzotycznego owocu.

Nigdy nie będzie ojcem.

Kiedy się odsuwam, patrzy na mnie, a zmarszczka pomiędzy jego brwiami pomału się wygładza.

Nigdy nie będzie ojcem i ja jestem temu winna.

Znów pochylam się do przodu i całuję tak natarczywie, że czuję metaliczny posmak jego krwi. Kąsam mu dziąsła i chcę wgryźć się w usta. Pete wydaje z siebie cichy jęk i próbuje się uwolnić, by spojrzeć w moje oczy. Przewracam go na sofę – ciemne poduszki połykają kontur jego twarzy. W półmroku ledwie go widzę, ale odnajduję jego usta i przyciskam tak mocno, że czuję przez skórę zarys zębów. Siedząc na nim, prostuję się, by zaczerpnąć powietrza. Wiem, że wciąż na mnie patrzy, ale nie mówi ani słowa. Pomiędzy nami słychać jedynie krótkie, urywane oddechy, nic więcej.

Ściągam jego krawat, a ten, trzepocząc, ześlizguje się ze świstem z szyi i z kołnierzyka. Pete rozpina koszulę, gdy ja po drugiej stronie walczę z jego spodniami. Zdejmuję przez głowę bluzkę, a on rozsuwa mój rozporek. Kiedy sięgam do tyłu, by rozpiąć biustonosz, na moment przytrzymuje moje ręce, skręcone za plecami. Zastygamy w bezruchu, na wpół rozebrani i oboje wciąż w skarpetkach. Jego są ciemne i króciutkie, rozgrzane we wnętrzu butów.

– Ja… – zaczyna Pete, ale nie kończy. Widzę po jego twarzy, że chciałby porozmawiać, w jego oczach kryje się milion niewypowiedzianych słów. W milczeniu proszę, aby niczego teraz nie mówił. I nie mówi.

Czuję poprzez bieliznę, że jest nabrzmiały i gorący. Odruchowo usiłuję sobie przypomnieć, kiedy miałam ostatnią miesiączkę i czy przypadkiem nie jajeczkuję. To nawyk. Ale myśli odpływają, bo nie ma to teraz żadnego znaczenia. Pete uwalnia moje ręce i kładzie dłonie na moich udach. Ściągam jego bokserki i chwytam go mocno. Osuwa się z jękiem i odchyla głowę tak, że broda zasłania jego twarz. Uwalniam się z fig i rzucam je na ziemię. Gdy energicznie wsuwam się na niego, zasysa ze zdziwieniem powietrze. Sięga do moich piersi, ale ja przytrzymuję jego ramiona wzdłuż tułowia. Gdy poruszamy się razem, moje sutki muskają włoski na jego torsie. Czuję tępy ból, ale zaciskam powieki tak mocno, że widzę gwiazdy, i to powstrzymuje mnie od myślenia o czymkolwiek. To moment jakiegoś atawistycznego szaleństwa, bo nie jesteśmy zazwyczaj aż tak nieokiełznani. Pete wydaje z siebie okrzyk i uwalnia się z mojego uścisku. Chwyta mnie mocno, jakbym miała upaść, i przyciąga do siebie. W ciszy słychać nasze stłumione nieartykułowane okrzyki. Nasze ciała drżą w jednoczesnym spazmie, a gdy nieruchomieją, twarz mam ukrytą w zagłębieniu jego szyi i czuję słony zapach jego skóry. Kiedy ostatnio kochaliśmy się bez powodu? To smutna i gorzka refleksja. Pete mruczy coś z ustami w moich włosach, a ja wbijam zęby w jego ramię, doprowadzając go do krzyku. Zdyszani, bez tchu, opadamy na kanapę.

Później przyglądam mu się, jak śpi i otwartymi ustami łapie krótkie, nierówne oddechy. Wpatruję się w ciemnościach w twarz człowieka, którego poślubiłam na Bali tak dawno temu, że z trudem przypominam sobie szczegóły tamtego dnia. Mój wzrok wędruje od jego ust przez brzuch do stóp i z powrotem. Niezależnie od tego, ile piw wypija i ile burgerów zjada przy biurku podczas krótkiej przerwy obiadowej, jego nie najmłodsze już przecież ciało funkcjonuje bez zarzutu. To pogłębia moją gorycz i poczucie żalu. Leżę w ciemnościach, patrząc na niego, na owłosiony tors, na kształtny brzuch. I myślę o tarcie pomidorowej. Ciepłej i pachnącej. Tej, z powodu której się poznaliśmy.

Uciekłam z Londynu i zamieszkałam w Melbourne. W Australii niebo było bardziej błękitne i wydawało mi się, że dopiero tam mogę oddychać pełną piersią. Byłam zdana sama na siebie. Znalazłam kochanka, który mieszkał w Northcote, w mieszkaniu na tyłach supermarketu Coles. Miał na imię Dan. Nie był nadzwyczajną zdobyczą, ale gdy sobie wypił, potrafił być zabawny. Szczerze mówiąc, jego picie mi nie przeszkadzało – nie szukałam księcia z bajki, ale faceta, który potrafi przyzwoicie całować i z którym mogłam się wyszumieć. Dan spełniał moje wymagania.

Pewnego poranka, gdy on jeszcze spał, a ja walczyłam z objawami kaca, postanowiłam zdobyć coś do jedzenia. Powędrowałam do supermarketu Coles w jego spodniach od dresu, podkoszulku i starych ciemnozielonych japonkach, które znalazłam przy wejściowych drzwiach. Kac wywołał u mnie atak głodu, ale pozbawił zdolności do podejmowania decyzji. Nie wiem, ile czasu spędziłam, wędrując pomiędzy regałami i wymyślając przeróżne potrawy. Kruche pieczone kurczę i kanapki z majonezem. Pizza na chrupiącym spodzie. Misy pełne spaghetti Bolognese. Chrupkie serowe nachos z kwaśnym sosem. Obeszłam cały supermarket i wróciłam do stoiska z warzywami i owocami. Obok brzoskwiń leżały kartony pełne dojrzałych pomidorów na gałązkach. Ich zapach był niemal zmysłowy. Wypełnił moje nozdrza, gdy uniosłam jedno z pudełek. Na dnie widać było kilka nadgniłych sztuk, ale poza tym były idealne, czerwone i nabrzmiałe, nasycone aromatem wydobywającym się z zielonych gałązek. Nad nimi ktoś nagryzmolił niedbale: „Skrzynka 5$".

Woń tamtych pomidorów przywiodła mi na myśl tartę pomidorową, którą pewnego poranka upiekła moja Mama. Myślę, że miałam wtedy mniej więcej sześć lat. Było jeszcze ciemno, gdy obudził mnie zapach pieczonych pomidorów i topiącego się w piekarniku koziego sera. Śpiew przyciągnął mnie do kuchni, w której Mama krzątała się ubrana we własnoręcznie wydziergany fioletowy wzorzysty sweter i dół od piżamy, z tyłu trochę poplamiony błotem. Na jednej nodze miała czarną skarpetkę, a na drugiej czerwoną.

– Panna Grace Raven! – zaśpiewała, wyciągając z pieca pierwszą dorodną pomidorową tartę. Musiała być piąta rano, ale i tak ślina napłynęła mi do ust. W kuchni było przytulnie, a Mama uśmiechała się do mnie radośnie. Kiedy kładła mnie do łóżka, była w podłym humorze, więc jej uśmiech mnie zaskoczył. Stałam, niepewnie czekając, czy radość za chwilę nie minie i czy to wszystko nie jest snem. Mama tymczasem pląsała po kuchni radosna jak skowronek, śmiejąc się i zagadując. Stałam boso, przykuta do miejsca i wodziłam za nią wzrokiem.

– Mama upiekła tartę pomidorową na śniadanie. Tartę dla pani i pana na tym zamku. Czyli dla ciebie i dla mnie, kochanie. Dla ciebie i dla mnie!

Jej uśmiech był jakiś dziwnie szeroki. Przyglądałam się w milczeniu, a ona pokazywała, jak wałkuje puszyste ciasto i smaruje je oliwą. Kazała mi powąchać, jak pachnie rozgnieciony w palcach tymianek, i opowiedziała, jak czosnek przeciwdziała przeziębieniom. Wygłosiła wykład o jedzeniu, śpiewała, śmiała się i pichciła aż do świtu. Potem usiadłyśmy i jadłyśmy gorące tarty, nie używając sztućców. Całowała mnie w policzki, muskając czosnkowym oddechem.

Pamiętam gorący ser, który kapał jej na sweter i zastygał na wełnie w postaci lepkich smug.

Przydźwigałam więc skrzynkę z pomidorami z supermarketu Coles do mieszkania Dana. Myśląc o Mamie, przygotowałam pomidory i rozgniotłam surowy czosnek, którego żrący sok wsiąkł w skórę wokół moich obgryzionych paznokci. Gdy tarta wylądowała w piecu, już umierałam z głodu i z pewnością wyglądałam jak straszydło: potargane włosy, w kącikach oczu rozmazany tusz do rzęs, którego nie zmyłam poprzedniej nocy, i wiszący na mnie stary podkoszulek, udekorowany upiornymi zaciekami z pomidorowego miąższu. Siedziałam tak, odurzona rozkosznym zapachem rosnącego ciasta i pogrążona głęboko we wspomnieniach, gdy do kuchni wszedł z salonu mężczyzna bez podkoszulka, pachnący snem. Niemrawo zmierzał w kierunku lodówki, lecz na jego drodze stanęła skrzynka z kilkoma nadpsutymi pomidorami na dnie. Wyglądał jeszcze gorzej niż ja.

– Co to, kurde, jest?

Gęste, kręcone brązowe włosy opadały mu na oczy. Jego dolne zęby były lekko pokrzywione, za to górne były ładne – białe i równe. W ten sposób poznałam współlokatora mojego chłopaka.

– Przepraszam, już to zabieram. To pomidory, właśnie piekę tartę – tłumaczyłam się w brytyjskim stylu. I żałowałam, że nie mam na sobie stanika, nawet jeśli facet cuchnął piwem i papierosowym dymem.

– Co robisz? – Odwrócił się, by na mnie spojrzeć, i przyjrzał mi się dokładnie od góry do dołu. Jego oczy zatrzymały się na moment na moich stopach.

– Ehm… tartę. Pomidorową. Stąd ta skrzynka – przepraszającym gestem wskazałam na pojemnik.

Przekrzywił głowę i zaśmiał się.

– O kurde, ale masz wytworny akcent. Tarta to jakiś placek, tak? – Dotarł do lodówki i wyciągnął stamtąd karton soku pomarańczowego. Sprawdził na pudełku termin ważności i zmarszczył czoło.

– Nie do końca. Tarta to tarta, a nie placek.

Wiem, że to zabrzmiało przemądrzale. Ale mój akcent wcale nie jest wytworny, tylko angielski.

Patrzyłam na jego twarde sutki obwiedzione wianuszkiem ciemnych włosów. Jedyne włosy na jego torsie zgromadziły się właśnie wokół sutków. Boże, nie mógłby się jakoś ubrać? Wyszczerzył do mnie zęby w szerokim uśmiechu i zrozumiałam, że się ze mną przekomarza. Zupełnie zapomniałam, że australijscy mężczyźni z tego słyną. Słowne utarczki stanowią inną formę pociągania koleżanek z klasy za warkocze.

– Okej – powiedział pojednawczo. Oparł się o drzwi lodówki i pił sok prosto z kartonu. Językiem zlizał płyn, który pozostał na jego górnej wardze. Potem odwrócił się w stronę pieca.

– Hm, świetnie pachnie.

– Dzięki.

Widziałam, że przygląda się bałaganowi, który wokół zrobiłam – porozrzucanym nożom i rozlicznym deskom do krojenia, czerwonej pulpie pokrywającej dno zlewu. Gotowanie na kacu miewa druzgocący wpływ na stan kuchni. Zrobiłam jeszcze większy bajzel niż Mama.

– Jeśli chcesz, będziesz mógł się poczęstować.

Kiwnął głową.

– A tak przy okazji, mam na imię Grace i jestem z… ehm… – Z największą nonszalancją, na jaką było mnie stać, wskazałam pokój Dana. W lekko uchylonych drzwiach widać było nagi pośladek, z którego zsunęła się kołdra. Wzrok kolegi Dana powędrował za moim gestem.

– Aa, rozumiem. – Nie wydawał się w żaden sposób poruszony widokiem nagiego ciała. Zapewne nieraz je oglądał. – Jestem Pete. I chętnie skorzystam z zaproszenia, skoro częstujesz.

Usiedliśmy przy stole w salonie i obejrzeliśmy wiadomości. Tarta wyszła niebiańska i Mama na pewno byłaby ze mnie dumna. Dwie szerokie wstęgi ciasta zajęły obie półki w piekarniku. Zanim Dan się obudził, wszystko we dwójkę zjedliśmy. Pete oblizywał palce i pojękiwał z zachwytu. Powiedział mi, że pracuje jako krupier-inspektor w kasynie i że studiował z Danem na uniwersytecie. Studia na kierunku zarządzanie rzucił przed dyplomem, bo go nudziły, a dużo bardziej odpowiadała mu praca na pół etatu przy obsłudze gier. Wtedy zamieszkali razem. Pete uważał, że Dan jest dobrym człowiekiem, ale „chleje tyle, że to się niedługo przeciwko niemu obróci", co było zapewne trafnym spostrzeżeniem. Zamierzał wyprowadzić się za kilka miesięcy, bo do tego dojrzał – od lat on i Dan mieszkali razem. Patrzyłam w jego połyskujące na zielono oczy, gdy mówił niskim pewnym głosem, i nie mogłam oderwać wzroku od firanki ciemnych rzęs. Jedząc i rozmawiając, siedzieliśmy i oglądaliśmy telewizję przez kilka godzin. Stwierdził, że moja tarta była najlepszym „plackiem", jaki w życiu jadł. Czułam się przy nim swobodnie jak w rodzinie, jeśli pominąć fakt, że jedyną rodziną, jaką kiedykolwiek miałam, była Mama. Na koniec zauważył, że mam na sobie jego klapki.

Teraz, po wielu latach, nagie ciało Pete'a leży wyciągnięte na łóżku. Jego piękne oczy są zamknięte. Leży tuż obok mnie, a jednocześnie wydaje się taki odległy. Idę samotnie pod prysznic, a z oczu płyną mi wielkie, gorące łzy. Stoję pod strumieniem wody i pozwalam jej spływać po powiekach, nosie, odbijać się od piersi. Jestem zbyt wyczerpana, by stać, więc siadam i przyciągam do siebie kolana. Wyobrażam sobie, że wchodzi Mama i widzi mnie w takim stanie. Niezależnie od tego, w jakim byłaby nastroju, a przecież miewała napady złego humoru, na pewno podałaby mi ręcznik. Kazałaby mi wstać i przyjść na grzankę. Nastawiłaby czajnik, nalała gorącej wody do butelki i wsunęłaby mi ją do łóżka. Zaparzyłaby herbatę. Czekam, kafelki pod prysznicem wyciskają szachownicę na moich plecach, ale nikt nie nadchodzi, by otulić mnie ręcznikiem. Słychać tylko chlupot spadającej wody.

La Ville Lumière – Miasto Światła

BANANOWY O SMAKU PARYSKIEGO NALEŚNIKA Z GANACHE Z ORZECHOWEJ CZEKOLADY

Kiedy Pete wychodzi do pracy, w mieszkaniu nastaje spokój, błoga, przenikająca wszystko cisza. Wiadomości telewizyjne są wyłączone, woda w łazience przestaje płynąć, żadne buty nie stukają o drewniane deski podłogi. Raz czy dwa razy podniosłam głowę z poduszki, aby zamienić z nim kilka słów, gdy szykował się do wyjścia, ale jak zwykle nie wiedziałam, od czego zacząć. Od tygodni starał się nawiązać ze mną rozmowę, a ja zakopywałam się w łóżku, by jej uniknąć. W końcu przestał próbować.

Ryzykuję otwarcie jednego oka. Słoneczne światło jest oślepiająco jasne. W końcu to wiosna. Wzdycham i pomału uchylam drugą powiekę. Mrużąc oczy i odwracając wzrok od światła, podnoszę się na nogi. Stojąc przy oknie, widzę maleńką figurkę wędrującego do pracy Pete'a. Musi być ciepło, bo przerzucił marynarkę przez ramię i skupił uwagę na czymś, co trzyma w dłoni. To pewnie telefon komórkowy. Ponaglam go wzrokiem, by się odwrócił – wtedy mogłabym pomachać. Podnosi głowę, a ja liczę, że się odwróci i mnie zobaczy, wyczuje, że stoję w oknie, oparta rękoma o framugę. Ale on maszeruje przed siebie.

Słońce rozgrzewa przez szybę moją skórę – czuję, że drobne włoski na moich ramionach podnoszą się, odpowiadając na pieszczotę. „Dzień dobry" – zdają się mówić z rozkoszą. Po niebie dryfują masywne obłoki, jakby ktoś ściągnął je z Kaplicy Sykstyńskiej i rozwiesił nad Makau. Płyną po jasnoniebieskim tle, wolnym dziś od zawiesiny smogów. Opieram głowę o szybę i głęboko oddycham – czy piękno można wchłonąć poprzez oddech? Przechylam głowę i kątem oka spoglądam na koczowisko, którym stało się nasze łóżko. Pościel jest potargana i bezwzględnie wymaga prania. Wokół unosi się zapach rozgrzanego kurzu i czerstwego chleba. Wiem, że muszę przestać żyć jak pustelnica, ale wysiłek, jakiego wymaga ubranie się i wyjście z mieszkania, wydaje się ponad moje siły. By nabrać energii, biorę kolejny głęboki oddech i pod stertą koronkowej bielizny, której już nie noszę, zaczynam szukać sportowego stanika.

Portier podnosi głowę, kiedy wychodzę z windy, ubrana w spodnie od dresu, podkoszulek i sportowe buty, oklapnięta, ale przecież na chodzie. Ciekawe, czy dziwi się, widząc mnie o tej porze. Albo w ogóle mnie widząc. Jego wzrok podąża za mną, gdy przechodzę przez szklane drzwi.

Pomimo błękitnego nieba, powietrze ma zapach spalin i drży od hałasu hamulców i klaksonów. Zwykła poranna krzątanina osób pędzących do pracy lub do przedszkola z dziećmi. Do dwóch miejsc, w których mnie na pewno nie będzie. Mijam kobietę w piżamie, spokojnie siorbiącą z łyżki swoje *congee**, i tęsknię za spokojnym angielskim parkiem albo piaszczystą australijską plażą. Kobieta patrzy na mnie pustym, niewidzącym wzrokiem, potem spuszcza głowę i koncentruje się na posiłku. To dobrze, że się mną nie interesuje. Czuję się tu bardzo skrępowana – jestem za

* Popularna w Azji potrawa z ryżu.

blada, za wysoka... Zbyt obca. Czasem wydaje mi się, że z roku na rok staję się coraz bardziej obca. Jakbym pomału porzucała gdzieś samą siebie. Zaczęło się od ucieczki do Australii, potem wróciłam do Londynu, teraz jestem tu, w Chinach. Przyglądam się sklepom po obu stronach ulicy. Żaden z nich nie jest o tej porze otwarty – już kiedyś się o tym przekonałam. Otwierają dopiero około dziesiątej, albo nawet później, i bardzo późno zamykają. Można spokojnie wparować do sklepu o dziesiątej w nocy, a właściciel wyskoczy z zaplecza, wycierając usta z pozostałości ryżu albo zupy, gotów cię obsłużyć. Za to o poranku faliste metalowe żaluzje są opuszczone jak zaciśnięte powieki. Chiński napis nad wejściem zapewne informuje: „Przepraszamy, ale jeszcze śpimy".

Kilka budynków dalej znajduje się szkoła z małym placem zabaw w narożniku. Próbuję nie patrzeć, ale niestety nie mogę się powstrzymać. To mały i smutny wybetonowany plac zabaw. Stoi na nim dziwaczna gipsowa kolekcja miniaturowych replik słynnych budowli. Jest tu wieża Eiffla, sięgający do kolan Sydney Harbour Bridge i chylący się ku upadkowi London Bridge. Drobne okruchy mojego życia, ustawione tu jakby specjalnie dla mnie. Zawijam palce na drucianej siatce płotu. Placyk jest pusty, bo dzieci mają teraz lekcje. Ziemia jałowa: ani trawy, ani dzieci, ani jednego wybuchu śmiechu. Zmuszam się do szybkiego marszu i próbuję skoncentrować wzrok na stopach, aby powstrzymać płacz.

Na rogu mijam piekarnię, której aromaty docierają do mnie dużo wcześniej, niż ja docieram do niej. Zapach jest intensywny i słodki. Wzdłuż ulicy, w podwójnym rzędzie, stoją auta okolicznych mieszkańców, którzy wyskakują z nich, aby w locie zakupić coś na śniadanie. Już od wejścia wije się kolejka. W środku widać piramidy bułeczek z grillowaną wieprzowiną, pokrojone na kawałki miodowe ciasto, bułki posypane na wierzchu suszonym mięsem i zwykłe zapiekane kanapki z szynką i roztopionym serem. Inaczej tu pachnie niż w piekarniach w domu. Kiedyś kupiłam bochenek krojonego chleba, ale kromki były cieniutkie i miały słodki smak.

Kilka budynków za szkołą zatrzymuję się i biorę długi, głęboki wdech. Już nie płaczę. Moment słabości minął. Rozglądam się, chyba w obawie, że coś w najbliższym otoczeniu wywoła kolejne emocje. Ale niczego tu nie ma. Otacza mnie pogodny bezruch. Zza rogu wypływa lekki wiaterek i unosi moją grzywkę. Cicho przejeżdża taksówka, wpatruje się we mnie jakaś kobieta z siwiejącym kokiem. Zdaję sobie sprawę, że jestem tylko kilka przecznic od Supreme Flower City – widzę w oddali jego sylwetkę, fioletową jak wiosenny irys, pikującą ostro w modre niebo. Przede mną jest plac budowy, na którym powstaje nowa szkoła międzynarodowa i dom mieszkalny w kolorze wyblakłej szałwii. Słońce zaczyna coraz mocniej przygrzewać. Z budowy dochodzi odgłos pracującego świdra. Niewielu tu jeszcze robotników – ci, którzy są, przecierają oczy, drapią się po szyjach i rozglądają wokół, jakby czekali na szefa.

Jeden z mężczyzn zaczyna mi się przyglądać. Nagi do pasa siedzi na rusztowaniu i macha nogami, popalając papierosa. Wiem, że wpatrywanie się w innych nie jest tu objawem złego wychowania, ale i tak czuję się nieswojo. W jego ciemnych oczach nie ma zażenowania, jest raczej zaciekawienie moją odmiennością. U stóp rusztowania siedzi wyliniały pies i obdarza mnie psim uśmiechem: rozsunął wargi na oblepionym resztkami ryżowej zupy pysku, odsłaniając zęby i zwisający z boku język.

Mama zapewne wdałaby się z tym człowiekiem w rozmowę. Nie przeszkadzałoby jej, że jest półnagi lub że nie mówi ani słowa po angielsku, albo że jego pies wygląda, jakby cierpiał na setkę różnych skórnych infekcji. Kiedyś zbierała pieniądze dla organizacji Greenpeace i biegała z transparentem i petycjami do podpisu. Mogła opowiadać godzinami o fokach grenlandzkich lub o testach nuklearnych. Potrafiła opisać japońskie polowania na wieloryby w tak drastycznych szczegółach, jakby sama stała na pokładzie statku. Jej entuzjazm był elektryzujący i porywający – w innych okolicznościach mógłby nawet przerażać. Protesty podpisywało więcej mężczyzn niż kobiet i była to zasługa Mamy, a nie Greenpeace'u, szczególnie podczas lepszej pogody, gdy nosiła rozpuszczone włosy i długie spódnice. Wyglądała zachwycająco, jak świeży jesienny liść dopiero co opadły na ziemię. Kojarzyła się z ciepłym letnim wiatrem albo spacerem ręka w rękę z kimś, kogo się kocha.

Raz jeszcze spoglądam na mężczyznę na rusztowaniu, który akurat wyciąga z ust papierosa i spluwa na ziemię. Jego puste spojrzenie przywodzi mi na myśl Głupią Martę. Głupia Marta chodziła wzdłuż płotu mojego liceum, zbierała puste puszki po napojach i mamrotała bez przerwy o Naszym Panu Jezusie Chrystusie. Nie sądzę, by ktokolwiek wiedział, jak naprawdę się nazywa. Dziewczyny jej dokuczały, rzucały przez płot puste puszki, aby za nimi biegała, śmiały się z jej skołtunionych włosów i rozbieganych, szklistych oczu. Przerażała mnie i nie zbliżałam się do miejsc, w których zazwyczaj przebywała, aż do dnia, kiedy przybiegła do mnie zaaferowana Jennifer Beasley.

– Twoja mama rozmawia przy płocie z Głupią Martą – powiedziała bez tchu, z właściwym czternastolatkom uwielbieniem do plotek w głosie. Jeszcze zanim dotarłam na miejsce, wiedziałam, że będzie afera. Dziewczyny stłoczyły się wzdłuż płotu – wszystkie w podkolanówkach, rozchichotane. Słyszałam, że Mama coś krzyczy. Że powinny się wstydzić i żeby się zastanowiły, co zrobiłby Ghandi. Nie sądzę, by moje koleżanki wiedziały, kim był Ghandi, ale wyraźnie były rozbawione. Ponad ramieniem koleżanki w starannie ułożonych blond lokach próbowałam zobaczyć, co się dzieje. Mama w niezręcznym uścisku obejmowała ramieniem Martę. Mówiła z uniesioną do góry brodą. Biedna Marta wyglądała na wystraszoną, łypiąc w górę spod pachy Mamy.

– Gdybyśmy wszyscy wyłupywali oko za oko – perorowała Mama teatralnym tonem – świat już dawno byłby ślepy. – Marta skurczyła się ze strachu, jakby się obawiała, że Mamie może chodzić o jej oko. Tłum dziewcząt zareagował śmiechem i trajkotaniem. Ktoś zaczął klaskać. Być może Mama dostrzegła moje rude włosy ponad odzianymi w zielone sweterki ramionami, bo zawołała:

– Grace, Grace, kochanie!

Ale ja wtopiłam się w tłum. Mama zaczęła powoli odchodzić, prowadząc Głupią Martę pod ramię. Tłum wiwatował, gdy ponad płotem poszybowała kolejna puszka i wylądowała u ich stóp.

– Głupia Marta i jej przyjaciółka Warcząca Berta – zażartowała jakaś dziewczynka z umalowanymi oczami. Widziałam, że Jennifer rzuciła mi na wpół zachwycone, a na wpół współczujące spojrzenie. Zignorowałam ją. Wcześniej i tak – z powodu mojego przechodzonego mundurka i pryszczy na brodzie – trudno było mi się z kimkolwiek zaprzyjaźnić, ale teraz stało się to prawie niemożliwe. Resztę roku spędziłam w przytulnych objęciach biblioteki, otoczona stosami francuskich książek kucharskich i starych przewodników po tak odległych miejscach, jak Afryka, Grenlandia, Australia czy Chiny.

Facet na budowie w końcu odrywa ode mnie wzrok i drapie się pod pachą. Może powinnam wrócić do domu i położyć się do łóżka? Powietrze jest ciężkie i wilgotne, a ja czuję się wyczerpana. Tuż obok widzę podwórko kompleksu mieszkaniowego, to znaczy trzech bloków ustawionych w literę U, wyłożonych nadkruszonymi już i poszarzałymi ze starości zielonymi kafelkami. Większość okien przyozdobiona jest rdzewiejącymi metalowymi suszarkami, z których zwisa wilgotne pranie. Wchodzę na podwórze, by przyjrzeć się maleńkim sklepikom i zakładom usługowym na parterze, choć wygląda na to, że większość z nich już nie funkcjonuje. Jeden lokal to zapewne biuro podróży – na szybach wiszą poodklejane wyblakłe plakaty. Przylega do niego gabinet kosmetyczny o nazwie Salon Depilacji. Obok stoi czarna tablica ze starannie namalowanym zieloną kredą klapkiem, zachęcająca do zakupu japonek marki Havaianas. Kiedyś musiał tu być zakład fryzjerski, ale okna pokrywa gruba warstwa brudu, więc to pewnie stare dzieje. Jednak na zewnątrz wciąż wiruje na wietrze pasiasty drąg*.

Mój wzrok przyciąga jedyna tutaj informacja po angielsku. Jest napisana ręcznie na dole wiszącej w oknie białej kartki papieru, pod napisami po portugalsku i po chińsku. „Na sprzedaż lub wynajem. Lokal wyposażony w piece. Atrakcyjna cena. Telefon: 6688 3177".

Zaglądam przez okno do mrocznego wnętrza, które kiedyś było zapewne kawiarnią. Pod ścianami stoją wiklinowe krzesła. Podłoga jest wyłożona białymi kaflami, z czarnymi dekorami w kształcie karo tam, gdzie stykają się cztery płytki. Pokrywa ją brudny, lepki kurz. Pod przeciwległą ścianą widać ladę i wiszącą za nią portugalską flagę. Jej górny prawy róg się odkleił, więc zwisa smętnie z jednej strony. Robię kilka kroków wstecz i raz jeszcze czytam informację. „Lokal wyposażony w piece". A więc na tyłach musi być kuchnia.

Moje rozważania przerywa ostry jak brzytwa głos. Ktoś wykrzykuje coś po kantońsku. Podnoszę wzrok na ubraną w kwiecistą piżamę starszą kobietę, która wychyla się przez okno. Jej twarz jest ściągnięta w grymasie niezadowolenia.

---

* W krajach anglosaskich tradycyjny symbol zakładu fryzjerskiego (przyp. tłum.).

Wywija w powietrzu wyciągniętym palcem, wrzeszcząc po kantońsku. Znów czuję się skrępowana. Człowiek jest całkiem bezradny, kiedy nie zna języka.

– Przepraszam! – wołam zduszonym głosem, unosząc rękę w obronnym geście. Robię kilka kroków do tyłu i potykam się, lądując z głuchym plaśnięciem na betonie. – Cholera!

Nie patrzę w górę w obawie, że kobieta zaśmiewa się z mojego upadku. Wstaję i otrzepuję kurz ze spodni. Twarz płonie mi ze wstydu i odsuwam się od sklepowych witryn. Kiedy wychodzę z podwórza, odwracam się po raz ostatni, by popatrzeć na ogłoszenie. Ono zdaje się patrzeć na mnie, jasne jak skrzydło gołębicy na tle ciemnego, pustego okna. Spuszczam głowę i kieruję kroki w kierunku domu. Po chwili słyszę inny głos, tym razem roześmiany. Oglądam się przez ramię i wtedy dostrzegam jeszcze jedną kobietę, wychylającą się z balkonu w bloku naprzeciwko kobiety w piżamie. Odkrzykuje coś, rozwieszając koszule i spodnie. Strzepuje mokre ubrania i burcząc, kiwa głową do znajomej po drugiej stronie podwórza. Dociera do mnie, że one rozmawiają ze sobą, a ich konwersacja nie ma ze mną nic wspólnego. Gdzieś w głowie słyszę rozbawiony głos Mamy: „Odwagi, Grace! Potrzeba ci trochę mojej bezwstydności, dziewczyno". Bezwstydności, która prowokowała nas do wyjazdów do Paryża w poszukiwaniu szczęścia albo popychała do urządzania nocnych pikników w Ogrodach Kensington. Im mniej jej mam, tym lepiej. Przynajmniej tak dotychczas uważałam. W drodze do domu przygryzam wargi i marzę, by moja twarz nie miała teraz koloru moich włosów.

– To nie potrwa długo.

Słychać w jego głosie ledwie wyczuwalne błaganie, gdy kładzie na łóżku czystą koszulę. Unoszę głowę znad książki.

– To spotkanie firmowe. Będzie dziwnie wyglądało, jak przyjdę sam. – „Znowu" – dodaje pewnie w myślach. – Chcą cię poznać, Grace.

Bezrobotną bezpłodną żonę, byłą kelnerkę. Jasne, zapewne o niczym innym nie marzą.

– Nie wiem – mówię. – Nie mam co na siebie włożyć.

To przynajmniej częściowo prawda. Nie kupuję ubrań odpowiednich na przyjęcia koktajlowe, poniekąd specjalnie.

Pete wyjmuje z szafy czarną sukienkę i gładzi ją ręką tak, jakbym już miała ją na sobie. Od pasa do miejsca, gdzie byłoby moje udo. Nie zakładałam jej od poprzedniego Bożego Narodzenia – nie wiem nawet, czy w nią wejdę.

– Ta nie może być? – pyta. Wzruszam ramionami i wracam do mojej książki, ale czuję na sobie jego spojrzenie. Kiedy wchodzi pod prysznic, wstaję i dotykam sukienki, leżącej na łóżku obok jego koszuli. Jest chłodna w dotyku, jakby wilgotna, i połyskuje niczym skóra foki. Zdejmuję ubranie i wciągam ją przez głowę. Pasuje. Przeczesuję palcami włosy i znowu myślę o Mamie. Ile ona miała kreacji na przyjęcia! Jej szafa była zawsze pełna jedwabiu i satyny we wszystkich kolorach tęczy. Ja preferuję czernie i barwy neutralne, bo do wszystkiego pasują. Biorę głęboki oddech.

– Pójdę – mówię. Nie dość głośno, aby Pete usłyszał mnie pod prysznicem, ale wystarczająco dobitnie, aby przekonać samą siebie.

Stoję ukryta w oświetlonym blaskiem świec narożniku, najdalej jak się da od DJ-a, baru i tłumów. Ponad głowami widzę Pete'a, otoczonego wianuszkiem twarzy odchylonych do tyłu przy wybuchu śmiechu lub pochylonych do przodu, by usłyszeć opowiadaną przez niego historię. Za każdym razem, kiedy mija mnie kelner z tacą serów, nakładam sobie dwie albo trzy porcje krakersów. Obdarzam go uprzejmym uśmiechem, mając nadzieję, że odgadnie, iż kiedyś wykonywałam tę pracę i wiem, że stopy bolą go tak, jakby ktoś wbijał w nie szpilki. Wykwintne sery są słonawe w smaku, a ich miękkość wspaniale kontrastuje z kruchością krakersów. Dopiero teraz zdaję sobie sprawę, jaka jestem głodna i jak niewiele jadłam przez ostatnie tygodnie. Kelner chyba też to czuje, bo za każdym razem, gdy wychodzi z kuchni z nowym półmiskiem, rusza prosto w moim kierunku. Kozi, pleśniowy, brie. Cudownie gładkie i rozpływające się w ustach. Cieszę się, że udało mi się ukryć w tym zakątku sali – nikt tu nie zwraca uwagi na moją ucztę. Wszyscy skupiają się na mówieniu właściwych rzeczy i śmianiu się we właściwych momentach, na uśmiechach, które mają okazać, jakie wszystko jest interesujące. Te same banalne sceny odgrywane są w każdym miejscu sali.

Szczupła Chinka o miłej twarzy odrywa się od otaczającego Pete'a kółka i zaczyna płynąć w moją stronę. Nerwowo strzepuję z sukienki okruchy jedzenia i czuję nagły skurcz żołądka. Staję bokiem do niej i staram się patrzeć przez okno z jak najbardziej obojętnym wyrazem twarzy.

– Grace? Witaj, Grace, jestem Celine. Właśnie poznałam twojego męża, Pete'a. Powiedział, że gdzieś tu cię znajdę. – Wyciąga do mnie szczupłą dłoń. Kobieta mówi z tak niewiarygodnie pięknym francuskim akcentem, że mimo woli odwracam się, by jej się przyjrzeć. Dźwięk jej głosu wywołuje u mnie dreszcz, jakbym przypomniała sobie coś sprzed lat. Mrużę oczy i zapominam o tym, że powinnam coś powiedzieć. Ona uśmiecha się serdecznie. Celine, co rymuje się z Marylin, jeszcze raz przedstawia się głosem gładkim jak kremowa śmietanka. Ujmuję miękką dłoń. Celine ma okrągłą twarz koloru księżyca i lekko szpiczastą brodą, co nadaje jej wygląd małej dziewczynki. Mówi swobodnie, jakby nie oczekiwała ode mnie zbyt wielkiego wkładu w konwersację, wyjaśniając, że jej rodzina pochodzi z Chin, ale ona wyrosła w Paryżu. Jest tu z mężem i pracuje jako nauczycielka francuskiego, bo, bądź co bądź, jest Francuzką.

– *Pourquoi pas*? Dlaczego nie? – pyta ze śmiechem, wzruszając ramionami.

Bezwiednie odpowiadam na jej uśmiech. Ma nauczycielską umiejętność dostrzegania zagubionych kurczątek i zagarniania ich pod swoje skrzydła. Z łatwością oddaję się jej w opiekę.

– Musisz teraz poznać Léona. – Chwyta mnie za łokieć i wyprowadza spoza zasięgu klimatyzacji, na balkon. Znajdujemy się na siedemnastym piętrze w restauracji nowo otwartego, eleganckiego kasyna – to tak, jakby znaleźć się nagle na czubku bożonarodzeniowej choinki. Widok stąd jest porywający: blask bijący od półwyspu Makau odbija się w ciemnych wodach dzielącego nas przesmyku. Jaskrawe światła wydają się w nocy dużo ładniejsze. Nawet most błyszczy od reflektorów taksówek sunących w stronę wyspy Taipa.

O balustradę opiera się wysoki mężczyzna, trzymając w dłoniach kieliszek wina. Mam wrażenie, że myśli o tym samym, co ja, bo spod ciemnych brwi spogląda na miasto z uśmiechem. Ma oczy jak dwa migdały i gęste szpakowate włosy, które przy ruchu głowy ocierają się o krawędź kołnierzyka. Pełne usta obejmują kieliszek, gdy pociąga łyk wina. Odwraca się powoli i patrzy w naszą stronę – w oczach pojawia się czułość, a na ustach uśmiech, który odsłania perłowe zęby. W klatce piersiowej czuję ucisk i nagle wydaję się sobie zbyt pijana. A może to tylko zawrót głowy.

– Léon, musisz poznać Grace. Grace, to mój mąż, Léon.

– Cześć – mówię cicho.

Pochyla się i całuje mnie najpierw w lewy policzek, a potem w prawy.

– Dobry wieczór. Miło cię poznać – mówi z autentyczną sympatią. Jego głos przywodzi na myśl taki Paryż, jaki pamiętam. Miasto miłości i tajemnic. To wspomnienie zapiera mi dech w piersiach.

Obserwuję powiewające na wietrze włosy Celine, kiedy opowiada o swoich uczniach. Jej oczy błyszczą, gdy opisuje pewne pełne zapału dziecko z okropną wymową, jej śmiech ma srebrzysty dźwięk fletu. Chciałabym wiedzieć, czy mają dzieci, ale w gardle czuję ucisk i nie mogę wydusić słowa. Widzę ich na tle rozświetlonego nieba. Ona ma na sobie białą jedwabną koszulę, a on lnianą niebieską. Wyglądają jak para z reklamówki proszku do prania, który sprawia, że biel jest jeszcze bielsza, a kolory bardziej intensywne. Jedwab i len to takie wymagające, kłopotliwe tkaniny. Ale po parze przede mną nie widać cienia wysiłku – przytulają się do siebie swobodnie, a mnie robi się trochę smutno. Są jak para uśmiechająca się ze zdjęcia w ozdobnej ramce, stojącego na sklepowej półce. Para, którą chciałoby się być.

Celine przeprasza i idzie po kolejny kieliszek wina, a ja podnoszę wzrok na uśmiechającego się do mnie Léona.

– Przepraszam za mój angielski. Nie mówię zbyt dobrze, musisz mi wybaczyć.

Jego akcent jest twardy jak wyschnięta beza, ale rozumiem każde słowo. Żałuję, że nie nauczyłam się więcej francuskiego, ale nigdy nie byłam uzdolniona językowo. Myślę, że do tego trzeba być ekstrawertykiem.

– Ale to nieprawda, twój angielski jest bardzo dobry. To mój francuski jest straszny. Nie masz za co przepraszać.

– To miło z twojej strony. Czasem jest ciężko. Ludzie często nie rozumieją, co chcę powiedzieć. – Wzdycha i śmieje się jednocześnie. Kiedy opiera się tyłem o balustradę, widzę nieforemny czworobok zarostu, którego przez nieuwagę nie zgolił. Mam niepohamowaną ochotę przejechać po nim palcem i sprawdzić, czy kłuje. – Lubisz jedzenie, *non*?

– Słucham?

– Catering. Lubisz to? Widziałem, że jadłaś sery.

Sukienka nagle staje się za ciasna w pasie. Błagam w myślach moją twarz, aby nie oblała się rumieńcem.

– O, tak. Jedzenie jest bardzo dobre. Smakuje mi.

– To moja restauracja. Pracuję tu. Jestem szefem kuchni.

– Nie wiedziałam. Ja... kiedyś byłam kelnerką. – Nie wiem, dlaczego podzieliłam się tą informacją. Sama ze mnie wypłynęła. – Ser Pont-l'Évêque był bardzo dobry – zmieniam temat. – Jest z Normandii, dobrze myślę?

– *Oui*. Tak, zgadza się. – Léon unosi brwi i uśmiecha się. – Aha, kobieta, która zna się na jedzeniu. – Marszczy czoło. – Chciałbym, żeby Celine więcej jadła. Jest za mała. Jak wróbel. Martwię się. – Léon wypuszcza powietrze spomiędzy pełnych, wygiętych w grymasie niezadowolenia ust. To pewnie francuski sposób wyrażania dezaprobaty.

– Cóż... – nerwowo szukam w głowie czegoś, co mogłabym powiedzieć. I czuję, że serce we mnie rośnie, a na moich ustach prawie wykwita szczery uśmiech. Prawie.

Wracamy z Pete'em do domu w wilgotnym powietrzu i w zalegającym między nami całkowitym milczeniu. On od czasu do czasu wydaje z siebie krótkie chrząknięcia, jakby sam się ze sobą zgadzał. Pewnie myśli o czymś, co musi jutro zrobić w pracy. Wchodzimy do mieszkania, on włącza BBC i zdejmuje buty. Ja idę do łazienki zmyć makijaż. Wchodzę do łóżka nago i pod poduszką chowam na wszelki wypadek dodatkową tabletkę. Z salonu dochodzi ciche mamrotanie angielskich dziennikarzy, więc sięgam pod szafkę nocną, gdzie zgromadziłam stosik książek kucharskich. Czytam *Francuską odyseję Ricka Steina*, gdy do pokoju wchodzi Pete. Idzie do łazienki umyć zęby.

– Dobrze się dziś bawiłaś? – woła.

– Było okej.

– Mówiłem ci, że tak będzie.

– Mmm…

Ściąga koszulę i krawat i rzuca je na krzesło w nogach łóżka. Patrzy na mnie albo na okładkę książki, nie jestem pewna na co. Zakłada czyste bokserki – pomarańczowe w paski, w których lubi spać. Kładzie się na plecach i patrzy w sufit, z ręką na moim udzie. Odwilżacz szumi cicho, a ja zgłębiam tajniki dobrej zupy cebulowej. Takiej klarownej i brązowej, pachnącej ulicami i zaułkami Paryża. Ile do tego trzeba cebuli! Rozważam wyprawę na targ w Taipa następnego dnia.

– Dobranoc, kochanie – mówi Pete. Jego głos jest chłodny i nieobecny. Zabiera rękę z mojej nogi.

Chwilę później ja mówię dobranoc Rickowi Steinowi i zamykam książkę. Głowę mam pełną przepisów i francuskich potraw, a żołądek pełen sera. Wyłączam lampkę i układam się na boku, twarzą w kierunku sterty pościeli, w której ukryty jest śpiący Pete. Kładę dłoń na jego ramieniu, by poczuć przez prześcieradło jego ciepło, potem odwracam się na drugi bok.

Kochana Mamo,

śniło mi się francuskie jedzenie. Pamiętasz sery? I pieczywo? Pamiętasz, jak marzyłyśmy, żeby otworzyć własne bistro? Ty i ja serwujące bagietki i zupę dnia… Zalany słońcem taras, wysokie obcasy i srebrne sztućce… Pieski pijące ze spodków i eleganckie szpilki pod stolikami z kutego żelaza. Moje myśli przewijają się w rytm „Summertime", które gra w mojej głowie na okrągło jak winylowa płyta. Wiesz, ta wersja z „Porgy and Bess"…

Myślałam o Paryżu, Mamo.

Pamiętam, jak poznałam tę piosenkę. Chodzi mi o pierwszy raz, kiedy ją usłyszałam. Obudziłam się wtedy w hotelu, a Ciebie nie było. Była zimna, ciem-

na noc. Byłam dość duża, żeby samodzielnie włączyć światło, ale musiałam podskoczyć, żeby dosięgnąć do pstryczka. Myślałam, że schowałaś się w kącie albo za szafą i że bawisz się ze mną w chowanego. Sprawdziłam pod łóżkiem, ale znalazłam tylko obklejoną paprochami tabletkę na gardło. Usiadłam na chwilę na łóżku, podciągnęłam kołdrę, włożyłam jej rąbek do buzi i przez jakiś czas ssałam. Potem założyłam kozaczki, na koszulę nocną zarzuciłam zimowe palto, wykradłam się z pokoju i cichutko zeszłam po schodach. Na dole portier chrapał w fotelu. Na zewnątrz powietrze było lodowate i skóra na moich nogach pokryła się gęsią skórką.

„Mamo, Mamo! Gdzie jesteś, Mamo?!" – powtarzałam rytmicznie w głowie. Mam skręcić w prawo czy w lewo? Wiatr szczypał w uszy i chłostał po nogach. Serce łomotało w piersi. Skręciłam w lewo. Ulica była pusta, cicha jak kościół i śliska od padającego przez całe popołudnie deszczu.

Nieco dalej usłyszałam głośną muzykę, dochodzącą z ciemnej kawiarni. To była trąbka! Ba, ba, baaa – ktoś na niej grał. Od drzwi biło ciepło i stało w nich kilka roześmianych osób. Podeszłam bliżej, rozcierając zmarznięte ręce. Ludzie palili długie, smukłe papierosy i rozmawiali ponad moją głową. Stałam tuż przy okiennej szybie i słuchałam zawodzenia mojego ulubionego instrumentu. Podobało mi się, że brzmi tak ładnie i jednocześnie tak mocno. Kiedyś próbowałam grać na trąbce na lekcjach muzyki, ale wszystkie produkowane przeze mnie dźwięki brzmiały jak pruknięcia – były głośne, krótkie i irytujące. Tu ze złotej tuby wypływały czyste, pewne nuty. Słuchając tej trąbki, poczułam przenikliwe zimno. Oparłam się o szybę, walcząc z napływającymi łzami. Gdybym znała jakąś modlitwę, na pewno wypowiedziałabym ją w tamtej chwili. Ale zamiast modlitwy moje usta wypowiadały tylko dwa słowa: – Mamo, proszę.

I wtedy, jakby moje życzenie było magicznym zaklęciem, zobaczyłam Cię przez przydymioną szybę. Tańczyłaś obok sceny w jedwabnej morelowej sukience. Miałaś rumiane policzki, Twoja skóra promieniała.

– Mamo, Mamo! To ja, Grace! – wołałam, pewna, że mnie zobaczysz.

Ludzie patrzyli teraz na mnie w kłębach papierosowego dymu. Pochyliła się nade mną jakaś kobieta. Miała na sobie czerwoną marynarkę i wysokie czarne buty. Mówiła coś, ale nie rozumiałam ani słowa po francusku. Czułam się tak, jakbym utknęła na dnie studni. Próbowała oderwać moje ręce od szyby i odwrócić mnie twarzą do siebie, ale wyrwałam się. Jak tylko mnie puściła, zaczęłam biec. Napędzana buzującą we mnie krwią i strachem, gnałam w stronę hotelu. Płacząc, przemknęłam przez zakurzone lobby i, stukając podeszwami ciężkich butów, wbiegłam po schodach. Zatrzasnęłam za sobą drzwi i przekręciłam od wewnątrz zamek. Oparłam się plecami o drzwi i, oszołomiona, trwałam tak przez chwilę, dysząc ciężko. Potem w butach i palcie wdrapałam się na łóżko i naciągnęłam kołdrę na głowę. Wsunęłam zmarznięte ręce między kolana, żeby je rozgrzać, i zasnęłam.

Nie wiem, kiedy wróciłaś. Kiedy obudziłam się późnym przedpołudniem, mój płaszczyk leżał złożony na butach obok łóżka, a Ty siedziałaś przy oknie, stukając palcami w parapet. Byłaś bez makijażu, pomijając kilka grudek tuszu pod prawym okiem. Miałaś na sobie szlafrok, mokre włosy zawinęłaś w ręcznik, a spod okrycia wystawały pomalowane na czerwono paznok-

cie. Na kolanach trzymałaś małe, białe, przewiązane kokardą pudełko z cukierni i pachniałaś cukrem.

– O, dobrze, że się obudziłaś. Dziś musimy iść do zoo, Grace. Już nie pamiętam, kiedy ostatni raz oglądałyśmy zwierzątka. A ty pamiętasz?

Potrząsnęłam przecząco głową.

– To pogoda na misie polarne, nie uważasz? – Wskoczyłaś na łóżko, miażdżąc przy lądowaniu jedną z moich stóp. Próbowałaś mnie przytulić i połaskotać, a ja przygryzałam wargi. Może mi się to wszystko w nocy przyśniło?

– Zostawiłaś mnie…

– Nie, kochanie.

– Tak, zostawiłaś mnie w nocy. – Z oczu popłynęły te same łzy, które płynęły w nocy, jakby czekały pod powiekami na odpowiedni moment.

– Szsz… Hej, nie płacz już – powiedziałaś. – Popatrz, co mam. Od razu zrobi ci się lepiej. Zobaczysz. – Mrugnęłaś, podając mi pudełko. W środku znalazłam najpiękniejsze ciasteczka, jakie w życiu widziałam, kolorowe i okrągłe jak guziki. – Makaroniki – powiedziałaś.

Poszłyśmy tego dnia do zoo, prawda? Zostałyśmy tam aż do zachodu słońca i przeziębiłam się. Nigdy nie porozmawiałyśmy o Twoim wyjściu do klubu jazzowego, w którym grano muzykę z „Porgy and Bess" i w którym śpiewałaś i tańczyłaś w morelowej sukience. I o tym, jak zostawiłaś mnie samą w hotelowym pokoju za rogiem aż do rana.

Tak dużo miałaś tajemnic, Mamo. Za dużo.

Twoja kochająca córka Grace

La Poudre à Canon – Proch Strzelniczy

ZIELONA HERBATA ZE SŁODKIM KREMEM MAŚLANYM O SMAKU MANDARYNKI

Pete dużo teraz pracuje. Wraca późno i stale ma ciemne worki pod oczyma. Kilka razy zasnął wieczorem na kanapie przed telewizorem i musiałam go budzić i prowadzić do łóżka. Skończyły mi się tabletki nasenne, więc spędzam noce, leżąc z otwartymi oczami w ciemnościach i słuchając, jak śpi. Podczas tych długich nocy nie mogę przestać myśleć o dzieciach: bawiących się, tańczących, biegnących do domu po szkole na ciepły obiad. O różowych oseskach w moich ramionach. O zapachu ich świeżo umytych główek. O karmieniu maleństwa własną piersią. Ta ostatnia myśl jest najgorsza – boli mnie cała klatka piersiowa, jakbym zamiast serca nosiła tam ciężki kamień. Płaczę w łazience za zamkniętymi drzwiami, żeby nie obudzić Pete'a. Mój umysł szaleje jak kot goniący bez końca swój własny ogon. Czekam godzinami na sen, żując kołdrę jak wtedy, kiedy byłam dzieckiem. Kiedy sen przychodzi, trzyma mnie w uścisku przez całe poranki, aż do południa, pozwalając mi w ten sposób szczęśliwie przeżyć pół dnia.

Po południu jedyną czynnością, która może mnie jakoś zająć, jest pieczenie. Wertuję książki kucharskie i produkuję piramidy okrągłych ciasteczek, placków z polewą i maleńkich babeczek. Pete nic nie mówi, choć każdego ranka wynosi worki pełne wyschniętych muffinek i do połowy zjedzonego bananowego ciasta. Jedyne, co odrywa mnie od myślenia o dzieciach, to wspomnienia z Paryża: szare niebo, wysocy mężczyźni, czarna kawa, słodkie wypieki i roześmiana Mama, za którą powiewają rozpuszczone włosy i szal... Zapach chleba i czekolady.

W ciepłą czwartkową noc tuż przed początkiem chińskiego Nowego Roku idziemy do tawerny „Old Taipa". To pub w stylu angielskim, bardzo lubiany przez obcokrajowców, mieszczący się przy głównym placu miasteczka, tuż obok chińskiej świątyni. Dorośli rozmawiają i popijają zimne piwo ze spoconych kufli, a ich dzieci jeżdżą w kółko na rowerkach po betonowym podwórzu. Starsi chłopcy kupują w sklepiku obok małe paczuszki prochu czy dynamitu, jakiejś wybuchowej substancji, która idealnie mieści się w małej dłoni i robi dużo huku, gdy rzucić nią o ziemię. Podkładają paczuszki w takich miejscach, gdzie maluchy na pewno po nich przejadą, a każdy wybuch nieodmiennie skutkuje przerażeniem na pobladłych buziach i wybuchem płaczu.

Pete i ja siedzimy na zewnątrz, chociaż słońce już zachodzi. Ja jak zwykle zamawiam kiełbaski i purée ziemniaczane. Pete zagryza dolną wargę i nie może się zdecydować. Ma pociemniałą, ściągniętą twarz, gdy w końcu wydusza z siebie werdykt: cheeseburger.

– Wszystko w porządku? – pytam, kiedy nasza kelnerka odchodzi obsłużyć stolik oblężony przez głośnych Australijczyków, wołających o „jeszcze jedną skrzyneczkę z lodówki".

– Tak, jakoś leci. – Pete przełyka duży haust piwa.

Przyglądam się, jak mały człowieczek w zwisających spodniach zamyka na klucz wysokie czerwone wrota chińskiej świątyni. Twarz ma poważną i pomarszczoną, a z dużego pieprzyka na brodzie wyrasta mu pojedynczy długi włos. Widzi, że go obserwuję, i mruga jak kot. Wskakuje na rower i już go nie ma.

– W pracy gonitwa.

Odwracam się twarzą do Pete'a. Skubie nalepkę na butelce.

– Budowanie firmy mnie wykańcza. Wszystko trzeba robić dwa razy. Zatrudniam ludzi, których w kraju nigdy nie przyjąłbym do pracy. Ale co mam robić? Są terminy.

Pete był już wcześniej zaangażowany w tworzenie nowych kasyn. Nigdy nie unikał zawodowych wyzwań. Wydawało mi się nawet, że je lubi. Dlatego właśnie przed przyjazdem do Makau przenieśliśmy się do Londynu. Poza tym liczyliśmy, że może tam poczuję się szczęśliwsza, że odnajdę wewnętrzny spokój i że uda nam się zbudować przykładną czteroosobową rodzinę: my plus mały synek i córeczka.

– Najgorsze jest to, że połowa zespołu nie rozumie ani słowa z tego, co mówię.

Wyobrażam sobie Pete'a otoczonego przez Chińczyków, wpatrujących się w niego takim samym pustym wzrokiem, jakim patrzył na mnie przed chwilą zamykający świątynię mężczyzna. A Pete przyzwyczajony jest przecież do roli kapitana okrętu.

– Nie wiem – wzdycha. – Nie tego się spodziewałem. – Przerywa na chwilę. – Co my teraz zrobimy, Grace?

Rozumiem, że chodzi mu nie tylko o pracę, więc spuszczam oczy.

– Hej, jesteś tutaj? Czy mogę porozmawiać z własną żoną? Proszę.

Wyciąga rękę i podnosi moją brodę. To nie jest czuły gest. W jego oczach widzę frustrację i pragnienie kontaktu, jego dłoń trochę zbyt mocno ściska moją twarz.

– Pete... – zaczynam, ale nie potrafię nic więcej powiedzieć.

Jeden z facetów przy stoliku obok zaczyna nam się przyglądać. Sponad kufla piwa rzuca ciekawskie spojrzenia.

– W ogóle o tym nie rozmawialiśmy – mówi Pete. – Są przecież inne opcje. Można poszukać komórek jajowych od dawcy...

Uwalniam twarz z uścisku.

– Nie! – mówię przez zaciśnięte zęby. – Nie potrafię tego zrobić, Pete. Rozmawialiśmy o tym, zanim dostaliśmy wyniki, pamiętasz? Nie chcę tego robić i nie chcę o tym mówić. Jestem zmęczona. Moje ciało jest zmęczone. Już wystarczy.

Pete zniża głos.

– A nie możemy chociaż porozmawiać? Boże, Grace, nie rozumiesz, że dla mnie to też nie jest proste? To i do tego jeszcze praca. Niczego nie rozumiesz. Nawet się nie starasz.

Teraz patrzę wprost na niego, bo jego słowa są jak policzek. Ja się nie staram? A oddychanie, jedzenie i spanie to nie jest wystarczający wysiłek? Pete patrzy mi głęboko w oczy, wpatruje się najpierw w jedno oko, potem w drugie, jakby szukał czegoś, co zgubił.

– Ja się nie staram? – mówię sztywnym i chłodnym tonem. Nic nie mogę na to poradzić.

– Nie to miałem na myśli. Przepraszam. – W jego głosie wciąż słychać ostrą nutę. – Chodzi o to, że... Cholera! Nie wiem, co mam robić. Nie wiem, co my powinniśmy teraz zrobić – mówi cicho, niemal szeptem, potrząsając ze smutkiem głową.

– Ja też nie wiem – odpowiadam po prostu. To twarde, uczciwe stwierdzenie ma w sobie ostrość brzytwy.

Pete odchyla się na krześle. Patrzymy na siebie w milczeniu. Nie mam siły się kłócić. Na jego twarzy widać kolejne zmarszczki, jakby za długo leżał na pogniecionej poduszce, a ja zastanawiam się, kiedy zdążyliśmy się tak postarzeć. W jego oczach widzę smutek i zawód, więc odwracam wzrok.

– Kiełbaski z ziemniakami? Cheeseburger?

Nasza kelnerka ma śnieżnobiały uśmiech i skórę koloru miodu. Plakietka na sukience informuje, że ma na imię Sophia. Patrzymy na nią i kiwamy głowami jak dzieci. Przynosi sztućce, a ja zamawiam gorzką cytrynówkę. Pete kroi burgera na małe kawałki i wolno przeżuwa każdy kęs. Przy stoliku obok Australijczycy zaczynają zawodzić jakiś stary przebój AC/DC. Potem oklaskują swój własny występ. Zwracają się do siebie po nazwiskach albo używając przezwisk: Fazza, Ballo, Smithy.

W kawiarnianym ogródku zapalają się światła w ciepłym, brzoskwiniowym kolorze. Na podwórzu jakaś dziewczynka na rowerku wydaje z siebie radosny okrzyk, przypominający świergot tropikalnego ptaka. Jej długie loki powiewają na wietrze, gdy z impetem przejeżdża obok starszego brata, poganiającego i wołającego, by jechała szybciej, jeszcze szybciej. Na szczęście natychmiast interweniuje ojciec, chwytając ją w powietrzu, zanim przyspieszy i rozbije sobie głowę. Pozbawiony pasażera rowerek przewraca się na bok, a ona śmieje się i wyrzuca do góry ramiona.

– Wygrałam! Wygrałam! – woła.

– Czas do łóżek – mówi, śmiejąc się, ojciec.

Pete patrzy w swój talerz. Oboje udajemy, że niczego nie zauważyliśmy. Ja obracam widelcem purée ziemniaczane.

Gdy budzę się nazajutrz, Pete'a już nie ma, a na zegarku widnieje 9:49. Dodaję cyfry jakby to były monety. Jedenaście centów dla pana z dziesięciu dolarów, bardzo proszę. Potrząsam głową i siadam na łóżku. Jestem owinięta w pasie prześcieradłem, nogawki piżamy poskręcały się wokół moich nóg. Poduszka leży na ziemi, a wilgotne włosy kleją mi się do szyi. Ciepło emanuje ode mnie jak od rozgrzanej szosy w środku lata, falami. Oddycham pomału, próbując uspokoić łomoczące w piersi serce. Z otwartego okna dociera do mnie chłodne powietrze i głaszcze moje skronie. Pozwalam głowie opaść na materac.

– Uderzenie gorąca. – Słowa więzną w suchym gardle, gdy szepczę je do siebie. Moje ciało wysyła mi sygnał: to jest kierunek, w którym teraz zmierzam.

Od dawna nie wychodziłam z mieszkania w innym celu, niż żeby zakupić mąkę, cukier albo polewę w proszku. Mam ochotę wyjść do delikatesów. Mój umysł już w zasadzie wędruje między półkami. Może przygotuję talerz przystawek i podam go na kolację z dwoma kieliszkami schłodzonego wina? Kupię wędzonego łososia i świeżo krojoną szynkę, ser i oliwki. Może w końcu uda mi się zostać porządną żoną i gospodynią?

Zakładam luźne spodnie i naciągam na siebie podkoszulek Pete'a. Pod ostrym cytrynowym aromatem proszku do prania wyczuwam jego zapach. Zawiązuję włosy w koński ogon i staram się nie patrzeć na swoje odbicie w lustrze w obawie, że mogłabym się rozmyślić i wrócić z powrotem do łóżka.

Supermarket znajduje się kilka przecznic od domu, ale temperatura szybko wędruje w górę, więc nie jest to przyjemna wyprawa. Kiedy w końcu docieram na miejsce, moje ciało pokrywa lepki pot, a oczy łzawią z powodu oślepiającego światła. Żałuję, że nie założyłam okularów słonecznych – nie tylko jest tu jaśniej niż w czeluściach mojej sypialni, ale do tego spotykam po drodze kolegę Pete'a, który macha do mnie z drugiej strony ulicy. Czasem zapominam, jak maleńkie jest Makau i że wszyscy obcokrajowcy żyją tu w gromadzie. Macham do niego i uśmiecham się przyjacielsko, wdzięczna, że nie przechodzi przez ulicę, żeby ze mną porozmawiać, i pospiesznie wchodzę do sklepu. Klimatyzacja chłodzi moją wilgotną skórę.

– Grace?

Odwracam się w stronę, z której dobiega niski wibrujący głos, ale oczy jeszcze nie przyzwyczaiły się do półmroku wewnątrz sklepu. Widzę jedynie, że to mężczyzna i że jest wysoki. On podchodzi bliżej i uśmiecha się.

– Cześć. Dobrze myślałem, że to ty. Jak się masz?

To Léon. Jestem pewna, że pachnę paskudnie, ale on pochyla się w moim kierunku, więc uśmiecham się najpiękniej, jak potrafię. Na obu moich policzkach składa lekkie pocałunki, delikatne jak muśnięcia ptasich skrzydeł.

– Cześć, Léon. Jakoś leci. A u ciebie? – Ton mojego głosu jest nieco za wysoki.

– *Bien, très bien*. Bardzo dobrze. Nie widziałem cię od czasu bankietu. Co porabiasz?

– Ach, to i owo, jak zwykle. Prawdę mówiąc, nic specjalnego.

Chowam się, przesypiam życie, robię wszystko, aby świat o mnie zapomniał. On uśmiecha się ciepło, jakbyśmy byli dobrymi przyjaciółmi albo nawet starymi kumplami. Ja pragnę zapaść się pod ziemię i marzę, żeby Léon powrócił do swoich zakupów. Ale on pyta, co planuję przyrządzić i spogląda na mnie z zainteresowaniem.

– Przystawki? Świetny pomysł. Mogę ci pomóc?

– Jasne.

– Mam kilka sugestii – mówi pewnym głosem i ujmuje mnie za łokieć. Pomaga mi znaleźć łososia i asystuje przy wyborze serów. Kupuję kozi serek z ziołami tylko dlatego, że Léon go uwielbia. To samo odnosi się do słoika nadziewanych zielonych oliwek.

– Może nie są teraz specjalnie modne – szepce konspiracyjnie – ale i tak są najlepsze.

W klimatyzowanej ciszy wędruje u mego boku i robi przegląd półek. Nie wiedzieć czemu, opowiadam mu o sobie rzeczy, których w innych okolicznościach nigdy bym nie ujawniła. Ja, Grace Miller, szczebioczę jak nastolatka. Jest w tym człowieku coś, co rozwiązuje mi język. Jestem pewna, że podczas rozmowy mam zdziwiony wyraz twarzy, jakbym słuchała kogoś innego. Opowiadam mu o wyjazdach z Mamą do Paryża, o spontanicznie organizowanych wakacjach, o kawiarniach, słodkościach i filiżankach kawy, których mała dziewczynka pewnie nie powinna pić. On słucha, uśmiecha się i napełnia mój koszyk. Śmieje się głośno, gdy opowiadam, jak pewnego razu zrzuciłam tacę pełną kieliszków z czerwonym winem na klienta ubranego w kremowy wełniany sweter. Czuję, że serce łomoce mi w piersi.

Wystarczy kilkanaście minut, aby mój koszyk wypełnił się po brzegi. Dźwigam opakowania szynki *pata negra*, marynowane bakłażany i suszone na słońcu pomidory. Za wiele, aby to zjeść, nie mówiąc o dźwiganiu.

– Przepraszam – zaczynam się tłumaczyć – przerwałam ci zakupy i ja mam pełny koszyk, a ty nie.

Léon wyjmuje kosz z moich rąk i podaje go dziewczynie za ladą, która przygląda się nam, kasując produkty.

– Nie ma problemu. Miło jest spotkać innego… Jak to się mówi? Smakosza. Ja przyszedłem tylko po dżem. – Pokazuje mi słoik dżemu malinowego w kolorze rubinów. Taki właśnie dżem kupowała dla nas Mama, kiedy mieszkałyśmy we Francji: delikatny w konsystencji, z rozpływającymi się na języku kawałkami owoców i maleńkimi, wchodzącymi między zęby ziarenkami. – Moja córka je go każdego dnia. Jest… jak to powiedzieć po angielsku… uzależniona od dżemu.

– Rozumiem – odpowiadam, kiwając głową. A więc ma córkę.

Próbuję odrzucić jego propozycję, że odwiezie mnie do domu, ale grzecznie nalega.

– Masz za duże zakupy – stwierdza stanowczo. Wyjmuje z moich rąk pełne worki i kładzie je na tylnym siedzeniu. Ja siadam z przodu, z rękoma na kolanach.

– Okej, gdzie jedziemy?

– Do Supreme Flower City poproszę.

– To ten fioletowy wieżowiec?

– Tak.

Jedziemy w milczeniu ulicami Taipy, klucząc pomiędzy wysokimi budynkami. Na środku naszej ulicy firma wykonawcza rozwiesza czerwono-złote dekoracje. To głównie podobizny tańczących lub skaczących szczurów w chińskich piżamach.

– Masz jedną córkę? – pytam.

– Dwie. – Ogląda się przez ramię, żeby zmienić pas. – Lilę i Joy.

– Ładne imiona.

– *Oui*. I ładne dzieci. – Uśmiecha się szeroko. – A ty?

– Ja? Nie, ja nie mam dzieci. – Kiedy wypowiadam te słowa na głos, odnoszę wrażenie, że mam piasek w ustach. Można by pomyśleć, że powinnam się już do tego przyzwyczaić. Ale on nie zwraca uwagi na moją odpowiedź, skupiając uwagę na drodze i wjeździe na rondo. A może wie, że nie należy zadawać kolejnych pytań. Wstrzymuję oddech aż do chwili, gdy czas na zadanie pytania minie.

– To tutaj, dzięki – mówię, wskazując na krawężnik naprzeciw wejścia do naszego bloku. Léon zatrzymuje auto, wyskakuje, nie wyłączając silnika, i sięga do tyłu po moje torby.

– Nie trzeba – protestuję, ale niesie je do wejścia, zostawiając włączony samochód i kluczyki w stacyjce. Portier spogląda na nas sponad biurka niewidzącym wzrokiem.

– Bardzo dziękuję, Léon.

– *Sans problème*. Cała przyjemność po mojej stronie. I życzę smacznego. – Uśmiecha się przyjaźnie i biegnie w stronę samochodu, machając na pożegnanie. Patrzę, jak odjeżdża i czuję, że mój puls pomału wraca do normy.

Kiedy otwieram drzwi wejściowe, przeżywam chwilę paniki, bo telewizor wrzeszczy na cały regulator. Na sofie siedzi Pete, ubrany jedynie w wyjściową koszulę, krawat i bokserki. Rzucam torby na ziemię. On patrzy na mnie nieporuszony.

– Hej, transmitują tenis. Pomyślałem, że wrócę do domu na lunch. – Odwraca głowę w stronę telewizora. – Był aut! Ślepi jesteście?

Dźwigam zakupy do kuchni i z trudem podnoszę je na ławę. Rozerwała się plastikowa torebka z suszonymi pomidorami, więc oliwa i pomidory są wszędzie. Podłoga wygląda strasznie, ale zapach jest zniewalający.

– Gdzie byłaś? – woła Pete.

– W supermarkecie. Kupiłam przystawki na kolację.

– Aha.

– Spotkałam Léona.

– Aha.

– Wiesz, tego Francuza, męża Celine. Tego kucharza.

– Co?

– Léona. Pomógł mi zrobić zakupy.

– Aa… Cholera, przegra! Co się dzieje z tym gościem?

Rozrywam paczuszkę sera mozzarella, najlepszego, z bawolego mleka. Kremowobiałe bryłki pływają w mlecznej zalewie. Wylewam płyn i odkrawam gruby sprężysty plasterek. Na wierzchu kładę jeden z pływających w worku pomidorów, opieram się o kuchenny blat i jem, nie przejmując się spływającą po brodzie żółtą oliwą. Przekąska ma głęboki, intensywny smak, przywodzi na myśl lato i słońce. Oblizuję palce.

Myślę o Léonie i jego córkach. Jak mają na imię? Lila i Joy. Ciekawe, jak wyglądają. Czy mają w sobie delikatny wdzięk Celine? A może mają pełne usta Léona i jego krzaczaste brwi? I oczy koloru nieba? Wyobrażam sobie dwie istotki w jedwabnych sukienkach, z ciemnymi jak atrament loczkami, siedzące przy starym sosnowym stole kuchennym, przykrytym obrusem w czerwoną szkocką kratę. Ich maleńkie stopy nie dosięgają podłogi. Machają nimi niecierpliwie, podczas gdy Léon przygotowuje tosty i smaruje je grubą warstwą solonego francuskiego masła. Jedna z nich prosi o dżem. On uśmiecha się z miłością i nakłada łyżeczką błyszczącą malinową masę. Dzieci odwzajemniają uśmiech, a ojciec całuje z czułością ich uniesione jasne czoła.

Do kuchni wchodzi Pete.

– Mówiłem ci o lunchu w niedzielę?

Prostuję się nagle, jakbym czuła się winna. Moje gardło powleka gruba warstwa oliwy. On podchodzi do zlewu i nalewa sobie szklankę wody.

– Mamy zaproszenie na przedpołudniowy lunch w „Aurorze" w hotelu Crown w niedzielę.

Odnoszę wrażenie, że moje serce nagle przestaje bić. Odchrząkuję, by oczyścić gardło.

– O! Okej, bardzo się cieszę. Mają tam pyszne makaroniki.

– Co takiego? – dziwi się Pete. – To te bezy? Nazywają się makaroniki?

– Po francusku *macarons* – mówię. – Uwielbiam je.

Jego zamyślony wzrok wędruje w stronę sufitu. Ręką poprawia nogawkę bokserek, która podwinęła mu się w pachwinie. Próbuję otrząsnąć się z myśli o Léonie i jego córkach, jakbym bała się, że Pete przejrzy moje myśli.

– Wydaje mi się, że oni zrezygnowali z deserów. Pewnie kosztowały za dużo pracy albo za dużo pieniędzy. Nie wiadomo. – Wzrusza ramionami.

– Ale co na to Léon?

– Hm? Co z nim?

– To jego restauracja. Myślisz, że jest rozczarowany?

Pete parska lekceważąco i potrząsa głową

– Nie sądzę, bo na pewno na tym zaoszczędził. Słyszałem, że ceny poszły tam w dół i że serwują więcej mięs i dań chińskich. Podobno są całkiem niezłe.

– Rozumiem.

– Poza tym będą mieli jakieś słodkości wieczorami, ale tańsze i przywożone z zewnątrz. – Pete opróżnia do końca szklankę i stawia ją na blacie. Całuje mnie w policzek. – Nie czekaj na mnie z kolacją. Muszę się spotkać wieczorem z wykonawcami. Kupię sobie kanapkę albo coś innego.

Bez słowa kiwam głową, gdy wychodzi z kuchni, i patrzę na piętrzące się przede mną worki z zakupami. Obok zlewu widzę brudną od tłuszczu, zgniecioną papierową torbę, cuchnącą frytkami i tanim olejem. Obserwuję, jak mój mąż wkłada buty, odwracając się z otwartymi ustami do telewizora, by przez chwilę jeszcze popatrzeć na mecz. Opieram się o blat i medytuję nad talerzem z przekąskami. Dla jednej osoby.

Une Petite Flamme – Płomyczek

ESPRESSO Z GANACHE Z CIEMNEJ CZEKOLADY, NA WIERZCHU PŁATEK ZŁOTA

Niedzielny bufet w „Aurorze" jest klasy światowej, z deserami czy bez. Ślina napływa do ust już od progu na widok baru po prawej stronie, w którym królują owoce morza: rozparte na pagórkach kruszonego lodu homary w kolorze czerwonych pomarańczy czy otwarte ostrygi, z dumą prezentujące swoje słone wnętrza. W strefie za zakrętem, poświęconej serom, znaleźć można ogromne okrągłe bloki świeżego parmezanu czy intensywnie pachnący miękki ser w popielatej skórce. Za serami, na metalowej ramie wisi imponujący plaster miodu, którego krople spływają przez srebrną rynienkę do niewielkiej salaterki. Pachnie tu jak w niebie. Na stolikach wokół piętrzą się miedziane naczynia pełne świeżego ciepłego chleba, dojrzałej szynki krojonej od kości i rozpływających się w ustach pralin w czekoladzie. To raj Willy'ego Wonki dla dorosłych, jakże odległy od realiów na zewnątrz, gdzie ludzie siorbią *congee*, siedząc w kucki na rogach ulic, a stare kobiety dźwigają sterty zużytych kartonowych opakowań, by wymienić je na kilka drobnych monet.

Pete chwyta mnie za rękę, bo ociągam się, podziwiając paradę świeżych, słodkich, gorzkich, kwaśnych i wszelkich innych potraw. Docieramy do stolika zajętego przez jakąś rozdyskutowaną parę. Dwa krzesełka są wolne.

– Witaj, Pete! – wykrzykuje na nasz widok mężczyzna. Mówi z silnym kanadyjskim akcentem. Ma szeroką, kwadratową szczękę, a brązowe włosy sterczą mu entuzjastycznie nad czołem. Jego twarz ma zdrowy karmelowy odcień, jakby spędzał życie na wędrówkach po świeżym powietrzu. – A ty pewnie jesteś Grace. – Energicznie ściska moją rękę.

– To jest Paul – wyjaśnia Pete. – Paul zajmuje się budowlaną stroną naszego projektu.

– Właśnie – zgadza się Paul i kładzie swą wielką dłoń na ramieniu siedzącej obok kobiety. – A to Linda, moja żona.

Linda podnosi na nas oczy, wygina różowe usta w uprzejmym uśmiechu i wstaje, by się przywitać. Jest ubrana w krótką sukienkę w kwiatki, a długie blond włosy ma ściągnięte w koński ogon.

– Hej, hej! – szczebiocze.

Pete pochyla się, by pocałować ją na przywitanie. Ona całuje go w oba policzki.

– Miło cię poznać, Linda. To jest moja żona Grace. Nie zna tu zbyt wielu kobiet, więc fantastycznie, że możemy się spotkać.

Wzdrygam się na te słowa, bo nie jestem dzieckiem specjalnej troski.

– Bardzo mi miło – mamroczę i rozciągam usta w uśmiechu, mając nadzieję, że wygląda naturalnie.

– Dobrze spotkać kogoś nowego. – Linda śmieje się do mnie i dodaje z grymasem: – Tu jest tak małomiasteczkowo.

Ze stojącej przede mną srebrnej miseczki nabieram nożem zimne masło domowego wyrobu. Każda posypana kamienną solą bryłka poci się słoną rosą. Masło mięknie w zetknięciu z ciepłym miąższem chleba i z łatwością się rozsmarowuje.

Pete i Paul rozmawiają o pozwoleniach na pracę i o zagranicznych ofertach. Siedzą naprzeciw siebie z głowami pochylonymi do przodu, z wyjątkiem momentów, gdy Pete przypomina sobie coś zabawnego, a Paul odchyla się do tyłu i wybucha gromkim śmiechem, uderzając wielką dłonią o kolano.

Wolno żuję przepyszny ciepły chleb.

– A więc… nie pracujesz? – Linda pochyla się w moją stronę.

– Nie – odpowiadam. – No, powiedzmy, że jeszcze nie. Pracowałam w Londynie do czasu, kiedy Pete dostał propozycję pracy tutaj. Uznaliśmy, że nierozsądnie byłoby z niej nie skorzystać.

– Och, świetnie to rozumiem. Kiedy Paul dostał tę ofertę i powiedział, że obowiązują tu pięcioprocentowe podatki, powiedziałam: „Kochanie, musisz przyjąć tę robotę". Wiesz, o co chodzi, cała rodzina może na tym zyskać. – Mówiąc, trzepocze niewiarygodnie gęstymi rzęsami. Zastanawiam się, czy pomiędzy prawdziwymi rzęsami ma wklejone te sztuczne. Przyglądam się odrobinę za długo.

Rozmowę przerywa kelner zbierający zamówienia na napoje. Ma błyszczące czarne włosy, gładką skórę i delikatny, przyjemny głos.

– Co mogę paniom podać?

Piwo dla panów, szampan dla Lindy, a dla mnie filiżanka gorącej czarnej kawy.

– Mocną poproszę – dodaję.

Gdy odchodzi, Linda klepie mnie po kolanie i ścisza głos.

– Nic nie rozumieją, prawda?

– Słucham?

– Mówię o kawie. Nie potrafią zrobić dobrej kawy. Zagotować wodę i wrzucić torebkę z herbatą, owszem, potrafią. Ale kawa to co innego. Dobija mnie to, co muszę tu pić... Chiny! – Potrząsa głową i wywraca bladoniebieskimi oczyma. – Trudno się tu żyje, szczególnie takim „tai tai", cudzoziemkom jak my. Cholernie się tu nudzę. – Odgarnia dłonią włos, który wymknął się spod zapięcia i uśmiecha się do mnie szeroko. Kiwam głową, a ona gada dalej, nie zwracając uwagi na moją małomówność. Rozpraszają mnie zapachy, docierające od strony bufetu za plecami Lindy. Słyszę jedynie urywki tego, co mówi.

– Nienawidzę byle jak wyprasowanych koszul. Chociaż o to mogłyby się postarać.

– Balet i pływanie tego samego popołudnia, wyobrażasz to sobie? Nawet lekcji nie potrafią zaplanować.

– Jest tylko jedno miejsce, gdzie można kupić przyzwoitą torebkę. Nie martw się, kochana, pokażę ci.

– Wtedy powiedziałam: „Musisz pozwolić jej iść własną drogą".

Jaka szkoda, że nie potrafię zdobywać przyjaciółek. Albo przynajmniej rozumieć innych kobiet. Czasem wydaje mi się, że mówią jakimś innym językiem. Nie umiem skupić się na takiej rozmowie, a kiedy wreszcie mi się to udaje, czuję się tak znudzona, że zaczynam myśleć o przepisach i o hodowaniu rozmarynu na parapecie w domu. Jej usta są idealnie różowe, bo konturówkę dobrała umiejętnie do koloru szminki. Sięgam do torebki po pomadkę z wazeliną.

– Dzień dobry – zaskakuje mnie Léon. Ma na sobie biały uniform szefa kuchni. Pochyla się, by ucałować Lindę, która uśmiecha się słodko, gdy on muska ustami jej policzki.

– Jak się masz? – pytam, wstając.

Oczy Pete'a wędrują ponad stołem w naszą stronę, ale szybko wracają do Paula, opowiadającego z zapałem o nowych technologiach konstrukcji z betonu i wymachującego przy tym ogromnymi dłońmi.

– W porządku – mówi Léon. – Cieszę się, że tak tu dziś tłoczno i że wszyscy wydają się zadowoleni. To duża ulga.

– O, na pewno. Ale ta restauracja zasługuje na liczną klientelę, jedzenie jest boskie.

Kiwa głową z wdzięcznością i rozgląda się po sali. Kiedy kelnerki albo inni kucharze widzą jego wzrok, reagują uśmiechem.

– Słyszałam, że nie serwujecie już deserów.

Mina mu rzednie, ale szybko maskuje rozczarowanie.

– Niestety nie. Poza czekoladkami i kilkoma produktami z cateringu, nie. Powiedziano mi, że to nie ma... finansowego uzasadnienia. – Wzrusza z rezygnacją ramionami. – Szkoda. Mam świetnych cukierników.

– Szkoda – zgadzam się. – Desery były pyszne. Szczególnie makaroniki. Słyszałam, że niełatwo je upiec.

– O, tak, *macarons* – kiwa głową. – Nie tracę nadziei, że któregoś dnia Makau będzie na nie gotowe. Może akurat nie jako dodatek do lunchu tutaj, ale kiedyś na pewno.

Linda stuka mnie palcami po ramieniu.

– Grace, kochana, umieram z głodu. Idziemy do bufetu. – Bierze łyk szampana i mija nas ze sztucznym uśmiechem na ustach, patrząc raczej na Léona niż na mnie.

– Ja powinienem iść do kuchni – mówi Léon. – Mam nadzieję, że będzie wam smakowało. Daj mi potem znać, co myślisz. – Odchodzi z ukłonem, ale po chwili się odwraca. – Jeśli będziesz kiedyś chciała nauczyć się piec *macarons*, chętnie podzielę się przepisem z innym smakoszem. Nie są takie trudne, kiedy wiesz, jak je zrobić.

– Dziękuję – odpowiadam z uśmiechem.

Idąc w stronę bufetu, widzę Lindę, Pete'a i Paula zgromadzonych przy szynce. Mięsisty udziec połyskuje miodowym blaskiem skórki, nakrapianej równymi piegami goździków. Jest tak ogromny, że wykarmiłby wieloosobową rodzinę przez tydzień. Linda śmieje się z czegoś, co powiedział Pete. Paul wyciąga rękę i klepie go z aprobatą po plecach. Kiedy tak stoją w rzędzie, wyglądają jak starzy przyjaciele albo nawet rodzeństwo: najpierw Paul, potem Linda, na końcu Pete. Zatrzymuję się na chwilę z talerzem w dłoni. Obok staje nasz kelner z tacą pełną brudnych naczyń, noży i widelców. Przyglądamy im się jak farmerzy obserwujący trzodę, odseparowani od niej przez płot i przez przynależność gatunkową.

– Indyk jest dzisiaj świetny – mówi kelner.

Kiedy wieczorem siedzę na sedesie, mieszkanie przeszywa głośny huk, rozdzierający odgłos eksplozji. Chyba nigdy nie załatwiałam się tak szybko. Walcząc z dżinsami, wpadam do salonu.

– Słyszałeś to?

Pete leży bez ruchu na kanapie. Leniwie podnosi głowę. Szybko zapinam spodnie i podbiegam do okna. Na horyzoncie widać światła i dym. Mrużę oczy, by lepiej widzieć, i opieram dłonie o szybę.

– Co się dzieje? Nic nam nie grozi?

Pete podchodzi powoli, ziewając. Kładzie rękę na moim ramieniu i ściska je.

– Myślę, że przeżyjemy.

W głowie mam bomby i trzęsienia ziemi, więc odpycham go od okna, ale on się śmieje, robiąc kilka kroków do tyłu.

– To tylko sztuczne ognie.

– Co?

– Fajerwerki. Z okazji Nowego Roku.

Kiedy to mówi, na niebie rozbłyskuje pióropusz zielonych płomieni i opada powoli na ziemię w postaci migających promyków. Po kilku sekundach dociera do nas grzmot przypominający charkot i ryk rozgniewanego smoka. Pete przestaje się śmiać i pocieszająco klepie mnie po plecach.

– W porządku?

– Tak... Nie wiedziałam... Nowy Rok?

– Zgadza się. Rok Szczura. – Mówiąc to, idzie do kuchni i podnosi głos, by przekrzyczeć hałas. – Sądzę, że to może potrwać tydzień. W zasadzie można iść nad wodę i samemu puszczać sztuczne ognie. Podobno są ogromne. Tu nawet małe dzieci strzelają w niebo wielkimi rakietami.

Wraca z butelką zimnego piwa Tsingtao, mokrą od skroplonego powietrza. Podnosi ją do ust i ssie intensywnie. Widzę jego ciemną nieogoloną brodę, kontrastującą z jasnym, gładkim zagłębieniem na wysokości gardła. Patrzy na mnie zielonymi oczyma, w których migają złote płomyki. Dociera do mnie, że nie kochaliśmy się od dnia, w którym zadzwonił doktor Lee.

– Moglibyśmy tam pójść i zobaczyć, jeśli chcesz – wzrusza ramionami.

Obserwuję, jak czerwona rakieta rozszczepia się w deszcz świetlistych promyków. Kiedy odwracam się do Pete'a, widzę odbicie świateł racy na jego czole i policzkach.

– To co, Grace? Idziemy? – W głosie Pete'a słychać zniecierpliwienie. Nienawidzę tego, że nie daje mi ani chwili na zastanowienie i spokojną odpowiedź. Bardzo się zrobił niecierpliwy. Kiedy się pobraliśmy, przechylał głowę i przyglądał mi się, gdy podejmowałam decyzję, a jego wzrok błądził po moich włosach, oczach i ustach. Nie potrząsał kluczykami i nie kazał się spieszyć. Jego ówczesna cierpliwość była wielkim skarbem.

– Pewnie, chodźmy – odpowiadam.

Teren, gdzie można strzelać fajerwerkami, oddzielony jest od ulicy wysokimi plandekami, które zasłaniają widok. To obszar położony między szosą a nabrzeżem, naprzeciwko półwyspu Makau. Na drugim brzegu też musi być takie miejsce, bo widać sztuczne ognie rozbłyskujące od czasu do czasu na tle iglicy „Macau Tower". Przy wejściu czytamy napis: „Odwiedzających prosimy o ostrożność. Dzieci muszą znajdować się pod opieką osób dorosłych. Zakaz wprowadzania zwierząt. Palenie wzbronione". Palenie jest naprawdę niewskazane, bo powietrze gęste jest od zapachu prochu i dymu. Pete przygląda się kanonadzie i bezwiednie głaszcze mnie po plecach. I dzieci, i dorośli mają ten sam wyraz twarzy: szeroko otwarte, roześmiane buzie i okrągłe z wrażenia oczy. Zachwyt jest niemal namacalny. Kilka filipińskich służących i niań siedzi z boku, kołysząc niemowlęta i zasłaniając ich maleńkie uszy. Tylko one mają poważne miny. Wyglądają na całkowicie wyczerpane. Jedna z nich napotyka moje spojrzenie i stara się grzecznie uśmiechnąć. Pozdrawiam ją skinieniem głowy.

– Widziałaś to? – krzyczy Pete.

Niebo nad naszymi głowami zalewa świszczący i trzaskający złoty deszcz. Pete krzyczy i wiwatuje, aż ludzie wokół odwracają się i ze śmiechem pokazują mu uniesione kciuki.

– To niewiarygodne – woła z entuzjazmem godnym nastolatka. – Poczekaj tu. Pójdę sprawdzić, gdzie można kupić race.

Zanim zdążę odpowiedzieć, on znika we mgle. Opieram się o metalowe rusztowanie, podtrzymujące plandeki, i krzyżuję ramiona na piersiach. Wokół pełno jest rozdokazywanych dzieci, które ciągną rodziców energicznie za łokcie i łapią ich za ręce. Z boku dostrzegam młodą kobietę opartą tak jak ja o słup. Ma minę nadąsanej nastolatki, ale twarz przykrywa gruba warstwa ciemnego makijażu. Ubrana jest w ciemnofioletową bluzę w złote gwiazdki zapiętą wysoko pod szyję. Widzi, że na nią patrzę, i też zaczyna mi się przyglądać, co wytrąca mnie z równowagi. Mam wrażenie, że skądś ją znam.

– Jest tu kilka osób z pracy – mówi, wracając, zdyszany Pete. – Tam są Paul i Linda. – Wskazuje za siebie, kaszląc.

– Straszny tam dym…

– Chodź. – Wkłada palec w szlufkę moich dżinsów i ciągnie mnie za biodro. Włosy spadają mu na oczy i mówi z lekkim zaśpiewem, jak w narzeczeńskich czasach.

Kobieta pod słupem nie patrzy na nas, brodę zadarła do nieba. Widzę, że w głębokich kieszeniach bluzy porusza rękoma. Gładzi się po brzuchu.

– Dobrze.

Pete prowadzi, sadząc wielkie susy, by szybko dotrzeć na miejsce. Linda i Paul muszą tu być od dłuższego czasu. Na jej jasnych włosach widać smugę sadzy, a na twarzy entuzjazm wzmocniony zawartością eleganckiej srebrnej piersiówki, którą trzyma w dłoni. Ma na sobie letnią sukienkę i szpilki z pobrudzonymi ziemią czubkami. Pete przynosi skądś wielką papierową torbę, z której wystają ogonki rakiet. Na twarzy ma uśmiech od ucha do ucha. Linda puszcza do mnie oko, co oznacza, że należę do ich paczki, potem odwraca się do Pete'a i, kładąc dłoń na jego ramieniu, obserwuje, jak ten wyjmuje z torby fajerwerki. Chichocze przy tym jak nastolatka, która zwiała z lekcji na wagary.

Stoję w pewnej odległości od nich i obserwuję. W mgnieniu oka pomiędzy nas wlewa się tłum, odpychając nas coraz dalej od siebie, porywając jak odpływ. Okrzyki Lindy cichną; podziwia barwne pióropusze, odwrócona twarzą do wody. Paul stoi na szeroko rozstawionych nogach, z rękoma na biodrach. Patrząc w niebo, kołysze się na stopach. Twarz Pete'a promienieje w blasku płomyków, gdy odpala race. Językiem wypycha policzek, włosy opadają mu z czoła w szalonych skrętach. Wygląda jak chłopiec. Jak facet, w którym się zakochałam.

Stoję oparta plecami o plandekę. Wszystkie hałasy zlewają się w jeden: strzały, wybuchy i furkot mogą należeć do każdej z rakiet, śmiech może dobiegać ze strony każdej ze skupionych na zabawie grupek. Dźwięk dociera do mnie niewyraźny i zduszony, jakbym trzymała głowę pod wodą. W przedziwny sposób, pomimo otaczającego mnie zgiełku, moje myśli przestają gnać. Mam wrażenie, że w morzu roześmianych i wiwatujących ludzi, pośród eksplozji i kłębów dymu jestem sama, jakbym stała się niewidzialna. „Co powinniśmy teraz zrobić?" – wraca do mnie pytanie Pete'a sprzed kilku dni. Tak, co dalej?

Rozświetlone, wypełnione dymem niebo nad moją głową na chwilę się uspokaja, wybuchy i ogień ustają. Przerwa na przeładowanie broni. Ziemia wokół zamieniła się w śmietnisko z wybebeszonych opakowań po racach i z wypalonych zapałek. Tłum porusza się i wzdycha jak wielka bestia, faluje i kręci się wokół mnie jak woda wokół wbitego w dno rzeki kamienia. Ze środka tego tłumu słyszę swoje imię. Dźwięk narasta jak w piosence, jest coraz głośniejszy.

– Grace! Grace!

Zrobiło się zimno. Rozcieram ramiona, by je rozgrzać. Na szarym niebie nad moją głową pęcznieje i eksploduje ostatnia samotna rakieta. Skrzy się jaskrawym, szafirowym blaskiem, a tłum wpatruje się w nią w ciszy, z otwartymi ustami. Coś się we mnie odblokowuje, jakby opadła ze mnie niewidzialna łuska. To się dzieje w ułamku sekundy i natychmiast wiem, że już podjęłam decyzję. Jest tak śmiała, że zapewne niemądra. Bardziej w stylu Mamy niż w moim. Jest w niej ta sama bezwstydna odwaga, która zawsze pakowała nas w kłopoty.

Prostuję rozgrzane już ramiona i widzę przeciskającego się przez tłum Pete'a, dryfującego w moim kierunku. Koszulę i dłonie pomazane ma ciemną sadzą. Cały czas z roztargnieniem ogląda się na niebo, sprawdzając, czy w górę nie poszybuje jeszcze jedna rakieta.

– Tu jesteś – szepcze. – Nie wiedziałem, gdzie się podziałaś.

Un Bon Début – Dobry Początek

KOKOSOWY Z KREMEM MAŚLANYM Z KAWAŁKAMI MARAKUI

Wpisałam już numer w pamięć telefonu, wystarczy jedynie nacisnąć przycisk.

– Dzień dobry. Dzwonię w sprawie lokalu.

Człowiek po drugiej stronie nie mówi po angielsku. Krzyczy, ale nie na mnie, a najprawdopodobniej na jakieś dziecko, którego dramatyczny szloch i zawodzenie słyszę u siebie w słuchawce. Mówi chyba po portugalsku. Po chwili wraca do rozmowy.

– He?

– Chciałabym zapytać o wolny lokal. Mam zadzwonić później?

Teraz słyszę w tle jakąś kobietę. Mężczyzna kląska językiem i mówi do mnie konspiracyjnym tonem coś, co bardzo chciałabym zrozumieć. Chwilę milczymy oboje i przysłuchujemy się kobiecie. Ta mówi głośno i stanowczo. Dziecko chlipie, więc ona powtarza coś czułego i pocieszającego, i nastaje cisza. Matka potrafi robić takie rzeczy. I ja, i mój rozmówca trwamy jeszcze chwilę w ciszy.

– Angielski, a? – mówi w końcu mężczyzna tonem, w którym wyczuwam nieufność.

– Tak, mówię po angielsku – dukam. – Jestem Angielką.

– Okej – mówi. – Jutro przyjdź do sklepu? Ja przynieść przyjaciel. On mówi angielski.

– Dobrze, jasne. Przyjdę.

– Druga godzina. *No problem*, okej?

– Okej, tak. No problem. Ee... Mam na imię Grace.

– Okej, Grace. – Rozłącza się.

Pete rzuca płaszcz i torbę na krzesło przy stole i kręci głową. Zamiast ust ma wąską kreskę. Włącza światło, co uświadamia mi, że siedziałam w ciemnościach. Pociągam łyk wina z kieliszka.

– Kiepski dzień?

– Koszmarny.

Zazwyczaj wpada do domu i pędzi do komputera, by sprawdzić strony sportowe i bukmacherskie. W tym tygodniu co wieczór wraca zdenerwowany. Teraz zrzuca z nóg eleganckie skórzane buty, które spadają z głośnym stukotem na drewnianą podłogę. Rozluźnia krawat tak, że węzeł wisi smętnie na wysokości trzeciego guzika od koszuli. Podchodzi, siada obok mnie i spogląda w okno. Zerka na dłoń, na której się opieram, jakby chciał ją ująć i pocałować, ale po chwili odwraca głowę, by wbić wzrok w wieczorne niebo.

– Co w pracy?

– Szkoda gadać. – Wzrusza ramionami. – Jeden wielki chaos.

Wyobrażam sobie to, o czym on nie chce rozmawiać. Masę problemów i poślizgów nieodłącznie związanych z uruchamianiem nowego kasyna. Niedotrzymane terminy, beznadziejni wykonawcy, którzy uniemożliwiają działanie całej ekipie, nierealistyczne oczekiwania inwestorów i zarządu... Pete nie raz już przez to przechodził, ale teraz jego opuszczone bezradnie ramiona wskazują na to, że sprawy nie idą po jego myśli. Przeciąga dłonią po twarzy, pociera ją, jakby chciał zetrzeć z niej nieudany dzień.

– Chcesz wina? – proponuję.

– Tak, dziękuję, chętnie.

Napełniam swój kieliszek i nalewam jeszcze jeden dla niego. Piję dopiero drugi, ale już czuję efekt: miękkie, ociężałe nogi i szum w głowie. A w sercu pijacka odwaga.

Siada po drugiej stronie parapetu i opiera się o przeciwległą framugę. Obserwujemy ludzi chodzących w tę i z powrotem po przejściu dla pieszych. Za oknem zawsze coś się dzieje: ludzie przechodzą przez pasy, a potem oddalają się w różnych kierunkach. To miejsce nigdy nie zasypia. Czasem wydaje mi się, że jestem jedyną osobą na świecie, która siedzi w domu i nic nie robi. Czuję się wtedy jak samotna, zamknięta w wieży księżniczka.

Dzisiaj widać sporo dzieci, wędrujących gdzieś z rodzicami, dziadkami lub opiekunkami. Przyzwyczaiłam się tu do widoku maluchów, spacerujących o północy lub nawet później. Wyobrażam sobie zszokowany głos Mamy, która zobaczyłaby o tej porze dziecko wracające z rodzicami z restauracji. „Boże drogi!" – wykrzyknęłaby. – „Chyba już czas do łóżka!". I przez myśl by jej nie przeszło, że ja często w środku nocy nie spałam: zdarzało mi się właśnie wtedy piec ciasta, robić wulkany z kopców mąki, układać klocki LEGO albo rysować wieloryby.

– To chyba festiwal lampionów czy coś w tym rodzaju. Koniec obchodów Nowego Roku – wyjaśnia Pete, jakby czytał w moich myślach.

– A więc naprawdę weszliśmy w Rok Szczura… – mówię. On kiwa głową i opiera skroń o kieliszek. Ja wracam wspomnieniem do ubiegłotygodniowych fajerwerków i eksplozji, które rozsadziły moje myśli niczym błyskawica. – To dlatego na dworze jest tyle dzieci?

– Tak sądzę. – Pete w zamyśleniu wodzi palcem po brzegu kieliszka.

Musi mieć rację, ponieważ sporo dzieciaków taszczy dmuchane zabawki z zasilanymi baterią światełkami. Na chodniku bawią się braciszek i siostrzyczka. On ma niebieską zabawkę w kształcie młotka, którą trzyma za rączkę, a ona ściska cienki plastikowy patyk, do którego przytwierdzona jest ogromna głowa Hello Kitty. Macha nią w górze do przodu i do tyłu, jakby zarzucała wędkę. Po chwili głowa Hello Kitty ląduje na głowie chłopca, a ten natychmiast odwraca się do siostry. W ułamku sekundy niebieski młotek odbija się od jej czoła, a ona wydaje z siebie krzyk oburzenia. Nie słyszymy go z naszego parapetu, ale twarz dziewczynki jest czerwona i zagniewana.

– Ha! – parska Pete. – Widziałaś to?

– Junior chyba będzie miał kłopoty.

Pete potwierdza, unosząc brwi. Gdy opiera się z powrotem o ramę okna, poznaję po jego twarzy, że wino zaczyna działać. Pomału się rozluźnia. To jakaś dziwna chwila zawieszenia, gdy siedzimy tak razem, obserwując toczące się poniżej życie. Jakby to był sen albo film, a my patrzylibyśmy na akcję z góry, niczym animatorzy w kukiełkowym teatrze.

– Pete – mówię powoli. – Mam pewien pomysł.

– Mmm? – Dalej patrzy za okno.

– Chciałabym otworzyć kawiarnię.

– Tak? – mamrocze.

– Pomyślałam, że mogłabym wykorzystać… wiesz… te pieniądze.

Teraz odwraca głowę, by na mnie popatrzeć. Specjalnie nie mówię wprost, żeby tego głośno nie wypowiadać. To pieniądze, które odłożyliśmy na potrzeby zapłodnienia *in vitro*. Ale w tym celu niezbędne są zdrowe jajeczka, a, jak oboje dobrze wiemy, nie ma na to szans.

Pete przygląda się mojej twarzy, a ja zastanawiam się, co widzi.

– Chcę sprzedawać kanapki, kawę, *macarons*…

– No tak. *Macarons.* – Głos mu się zmienia, jakby słowa z trudem przechodziły przez ściśnięte gardło.

– Może to szalony pomysł…

– Bez wątpienia – odpowiada trochę zbyt szybko.

– Nie będziesz musiał mieć z tym nic wspólnego, Pete. – Zniżam głos niemal do szeptu w nadziei, że w ten sposób go udobrucham. – To będzie moje przedsięwzięcie. Ja się będę tym zajmować i to prowadzić.

Bierze łyk wina, ale wciąż na mnie nie patrzy. Wiem, że słucha, ale wygląda przez okno i unika mojego wzroku. Brodę ma uniesioną, więc musi się mocno wysilić, by zobaczyć, co się dzieje na dole.

– Pete – mówię błagalnym tonem i sięgam po jego rękę. – Potrzebuję…

Odwraca w moją stronę twarz.

– To wielka odpowiedzialność – odpowiada krótko. Wbija wzrok w trzymany w dłoni kieliszek i obraca go pomiędzy palcami.

– Wiem, że to sporo pieniędzy. Ale to będzie prawdziwa firma, inwestycja, która przyniesie nam dochód. – Słyszę nerwowe drżenie w swoim głosie, więc przerywam i przełykam ślinę. – Powinniśmy wykorzystać te pieniądze na coś pożytecznego, prawda?

Pete unosi brwi.

– Mówisz, jakbyś już podjęła decyzję. – Wiem, że chce porozmawiać o naszym niezrealizowanym marzeniu. O posiadaniu własnego dziecka. Ale ja nie jestem w stanie. Moje myśli szybują gdzieś ponad tą wymianą zdań, jakbym spoglądała na nas z góry. Próbuję zebrać siły i mówić przekonująco. – Wiem, że można użyć tych środków w innym celu. Ale… ale ja chcę je wydać właśnie na to.

Przez dłuższy czas siedzimy w milczeniu i przyglądamy się sobie nawzajem. Czuję się nieswojo, jakbym uczestniczyła w negocjacjach, w których każda strona stara się wyprowadzić w pole przeciwnika. Dystans między nami nagle wydaje się ogromny.

– To nie jest dobry pomysł, Grace – mówi w końcu stanowczo. I bez żadnego uzasadnienia.

– Może – odpowiadam. – Ale muszę się czymś zająć. Muszę mieć coś swojego. – Znów czuję w głowie wielki spokój, jakąś chłodną determinację. – To może być kiepski pomysł, ale może też być genialny. Wiem, że muszę spróbować.

Wydaje z siebie dziwny, zduszony śmiech.

– Dopiero co ledwie wychodziłaś z łóżka. A teraz chcesz zarządzać firmą?

Patrzę na niego z niedowierzaniem. Ja ze względu na jego karierę przeprowadziłam się na drugi koniec świata. Wierzyłam w niego i w jego możliwości.

– Po co mnie w ogóle pytasz? – ciągnie. – Tak jak mówię, odnoszę wrażenie, że już podjęłaś decyzję.

Unoszę brodę.

– Nie do końca.

– Co nie do końca?

– Nie zapytałam – mówię, a mój wzrok krzyżuje się z jego wzrokiem. Głos mam spokojny, a słowa płynące z moich ust są tak pewne, że jest to niespodzianka dla mnie samej. Oczy Pete'a rozszerzają się.

– Dobra. Więc masz to za sobą. – Wstaje wzburzony i wypluwa resztkę wina do kieliszka. Rzuca na mnie spojrzenie z góry i odwraca się, by odejść do kuchni. – Nie będę ci stawał na drodze. Radź sobie.

Słyszę, że wstawia kieliszek do zlewu, bo szklana podstawa z głośnym zgrzytem uderza o metalowe dno. Od sprzeczki kręci mi się w głowie. To Pete zarządzał zawsze naszymi pieniędzmi i nigdy nie przeszkadzało mi, że do niego należało ostatnie słowo. Aż do tej chwili. Teraz musi się to zmienić. Pomimo bolesnego ucisku w żołądku, mam w sobie spokój i niezachwianą pewność, że muszę spróbować, niezależnie od tego, czy przedsięwzięcie się powiedzie, czy nie.

Pete przechodzi przez salon, nie obdarzając mnie ani jednym spojrzeniem, i znika w gabinecie. Słyszę, że rozsiada się w fotelu, rozpoznaję dźwięk uruchamianego komputera i charakterystyczny sygnał strony z zakładami sportowymi. Kółeczka fotela skrzypią na deskach podłogi, gdy przysuwa się bliżej do ekranu. Biorę kilka głębokich oddechów, starając się powrócić do równowagi ducha. Odwracam się z powrotem do ciemnego okna i obserwuję niekończący się strumień klientów wchodzących i wychodzących ze sklepów i jasne jedwabne lampiony huśtające się na ulicznych latarniach, oddzielających dwa pasy ruchu. Gdzieś tam w ciemności jest teren, który ma się zamienić w park. Jestem w stanie rozpoznać jedynie kształt pojedynczego drzewa, stojącego samotnie jak ogromny wykrzyknik.

Kochana Mamo,

posadzili tu jedno drzewo. Myślę, że to próba, że zaczęli od jednego i czekają, co z tego wyniknie. Chyba nie są optymistami. Pewnie uważają, że ziemia nie zechce żywić czegoś takiego. Być może na to właśnie liczą. Ale podoba mi się, że zasadzili je na samym środku działki. Nie z brzegu, gdzie opierałoby się smętnie o ogrodzenie, wyczerpane samotnością, i nie w jednym z narożników, a dokładnie w samym centrum. „Proszę bardzo. Spróbuj sobie poradzić". Mam wrażenie, że woleliby, żeby się nie udało, żeby eksperyment skończył się fiaskiem, o którym można byłoby poinformować władze, a potem zalać placyk betonem i zamienić go w parking.

Ale minął już cały tydzień, a drzewko ciągle stoi. Dziś rano o mało do niego nie pomachałam. I przyznaję, że się do niego uśmiechnęłam. Szerokim, szczerym uśmiechem. Aż dziwne, że moja twarz nie pękła na pół pod wpływem szoku... W świetle dnia cienie rzucane przez chmury pełzają po pustej działce i dookoła drzewka. Placyk nagle stał się trójwymiarowy. Wyobrażam sobie, że cienie są niczym stare matrony, które muszą zebrać spódnice, aby ominąć niewygodną przeszkodę. Już słyszę, jak klną i narzekają, podnosząc zesztywniałe kolana i obszerne halki. Zachwyca mnie myśl, że drzewko może aż tak przeszkadzać. Tym, którzy je posadzili, cieniom, które muszą je omijać. Chwilami zdaje mi się, że kocham je bardziej niż własnego męża. Ono dodaje mi odwagi. I determinacji.

Twoja kochająca córka Grace

Kuchnia, w której przygotowuje się ciasta, jest chłodniejsza, niż myślałam, ale pachnie wspaniale, słodko i soczyście jak kęs jabłka. Ściany pokryte są białymi kafelkami i prawie wszystko jest wykonane z nierdzewnej stali. Jest tu spora grupa zajętych pracą chińskich kucharzy. Czynności wykonują w skupieniu i w najmniejszym stopniu nie sprawiają wrażenia zagonionych. Jeden z kucharzy wyjmuje kulki pralin z foremek i zanurza je w naczyniu pełnym stopionej czekolady. Ta wygląda jak jedwabista zupa i czuję, że ślinka napływa mi do ust. Każdą kulkę wrzuca się za pomocą dużego widelca i pomału miesza. Kiedy pralina wypływa, ma satynowy połysk ciepłej czekolady. Kucharz wyciąga ją widelcem, na którym, niczym w kołysce, pralina studzi się na marmurowym blacie. Widelec nie zostawia żadnych śladów ani zagnieceń na końcowym produkcie: idealnej kuli. Jest w tej spokojnej pracy element sztuki, który mnie fascynuje.

– Grace!

Odwracam się i widzę Léona, wycierającego ręce w fartuch. Obdarza mnie szerokim, jasnym uśmiechem.

– Cieszę się, że cię widzę. Witaj w naszej kuchni. – Kilka drobniutkich kropli potu zawisło na jego górnej wardze. Z dramatycznym wyrazem twarzy wypuszcza z ust strumień powietrza. – Przepraszam, byłem w piekarni, a tam jest bardzo gorąco. Jestem trochę... jak to powiedzieć... rozgotowany – śmieje się.

– Nie ma problemu. Dzięki, że mogę tu być. – Spuszczam na chwilę wzrok w kierunku podłogi, by uniknąć patrzenia na jego czerwone od żaru usta. Widzę, że buty mam przyprószone mąką albo cukrem, albo i jednym, i drugim.

– Nie, nie, to dla mnie przyjemność. Miło, jak ktoś się interesuje. Może Makau jest jednak gotowe na *macarons*.

– Ja je uwielbiam i mam nadzieję, że reszta Makau też je polubi. Jadałam je w Paryżu – mówię. Z Mamą.

– Jestem pewien, że twoja kawiarnia to będzie strzał w dziesiątkę. Wiesz, najważniejszym składnikiem tej pracy jest pasja. – Na krótką chwilę podnosi oczy ku moim, potem ucieka nimi w bok. Słowa „twoja kawiarnia" i jego spojrzenie sprawiają, że czuję się jak naelektryzowana. Ale moja myśl natychmiast biegnie ku niezliczonym formalnościom i remontowi, z którym się zmagam, na szczęście przy pomocy mówiącego po portugalsku poprzedniego właściciela lokalu. Angielski nie jest oficjalnym językiem w Makau i trudno mi się porozumieć, aby cokolwiek załatwić, więc przez większość czasu czuję się jak piąte koło u wozu. Nie spodziewam się wielkiego sukcesu – mam jedynie nadzieję, że uda mi się otworzyć tę knajpkę. Muszę pokazać Pete'owi, że choć na tyle mnie stać.

Léon robi obchód kuchni. W stosunku do personelu jest miły, ale konkretny, wydając pracownikom jasne wskazówki i precyzując oczekiwania. Odbiera dwie miski z rąk kucharza: jedna pełna jest sypkiej substancji, która wygląda jak mąka, w drugiej widzę białka jajek.

– Bardzo proszę. Od tego zaczniemy.

Obchodzę marmurowy blat dookoła, tak by mieć przed sobą Léona i miski i lepiej widzieć, co robi.

– Mamy tu mielone migdały, cukier i coś, co chyba nazywacie cukrem pudrem. A, i winian potasu, czyli specjalny proszek do pieczenia – tłumaczy, stukając dłonią w brzeg jednej z miseczek. – W tamtym naczyniu są oczywiście białka jaj. A teraz musimy to wszystko zawinąć.

Léon wyjaśnia, że zawijanie składników na *macarons* jest bardzo ważne, i pokazuje dłońmi, że mieszanka nie może być za płaska albo zbyt wodnista lub niejednolita i kiepsko wyrobiona. Oba naczynia stawia obok lśniącego białego miksera, pomału dodając suche składniki do płynnych.

Zaglądam do pojemnika w mikserze. Pieczenie zawsze wywołuje u mnie poczucie radosnego oczekiwania. Léon wyczuwa moje emocje.

– Podoba ci się, *non*? – śmieje się.

– Tak, uwielbiam to. – Nagle zdaję sobie sprawę, że stoję z dłońmi złożonymi pod brodą jak do modlitwy. Zażenowana chowam je za plecami i próbuję świadomie tam utrzymać, splatając razem palce.

– Okej, chyba wystarczy. – Léon wyłącza mikser. – Masa powinna wyglądać jak bita śmietana. Gęsta, ale nie sztywna. Musi… ech… – Próbuje to wyjaśnić, ale łatwiej mu pokazać. Wkłada palec do pojemnika i lekko naciska. Gdy unosi palec, do czubka ma przyklejoną odrobinę masy, która po chwili leniwie opada i tkwi bez ruchu na wierzchu jak głaz na szczycie góry.

– Masa musi zachowywać swój kształt – kończę za niego.

– Właśnie, o to chodzi. Kiedy tak się dzieje, znaczy, że jest gotowa. Dziś zrobimy makaroniki z owocem marakui, więc musimy dodać barwnik, zanim rozłożymy ciasto na blachy.

Sięga bo butelkę zawierającą jakiś jaskrawożółty płyn. Wciska do pojemnika kilka kropel i jeszcze raz dokładnie miksuje. Śnieżnobiała zawartość nabiera neonowej barwy. Léon dostrzega na mojej twarzy dezaprobatę.

– Nie martw się, po upieczeniu trochę ściemnieją. Pamiętaj, że to migdały.

– A, okej.

Jeden z kucharzy przygotował na blacie plastikową torebkę do wyciskania masy i blachę przykrytą silikonową matą. Léon nakłada łyżką kremową masę do woreczka i zaczyna wyciskać na blachę maleńkie kółeczka.

– To będą *petits macarons*. Jeśli chcesz, możesz robić większe. Ale te mają dobry rozmiar na nasze bankiety, goście mogą spróbować kilku rodzajów. Czasem dostajemy zamówienia na *macarons* z zewnątrz... ale nie tak często, jakbym chciał. – Zapełnia tacę rzędami okrągłych guziczków, żółtych jak wnętrza stokrotek.

– Dziękuję, że mi to pokazałeś – mówię. – To bardzo szlachetnie z twojej strony. – Opieram się o chłodny blat stołu.

Przerywa na chwilę, aby wzruszyć ramionami.

– Cała przyjemność po mojej stronie. Cieszę się, że otwierasz kawiarnię. To cudowne, że są ludzie, którzy interesują się ciastami, makaronikami i innymi słodkościami. Mają coś takiego w twarzy... w spojrzeniu... coś, co sprawia, że inni czują się szczęśliwi.

Wracam myślą do ciasta, które Mama zrobiła na moje ósme urodziny. To była wieża zegarowa, rodzaj Big Bena, uformowana na wyłożonej folią aluminiową desce. Pokryte było kremową polewą w kolorze masła, gęstą, ale delikatną jak mgiełka. Tarczę zegara tworzyły kolorowe żelki i cukierki, a wskazówki były zrobione z korzenia lukrecji.

Z boku na wieżę wspinała się pulchna marcepanowa myszka z ogonem z lukrecji. Mama śpiewała *Hickory Dickory Dock**, całowała mnie po szyi i sprawdzała, gdzie mam łaskotki, a ja piszczałam z zachwytu.

– Tak, rozumiem, co masz na myśli.

Léon delikatnie stuka tacą o marmurowy blat. Żółte guziczki rozlewają się nieco szerzej, ale nie dotykają siebie nawzajem.

– Okej, chodź, idziemy do piekarni.

Piece znajdują się w pomieszczeniu obok, usytuowane jak półki, po dziesięć czy dwanaście w dwóch wysokich kolumnach.

– Powinny się piec mniej więcej dziesięć minut. Piec jest rozgrzany do stu osiemdziesięciu stopni. Musisz się upewnić, że jest w nim zupełnie sucho – nie może być pary wodnej.

Stoimy obok siebie, wpatrując się w rozgrzane wnętrze pieca. Ciepło jest suche i przyjemne, a zalegająca między nami cisza wydaje się naturalna, gdy obserwujemy rosnące pomału makaroniki. Dookoła nas toczy się kuchenne życie: kucharze śmieją się i rozmawiają, ucierając przy tym ciasto, wyrabiając je i wałkując przez maszynki. Ostre, napastliwe dźwięki języka kantońskiego, które zazwyczaj przeszkadzają mi w myśleniu, docierają do mnie jak przez mgłę, gdy przyglądam się gorącym blachom. Obok czuję oddech Léona. Łączy nas coś na kształt komunii, świadomość cudu, który obserwujemy, widząc połączone w jedno migdały, białka i cukier.

Górna część makaroników powoli unosi się i zaczyna błyszczeć jak guziki albo małe kapsle. Léon wyjaśnia, że musimy teraz przez kilka minut podpiec spody, a potem ciasteczka powinny odpocząć przez dzień lub dwa. Kiedy są gotowe, wyjmuje upieczone *macarons* z pieca. Wracamy

* Angielska piosenka dla dzieci (przyp.tłum.).

do kuchni, gdzie opowiada mi o sztuce tworzenia *ganache*, miękkiego, jedwabistego serca makaroników. Nie zamierza robić teraz *ganache* do ciasteczek, które właśnie upiekliśmy, bo na razie są za gorące, więc wykłada mi teorię i gestykuluje, pokazując, co dodaje, jak to miesza i co ma największe znaczenie. Patrzy w sufit, szukając odpowiednich słów. Bardzo mu zależy, abym wszystko dobrze zrozumiała. Jakby to był jego obowiązek jako przyjaciela, kucharza i Francuza. W końcu prosi jednego z kucharzy, aby pomógł mu w innym pomieszczeniu. Czekam przez kilka minut, obserwując człowieka, który pieczołowicie obiera ze skóry gruszki.

Léon powraca ze szklanym talerzem, na którym ułożył dwa rzędy makaroników. Stawia go przede mną.

– *Voilà. Macarons.* Te upiekłem wczoraj na dzisiejsze przyjęcie, więc powinny być w sam raz.

Ma rację – ciasteczka są przepyszne. Pierwsze, które próbuję, jest z ciemnej czekolady z wnętrzem twardszym, niż się spodziewałam, ale rozpływającym się na moim języku w przeciągu kilku sekund. Drugie ma smak malin, a *ganache* zachowuje chropowatość i konsystencję owocu. Ciasto migdałowe jest tu bardziej wyraziste w smaku, bardziej orzechowe, a w połączeniu z maliną ma smak jesieni. Ostatni makaronik smakuje jak marakuja. Wiem, że do skorupek nie dodano olejku zapachowego, ale jeszcze przed włożeniem smakołyku do ust odnoszę wrażenie, że całe ciasteczko: i skorupki, i *ganache*, i ich zapach ożywione są wyrazistym aromatem owocu passiflory. Na języku jest lekko kwaskowe, z intensywnie słodką nutą na końcu. Makaronik z marakują pachnie jak bukiet lilii – wyraziście i egzotycznie. Na chwilę zamykam oczy, rozkoszując się jego smakiem.

– Co myślisz? – Jest na tyle blisko mnie, że mogę stwierdzić, iż kolor jego oczu dokładnie odpowiada kolorowi modrej nici, użytej do misternego haftu jego inicjałów na białej koszuli szefa kuchni.

– Cudowne. Naprawdę niesamowite. – Uśmiecham się do niego, upojona smakiem niebiańskich ciasteczek. On szczerzy do mnie zęby i spogląda w dół na pusty talerz. Przełykam z wysiłkiem ślinę i czuję, że moje serce gubi rytm.

– To dobrze, miałem nadzieję, że się udały – mówi pogodnie.

Kochana Mamo,

zdaje się, że jestem rozpustną dziwką.

Wiem, że Cię to rozśmieszy do rozpuku, ale to niestety może być prawda. Nie potrafię przestać myśleć o żonatym mężczyźnie. Ja też jestem zamężna. Obydwoje żyjemy w związku, ale nie w tym samym, a to oznacza, że takie myśli nie powinny przychodzić mi do głowy, prawda?

Mamo, on ma głos, który przywodzi na myśl rozpływający się w ustach karmel. To śmieszne, że tyle o nim myślę. Léon. Léon. Léon. To imię ma taką miękką, płynną końcówkę, którą można powtarzać bez końca. Nie wiem, jak to wyjaśnić, ale jego wygląd od razu kojarzy mi się z Paryżem.

Mamo, pamiętasz kierownika recepcji w naszym hotelu? W tym obrzydliwym przybytku, cuchnącym starymi dywanami i zmokniętym psem? Pamiętasz, jak w nocy jadłyśmy kanapki w pokoju i oglądałyśmy francuską telewizję, a Ty głaskałaś mnie po głowie? To było upiorne miejsce, aż trudno uwierzyć, że tam mieszkałyśmy. Ale z okna widać było kawałek wieży Eiffla. Zawsze byłaś przesadnie romantyczna.

Myślę, że ten kierownik recepcji był pierwszą miłością mojego życia. Antoine. Piękny, delikatny, słodki

Antoine. Pamiętasz go? Miał oczy koloru kawy. Pewnie nie pamiętasz. Tamtej ostatniej nocy przymknął oko na fakt, że nie byłyśmy w stanie zapłacić całego rachunku. Pewnie żal mu się zrobiło dwóch rudowłosych angielskich dziewczyn. Był dla nas taki miły, ujął nawet na chwilę moją rękę, gdy całował nas na pożegnanie, a ja myślałam, że zemdleję, posiusiam się albo zrobię coś równie strasznego i żenującego. Léon i Antoine. Francuzi. Ich dusze są utkane z tej samej tęczy.

Mamo, jestem żoną dobrego człowieka, powinnam przestać o tym myśleć.

Twoja kochająca córka Grace

PS Mamo, on jest szefem kuchni.

Raiponce – Roszponka

BERGAMOTKA Z KARDAMONEM Z GANACHE Z BIAŁEJ CZEKOLADY

Grace Miller jest właścicielką kawiarni. Mój podpis widnieje na dokumentach, to ja go złożyłam, dokonało się. Wszystko stało się dużo szybciej, niż przewidywałam, i czuję się dziwnie obolała, jak po wyrwaniu zęba albo gwałtownym zerwaniu opatrunku. Czy to jakiś rodzaj szoku? Przecież sama tego chciałam, prawda? Czasem o tym zapominam. A więc mam kawiarnię, a ściślej mówiąc, mam jedną wielką ruinę, która kiedyś była portugalską restauracją, a w ciągu następnych kilku tygodni powinna się zamienić w kawiarnię. Muszę się napić wina.

Za oknem pomiędzy budynkami snuje się gęsta mgła. Wypełnia nozdrza i osiada na skórze jak pot, dziwna i niepokojąca. Obserwuję, jak mleczna masa wpływa w przestrzenie pomiędzy domami. Wewnątrz zegar na kuchence mikrofalowej pokazuje bladozieloną 17:38. Po tylu latach pracy w kasynach Pete przyzwyczaił się do dwudziestoczterogodzinnych zegarów. Za dwadzieścia szósta. Plik dokumentów potwierdzających zakup leży w białej kopercie na kuchennym blacie. Moje imię i nazwisko jest na niej wydrukowane onieśmielająco wielkimi czarnymi literami. Czy jest za wcześnie, żeby się napić? Nalewam sobie kieliszek chardonnay, które Pete zostawił na blacie. Maleńkie ciepłe bąbelki łaskoczą mnie w gardle. Spaceruję po mieszkaniu z kieliszkiem w dłoni, przyglądając się każdemu pomieszczeniu. Przydałoby im się solidne sprzątanie, ale nie mogę się zmobilizować. Bolą mnie wszystkie mięśnie. Kurczę, nawet kości mnie bolą.

Dziś przyjechali robotnicy wyburzyć ścianę w kawiarni, tak aby od frontowej lady widać było kuchnię. W uszach ciągle dźwięczy mi echo młota pneumatycznego przedzierającego się przez stary tynk i drewno. Podłogi pokrywa teraz gruba warstwa rozdeptanego gruzu. Półnadzy robotnicy na odjezdnym byli zupełnie innego koloru, niż kiedy przyjechali, bo pot zamienił kłęby gipsowego pyłu w lepką powłokę na ich ciałach. W takich dniach jak dziś najbardziej żałuję, że nie mówię po chińsku. Kierownik ekipy, którego numer dostałam od Paula (zadzwoniłam i poprosiłam go o kontakt z firmą budowlaną), świetnie mówi po angielsku, ale nigdy go nie ma. Idealnie, gdybym mówiła po kantońsku, choć nawet mandaryński od biedy by wystarczył. Fakt, że mówię tylko po angielsku, to tutaj rodzaj niepełnosprawności. Próbowałam zachęcić budowlańców do założenia zatyczek do uszu i kasków, pokazując rękami, o co mi chodzi, ale odpowiedziały mi jedynie zdziwione spojrzenie i wzruszenia ramion. Podejrzewam, że kiedy nie patrzę, podśmiewają się ze mnie, maskując uśmiech opadającymi z ust papierosami. Szybko zdałam sobie sprawę, że będzie dla wszystkich najlepiej, jeśli zejdę im z drogi. Więc teraz tylko się przyglądam, a potem wracam do pustego mieszkania z szumem w uszach. Dziś Pete przysłał mi wiadomość, że wieczorem idzie na kolację, a potem na karaoke z kolegami z pracy. Będą się integrować, fałszując na całe gardło i popijając zieloną herbatę z whisky. To nawet ulga, że nie prosił, abym z nim poszła.

Rozsiadam się w gabinecie, odwracając krzesło w stronę okna. Szyba jest pomarszczona od deszczu i widzę smugę tam, gdzie któreś z nas oparło się o nią, wyglądając na zewnątrz. Głowę mam pełną wzorów podłóg, tapet, kandelabrów i kolorowych serwetek z papieru. Niedługo, bardzo niedługo, będę musiała podjąć decyzję co do ekspresu do kawy i wystroju ścian. Być może będę się musiała zadowolić tańszym ekspresem, chociaż najbardziej chciałabym ten srebrny z brązowym orłem na szczycie, wyglądający jak maska ekskluzywnego samochodu. Jest cudownie włoski, ale niestety poza moimi możliwościami finansowymi. Przygryzam wargę, zastanawiając się, czy Pete ma rację, że całe to przedsięwzięcie to bezsensowny wydatek, z którego nic nie wyniknie. Wygląda na to, że doświadczenia kelnerskie i kariera właścicielki lokalu to dwie zupełnie różne rzeczy. Czuję się zmęczona samym myśleniem o tym wszystkim.

Po przeprowadzce nie chciało nam się rozpakować wszystkich kartonów. Przy biurku dostrzegam nietknięte pudełko, jeszcze zaklejone brązową taśmą pakunkową. Rozcinam ją i otwieram pudełko. W środku pełno jest nieuporządkowanych papierów. Zakładam, że to głównie dokumenty Pete'a: stare raporty, plany projektów i sterta nudnej korporacyjnej makulatury. Ale kiedy je przeglądam, moje palce natrafiają na sztywne brzegi pliku zdjęć. To stare fotografie: mają zaokrąglone narożniki, są mało wyraźne, a kolory zredukowały się na nich do brązów i oranżu.

Na pierwszym zdjęciu widzę siebie, stojącą przed naszym blokiem w Islington. Mam na sobie mundurek kelnerki z mojej pierwszej w życiu pracy. Wyglądam na zawstydzoną. Łatwo sobie wyobrazić Mamę po drugiej stronie aparatu, pękającą z dumy i roześmianą. Na następnym jestem we Francji, na jakimś moście: nadąsana nastolatka, zmuszona do pozowania. Jest pochmurno, niebo ma fioletowoszary kolor. To jedna z wielu szalonych, niezaplanowanych podróży. Zapadam się głębiej w szeroki fotel i przeglądam plik fotografii. Jestem na każdym zdjęciu. Ja z szeroko otwartymi, rozmarzonymi oczyma, trzymająca ciasto czekoladowe ze świeczkami, ja na pikniku, siedząca na kocu i zezująca do aparatu, ja i londyński Parlament... Tu stoję chuda i przerażona w szkolnym mundurku, a tu, po paru latach, siedzę naburmuszona przy kuchennym stole, z krótko ostrzyżonymi włosami... Popijam spory łyk chardonnay i opieram głowę o fotel. Wino rozlewa się po arteriach i zakamarkach mojego ciała.

Na pozostałych zdjęciach jestem razem z Mamą. Na jednym ma na głowie okropną fryzurę, dwie wyraźnie różniące się od siebie warstwy: krótką na czubku i długą pod spodem. Na szczęście miała wspaniałe błyszczące włosy, które wyglądały dobrze niezależnie od strzyżenia. Śmieje się szeroko, a ja, wówczas kilkuletnia, opieram się plecami o jej nogi. Jestem ubrana w coś, co wygląda na strój elfa: mam skrzydełka zrobione z wieszaków na ubrania i z folii aluminiowej. Nie wyglądam na zbyt szczęśliwą; pewnie miałam nadzieję na bardziej dziewczęcy strój z tiulu i koronek. Za to Mama wygląda tak, jakby właśnie wybudowała wieżę Eiffla.

Ale Mama nie uśmiecha się na wszystkich zdjęciach. Czasem patrzy gdzieś w przestrzeń albo patrzy niewidzącym wzrokiem w aparat. Ma na twarzy ten nieobecny wyraz, który pamiętam z dzieciństwa, jakby wędrowała gdzieś pomiędzy tym światem i innym. Tym fotografiom przyglądam się najdłużej. Przysuwam je blisko do twarzy i analizuję każdą zmarszczkę na czole Mamy, sposób ułożenia ust, napiętą pozycję ramion. Szukam w jej twarzy czegoś, czego nie mogę znaleźć: jakiegoś znaku czy wskazówki. Kiedy obraz zaczyna mi się rozmywać przed oczyma, odkładam zdjęcia i wbijam wzrok w okno.

Światło szybko ciemnieje, nadając niebu fioletowy kolor. Jedno po drugim zapalają się światła w mieszkaniach naprzeciwko. W budynku obok nas jakaś ciemnowłosa kobieta zmywa naczynia. Długi gruby warkocz przerzuciła przez ramię, głowę ma spuszczoną nad zlewem i nie podnosi jej, skupiając się całkowicie na garnkach, wokach, miskach i kuchennych narzędziach. Warkocz wije się jak wąż wokół jej szyi i kołysze się na wysokości pachy, gdy kobieta się porusza. Nagle podnosi głowę i wychyla się w kierunku okna. Ma drobną bladą twarz. Wyciąga rękę w stronę kraty zabezpieczającej, a ja wyobrażam sobie, że to postać z bajki, dziewczynka, która przywiązała się włosami do metalowych prętów, aby przecisnąć się pomiędzy nimi i uciec. Kobieta strzepuje rękę, która pełna była zapewne okruchów chleba czy drobnych śmieci, i wkłada ją z powrotem do zlewu.

Stawiam pusty kieliszek na ziemi i odchylam się do tyłu. Moje ciało z rozkoszą zapada się w miękkość fotela. Zamykam oczy.

Mam na sobie sukienkę z wydrukowanym dookoła rąbka rysunkiem słoni trzymających się trąbami za ogony. Przejeżdżam palcem po skraju spódniczki, wyobrażając sobie, jak zwierzęta trąbią i tupią nogami. Drugą moją rękę mocno ściska Mama i ciągnie mnie za sobą. Moje nóżki unoszą się i ślizgają po ziemi. Patrzę na jej długie nogi i na moje króciutkie, wsunięte w nowe czarne buciki z błyszczącymi guziczkami. Jestem zachwycona tymi butami, przywodzą mi na myśl główną postać z filmu *Sierotka Annie*, kiedy śpiewa piosenkę *It's the Hard Knock Life* i skacze po łóżku. To najlepszy moment w filmie. Szczerze mówiąc, buciki trochę mnie obcierają, ale nie mówię o tym Mamie, bo kosztowały majątek.

Mama przyciska do boku czerwoną torebkę ramieniem zgiętym niczym skrzydło ptaka. Odchrząkuje, milczy, potem znowu odchrząkuje. Spoglądam w górę, by zobaczyć, czy ma zamiar coś powiedzieć, ale ona nic nie mówi – trzyma wysoko brodę i patrzy przed siebie okrągłymi oczami. Idziemy główną ulicą, mijamy dom handlowy na rogu, pocztę, bank i sklep charytatywny. Odwracam głowę, żeby popatrzeć na manekiny, ubrane od góry w płaszcze i kapelusze. Siwowłosa kobieta wciąga na nie od dołu spódnice i spodnie. Chichoczę na widok bladych postaci z gołymi pupami, wystawionymi na publiczny widok. Manekiny mają gładkie, niezwracające uwagi części intymne, które w niczym tych części nie przypominają, i niewidzące namalowane oczy. Kobieta zauważa mój uśmiech i rzuca mi pełne dezaprobaty spojrzenie.

Mama ciągnie mnie za rękę i prowadzi dalej. W końcu przystaje. Przełyka ślinę, zwilża językiem usta i strzepuje z płaszcza pyłki, których tam nie ma. Jej ręka drży w mojej dłoni.

– Gdzie jesteśmy, Mamo?

Patrzy na mnie, jakby zapomniała, że jestem uczepiona do jej ręki. Kiedy kuca, włosy opadają jej na czoło. Oczy są na wysokości moich. Ma pod nimi ciemne smugi, które wzięły się pewnie z braku snu, ale Mama zamaskowała je makijażem.

– Poczekaj tu minutkę, dobrze? Mam coś ważnego do załatwienia. To Mamie nie zajmie dużo czasu. Potem kupię ci pączka.

Uśmiecha się i szczypie mnie w policzek. To będzie miły dzień. Wyobrażam sobie chrzęst czekoladowej skorupki, gdy będę się wgryzać w miękkie wnętrze pączka, i słodki smak na języku. Będę obgryzać ciastko, pomału zmniejszając kółeczko, aż zostanie sama dziurka.

– A może być czekoladowy?

Ona kiwa głową i czule klepie mnie po głowie.

– Jasne. Bądź grzeczna, dobrze? Zaraz wrócę.

Stoimy na zewnątrz piekarni, z której dochodzą ciepłe, słodkie zapachy. Chłonę zapach mąki, gorącego masła i mielonego cukru. Dolna część okna jest zamalowana, więc nie mogę zajrzeć do środka – widzę tylko czubki głów i światło na suficie. Mijają minuty, które ciągną się jak godziny, więc wycieram ręką ziemię i siadam. Drobinki żwiru wciskają mi się w rajtuzy, a kiedy próbuję je wyskubać, smoła przykleja się do nitek i robi się dziura. Wkładam przez nią palec, żeby poczuć pod spodem zimną odgniecioną skórę. Mama się wścieknie.

Z wnętrza dociera do mnie hałas, a dokładnie krzyki i wrzaski jakiejś kobiety. Wydaje mi się, że to Mama, i serce zamiera mi w piersi. Ze środka wychodzi wąsaty mężczyzna, potrząsając z wolna głową i otulając się szczelnie płaszczem. Paczuszka, którą niesie w dłoni, pachnie jak gorący bożonarodzeniowy pieróg. Coś w piekarni musiało spaść, bo słychać gwałtowny brzęk. Stoję tak grzecznie, jak to możliwe. Po chwili z wnętrza wyłania się Mama. Twarz ma ściągniętą i poszarzałą.

– Chodź, Grace. Idziemy.

Bierze głęboki wdech, wypycha pierś do przodu i chwyta moją rękę. Patrzy w dół na moje przybrudzone rajtuzy.

– A co z moim pączkiem? – szepczę. Głupio, że o tym przypominam, ale jestem taka głodna, że aż rozbolał mnie brzuch.

– Co?

– Mój pączek…

Sztywnieję, kiedy otrzepuje mnie z ziemi. Jej ręka jest twarda i nieczuła. Z piekarni wyskakuje mężczyzna w białym fartuchu i zaczyna się Mamie tłumaczyć.

– Cholera, musisz dać mi kilka sekund, żebym się przyzwyczaił do tej myśli. – Policzki ma czerwone jak dwa jabłka i pachnie palonym cukrem. – Nie możesz wparowywać do sklepu w środku szychty z taką wiadomością. – Potrząsa głową. – Dlaczego musisz być zawsze taka trzaśnięta, taka... – Głos zamiera mu na ustach, gdy zauważa moją obecność. Przez długą chwilę przygląda się z otwartą buzią mojej twarzy. Oczy ma łagodne i błękitne jak malowana ręcznie chińska porcelana. Widzę, że ręce ma ubrudzone mąką i że pod warstwą mąki są mocne i szerokie, z krótko obciętymi, zadbanymi paznokciami. – Czy to... – Wciąż patrzy na mnie oczyma wielkimi jak dwa spodki.

Sposób, w jaki się we mnie wpatruje, sprawia, że czuję się nieswojo, więc spuszczam wzrok i dostrzegam tatuaż, wychylający się spod jego rękawa. Jest na nim mały niebieski ptaszek z różową kokardką. Zawsze chciałam mieć baletki z taką różową kokardką. Stopy w bucikach mam spuchnięte i obolałe, i chce mi się płakać, ale Mama jest taka zła, że nic nie mówię. Za to próbuję jeszcze raz poprosić. Może Mama zapomniała i ciastko zostało na ladzie. Ona bardzo nie lubi, kiedy coś kupi, a potem zapomni, bo to strata pieniędzy. Wyobrażam sobie samotną torebkę, nasiąkającą pomału roztopionym tłuszczem, czekającą, aż ktoś sobie o niej przypomni. Pociągam więc za rąbek jej odświętnego płaszcza.

– Mamo, pączek!

Mama patrzy na mnie wzrokiem, w którym widzę ostrzeżenie, że mam być cicho, jeśli nie chcę mieć kłopotów.

– Daj spokój z tym cholernym pączkiem – syczy przez błyszczące czerwone usta i odwraca się.

– Hej! Hej, poczekaj – woła chrapliwym głosem piekarz, stojąc z rękoma bezwładnie opuszczonymi wzdłuż ciała i z twarzą zapadniętą jak niedopieczony biszkopt.

Mama po części ciągnie mnie za sobą, po części niesie z powrotem. Mijamy sklep charytatywny z ubranymi do połowy manekinami, mijamy bank i pocztę. Mężczyzna wciąż krzyczy za Mamą, by się zatrzymała, ale nie rusza się z miejsca. Odwracam się, by zobaczyć jego bladą i smutną twarz, ale po chwili jest za daleko – widzę tylko jego postać, zastygłą przed cukiernią jak posąg. Jeszcze moment i mężczyzna, mój pączek oraz cała cukiernia znikają w oddali, a my przecinamy park i skręcamy na rogu z powrotem w stronę dworca.

Budzi mnie metaliczne brzęczenie. To Pete próbuje wejść do domu, dzwoniąc kluczami, których nijak nie udaje mu się wcisnąć do zamka. Wyobrażam sobie, jak przeklina po drugiej stronie drzwi. Rozważam, czy nie wstać i mu nie pomóc, ale wino płynące w moich żyłach skutecznie mnie zniechęca do wykonywania jakichkolwiek ruchów. Siedzę tępo w fotelu z podkurczonymi nogami i mrugam, żeby zobaczyć cokolwiek w ciemności. Musi być późno, bo nogi zupełnie mi zmarzły. Chcąc zachować resztki ciepła, podciągam stopy głębiej pod siebie. Pete przekręca w końcu klucz w zamku i otwiera drzwi na oścież. Oświetlony jasną smugą światła wtacza się do mieszkania jak pijany marynarz. Z miejsca, w którym siedzę, widzę jedynie jego sylwetkę. Czekam, aż do mnie zawoła, ale on stoi, dysząc ciężko. Kiedy zamyka drzwi, mieszkanie znów pogrąża się w głębokiej, nieprzeniknionej ciemności.

Idzie w stronę łazienki, stawiając ciężkie, ostrożne kroki. Nie widzę go teraz z mojego fotela, ale słyszę, że odkręca kurek i że zaczyna lać się woda. Do moich uszu dociera odgłos rozpinanego paska w spodniach i przekleństwo, kiedy buty uderzają z łoskotem o kafle podłogi. Rozbudzona przeciągam się teraz, wyciągając stopy i napinając grzbiet jak kotka. Przechodzę obok łazienki, ale drzwi są zamknięte. Zakładam jeden ze starych podkoszulków Pete'a i gramolę się do łóżka, z rozkoszą zawijając się w miękką pościel. Głowa mi pulsuje, być może z powodu wina, a może z powodu niewygodnej pozycji w fotelu. Kładę rękę na czole, ale nie martwię się bólem głowy, wiedząc, że i tak za chwilę zasnę. Mój umysł nie powrócił jeszcze całkowicie z wyprawy w przeszłość.

Ktoś wchodzi do pokoju i chwilę zajmuje mi stwierdzenie, że to Pete. Otwieram jedno oko i widzę, że stoi w nogach łóżka, oświetlany momentami przez wpadające przez okno światła przejeżdżających samochodów. Stoi nagi z twarzą zwróconą w moim kierunku. Lekko kołysze się na stopach. W chłodnym nocnym powietrzu wyczuwam kwaśny zapach alkoholu. Tuż przed zaśnięciem mam wrażenie, że szuka w ciemności mojej twarzy.

W niedzielę Pete proponuje, że pomoże mi w kawiarni. Jestem zdumiona, bo nie był przecież zachwycony moim pomysłem. Może po prostu jest ciekawy. Pomaga mi w sprzątaniu, rzucając spojrzenia w stronę kuchni, przyglądając się ścianom, oświetleniu i framugom okien. Już po chwili od stóp do głów pokryty jest gipsowym pyłem, który osiada w jego gęstych włosach jak śnieg, zmieniając ich kolor na brudnoszary. Pochyla się i próbuje otrzepać głowę.

– Nie mogę się pozbyć badziewia – narzeka.

Wzruszam ramionami i podaję mu ciężką skrzynkę z filiżankami.

– Gdzie mam to postawić?

– Gdzieś z tyłu, potem się nimi zajmę. Nie ma sensu ich teraz wyciągać, gdy wokół tyle…

– Brudu – wchodzi mi w słowo. Stoi z rękoma na biodrach i zaciśniętymi surowo ustami, które tworzą wąską kreskę.

– Tak. – Odwracam się, żeby ukryć uśmiech. Opieram się na krześle – wszystkie moje mięśnie płaczą z bólu. Całe ciało mam naelektryzowane, jakby ktoś podłączył mnie do prądu. Przestępuję z nogi na nogę i oglądam uważnie pomieszczenie, zastanawiając się, czym należy się zająć w następnej kolejności.

Pete staje za mną i po przyjacielsku kładzie mi rękę na ramieniu.

– Piec z tyłu wygląda super.

– Tak. Potwór, prawda?

Przed kawiarnią zatrzymuje się jakaś przygarbiona kobieta i próbuje zajrzeć do środka przez grubą warstwę lepkiego kurzu na frontowym oknie. Zastanawiam się, ile może mieć lat – osiemdziesiąt? Macham do niej. Ona patrzy na mnie bez ruchu.

– Sądzę, że już czas, żebyśmy zabrali się za sprzątanie. O której przyjdą panowie z tapetami? – Pete gładzi mnie dłonią po plecach i bezwiednie ściska kilka razy moje ramię. Kobieta za szybą nie odwzajemnia pozdrowienia i kuśtyka dalej.

– Um… chyba mówili, że o czwartej.

– Co oznacza, że przyjdą o szóstej – mruczy sarkastycznie Pete. – Okej, miotły są na zapleczu?

Zamiatamy pomieszczenie od jednej ściany do drugiej. Chrząkamy i kaszlemy z powodu wszechobecnego pyłu. Nawet po wypiciu puszki coli czuję na języku jego gorzki smak. Pył wpada Pete'owi do oczu, a on przeklina i mamrocze, kiedy popielate paprochy sypią mu się z czupryny. Słońce pomału znika za horyzontem, podczas gdy my zmiatamy kurz i gruz w jedno miejsce i zaczynamy myć podłogę. Łapię go na tym, że na mnie spogląda, kiedy po raz kolejny napełniam wiadro gorącą, spienioną wodą. Włosy lepią mi się od potu, rękawy mam mokre od mydlin. Cytrynowy zapach detergentu wypełnia pomieszczenie w chwili, gdy ostatnie promienie słońca ślizgają się po świeżo umytych kafelkach.

– Myjemy jeszcze raz? – pytam.

Kiwa głową, że się zgadza.

Po pracy siadamy pod przeciwległymi ścianami i patrzymy na siebie nawzajem. Jesteśmy zbyt zmęczeni, żeby rozmawiać, więc obserwujemy zachodzące słońce i zapadający zmrok. Wilgotny upał wciąż unosi się w powietrzu. Przyglądamy się błyszczącemu efektowi ciężkiej całodziennej pracy. Lśniące kafle przypominają twarde cukierki w czarno-białe paski. Nie spodziewałam się, że spod grubej warstwy brudu wyłoni się coś tak pięknego.

Unosimy głowy, słysząc hałas od strony drzwi. Jakiś mężczyzna wkłada głowę do środka – jego podbródek okala pokaźny zarost, białe zęby świecą w szerokim uśmiechu.

– Czy jest Lilian? – pyta radośnie i wybucha śmiechem.

– Hej, Paul! – Pete zrywa się na nogi. Wyciera rękę o dżinsy i ściska nią wielką dłoń Paula.

– Właśnie tędy przechodziłem. Och, tu jest fantastycznie! – wykrzykuje, rozglądając się dookoła. – I jakie genialne kafelki!

– Naprawdę tak uważasz? – mówię, podnosząc się z podłogi. – Trochę nad nimi popracowaliśmy. – Skromnie wzruszam ramionami.

– Widzę. Szyld też jest odjazdowy.

Pete przekrzywia głowę i patrzy na mnie.

– Oo! – Staram się oddychać pomału. – Musieli go powiesić, kiedy byliśmy na zapleczu. Dlatego był taki hałas.

Wychodzimy we trójkę na zewnątrz i stajemy na chodniku. Paul krzyżuje ramiona na szerokim torsie i kołysze się na piętach. Pete trzyma dłonie na biodrach i patrzy z brodą zadartą do góry. Mój szyld. Powieszony jest na żerdzi w kolorze mosiądzu. Nie ma wiatru, więc ani drgnie, jakby zastygł w bezruchu na potrzeby naszej inspekcji. Patrzę na niego i przez kilka sekund zapominam wziąć oddech. Pete zadziera głowę jeszcze wyżej i mruży oczy, żeby przeczytać napis, a Paul wydaje z siebie pełne aprobaty pomruki.

– Nic mi nie powiedziałaś – mówi cicho Pete, odwracając się do mnie ze zmarszczką pomiędzy oczyma.

Wykonawca spisał się na medal: napis jest solidnie przykręcony porządnymi mosiężnymi śrubami, farba jest świeża i ma intensywny kolor. Świetnie pasuje do naszych czystych jak łza kafelków: i tu, i tu widać ostry, wyraźny kontrast pomiędzy czernią i bielą. Każde „i" w wypisanym ozdobną czarną czcionką napisie zakończone jest, zamiast kropki, makiem w kolorze ciemnej wiśni. Szyld jest dokładnie taki, jak sobie wymarzyłam:

„U Liliany"

– Jest idealny – wzdycham cicho sama do siebie. Głos mam wysoki i czysty jak mała dziewczynka.

Kochana Mamo.

jutro otwieram kawiarnię „U Liliany".

Pete mówi, że powinnam była więcej uwagi poświęcić reklamie, jeśli naprawdę chcę rozkręcić interes, ale otwarcie kosztuje mnie tyle nerwów, że czuję się chora. Zamieściłam ogłoszenie w newsletterze International Ladies' Club, ale trochę się spóźniałam, więc zapewne ukaże się dopiero w przyszłym tygodniu. I całe szczęście. Czasem wydaje mi się, że wolałabym, aby nikt nie zauważył tej kawiarni. Chcę jedynie przeżyć pierwszy dzień i nie paść trupem.

Kupiłam mnóstwo kawy. Ziarna i mielona kawa są już przygotowane w ekspresie. Hm, powinny być świeże – może wymienię je jutro? Upiekłam trzy rodzaje makaroników i wszystkie wyszły świetnie poza Czekoladową Goryczą. Wielka szkoda, bo ciasteczka smakują niebiańsko. Niestety, wyglądają jak kapelusze, na których ktoś przed chwilą siedział. Mam też inne ciasta. I muffinki. Muffinki trzeba tylko podgrzać w piecu i będą się rozpływać w ustach. Muszę jeszcze zrobić kremowo-serową polewę do tych marchewkowych, ale mogę to zrobić jutro rano. Wstanę na czas. Jeśli tylko uda mi się zasnąć.

Mamo, a co, jeśli nikt się nie zjawi? Może się tak zdarzyć. Nie rozmawiałam o tym z Pete'em, bo powie: „Powinnaś była pomyśleć o tym wcześniej, Grace". I będzie miał tę okropną zmarszczkę między oczyma. Spoglądał na mnie wczoraj wieczorem sponad steku z warzywami i przysięgam, że przejrzałam na wylot jego myśli. Zastanawiał się, czy traktuję to przedsięwzięcie poważnie. Wiem, że ostatnio wydawałam pieniądze jak szalona, więc pewnie się boi, że to skarbonka bez dna. Na pewno ma wątpliwości, czy na takim biznesie można zarobić. Nie lubię o tym rozmawiać, bo ja też mam wątpliwości.

Spotkałam dziś Lindę w supermarkecie. Zaśmiała się głośno, gdy mnie zobaczyła. „O rany, nie poznałam cię!". Cóż, Mamo, wcale mnie to nie zdziwiło, bo byłam ubrana w zniszczone stare ogrodniczki, włosy miałam ściągnięte w koński ogon, pokryta byłam lepkim kurzem i śmierdziałam jak stare ręczniki. W ciągu ostatnich kilku tygodni przestałam się malować, więc wszystkie piegi i zmarszczki widać jak na dłoni. Przeraża mnie każde spojrzenie w lustro. Ale uwierz mi, nie mam czasu zajmować się swoim wyglądem, kiedy dopieszczam własną kawiarnię. Szkoda, że Makau jest wielkości chusteczki do nosa i wpadam na kogoś znajomego za każdym razem, kiedy wychodzę do sklepu.

Okej, Mamo, życz mi powodzenia. Mam wrażenie, że w żołądku skaczą mi kangury. Muszę się teraz położyć i zasnąć, a kiedy się obudzę, będzie to dzień, w którym otworzę „Lilianę".

Twoja kochająca córka Grace

L'Espoir – Nadzieja

LAWENDA PROWANSALSKA ZE SŁODKIM KREMEM FIGOWYM

Słońce znika za horyzontem, pomarańczowe i lepkie jak cukierek do ssania. Krzesła leżą poodwracane na stołach, blaty są wyszorowane. Jedzenie pochowałam do lodówek, zrobiłam listę zakupów na jutro i wyszorowałam kafelki. Zdejmuję ze stolika jedno krzesło, stawiam je na ziemi i pozwalam opaść na nie mojemu zmęczonemu ciału. Przez chwilę patrzę przez okno na niebo, które przybrało kolor mango.

Hm, nie było wcale tak źle.

Jeśli weźmie się pod uwagę fakt, że nie przeprowadziłam żadnej akcji promocyjnej, miałam więcej klientów, niż można się było spodziewać. Chwilami żałowałam, oczywiście ze względu na pieniądze, że nie ma ich ciut więcej, ale przykleiłam sobie do twarzy pogodny uśmiech, adresowany głównie do tych ciekawskich osób, które zaglądały dziś przez okno, a nie weszły do środka. Może jutro się zdecydują. Albo pojutrze. Utarg, jaki wyjęłam z kasy, mieści mi się w kieszeni. Dwieście pataca* i ja-

* Oficjalna waluta Makau (przyp.tłum.).

kieś drobne monety. Nawet nie chce mi się liczyć, ile wychodzi na godzinę. Pewnie nie raz zarobiłam więcej na napiwkach.

Przed południem przyszedł Paul z jakimś kolegą z pracy. Zamówili jedno latte i jedno cappuccino, i pracowali tu razem nad projektem, który rozłożyli na dwóch sąsiadujących stolikach. Potem, w drodze ze szkoły, wpadła Linda z dziećmi. Maluchy wyrywały sobie czekoladowe muffinki, więc tylko połowa trafiła do ich ust – reszta wylądowała na podłodze. Obiecała, że przyjdzie w tym tygodniu jeszcze raz z przyjaciółkami, żeby pokazać im nowy lokal. Wydała z siebie mnóstwo achów i ochów na widok wystroju. „Genialnie, Grace!". Przyszła też Celine zapytać, czy przygotowałabym poczęstunek na „Francuski Podwieczorek", czyli spotkanie z rodzicami w przyszłym tygodniu. Jakieś drobne kanapki, *macarons*, nic nadzwyczajnego. Jako że jej mąż sam jest szefem kuchni, zamówienie traktuję jak prezent. Zajrzały też trzy rozchichotane chińskie uczennice w wysoko podciągniętych podkolanówkach, każda z kolorową, ozdobioną naklejkami teczką pod pachą. Kupiły po makaroniku. Rano wpadła jeszcze jakaś kobieta po szklankę wody po porannym joggingu. Powiedziała, że pracuje dla „Macau Daily Times" i rozglądała się wokół z wyraźną aprobatą. Jeszcze jedna kobieta wypiła w milczeniu filiżankę herbaty przy oknie. To wszystko.

Zapakowałam jedzenie, którego nie da się przechować, i włożyłam je do dużej torby. Zabiorę je do domu – może uda nam się coś z tego zjeść na kolację. A może Pete zna kogoś, kto gustuje w wypiekach. Na przykład bezpańskie koty koło tawerny „Old Taipa".

Obyło się zatem bez fanfar i setek klientów tłoczących się przed wejściem. Czuję się zmęczona, ale w pozytywny sposób. Sensownie zmęczona. Ogarnia mnie jakieś przyjemne uczucie. Myślę, że nazywają je optymizmem.

Un Peu de Bonté – Odrobina Dobroci

ARBUZOWY Z NADZIENIEM ŚMIETANKOWYM

Drugi dzień funkcjonowania kawiarni. Mojej kawiarni! Zegar biologiczny w moim ciele przyśpieszył i wyrywa mnie nagłym szarpnięciem ze snu, jakby się bał, że zaśpię, a przecież jest dopiero piąta rano. „Liliana" otwiera podwoje dopiero o dziesiątej, więc mam przed sobą pięć długich godzin. Pete pochrapuje cicho po swojej stronie łóżka, leżąc twarzą do dołu, z prześcieradłem owiniętym wokół pasa jak w operach mydlanych. Wiem, że obudzę go, jeśli teraz wstanę. Czuję się tak samo, jak w bożonarodzeniowe poranki, kiedy byłam małą dziewczynką i z utęsknieniem czekałam, aż Mama się obudzi. W myślach analizuję listę obowiązków: otworzyć drzwi, pozdejmować krzesła, odwrócić znak w witrynie na „Otwarte", wyjąć makaroniki z chłodni i zadzwonić do Ah Chuna w sprawie cieknącego kranu. Przepływa przeze mnie delikatny dreszcz.

Wysuwam się z łóżka tak cicho, jak to możliwe, i robię przegląd garderoby w szafie. Nic, co mam, nie pasuje do nowego rozdziału mojego życia. Wełniane płaszczyki wiszą obok spodni do jogi. Nie chcę zakładać białej bluzki i czarnych spodni – już nie jestem kelnerką. Ale spódnica i bluzka? Po raz kolejny sprawdzam godzinę na elektronicznym wyświetlaczu w radiu przy głowie Pete'a. Leży na poduszce z szeroko otwartymi ustami. Przebieram się najciszej, jak potrafię, ale kiedy się odwracam, on leży z głową opartą na dłoni, obejmując drugim ramieniem poduszkę jak kochankę. Patrzy na mnie, nie mrugając powiekami.

– Cześć.

– Przepraszam. Obudziłam cię?

Wzrusza ramionami.

– Musiałam wstać. Mam gonitwę myśli.

– Mmm. – Pete walczy ze snem.

Przeglądam po kolei zawartość mojej szafy. Na brzegu łóżka gromadzą się sterty ubrań. Muszą się tu znaleźć dwie przyzwoite części garderoby, które będzie można ze sobą zestawić.

– A co miałaś na sobie wczoraj?

– Tę długą sukienkę w kolorze grafitu, z paskiem. I sandały.

– No, tak. A nie możesz jej dziś założyć?

– To nie garnitur, Pete. Kobiety nie noszą tych samych ciuchów dzień po dniu – burczę niezadowolona. A już na pewno nie w kuchni pomiędzy buzującymi piecami, myślę sobie, przetrząsając stertę.

Pete podnosi się i staje obok mnie. Na lewym policzku ma odciski od poduszki, a włosy na głowie sterczą mu na baczność.

– A to i spodnie? – Wyciąga ze sterty kolorowy bezrękawnik z półgolfem i głową wskazuje odrzuconą wcześniej parę czarnych spodni. Kupiłam tę bluzkę podczas naszego miodowego miesiąca, żeby mieć co założyć na eleganckie kolacje w pięciogwiazdkowej hotelowej restauracji. Rzadko kiedy wstawaliśmy wtedy przed południem, więc strojenie się na kolację oznaczało początek dnia. Przypominają mi się drinki mojito i roje moskitów.

– Okej, masz rację – odpowiadam miękko i ze zdziwieniem stwierdzam, że to idealny wybór.

– Może wpadnę dziś na lunch – mówi Pete, ziewając. Odwraca się w stronę prysznica, świecąc nagą bladą pupą, ostro kontrastującą z opalonymi nogami.

Kiedy przychodzę do „Liliany", na zewnątrz natykam się na dziewczynę, przestępującą niecierpliwie z jednej obutej w złoty sandał stopy na drugą. Otwierając, sprawdzam kątem oka, czy jest prawdziwa. Dwie nieprawdopodobnie długie kończyny wyrastają z króciutkich białych szortów z mankietami, jakby kobieta wyszła przed chwilą z sesji zdjęciowej na jachcie i zagubiła się pomiędzy budynkami. W opalonych ramionach tuli pieska o sierści przywodzącej na myśl konsystencję i kolor pianki na kawie cappuccino. Ma na nosie wielkie okulary słoneczne, ale widać, że ona też przygląda mi się z ukosa, bo czoło ma opuszczone i usta ułożone w skośną linię.

– Pani jest właścicielką? – woła.

Serce rośnie mi w piersi. Podchodzę bliżej, aby odpowiedzieć, bo konieczność podniesienia głosu zawsze wywołuje u mnie napięcie. Jej włosy w kolorze deserowego wina opadają równo na ramiona. Wygląda na mniej więcej trzydzieści pięć lat i rozsiewa wokół siebie intensywny egzotyczny aromat lilii imbirowej. Pewna ekskluzywna sieć sklepów rozpyla ten zapach w swoich salonach. Na pewno nie jest tani.

– Tak, to ja.

– To dobrze. Mam dziką ochotę na kawę.

Przekręcam do góry zegarek, bo jego tarcza zsunęła się pod nadgarstek. Jest piętnaście po siódmej.

– Przykro mi, ale nie otwieramy przed dziesiątą. – Czuję, że się rumienię. Muszę się przyzwyczaić do wygłaszania podobnych właścicielskich kwestii.

Pochyla się, by razem ze mną przyjrzeć się mojemu zegarkowi. Piesek warczy i przebiera łapkami, jakby płynął w wodzie. Zawija górną wargę, obnażając przy tym kilka maleńkich ostrych ząbków i pokazując dziąsła, czarne i błyszczące jak lukrecja.

– Kurczę – mówi kobieta z ostrym australijskim akcentem i dodaje błagalnie: – A nie może pani otworzyć dziś trochę wcześniej?

Myślę o długiej liście czynności do wykonania i potrząsam przepraszająco głową, znowu oblewając się rumieńcem.

– Dziś dopiero drugi dzień od otwarcia. Może w przyszłym tygodniu zacznę otwierać trochę wcześniej. A może przyjdzie pani po dziesiątej?

Zmienia pozycję, żeby łatwiej było jej trzymać wiercącego się psa.

– Trudno – mówi zawiedzionym głosem. – Może to nauczka za bycie sobą w towarzystwie tamtych pań.

– Słucham?

Przesuwa okulary z twarzy na czoło i wywraca oczami, które mają kolor ciemnego kakao, jak amerykańskie babeczki czekoladowe. Waha się przez chwilę, patrząc prosto w moją twarz, jakby zastanawiała się, czy może mi wyjaśnić, o co chodzi. Potem wzdycha.

– Nie mogę chodzić na kawę do „Aurory", bo spotykają się tam niektóre członkinie Ladies' Club. – Ma ciepły głos, nie taki, jak się spodziewałam. – Nie podoba im się, że przeklinam, kiedy w pobliżu są dzieci. W zasadzie nie wiem, czy tylko o to chodzi. Mam wrażenie, że generalnie im się nie podobam. Zdaje się, że nie wzbudziłam ich sympatii na ostatnim przyjęciu grillowym.

Myślę o Lindzie i nie mogę powstrzymać śmiechu. Taka olśniewająca istota z niewyparzoną gębą starego bosmana?

– Tak, pewnie, że to śmieszne – mówi ponuro. – Co za banda snobek! Jeszcze niedawno same zmywały gary i zmieniały dzieciom pieluchy, a teraz zachowują się jak jakaś mafia od Prady. Świerzbiło mnie, żeby im powiedzieć, że mają przestać pieprzyć, ale Don uważa, że powinnam się powstrzymywać od takich uwag. – Siłuje się z pieskiem i torebką, żeby wydobyć dzwoniący telefon komórkowy. – To mój mąż, Don – informuje mnie, przykładając telefon do ucha. – Jeszcze tu wrócę! – Uśmiecha się szeroko, a jej piesek wydaje z siebie kolejne groźne warknięcie.

Stukanie jej sandałów niesie się echem w ciszy poranka, kiedy odchodzi. Przypomina mi Mamę. Najpierw mówi, dopiero potem myśli. Jestem pewna, że podczas grillowego przyjęcia Ladies' Club zatrzymało się na niej niejedno oko. I bez wątpienia wiele z nich należało do mężczyzn noszących na lewych dłoniach złote obrączki. Pod jej domem kłębi się zapewne taki tłum facetów, że blokują ruch drogowy na kilku ulicach wokół.

Potem dzwoni Pete i odwołuje lunch. Ma za dużo pracy, aby gnać w przerwie obiadowej z półwyspu Makau do Taipy i z powrotem do biura. Oprócz głosu słyszę w słuchawce stukot jego palców pląsających po klawiaturze. Zapomina powiedzieć do widzenia, kiedy się rozłącza. Odkładam telefon i spoglądam na kawiarnię. Jest pusta. Wyobrażam sobie tabliczkę z zaznaczoną kredą liczbą klientów na ścianie i zmazuję w głowie jedną kreskę. Wykonałam wszystkie mniej lub bardziej istotne prace i stoję teraz za ladą samotna i niepotrzebna. Przez okna wlewa się słońce i rozświetla swoim blaskiem błyszczące kafelki podłogi.

Wyjmuję kanapkę z małej lodówki na ladzie i siadam przy stoliku obok, aby móc zerwać się szybko w razie potrzeby. Pieczywo, a dokładnie bagietka, jest świeże, ale lekko gumowate z powodu zimna. Nadzienie stanowi ser brie, żurawina i orzeszki piniowe. Słone oleiste orzeszki to najlepszy składnik w tym zestawie. Wzrok wbity mam w witrynę, więc natychmiast dostrzegam starszą kobietę, która pomału zbliża się do okna. To ta sama staruszka, do której machałam kilka dni wcześniej. Ma dziś na sobie praktyczne ciemnoszare spodnie z grubej bawełny i granatową koszulę z krótkim rękawkiem. Idąc, mruga ciemnymi oczami. Koszulę zdobią drobne kwiatki, kołnierz sterczy na baczność na mandaryńską modłę. Przyglądam się wyszukanym zapięciom przy bluzce w kształcie połączonych ósemek, wydzierganych precyzyjnie z granatowego kordonka.

Kobieta idzie, szurając nogami, oparta na lasce, która wystukuje powolne tempo jej kroków. Pochyla się tak, że jej nos niemalże dotyka szyby. Widzę każdą zmarszczkę na jej twarzy okolonej krótko ostrzyżonymi siwymi włosami, które ściągnęła opaską. Wygląda przez to jak dziewczynka. Dostrzega mnie i moje wypchane bagietką usta, i obdarza mnie nieśmiałym uśmiechem. Zrywam się na nogi i wycieram dłonie o fartuch. Dzwonek przy drzwiach wydaje z siebie anielski ton. Kobieta kuśtyka do lady i przygląda się makaronikom, wzdychając przy tym i kiwając z aprobatą głową. Zaczynam się śmiać.

– To *macarons* – wyjaśniam życzliwie.

Rozciąga usta w uśmiechu, ale nie odpowiada. Wskazuje po kolei na muffinki, na ciasta i na bułeczki. Przychodzi mi do głowy, że może być niemową, ale w tym momencie ona zaczyna mówić po kantońsku. Nie wiem, czy mówi do mnie, czy do siebie. Opiera się o ladę i bierze do rąk angielskie menu, niestety, jeszcze nieprzetłumaczone.

– Przepraszam… – mamroczę, ale ona trzyma menu tuż przy twarzy, tak jakby mogło się stać zrozumiałe przez jakiś rodzaj osmozy. Potem wzrusza ramionami i pyta po prostu:

– *Cha*? – Herbata. Słowo, które znam.

– *Cha*. Jasne. *Cha*. – Kiwam idiotycznie głową. Wskazuję dłonią stoliki, a ona człapie do krzesła.

Patrzę na półkę, na której trzymam czarne i zielone herbaty oraz ziołowe mieszanki, potem wracam wzrokiem do kobiety. Ona znów się uśmiecha, a delikatny fiolet jej wyblakłych ust rozciąga się w poprzek ciemnej twarzy. Spomiędzy srebrnych kosmyków na głowie wystaje kilka naturalnych ciemnych pasemek. Odwraca się z powrotem do okna, zamyka oczy i ogrzewa twarz w promieniach słońca. Otwieram ciemnoniebieskie pudełko z białymi chmurkami, wydrukowanymi na narożnikach. To „Spokój" – delikatna mieszanka rumianku, lawendy i mięty.

Kiedy przynoszę tacę, a na niej imbryk, filiżankę i jeden makaronik, staruszka wskazuje na swoje chude piersi i mówi:

– Yok Lan.

– Yok Lan – powtarzam.

Radośnie kiwa głową. Spoglądam na tacę, zastanawiając się, czy czegoś jej nie trzeba. Może cukru? Przynoszę miseczkę z kostkami białego cukru i stawiam obok niej. Ona uśmiecha się szeroko i znów wskazuje na siebie, przyciskając palec wskazujący do obojczyka.

– Yok Lan – mówi.

– Yok Lan – powtarzam, a ona kiwa głową. Potem wskazuje na mnie i unosi brwi, na które składa się kilka siwiejących kosmyków na środku i nieliczne włoski przy zewnętrznych kącikach oczu.

– Ach! Pani jest Yok Lan. – Wskazuję na nią, a kobieta kiwa głową. – Ja jestem Grace.

Jej miękkie policzki opadają, wyrażając konsternację.

– Grace – powtarzam, z palcem wskazującym na piersi.

– Grrr-ace-a.

– Tak, Grace.

– Grrrace-a. Graça! – powtarza entuzjastycznie, a portugalska wersja mojego imienia z łatwością wypływa z jej ust. – Graça. Grr-ace. *Hie*.

Klepie mnie po dłoni i odwraca się z powrotem w kierunku słońca, więc zostawiam ją z herbatą. Wsuwam się za ladę, by dokończyć kanapkę, i obserwuję ją. Potem, kiedy jestem w kuchni, słyszę ponownie dźwięk dzwonka przy drzwiach. Gdy wychodzę, już jej nie ma, herbata jest wypita, makaronik zjedzony, a na stoliku leży kilka monet. To za mało, aby pokryć rachunek, ale pewnie tyle, ile zapłaciłaby w lokalnym barze. Nie martwi mnie to.

Yok Lan jest tego dnia moją jedyną klientką, ale kiedy wieczorem sprzątam i zamykam kawiarnię, nucąc „Amazing Grace", mam wrażenie, że „Liliana" została tego dnia konsekrowana.

I rzeczywiście, w ciągu tygodnia zaczynają się pojawiać klienci. Najpierw kilku, potem kilkunastu, a potem cały tłum.

Rêve d'un Ange – Sen Anioła

BIAŁA CZEKOLADA Z DROBINKAMI SKÓRKI CYTRYNOWEJ Z CYNAMONEM

Nie wiem, jak to się stało, że już nastał kwiecień. Czas zazwyczaj płynie szybko, gdy się dobrze bawimy, ale kiedy prowadzi się kawiarnię w dalekim zakątku chińskiej ziemi, czas pędzi jak odrzutowiec. „U Liliany" jest większy ruch, niż się spodziewałam – niestety wykańcza mnie fakt, że wszystko muszę zrobić sama. Jestem szczęśliwa, ale skrajnie wyczerpana. Codziennie wczołguję się do łóżka około ósmej wieczorem i zrywam się o piątej trzydzieści rano z głową pełną pomysłów na makaroniki i długim wykazem czynności do wykonania. Pete i ja jesteśmy jak dwa mijające się nocą okręty. Oglądam go tylko w świetle porannego brzasku, kiedy chodzę na palcach wokół jego śpiącej postaci. Widzę jego kark albo zadarte do góry palce stóp. Chrapie wtedy z szeroko otwartymi ustami, z nogą wystającą spomiędzy prześcieradeł.

Na razie radzę sobie z nawałem pracy i jako tako udaje mi się zapanować nad sytuacją, ale nie potrwa to długo. Kiedy robi się nerwowo, wszystko wymyka mi się z rąk i odnoszę wrażenie, że uczestniczę w filmie odtwarzanym w zwolnionym tempie.

Przy ladzie stoi kolejka, a w niej wielki facet ze świecącą glacą. Tupie nogą o kafelki podłogi, ręce trzyma skrzyżowane na piersiach. Marynarka garnituru z trudem zapina się w pasie, z mięsistej szyi zwisa krawat. Stojąca przed nim kobieta, moja stała klientka, zamawia podwójne espresso i „fluffy", mleko z pianką dla szarpiącego ją za rękę synka. Mały ma kolana usmarowane na zielono trawą, a szorty szkolnego mundurka zdobi spora plama w rdzawym kolorze, zapewne od pasty Marmite*. Za zwalistym mężczyzną widzę Yok Lan, która macha do mnie, próbując dodać otuchy.

Stawiam oba napoje na tacy i delikatnie przesuwam ją w stronę klientki. Kobieta szarpie się z huśtającym się na jej ramieniu chłopcem.

– Oj, ale ja chciałam na wynos – mówi przepraszającym tonem.

Przelewam podwójne espresso do kartonowego kubka i robię jeszcze jedno mleko. Pomału przyzwyczajam się do obsługi większej ilości klientów, ale kolejka zawsze wywołuje u mnie niepokój. Para szumi w spieniaczu do mleka, a kobieta usuwa się na bok, by zrobić miejsce przy ladzie dla czekającego za nią mężczyzny. Ten opiera się na blacie tłustymi spoconymi dłońmi i patrzy na mnie spode łba. Zamawia kawę latte i kanapkę z pieczenią wołową, a ja wlewam w tym czasie spienione mleko dla chłopca do kartonowego kubka i natychmiast przygotowuję jego latte. Podaję oba napoje. Wtedy rozdzwania się komórka mężczyzny, przeszywając powietrze ostrym dźwiękiem melodii z *Gwiezdnych wojen*. Kobieta podskakuje, chłopczyk piszczy, bo matka depcze mu po stopie, i potrąca mężczyznę, który wylewa sobie latte na koszulę. Plama rozlewa się po skórze i widać czarne włosy przyklejone do mokrego błękit-

* Pasta do smarowania pieczywa, zawierająca wyciąg z drożdży, popularna w Wielkiej Brytanii (przyp. tłum.).

nego materiału. Chłopczyk uderza w płacz, a facet w krzyk. Yok Lan wycofuje się na szczęście do tyłu, jest z dala od placu boju. Mnie udaje się wydusić:

– Och.

Potem wybiegam zza lady i sprawdzam najpierw, co z chłopcem, który płacze rzewnymi łzami. Twarzyczkę ma boleśnie ściągniętą, usta wygięte w podkówkę. Jego mama zaczyna strofować mężczyznę, który grzmi na mnie, bo nie zajęłam się najpierw nim. Trzaska kubkiem w blat, co sprawia, że ucho odpada i reszta kawy rozbryzguje się na moich plecach. Mężczyzna przeklina, a moje nozdrza wypełnia zapach gorącej kawy. Kobieta chwyta syna w ramiona i wychodzi. Zanim zdążę się wyprostować, mężczyzna też znika, a ja zostaję z resztkami kubka w dłoni, kawą na podłodze i mlekiem oraz podwójnym espresso na ladzie. Oczywiście nikt za nic nie zapłacił.

Yok Lan kląska językiem i klepie mnie po ręce. Do środka wpada wysoka jasnowłosa kobieta w długiej białej sukience i złotych sandałach.

– Widziałam z zewnątrz, co się stało. Wszystko w porządku? – Jej oczy są okrągłe z przejęcia. To ta sama kobieta, którą spotkałam dzień po otwarciu kawiarni. Tym razem jest bez pieska. Yok Lan spogląda na nią z dołu i uśmiecha się. Blondynka chwyta serwetki i przyciska je do moich pleców. – Co za bydlak – mamrocze, wyjmując potłuczone kawałki z mojej dłoni i wrzucając je do kubła koło ekspresu do kawy. Patrzy na Yok Lan i z powrotem na mnie.

– Mogę zaproponować pani kawę? – pytam zmęczonym głosem.

– A może poczekam, aż się pani przebierze i minie południowy ruch? – mówi i dodaje z sympatią: – Może uda nam się wypić te kawę razem?

– Dobrze. – Jestem zupełnie wytrącona z równowagi. Odnoszę wrażenie, że zamiast języka mam kołek.

Pół godziny później ruch zamiera. Wychodzą ostatni goście, którzy wpadli tu na lunch, świeżo umyte kafelki błyszczą nowym blaskiem, a przez okna wlewa się blade i spokojne popołudniowe światło. Yok Lan siedzi z twarzą zwróconą w kierunku okna. Unosząca się sponad herbaty para płynie aż do kołnierzyka jej koszuli. Zamyka oczy i opiera się z ulgą plecami o krzesło. Blondynka spogląda na mnie znad czasopisma, które czyta. Robię dla niej cappuccino, a dla siebie filiżankę herbaty, i układam na talerzyku kilka makaroników. O tej porze i tak się nie sprzedadzą.

– Przepraszam za to wszystko – mówię.

– Za co?

– Za zamieszanie. Chyba dlatego, że jestem Brytyjką... – uśmiecham się krzywo. – Nie wiem, jak mam reagować na awantury.

– To normalne – mówi z sympatią.

– Czuję się taka zmęczona – wyznaję. Podsuwam makaronik siedzącej przy stoliku obok Yok Lan, a ona z radością go przyjmuje. Kładzie ciasteczko delikatnie na brzegu spodka.

– Hm – zastanawia się blondynka. – Nie wydaje mi się, aby to była tylko brytyjska przypadłość. Ja też nigdy nie wiem, jak się zachować. Choć zazwyczaj to ja wywołuję konflikty. – Od zewnętrznych kącików jej brązowych oczu rozchodzą się promieniście drobne zmarszczki. Jest starsza, niż pierwotnie myślałam, może mieć około czterdziestki. Wygląda jak jedna z tych pewnych siebie, supermodnych dziewczyn z mojej szkoły, ale kilkadziesiąt lat później. Jest też w niej pewna nieporadność. – Często mówię nie to, co potrzeba – wyjaśnia, wzruszając ramionami. – A tak na marginesie, mam na imię Marjory.

– Miło cię poznać, Marjory. Ja jestem Grace.

Nie dopijam herbaty do końca, bo rozdzwania się mój telefon. Odchodzę, żeby porozmawiać. To Pete, który potrzebuje wpisać numer mojego paszportu w jakieś rządowe papiery. Dyktuję mu cyfry, gdy do lady podchodzi Marjory. Rozłączam się i przepraszam ją. Ona uśmiecha się i zostawia kilka monet przy kasie. Próbuję oddać jej resztę, ale ona odprawia mnie ruchem ręki.

– Pa, jutro też przyjdę. Żałuję, że nie wróciłam wcześniej. To fantastyczne miejsce. – Jeszcze raz uśmiecha się nieśmiało.

– Dzięki.

– Dbaj o siebie, Grace. Nie haruj za ciężko – mówi ciepło i wychodzi na zewnątrz.

Kiedy wracam do domu po długim dniu pracy, po posprzątaniu „Liliany" i zamknięciu jej na cztery spusty, Pete obrzuca mnie pełnym troski spojrzeniem. Leżę na sofie z nogami w wiaderku od prania, wypełnionym gorącą wodą z solą. On zaczyna przegląd od moich stóp, a kończy na włosach, które sterczą w niekontrolowany sposób w zupełnie dowolnych kierunkach. Kręci głową w obie strony i wzdycha. Jeszcze zanim otworzy usta, wiem, że po takim wstępie wygłosi gorzkie słowa prawdy. Zawsze tak robi.

– Grace – zaczyna – potrzebujesz pomocy. Musisz kogoś wynająć.

Przeszywa mnie przyjemny dreszczyk zachwytu, bo przecież moje zmęczenie wynika z faktu, że kawiarnia odnosi coś na kształt sukcesu. Proszę, kelnerka też może zostać bizneswoman, myślę sobie z dumą, rzucając mu krótkie, pełne satysfakcji spojrzenie.

Pete ma rację w kwestii wynajęcia kogoś do pomocy, ale jednocześnie budzi to we mnie dziwny opór. Przyzwyczaiłam się robić wszystko sama. I po swojemu. Patrzę w sufit, a być może w niebo. Mamo, moja kochana Mamo, jestem taka zmęczona, że bolą mnie dosłownie wszystkie mięśnie. A w szczególności te, które podtrzymują powieki. Spoglądam na Pete'a, stojącego nade mną z założonymi rękami. Z wiaderka unosi się para.

– Chyba masz rację – przyznaję niechętnie.

Léon ma wiele kontaktów wśród lokalnych restauratorów, więc pomaga mi zorganizować kilka spotkań z potencjalnymi pomocnicami – są to głównie kuzynki i przyjaciółki ludzi pracujących dla niego w „Aurorze". Jestem mu bardzo wdzięczna. Nawet nie mam czasu zamieścić ogłoszenia w gazecie. I jeśli mam być całkowicie szczera, drażni mnie myśl, że mam z kimś dzielić „Lilianę". Czuję się w pewien sposób obnażona. Jakbym pozwoliła komuś nosić moją ulubioną parę butów.

Tutejsze prawo gwarantuje, że tylko obywatele Makau mogą być zatrudniani jako krupierzy w kasynach, więc jest na nich wielkie zapotrzebowanie. Płace tam są tak wysokie, a obywateli tak mało, że nie ma prawie nikogo, kto mógłby pracować w kawiarniach, barach i restauracjach. Ktoś musiałby mieć gorące pragnienie pracy w kuchni, ale taką osobę zazwyczaj trudno znaleźć. Dlatego Léon zasugerował, abym umówiła się na rozmowę z kimś z Filipin, z kim mogłabym się porozumieć po angielsku. Mówi mi, że każdy Filipińczyk zna wszystkich innych Filipińczyków, mieszkających w tym mieście, że łączy ich szeroka sieć wzajemnych powiązań i zależności. Léon zapewnia, że w mgnieniu oka kogoś znajdę, ale ja nie jestem taka pewna. Nie wyobrażam sobie, by znalazł się ktoś, kto naprawdę pokocha „Lilianę" i będzie się obchodził z makaronikami tak jak ja: jakby to były szlachetne kamienie.

– Gorzej być nie mogło – jęczę, przyciskając telefon do ucha.

– Co się stało?

– Ta pierwsza...

– Cristina?

– Tak, właśnie. Była okropna. Spóźniła się pół godziny, desperacko pragnęła tej pracy i przymilała się przez całe spotkanie. Na wszystko odpowiadała „cudownie, psze pani", „nie ma problemu, psze pani"... – Nie chcę, aby to, co mówię, zabrzmiało tak, jakbym nie była wdzięczna za pomoc, ale to spotkanie zupełnie wytrąciło mnie z równowagi.

Léon próbuje zdusić wybuch śmiechu.

– Nie spodobała ci się, bo desperacko pragnęła pracy? Grace, oni wszyscy desperacko poszukują pracy. Utrzymują rodziny na Filipinach za pieniądze, które tutaj zarobią. Nie możesz ich za to winić.

Wznoszę oczy do góry i niechętnie potakuję głową, jakbym myślała, że zobaczy mnie przez telefon.

– Może się przymilała, a może po prostu czuła się winna, że się tak spóźniła. W każdym razie czułam się przy niej... dziwnie.

– No, dobrze. A co z drugą?

– Jeszcze gorsza. Nie mówiła ani słowa po angielsku. Zadaję jej kilka pytań i mam wrażenie, że jest bardzo zainteresowana i że świetnie się rozumiemy. Oczy jej się świecą, cały czas kiwa głową...

– Brzmi nieźle.

– W końcu przestałam zadawać pytania, na które można odpowiedzieć „tak" albo „nie"...

– No i?

– Ale jej odpowiedzi dalej brzmiały „tak" albo „nie".

– A, rozumiem. Cóż... – Léon znowu się śmieje.

– Obawiam się, że to strata czasu. Została jeszcze jedna i zastanawiam się, czy nie zrezygnować. Dziękuję ci za wszystko, co dla mnie...

– Grace! – Głoś Léona jest niski i spokojny, prawie jak koci mruk. Przerywam i wsłuchuję się przez chwilę w ten dźwięk.

– Dobrze, nic nie mów – wtrącam, zanim on zdąży się odezwać. – Wiem, jestem niepoważna. Spotkam się z tą dziewczyną – mówię, wzdychając ciężko.

– To dobrze. To będzie Rilla, tak? Moi pracownicy mówią, że będzie najlepsza.

– Okej, okej – mamroczę, czując, że Léon i jego akcent są w stanie przekonać mnie do niemal wszystkiego.

– Super. – Jestem pewna, że się uśmiecha. – Baw się dobrze.

Mam jeszcze pięć minut do spotkania z Rillą. Siedzę przy jednym ze stolików i patrzę na ulicę, wyglądając dziewczyny. Brodę oparłam na dłoniach i czuję, że na twarzy maluje mi się niezadowolenie. Irytuje mnie, że muszę zamknąć kawiarnię na pół dnia po to, żeby zrobić casting. Filiżanki i spodeczki leżą poukładane do góry dnem, makaroniki czekają w chłodni, a ja marnuję czas i tęsknię za normalną pracą. Resztka japońskiej zielonej herbaty, którą popijam, ostygła na dnie kubka. Widzę, że ulicą w stronę „Liliany" zmierza jakiś młody chłopak. Młodzi chłopcy nie chadzają zazwyczaj samotnie do kawiarni, więc prostuję się na krześle i obserwuję. Chłopak uśmiecha się do mnie nieśmiało i macha ręką. Instynktownie oglądam się za siebie, w stronę ściany, po czym odwracam się z powrotem. Ma na sobie szorty do kolan i biały podkoszulek z długim rękawem, który zwisa mu luźno do połowy uda. Ramiona trzyma lekko pochylone do przodu, a palcami jednej dłoni ściska kurczowo końcówkę rękawa. Gęste, błyszczące ciemne włosy przycięte są prosto nad uszami. Chłopak przystaje i puka głośno w okno. Znowu się do mnie uśmiecha i widzę teraz, że ma bardzo ładną buzię.

– Przykro mi – mówię przez szybę, wyraźnie poruszając ustami, i potrząsam przecząco głową. Wskazuję na wiszący na drzwiach napis „Zamknięte" i uśmiecham się przepraszająco. Chłopak patrzy na mnie, wyraźnie zdziwiony, i mówi coś, czego nie mogę usłyszeć przez szybę. Znowu potrząsam głową. On pokazuje mi jakieś kartki papieru, które wyglądają na dokumenty. Jeszcze bardziej zdecydowanie potrząsam głową i podnoszę rękę. Nie znoszę, kiedy ktoś chce mi coś sprzedać, bo zazwyczaj nie potrafię odmówić.

– Nie, nie – powtarzam. – Bardzo przepraszam, ale kawiarnia jest zamknięta.

On wygląda na coraz bardziej zdezorientowanego. Przykłada usta do szpary w zamkniętych drzwiach i znów coś mówi, zdaje się, że po angielsku. Chyba usłyszałam słowo „pan".

Podchodzę do drzwi.

– Proszę pani! – woła wysokim głosem. – Pan Léon mnie przysłał. Czy pani jest Grace?

Kiedy podchodzę do drzwi, widzę przez wąską szparę jego oczy, okolone krótkimi gęstymi rzęsami. Wyglądają jak rzęsy małego dziecka. Skórę ma gładką i zarumienioną.

– Tak, mam na imię Grace – mówię, uchylając drzwi.

– O, to dobrze. Ja jestem Rilla.

Kiedy słyszę te słowa i delikatny ton jego głosu, wszystkie wcześniejsze obserwacje układają się w mojej głowie w całość. Naprawdę jestem tępa. Po raz pierwszy tego dnia – a może po raz pierwszy w tym tygodniu – wybucham śmiechem. Czuję, jak śmiech rodzi się gdzieś za uszami, łaskocze w gardle, i pozwalam mu popłynąć swobodnie i głośno. Otwieram na oścież drzwi, żeby dziewczyna mogła wejść.

Rilla wchodzi i staje przede mną wyprostowana i z uniesioną głową. Teraz, kiedy jest już wewnątrz kawiarni i stoi w świetle słońca, widzę swój błąd i śmieję się do rozpuku, a ona przyłącza się nieśmiało, nie bardzo rozumiejąc, co mnie tak bawi. Gdy się uśmiecha, błyszczą jej okrągłe oczy.

Proszę, żeby usiadła i idę zaparzyć dzbanek świeżej herbaty, wciąż chichocząc w drodze do kuchni i próbując zasłonić uśmiech dłonią. Kiedy wracam z dwoma filiżankami, Rilla siedzi prosto na krześle. Odwraca w moim kierunku jasną twarz. Jej podanie o pracę leży pomiędzy nami na stole.

– Przepraszam za moje zachowanie – mówię, uśmiechając się do niej.

– Nie ma problemu – odpowiada, rozglądając się po „Lilianie". – To bardzo ładne miejsce, proszę pani.

– Dziękuję, Rilla. Włożyłam w nie trochę pracy.

– Tak. Pamiętam, że tu był portugalski bar. Brudny i dużo starych panów. Rozumie pani… – Składa buzię w ciup i porusza ręką tak, jakby trzymała w niej papierosa. Potem rzuca na mnie krótkie spojrzenie i chowa dłoń w rękawie.

– Palili?

– Tak, zawsze palili. To nie było miłe miejsce. Ale teraz… teraz jest miłe – mówi cicho.

Wracam myślą do ciężkiego, stęchłego zapachu, którym przesiąknięty był każdy mebel, ściany i kafelki. Musi mieć rację w sprawie palącej klienteli. Ale mam też wrażenie, że zeskrobałam z podłóg i z wyposażenia wszystkie pozostałości nikotynowych wyziewów, co do jednego.

– Cóż, teraz to kawiarnia dla niepalących.

– Naprawdę, proszę pani? – pyta z autentycznym zdziwieniem w głosie. W tym kraju niemal wszystkie kawiarnie i restauracje, i absolutnie wszystkie kasyna, zezwalają na palenie papierosów. W większości tych miejsc nie da się oddychać.

– Tak. Tu nie wolno palić. Tu podajemy makaroniki. I kawę, oczywiście. Muszę cię ostrzec, że bywa tu sporo wrzeszczących niemowląt i dzieci.

– To nie jest problem – mówi lekko. Bierze łyk herbaty i opiera się o krzesło. Rozgląda się dookoła z prawdziwym zaciekawieniem. Sprawia wrażenie, jakby interesowała ją konstrukcja każdego stolika i żyrandola. Wygląda na zrelaksowaną. I zadowoloną. – Sprawiła pani, że tu ładnie. I jakoś bezpiecznie – dodaje cicho, jakby sama do siebie. W zamyśleniu obciąga lewy rękaw koszuli poniżej kciuka.

– Tak, to bezpieczna okolica. Lubię to miejsce.

Spoglądam w mój notatnik, gdzie spisałam listę pytań. Jest ich osiem, wykaligrafowanych równiutko pod nagłówkiem „Rozmowa kwalifikacyjna". Pod każdym z pytań zostawiłam miejsce na komentarz i punktację. Kiedy podnoszę wzrok na Rillę, ta obejmuje dłońmi filiżankę i patrzy do środka z błąkającym się na ustach uśmiechem. Dzień nie jest chłodny, ale herbata chyba dziewczynę rozgrzała. Herbata ma taki wpływ na ludzi – uwielbiam patrzeć, jak się przy niej uspokajają. Rilla jest taka drobna, a wydaje się jeszcze mniejsza za filiżanką, ponad którą widzę jej delikatne jak u dziecka, pełne policzki i okrągłe ciemne oczy. Biorę oddech i zadaję tylko jedno pytanie z mojej listy. Numer osiem. Powinnam ufać intuicji, prawda, Mamo?

– Rilla, kiedy możesz zacząć?

W jej oczach pojawia się błysk, twarz się rozjaśnia.

– Kiedy pani sobie życzy. Jutro?

– Jutro – powtarzam ze stanowczością w głosie. Pochylam się, by uścisnąć jej dłoń, jakbyśmy pieczętowały kontrakt. Jej drobna ręka ginie w mojej. Spoglądamy na siebie z uśmiechem.

Po trzech dniach od pojawienia się Rilli w „Lilianie" zaczęłam normalnie przesypiać noce, zamiast leżeć w łóżku z szeroko otwartymi oczyma i przerabiać w głowie listę czekających mnie obowiązków. Powiedziałam jej, że z nieba mi spadła, ale nie jestem pewna, czy wie, co mam na myśli. Uśmiecha się, jak zawsze, i dalej zmywa naczynia i szoruje wszystko, co wpadnie jej w ręce, podśpiewując cichutko. Pracuje tak szybko, że nie mam czasu wydawać jej poleceń. Zanim poproszę o pozamiatanie w spiżarni, podłoga już błyszczy, zanim poproszę u umycie spieniacza do mleka, wszystkie ruchome części maszyny moczą się już w zlewie. Nie mówi wiele, a kiedy otwiera usta, słyszę zazwyczaj: „Nie ma problemu, proszę pani", jej standardową odpowiedź na jakąkolwiek prośbę. Próbuję ją zachęcić do nazywania mnie Grace jak wszyscy inni, ale skutek jest taki, że zwraca się do mnie *per* „pani Grace" albo „panienka Grace". Brzmi to tak dziwnie, że czasem nie orientuję się, iż to o mnie chodzi.

Stoję teraz wpatrzona w dal, z rękoma zanurzonymi w ciepłej wodzie z mydlinami, i rozważam, czy umyć niewielki skrawek okna tuż nad zlewem, tak zapaćkany tłuszczem i lepkim brudem, że zakłóca mi to kontemplowanie widoku na zewnątrz.

– Proszę pani! Panienko Grace!

– Och, przepraszam. Przebywałam we własnym świecie. – Wierzchem przedramienia próbuję odgarnąć włosy z twarzy, ale udaje mi się jedynie rozmazać mydliny po czole. Rilla śmieje się i wyciera mnie czystym ręcznikiem. Gładzi rozczochrane włosy i wkłada mi je za ucho. Jej dotyk jest przyjacielski, niemal siostrzany.

– Czeka na panią jakiś pan. Tam wewnątrz.

– Pete?

Ściągam gumowe rękawiczki i wycieram wilgotne dłonie o fartuch. Mój mąż wpadł tu kilka razy, ale nie siedział długo, bo jest zawsze po uszy pogrążony w pracy i nieustannie nękają go telefony. Nie mówię mu tego, ale taki układ mi odpowiada: mam „Lilianę" tylko dla siebie, to moje miejsce.

– Nie. Inny pan. Umm... – Rilla przechyla głowę na bok, szukając właściwych słów. – Wysoki i w czarnej koszuli. Ma siwe włosy.

– Aa, okej. – W końcu przyszedł człowiek, żeby naprawić kapiący klimatyzator w toalecie.

Kiedy wychodzę z kuchni, mężczyzna stoi odwrócony do mnie plecami. Jednym łokciem opiera się o ladę.

– Dzień dobry. Czym mogę służyć?

Gdy się odwraca, widzę, że to uśmiechnięty od ucha do ucha Léon. W dłoni trzyma butelkę z zawiązaną na szyjce szeroką żółtą kokardą.

– Grace! – wykrzykuje. Sposób, w jaki wypowiada moje imię, zawsze mnie rozbraja – to jego dźwięczne „r" i serdeczność w głosie. Chwyta mnie za rękę, a ja gorączkowo myślę o tym, jak kiepsko muszę wyglądać: mokre włosy, zaczerwieniona twarz, owinięty wokół pasa fartuch… – Przepraszam, że nie przyszedłem wcześniej. W „Aurorze" był potworny ruch. Ale wiesz, ludzie opowiadają o twojej kawiarni. Wreszcie sam mogę ją obejrzeć. Jest – potrząsa głową – wspaniała.

Czuję, że się rumienię. I że trudno mi cokolwiek wydusić.

– Ojej, dziękuję. To dzięki tobie, Léon. Dzięki twoim lekcjom mam makaroniki. – Wskazuję głową na lodówkę przy ladzie. – A teraz jeszcze Rillę.

– O, nie. Wszystko zawdzięczasz swojej ciężkiej pracy. To nie jest – omiata dłonią całe wnętrze – łatwe przedsięwzięcie. Miejsce jest świetne i to wyłącznie twoja zasługa.

– No, wiele można by poprawić. Ale dziękuję. Robimy postępy. – Jestem z „Liliany" bardzo dumna, czy przyznaję to głośno, czy nie. – A skoro już tu jesteś i mnie chwalisz, musisz spróbować moich *macarons*. Jak to mówią: nie chwal dnia przed nocą…

– Dobrze, z przyjemnością. A które polecasz? – Mruga do mnie niebieskim okiem jak wspólnik w przestępstwie. Albo kolega kucharz.

– Wszystkie polecam, oczywiście – mówię z szerokim uśmiechem. – Usiądź, a ja przyniosę po jednym z każdego rodzaju.

– Wspaniale. Może napijemy się kawy, a potem oprowadzisz mnie po włościach?

Patrzę na Rillę. Ta wyciera filiżankę i kiwa potakująco głową.

– Jasne.

Léon stawia na ladzie ustrojonego w elegancką kokardę szampana i siada przy jednym ze stolików. Widzę, że inni klienci rzucają spojrzenia w jego kierunku, kobiety przyglądają mu się, popijając kawę. Ma w sobie ten sam magnetyzm, który tak pociągał mnie w Pecie. Zdejmuję fartuch i próbuję uładzić włosy, kiedy kucam przy lodówce za ladą. Wybieram porcję makaroników i zastanawiam się, czy dziwne odczucie w żołądku to efekt głodu. A może to fala pożądania? Albo zwykła nerwowość. Najpewniej wszystkiego po trochu.

Marjory została moją stałą poranną klientką. Rilla chyba ją lubi, bo mówi rzeczy typu: „Zarąbista dziś pogoda", które Rillę śmieszą. Jej czarujący śnieżnobiały uśmiech idzie w parze z przaśną bezpośredniością, która zaskakuje w zderzeniu z perfekcyjnym wyglądem. Często łapię się na tym, że chłonę bijące od niej nieskazitelne piękno i uderzającą pewność siebie, marząc, bym stała się choć odrobinę bardziej stanowcza i asertywna. Nawet kiedy przygotowuję w kuchni kolejną partię makaronikowych ciasteczek, słyszę z zewnątrz jej głos, gdy opowiada dowcip albo narzeka z czułością na swojego męża, Dona. Zawsze wtedy wychodzę, żeby osobiście zrobić jej taką kawę, jaką lubi: cappuccino z odtłuszczonym mlekiem i bez „paprochów". To znaczy bez cynamonu i bez czekolady – tylko spienione mleko z wyrzeźbionym kawą motywem liścia. Do kawy pozwala sobie codziennie na jeden makaronik i szczerze dzieli się swoimi opiniami na temat moich eksperymentów i nowych smaków.

„Nic z tego, Grace" albo „O, mistrzostwo świata!" – to jej dwie standardowe odzywki. Zazwyczaj się z nią zgadzam: moje pomysły to faktycznie albo pełny sukces, albo całkowita porażka. Ale cały czas robię postępy. Spędzam wieczory on-line, studiując menu paryskich cukierni – „Mulot", „Hermé", „Ladurée", „Lenôtre" – podczas gdy Pete drzemie przed telewizorem.

Dziś Marjory siedzi w swoim ulubionym miejscu, a ja wycieram stoliki. Pewien trzyletni chłopczyk obsypał przed chwilą cukrem podłogę, stoły i wszystkie parapety. Cukier chrzęści pod nogami. Na szczęście i chłopiec, i jego matka właśnie wyszli, a jego dzikie okrzyki już ucichły w oddali. Widziałam, że kobieta pozwoliła mu wypić połowę swojego latte i że potem ogarnął go kofeinowy szał. Wycieram stolik tuż obok Marjory i czuję, że powinnam się usprawiedliwić.

– Przepraszam za zamieszanie. Nie wiedziałam, czy poprosić, żeby wyszli, czy nie. Ale w porównaniu z innymi… – unoszę oczy do góry.

Marjory kiwa głową, niezwykle dziś małomówna. Siedzi dziwnie sztywno na krześle. Podchodzę bliżej, żeby zetrzeć kilka kryształków cukru z blatu i widzę, że łzy żłobią mokre ścieżki w jej makijażu i skapują z policzków. Cały czas ma na sobie okulary słoneczne, a jej rysy zastygły nieruchomo. Klepie się po twarzy, rozmazując podkład, puder i róż. Biała serwetka, którą ściska w dłoni, robi się brudna i wilgotna.

– Czy… – zaczynam i nie kończę. Rzucam okiem dookoła i stwierdzam, że wszyscy inni klienci wyszli i że po porannym tłoku zostałyśmy w kawiarni same. Odsuwam krzesło po drugiej stronie stolika. Jego nogi stukają o kafle podłogi. – Czy chcesz porozmawiać?

Schyla głowę i znów oklepuje serwetką policzki.

– Nie ma o czym mówić – odpowiada z westchnieniem.

Nie ruszam się z miejsca. Nagle jej oddech urywa się, a usta zaciskają i wyginają w podkówkę. Próbuje złapać oddech nosem. – Chodzi o Biankę – wydusza w końcu niskim głosem.

– O Biankę?

– O mojego psa – wyjaśnia. Przez okulary słoneczne nie widać jej oczu. Odkładam ściereczkę do naczyń na blat stołu i pochylam się do przodu. – Umarła. To znaczy… mu… musieliśmy ją uśpić. – Bezwiednie wyciera palcem ciemne plamy, które łzy pozostawiają na jej spódnicy, i potrząsa głową. – Kurczę. Przepraszam. To nie jest twój problem.

– Hej, w porządku.

– Nie powinnam tu płakać. Przepraszam.

– Już dobrze, dobrze… – kładę jej rękę na ramieniu, a ona unosi głowę.

– To nie jest takie proste – duka.

Jeszcze mocniej ściskam jej ramię, próbując ją pocieszyć. Nie wiem, co powiedzieć. Marjory pomału wypuszcza z płuc strumień powietrza i zdejmuje w końcu okulary. Tusz rozmazał jej się pod oczami na kształt barw wojennych. Widząc moje uważne spojrzenie, roluje końcówkę serwetki i przeciąga nią pod każdym okiem. Nic to nie daje. Malunek na jej twarzy nie ma nic wspólnego z makijażem.

– Dlaczego ja tak płaczę? Nawet jej nie lubiłam. Boże, jak to strasznie brzmi. Na pewno myślisz, że jestem straszna.

– Wszystko będzie dobrze. Jest dobrze – mówię łagodnym głosem, nie wiedząc, co mogłabym zrobić. Od tak dawna nie miałam przyjaciółki, że nawet nie wiem, jak ją pocieszyć.

– Chodzi o to, że od początku była koszmarna, a teraz… okazało się, że miała guza mózgu. Podobno dlatego była taka agresywna. Nie mogli nic zrobić. Nic!

– Tak mi przykro.

Uśmiecha się do mnie przez łzy.

– Ja wiem, że wszystko jest okej. Sama się dziwię, że tak się zdenerwowałam. Wiesz, w zeszłym tygodniu marzyłam o tym, by znalazł się jakiś sposób, żeby ją oddać. Cokolwiek. Czasem zachowywała się jak potwór. Okropnie się czuję, mówiąc takie rzeczy. – Uśmiecha się krzywo.

Puszczam jej ramię i kładę ręce na kolanach.

– Owszem, wyglądała na strasznego rozrabiakę. Ale nie powinnaś się obwiniać. To nie była...

– Moja wina? Tak, wiem. Rozumiem to. Ale nie sądziłam, że będę się czuła taka... opuszczona? – Przez chwilę patrzy gdzieś za mnie. – Wiesz, kiedyś byłam tancerką. Cholera, nie mów tego tym pańciom z klubu, one już teraz patrzą na mnie tak, jakbym była jakąś dziwką. – Spuszcza głowę i paznokciami skubie serwetkę. – A to był porządny klub. Owszem, trochę w stylu „Moulin Rouge", ale z klasą, bez striptizów czy czegoś takiego. To był najlepszy okres, Grace. Zwiedzanie świata, nocne imprezy, walizki pełne odjazdowych sukienek... Miałam najlepsze życie, jakie mogłam sobie wymarzyć, dużo ciekawsze niż moje koleżanki ze szkoły, które skończyły jako spokojne żony nudnych mężów. Fuj... Ale w końcu zrobiłam się za stara. Wtedy spotkałam Dona i uznałam, że bycie czyjąś żoną może być nawet miłe. Choć teraz sama nie wiem. Czuję się taka...

Na usta cisną mi się różne słowa. Opisy, które równie dobrze pasują do mnie: „pusta", „zagubiona", „sfrustrowana".

Jej głos cichnie, patrzy niewidzącym wzrokiem gdzieś przed siebie. Po chwili prostuje się jednak i sprawia wrażenie lekko zażenowanej.

– Dziękuję, że mnie wysłuchałaś. Czuję się taka rozbita. Dopiero teraz widzę, że Bianka... wypełniała sobą moje życie.

Siedzimy przez kilka minut w milczeniu. Marjory pociąga nosem, a ja żałuję, że nie mam nic istotnego lub pożytecznego do powiedzenia. A przecież dobrze znam podobne uczucie zagubienia, kiedy wszystkie marzenia rozsypują się w pył w ciągu kilku sekund, kiedy sprawy przyjmują zupełnie inny obrót, niż się spodziewaliśmy. Dlaczego nie potrafię teraz niczego powiedzieć? Rozglądam się po „Lilianie". Rilla zmywa w kuchni naczynia – słyszę chlupot i stukanie talerzy w spienionej wodzie. Uwielbiam te dźwięki, lubię spokój panujący wewnątrz kawiarni i zamieszanie na zapleczu. Nagle zdaję sobie sprawę, jak bardzo jestem wdzięczna Bogu za to miejsce. I za to, że już nie czuję się zagubiona.

– Wszystko będzie dobrze – powtarzam znowu z przekonaniem. – Jest dobrze. – Chcę coś jeszcze dodać, ale nie potrafię niczego wymyślić. Mam nadzieję, że Marjory czuje moje wsparcie. Obdarza mnie bladym uśmiechem. – Podać ci filiżankę herbaty? A może rumianek? Albo jeszcze jedno cappuccino?

Kiwa głową.

– Będę wdzięczna za filiżankę herbaty.

Nasze oczy spotykają się nad stołem i uśmiechamy się do siebie. Wyciąga rękę i klepie mnie po dłoni. Obie jednocześnie patrzymy na ten gest: na jej złocistą dłoń ozdobioną nienagannym manicurem, leżącą na mojej bladej i wilgotnej ręce, z paznokciami krótko przyciętymi i widocznym pod każdą płytką pasmem migdałowej mąki.

– Dziękuję, Grace.

– Bardzo proszę – odpowiadam serdecznie.

Podnoszę się i przygotowuję filiżankę i talerzyk.

Zdaje się, że dorobiłyśmy się kilku stałych klientów, którzy codziennie odwiedzają „Lilianę", aby wypić poranną kawę lub podwyższyć sobie po południu poziom cukru. Każdy z nich ma specjalne upodobania, które próbuję zapamiętać. Często przychodzi mi to z trudem, robię błędy, podaję nie to, co trzeba. A czasem, najczęściej właśnie wtedy, gdy w końcu nauczę się spełniać czyjeś oczekiwania, ta osoba zmienia zdanie. Są też klienci, którzy od pierwszego razu dają mi do zrozumienia, czego oczekują, są konkretni i nie strzępią języka. Do tej kategorii zalicza się Gigi, zamawiająca kawę w taki sposób, jakby robiła to codziennie tak samo przez całe życie.

Ma na sobie czarne spodnie i białą koszulę, które stanowią obowiązkowy uniform krupiera, tyle że jest bez kamizelki, bo kasyna nie zezwalają na wynoszenie jej do domu. Nie może mieć więcej niż dziewiętnaście lub dwadzieścia lat, chociaż mam kłopot z określaniem wieku chińskich kobiet. Ich skóra jest zawsze tak sprężysta i gładka, że trudno im nie zazdrościć. Włosy ma spięte wysoko w sztywny koński ogon, a jej czoło zasłania ciemna grzywka. Wyobrażam ją sobie po drugiej stronie zielonego stołu, ponurą i znudzoną. Odsuwa grzywkę na bok i obdarza mnie dziwnym, na pół ciekawskim, na pół gniewnym spojrzeniem. Mam wrażenie, że skądś ją znam.

– Dzień dobry. Poproszę cappuccino. Z posypką czekoladową – mówi bardzo szybko, podczas gdy ja wpatruję się w jej twarz, usiłując dociec, gdzie ją spotkałam.

– Jasne. Proszę usiąść, przyniosę. Na stojaku po lewej są czasopisma, gdyby chciała pani coś poczytać. – Kiedy pokazuję na gazety, obraca głowę i patrzy w kierunku wskazanym przez mój palec. Gdy się odwraca, uśmiecham się do niej.

– Dziękuję – odpowiada krótko i nie odwzajemnia uśmiechu.

Nadal stoi przy ladzie i przestępuje z jednej nogi na drugą. Z przodu, na wysokości brzucha, trzyma kurczowo torebkę, jakby się obawiała, że ktoś ją może w każdej chwili wyrwać. Przez chwilę czekam, aż się odezwie.

– Coś jeszcze? – pytam w końcu.

– Ehm. Które jest najlepsze?

– Słucham?

– Z tych…ciasteczek.

– To są *macarons*. – Podchodzę do blaszki, na której leżą równo poukładane okrągłe muszelki makaroników. – To zależy od gustu. Ja lubię smaki karmelowe, niektórzy wolą coś lżejszego, na przykład różane, przynajmniej na początek. No i czekoladowe są oczywiście zawsze pyszne... – To, co mówię, jest chaotyczne, bo wybieranie najlepszego makaronika jest jak wskazywanie najbardziej ukochanego dziecka, praktycznie niemożliwe.

– A ten? – Wskazuje na moje najnowsze dzieło: jasne, kremowobiałe muszelki z drobnymi żółtymi plamkami jak drobinki złota w białym marmurze.

– To jest *Rêve d'un Ange*. To znaczy „Sen Anioła". – Dziewczyna pochyla głowę, a ja wzruszam ramionami. – Wiem, beznadziejnie romantyczna nazwa. Ale nie umiałam się powstrzymać.

– Co w nim jest? – pyta, zniżając głos.

– Jest zrobiony z białej czekolady. *Ganache*, czyli nadzienie, to krem czekoladowy. Dodałam do niego trochę skórki cytrynowej i cynamonu. Większość ludzi nie przepada za takim zestawem. To jeden z moich najnowszych pomysłów. Chce pani spróbować?

Pochyla się do przodu nad ladą i przygląda się ciasteczkom uważnie, szeroko otwartymi ciemnymi oczyma.

– Tak – mówi, prostując się energicznie.

Siada przy stoliku pod oknem. Spodziewam się, że chwyci jakieś czasopismo o modzie albo będzie rozmawiała z przyjaciółkami przez telefon. Ale nie robi tego. Opiera łokieć o blat stołu i wspiera na nim głowę. Potem bierze do ręki menu i studiuje je uważnie, analizując każdy szczegół. Kiedy przynoszę zamówienie, patrzy najpierw na talerzyk z jednym samotnym makaronikiem, a potem przenosi wzrok na mnie.

– Dziękuję. Mam na imię Gigi. – Słowa wypływają z niej, jakby wbrew jej woli.

– Witaj, Gigi. Ja jestem Grace.

– Kiedyś przyszła pani do mojej ciotki – mówi, omiatając moją twarz przeciągłym, poważnym spojrzeniem. Wtedy przypominam sobie dziewczynę w dresie, żującą gumę i bawiącą się telefonem.

– Aa, w świątyni... – odpowiadam pomału. To moja tłumaczka z sesji wróżbiarskiej. Ma w oczach ten sam wyzywający i zarazem pełen ciekawości błysk.

Zapada między nami cisza. Pomimo młodego wieku, dziewczyna ma w oczach coś, co sugeruje znużenie lub brak zaufania. Jakby widziała w życiu więcej, niż powinna, jakby spotkało ją coś złego. Czuję pomiędzy nami emocje, ale nie potrafię ich zidentyfikować.

– Czasem tam pomagam. To nie jest moja stała praca – mówi.

– Rozumiem.

– Ona jest siostrą mojej matki – dodaje i płoszy się nagle, jakby powiedziała za dużo. Patrzę na jej ubiór i zmieniam temat.

– Jesteś krupierką? Prowadzisz gry?

– Byłam. – Odwraca głowę od makaronika i ode mnie. Niezręcznie mi zadawać jakiekolwiek dalsze pytania.

– Cóż, miło cię u nas widzieć. – Uśmiecham się i wycofuję do lady. Kiedy odwracam głowę, ona siedzi z rękoma skrzyżowanymi na brzuchu i patrzy w dół. Widzę pod jej dłońmi miękką krągłość. Czyżby...? To pytanie wywołuje u mnie nagły skurcz serca. Wymazuję je ze świadomości i próbuję skoncentrować się na konsystencji czekoladowego *ganache*: ciemnego, słodkiego, maślanego w smaku i gładkiego jak krem. Wchodzą dwie kobiety i zamawiają kawę. Rozpoznaję w nich przyjaciółki Lindy. Podnoszą na czoło okulary przeciwsłoneczne w szylkretowych oprawkach i rozmawiają o ostatniej wyprawie na zakupy do Zhuhai.

Kochana Mamo,

opowiedz mi jeszcze raz, co wydarzyło się tego dnia, gdy pani Spencer powiedziała Ci, że nigdy nie będę dobra z matmy. Umiałaś tak świetnie opowiadać tę historię! Chciałabym ją jeszcze raz usłyszeć.

Najlepiej pamiętam ten fragment, kiedy zerwałaś się na nogi i wycedziłaś coś w rodzaju: „Co powiedziałaś o moim dziecku, Pamelo?".

Przede wszystkim trudno było sobie wyobrazić, że pani Spencer może mieć imię. I że brzmi ono Pamela. Zawahała się wtedy i położyła rękę na gardle, dotykając pereł, niezdolna do wykrztuszenia czegokolwiek przynajmniej przez minutę.

A Ty powiedziałaś: „No?" i uniosłaś brwi do góry.

Widzę ją oczyma wyobraźni, jak zaciska usta i mobilizuje się od palców maleńkich stóp aż po sterczące końcówki krótko przyciętych włosów.

– Cóż, pani Raven – powiada z lekceważącym naciskiem na słowo „pani" – Grace brakuje zaangażowania. Nic nie robi. Gdyby naprawdę uczestniczyła w lekcji, zamiast chować się gdzieś z tyłu, może udałoby jej się czegoś nauczyć.

I wtedy też wstała. Myślę, że ze strony pani Spencer był to akt wielkiej odwagi, bo ledwie sięgała Ci do piersi i dobrze o tym wiedziała, jeszcze zanim podniosła się z krzesła. Wzrost natychmiast dawał Ci przewagę, bo patrzyłaś na nią z góry oczyma pełnymi wściekłości. I tu następuje najlepszy moment – w milczeniu pochylasz się nad nią i zbliżasz twarz do jej twarzy. Bierzesz na siebie ten jej paskudny oddech: jej usta śmierdziały jak zdechła ryba powieszona na trzy tygodnie na słupie i przegniła na wylot. Wtedy wyszeptałaś: „Zdaje się, że niewiele wiesz o mojej córce, Pamelo. Tak się składa, że ona jest pełna za-

angażowania. Ale spożytkowuje je na inne rzeczy. Na takie, które mają jakieś znaczenie".

To chyba był koniec rozmowy, prawda? Odwróciłaś się na pięcie i nigdy już nie wróciłaś na zebranie klasowe. Przynosiłam Ci wezwania, a Ty darłaś je przed moim nosem i obie zaśmiewałyśmy się jak para nastolatek.

Myślę, że byłabyś zachwycona tym, co się stało – okazuje się, że wbrew temu, co wszyscy myślą, nieśmiała kelnereczka może się przeistoczyć we właścicielkę kawiarni. Może otworzyć swój własny biznes i sprawić, że będzie on przynosił dochód. No, może na razie niezbyt wielki, ale dajmy sobie trochę więcej czasu.

Twoja kochająca córka Grace

Coeur Curatif – Czułe Serce

WANILIOWY Z MALINOWYM WZORKIEM I NADZIENIEM Z DŻEMU MALINOWEGO

Gigi, która przychodzi do kawiarni i spędza tu długie godziny, jest w ciąży. Nie mogę udawać, że tego nie widzę. Nawet Rilla zauważyła. W jednym z niewielu momentów, gdy miałyśmy możliwość porozmawiać, wyszeptała do mnie:

– Czy ona powinna pić tyle kawy?

Obie wiemy, o co jej chodzi, ale nie odpowiadam na pytanie. Udaję, że nie słyszę, i dalej układam mleko w lodówce. Wiem, że to niegrzecznie, ale nie chcę na ten temat rozmawiać. Kiedy patrzę dzień za dniem na rosnący brzuch Gigi, czuję w klatce piersiowej tępy ból. Ona ukrywa się pod obszernymi T-shirtami i bluzami, osłania brzuch wielkimi torebkami, ale zbliża się lato i robi się coraz cieplej. A brzuch rośnie, czy tego chcemy, czy nie. Gdy go widzę, zawsze czuję się ciężka, jakbym połknęła kamienie.

Dziewczyna siedzi zazwyczaj z twarzą pochyloną nad ogłoszeniami w gazecie, zapewne szukając pracy. Ponurą minę skrywa pod grubą warstwą makijażu i ciemnego tuszu. Rozjaśnia się jedynie w chwilach, gdy ogląda makaroniki w przeszklonej kasetce. Wtedy łagodnieje, a jej wrogość topnieje jak masło na patelni.

Najbardziej lubi makaronik, który jest też moim ulubionym, *L'Arrivée*. Karmelowa słodycz palonego cukru złagodzona jest tu wyrazistym smakiem soli kamiennej, ukrytym w kleistym wnętrzu o konsystencji cukierka toffi. Obserwuję, jak Gigi zbiera opuszkiem palca okruchy i je zlizuje. Nigdy nie marnuje ani drobinki.

Przychodzi tu od kilku tygodni i spędza czas, zakreślając ogłoszenia fioletowym flamastrem z rysunkami małych myszek i popijając kawę. Widocznie chodzi na spotkania i nie dostaje żadnej pracy. Zakładam, że jest obywatelką Makau, a więc pracownikiem bardzo poszukiwanym na niewielkim lokalnym rynku pracy. Czy problem leży w jej nastawieniu? W braku doświadczenia? A może w widocznym już brzuszku? Staram się o tym nie myśleć, bo od razu ogarnia mnie współczucie. Pewnego dnia zaproponowałam, żeby napiła się herbatki ziołowej. Próbowałam powiedzieć to lekko jak matka, żeby sugestia nie zabrzmiała krytycznie bądź protekcjonalnie. Spojrzała na mnie ostro, po czym grzecznie poprosiła o jeszcze jedno cappuccino.

Ale dzisiaj Gigi nie przyszła. Prawdę mówiąc, jest niepokojąco spokojnie. Rilla szoruje końcówkę spieniacza do mleka i wpatruje się w zamyśleniu we frontowe okno. Powietrze się nie porusza; nawet niebiosa są dziś w kiepskiej formie.

– Dziwny dzień – mówię, głównie do siebie. Rilla przytakuje, ściągnąwszy razem drobne ciemne brwi.

Niewielu dziś miałyśmy klientów, choć rankiem przyszła na kilka godzin Yok Lan. Zamówiła herbatę i trzy ulubione różowe makaroniki. Jeszcze nigdy nie zamówiła i nie zjadła tyle naraz, więc wymieniłyśmy z Rillą zdziwione spojrzenia. Usiadła tuż przy ladzie i uśmiechała się do nas sponad filiżanki, radośnie obserwując, co robimy. Ta kobieta jest wcieleniem spokoju – założę się, że nawet wściekłe psy i wzburzone oceany uspokoiłyby się pod jej wpływem.

Rilli i mnie pomału brakuje zadań, którymi mogłybyśmy się zająć. Napełniłam wszystkie solniczki, starannie układając na dnie ziarenka ryżu, które absorbują wilgoć z parnego powietrza. Rilla poskładała całe pudełko serwetek w równiutkie, gotowe do użycia trójkąty. Wyszorowałyśmy wszystkie blaszki w piecu i umyłyśmy okna. Rilla kończy mycie spieniacza i zaczyna sprzątać półkę w magazynie.

Kładę dłonie na ladzie i opieram się na nich całym ciężarem. Obok mnie w przeszklonej szafce leżą w równych rzędach niesprzedane makaroniki. Przygryzam wargi, bo wiem, że będę musiała pozbyć się sporej części tych cacek, jeśli dziś nikt ich nie kupi. Rilla nie chce ich zabierać do domu, chociaż chętnie wynosi niesprzedane kanapki. Nie wiem dlaczego, może uważa, że makaroniki są zbyt egzotyczne i zbyt drogie, albo że mi się to nie spodoba? Być może odnoszę się do nich z przesadną czcią.

– No, dobrze, Rilla – mówię, zarzucając ściereczkę do naczyń na lewe ramię. – Czas na to, abyś odebrała prawdziwą, profesjonalną makaronikową lekcję.

– Słucham, proszę pani? – pyta, podnosząc na mnie wzrok.

– Zapraszam cię na degustację. Ty i ja popróbujemy makaroników.

– Och. – Bierze oddech i uśmiecha się szeroko.

Po wybraniu *macarons,* podchodzę do stolika, przy którym siedzi z wyrazem oczekiwania na twarzy i z wyprostowanymi jak struna plecami. Spod krótkiej lśniącej grzywki łypią okrągłe oczy. Kładę przed nami serwetki i napełniam filiżanki parującą zieloną herbatą, którą tak lubi pić.

– Bardzo proszę. Jesteś gotowa?

Kiwa głową, a mnie chce się śmiać na widok jej skupionej twarzy i ściągniętych w ciup ust.

– Dobrze. Zaczniemy od *Une Petite Flamme*. To makaronik o smaku espresso. Spróbuj.

Patrzy na swój talerzyk.

– Ten? A to jest złoto?

– Tak. No, dawaj.

Kładzie ciasteczko na języku, jakby przyjmowała komunię świętą.

– Dobry?

Z zapałem kiwa głową.

Teraz kładę na jej talerzu fioletowy makaronik. Rilla unosi go w palcach.

– Ten ma w środku dżem, tak?

– Zgadza się. To *Remède de Delivrance*. Z kremem z czarnej porzeczki.

Zamyka oczy i przeżuwa pomału. Tak wolno, że zaczynam się martwić, czy się nie udusi.

– Co oznacza nazwa? – pyta po przełknięciu ostatniego okruszka.

– *Remède de Delivrance*? To taki cudowny lek, „Eliksir Wielokwiatowy". Ma smak fiołków.

– Jest taki dobry, proszę pani. – Uśmiecha się od ucha do ucha, a ja odwzajemniam uśmiech. Drobne dłonie Rilli oplatają filiżankę, jej usta zdobią maleńkie drobinki złota. Wydaje nam się, że świat na chwilę się zatrzymał i zastygł w bezruchu.

– Przepraszam, Rilla. Jest dziś tak spokojnie, że powinnam była dać ci wolne popołudnie. Już dawno powinnaś była pójść do domu.

– Jest okej. W moim domu i tak jest za dużo ludzi. – Hotelik, w którym mieszka Rilla, daje schronienie dziesiątkom pracujących osób, głównie kobietom, wysyłającym zarobione przez siebie pieniądze do rodzin w ojczyźnie. Niewiele na ten temat mówi, choć raz czy dwa razy wspomniała, że jest tam ciasno. Pete i ja mamy cztery sypialnie na dwie osoby, a oni cisną się tam jak sardynki. Mówi, że kiedyś pracowała w Dubaju i mieszkała u swoich pracodawców. O tym też nie opowiada, ale zakładam, że być może miała wtedy swój własny pokój. Tutaj nie może nawet powiesić plakatu na ścianie, żeby nie zniszczyć farby.

– Nie lubisz tam mieszkać?

– Lubię. Jest tanio, więc mogę wysyłać do domu więcej pieniędzy. Czasami jest wesoło, bo ludzie rozmawiają i śpiewają – śmieje się.

Zadziwia mnie jej pokorna wspaniałomyślność. Dostrzegam ją w drobnych gestach, w tym, że zabiera do domu jedzenie, którym dzieli się ze współlokatorami, że wysyła do braci i sióstr stare czasopisma, że przekazuje swojej siostrzenicy pieniądze na nowe buty i podręczniki. Rilla jest jak gerbera: piękny kolorowy kwiat na zadziwiająco mocnej, wytrzymałej łodydze.

Popijając herbatę, dochodzę do wniosku, że zazdroszczę tej dziewczynie tak silnych więzów rodzinnych. W przedziwny sposób, chociaż ja mam cztery sypialnie, a ona mieszka z obcymi ludźmi, ona ma to, o czym ja zawsze marzyłam. Dla Rilli dzielenie się jest oczywistym odruchem. Ona jest częścią większej całości. Nie jest sama.

Zachwycona próbuje jeszcze kilku smaków, po czym wstaje i zabiera pusty talerzyk i filiżankę.

– Dziękuję. Było pyszne. – Znowu się uśmiecha.

Idzie do kuchni, nucąc pod nosem. Robi to cicho i nieczysto – nie jestem pewna, czy zdaje sobie sprawę z tego, że śpiewa. Patrzę na moją filiżankę. Jest piękna, delikatna, z motywem obfitych kiści fioletowych winogron namalowanych na obrzeżu. Spodeczek jest nietypowy, w fioletoworóżową kratę. Zawsze sięgam po ten zestaw. Myślę przy tym o Mamie, o tym, jak przynosiłam jej filiżanki herbaty i sprzątałam talerzyki tak, jak dla mnie robi to teraz Rilla.

A Mama uśmiechała się do mnie, jakbym robiła coś nadzwyczajnego, i szeptała: „Och, dziękuję, kochanie".

W mojej rodzinie nie ma takich koligacji jak w rodzinie Rilli. Ciekawe, czy posiadanie tylu krewnych daje jej poczucie pewności i oparcia? Jakiegoś rodzaju pełni? Ja wychowałam się w maleńkim, zwartym kręgu. Wystarczyły dwie osoby. Czasem i to było zbyt wiele. Wzdycham, a w mojej głowie jak mantra przewija się jedno słowo: Mama, Mama, Mama...

Kiedy odnoszę do kuchni filiżankę i talerzyk, Rilla wyparza i wyciera sztućce. Śpiewa teraz pełnym głosem, bezlitośnie fałszując. Z jakiegoś powodu założyłam, że będzie umiała śpiewać, bo ma głos ciepły i delikatny jak wróbelek i potrafi dobrze robić wszystko, za co się zabierze. Ale, prawdę powiedziawszy, śpiewa rzeczywiście okropnie. Jej głos wyrywa mnie z odrętwienia i rozśmiesza do rozpuku. Kiedy podnosi na mnie wzrok i dostrzega moje spojrzenie, zaczyna śpiewać jeszcze głośniej, a ja się przyłączam. Chichocząc, jęczymy i zawodzimy jak para smętnych wilków, wyjących do księżyca.

Nasz występ przerywa dzwonek przy drzwiach. Obie wychodzimy z kuchni w chwili, gdy do kawiarni wbiega Gigi. Odsuwa na bok grzywkę, by obrzucić nas uważnym spojrzeniem. Robi ostrożny krok do tyłu i rozgląda się po kawiarni, zadzierając brodę, by zajrzeć do kuchni.

– Cześć – mówię.

Jej dłonie są nerwowo zaciśnięte w drobne piąstki.

– Chcesz kawy? – pytam.

Odwraca się, by jeszcze raz mi się przyjrzeć. Błyszczące sztuczne diamenciki na jej koszulce układają się w napis, którego nie potrafię przeczytać.

– Szukam babci.

– Yok Lan? – pyta Rilla.

Rzucam w stronę Gigi zdziwione spojrzenie.

– Yok Lan jest twoją babcią? – pytam z niedowierzaniem. Trudno sobie wyobrazić dwie bardziej różniące się od siebie osoby. Nawet wziąwszy pod uwagę przepaść pokoleniową.

Rilla kiwa głową i szepcze:

– Tak mi się wydaje. Czasem ze sobą rozmawiają.

Jestem pod wrażeniem spostrzegawczości Rilli.

– Była tu wcześniej, ale już poszła – mówię do Gigi.

– Wszystko w porządku? – pyta cichym głosem Rilla, stając po drugiej stronie stołu. – Czy coś się stało Yok Lan? – W jej głosie słychać troskę.

– Musimy ją znaleźć, zanim usłyszy wiadomości. Wszyscy nasi bliscy są bezpieczni, ale babcia może paść, jeśli nie będzie akurat siedziała. Rozumiecie, jest już stara. – Gigi wzrusza ramionami. – Chyba wiem, gdzie może być. To jest dzień, w którym grywa w madżonga*, pewnie znajdę ją u Mei.

Przez całe tygodnie Gigi tak dużo do mnie nie powiedziała. Potrzebuję chwili zastanowienia, aby zapytać:

– O jakich wiadomościach mówisz?

– O najnowszych – odpowiada. A widząc, że nie mamy pojęcia, o co chodzi, dodaje: – O trzęsieniu ziemi w Syczuanie. Nic nie poczułyście?

– Było trzęsienie ziemi?

– Cały czas leci transmisja w telewizji. Powinnyście mieć tutaj telewizor.

W większości restauracji w Makau w narożnikach wiszą telewizory. Nie przestaje mnie zadziwiać, że ludzie tutaj oglądają telewizję nawet wtedy, kiedy wychodzą zjeść coś w mieście. Ignorują osobę, z którą jedzą, i gapią się nieprzytomnie w kwadratowy ekran. Wiem, że jest to różnica kulturowa, której nigdy nie zaakceptuję, i uparcie odmawiam ustawienia telewizora w „Lilianie".

* Chińska gra dla czterech graczy.

– To było silne trzęsienie. – Gigi wpatruje się w nas ciemnymi ślepiami. Rilla i ja spoglądamy na siebie. Trzęsienie ziemi. Mój umysł pomału przetwarza tę informację. – Muszę iść – dodaje.

Z ręką na klamce zatrzymuje się na moment i spuszcza głowę, myśląc o czymś. Wraca do lady, bierze do ręki serwetkę i długopis, i gryzmoli swoje imię i numer telefonu.

– To na wypadek, gdybyście kiedykolwiek zobaczyły, że babcia jest smutna albo zagubiona, czy cokolwiek w tym stylu. Chodzi o to, że matka jest beznadziejna, więc jeśli ona będzie potrzebowała pomocy, najlepiej zadzwonić do mnie. Próbuję jej pilnować, ale... Rozumiecie, jest już stara... – powtarza. Mówi spokojnym głosem, ale słychać w nim troskę, choć próbuje być nonszalancka.

Biorę do ręki serwetkę i kiwam głową.

– Jasne, oczywiście, zadzwonimy.

Na odchodne rzuca mi coś, co od biedy można uznać za cień uśmiechu.

Przez chwilę stoimy z Rillą jak skamieniałe, po czym bez słowa chwytamy za torebki. To nie jest czas na froterowanie sztućców – trzeba zamknąć kawiarnię i iść do domu, żeby zobaczyć, co się stało.

Kochana Mamo,

pieprz syczuański jest jedną z przypraw, która wchodzi w skład chińskiej mieszanki pięciu smaków. Pięć przypraw reprezentuje pięć smaków chińskiej kuchni: słodki, kwaśny, gorzki, pikantny i słony. Wiedziałaś o tym? To coś, co mogłaś wiedzieć, jedna z takich tajemnic, jakie szeptałaś mi do ucha przed snem. Zawsze myślałam, że ziarenka pieprzu syczuańskiego są jasnoróżowe, ale okazuje się, że to całkiem inna przyprawa. Pieprz syczuański jest czerwonawobrązowy.

Dziś jest gorzki dzień. Nie ma w nim kropli słodyczy. No, może odrobina kwasu. To taki dzień, gdy nie odczuwa się głodu, a w gardle czuje się ucisk od z trudem powstrzymywanych łez.

Kiedy Pete wrócił do domu, usiadł obok mnie na kanapie i przez godzinę ciurkiem oglądaliśmy wiadomości, nic nie mówiąc i nie poruszając się. Nie zdjął ani krawata, ani paska, ani butów. Po prostu siedzieliśmy, patrzyliśmy i czekaliśmy na nowe zdjęcia i doniesienia. Powiedzieli, że w trzęsieniu ziemi zginęło aż czterdzieści tysięcy ludzi, ale za każdym razem, kiedy na ekranie pojawiał się popielaty na twarzy reporter, z jego zaciśniętych ust wydobywały się coraz bardziej przerażające liczby. W końcu zrobiłam tosty z fasolką, a Pete przebrał się w szorty i podkoszulek, ale dalej oglądaliśmy, aż zaczęły nam się kleić oczy. Cały czas powtarzano tę samą relację – nienaturalnie ciche, szare ulice i budynki poprzewracane, jakby zbudowano je z dziecięcych klocków. Pył gęsty jak śnieg i tylko kilka osób, bez celu błądzących wśród ruin w milczeniu.

W Makau robi się teraz coraz goręcej, więc wykąpałam się przed pójściem do łóżka. Nie potrafiłam przestać myśleć o tych ruinach i zniszczeniu, o załamanych, płaczących i kaszlących kobietach i mężczyznach, o zasypanych szkołach pełnych dzieci. Wydawało mi się, że serce pęknie mi na pół. Kiedy wyszłam z łazienki, Pete już spał. Założyłam piżamę i weszłam do łóżka z wilgotnymi włosami, odciskając mokre plamy na poduszce.

Twoja kochająca córka Grace

Następnego dnia po trzęsieniu ziemi „Liliana" jest wypchana po brzegi. Jest taki tłok, że ci, którzy nie mogą znaleźć wolnego stolika, dosiadają się do obcych ludzi i wdają się z nimi w rozmowę. Tak jakby tragedia uświadomiła ludziom potrzebę wspólnoty. Rozmowy prowadzone są przyciszonymi głosami, klienci w skupieniu pochylają się nad kawą. Dzieci są odsyłane do kącika, żeby pobawić się zabawkami z naszego kosza. W ciszy konstruują zamki i okręty z klocków LEGO – nawet one zdają się odczuwać potrzebę naprawiania i budowania. Rilla i ja pracujemy szybko, próbując poradzić sobie z tłumem, ale udaje nam się sprawiać wrażenie spokojnych. Klienci są pełni zrozumienia, nawet kiedy mylimy zamówienia albo muszą trochę dłużej poczekać. Rilla przyniosła pudełko na datki dla Czerwonego Krzyża, które postawiłyśmy na ladzie przed słojem z ciasteczkami *biscotti*. Monety odbijają się od jego dna cały dzień jak krople deszczu od blaszanego dachu. Po południu obie jesteśmy wykończone, więc wynoszę do kuchni dwa krzesła i pokazuję Rilli, żeby ze mną usiadła.

– Musimy sobie zrobić przerwę. Nie jesteś głodna? – szepczę.

Ona kiwa z wdzięcznością głową i z lodówki przy ladzie przynosi dwie czekoladowe muffinki. To ostatnie, które zostały, ale kiwam z aprobatą głową, chociaż muffinki cieszą się powodzeniem wśród naszych klientów. My też potrzebujemy zastrzyku energii. Siedzimy w milczeniu i szybko przeżuwamy, popijając słodkie kęsy zimnym mlekiem. Usadowione obok siebie na krzesłach musimy wyglądać jak dwie nastolatki, które właśnie wróciły ze szkoły – to taka popołudniowa scenka rodzajowa, o jakiej zawsze marzyłam. Rilla wydaje z siebie westchnienie, a ja uśmiecham się do niej – brodę ma brudną od czekolady. Kiedy przełykam ostatni kęs, odzywa się dzwonek przy drzwiach, a Rilla, z buzią pełną ciasta, robi nieszczęśliwą minę. Potrząsam w jej stronę głową.

– Mowy nie ma, zostań tu. Ja się tym zajmę.

– Dziękuję, Grace – mamrocze z pełnymi ustami. Zastygam na moment w bezruchu, bo dociera do mnie, że nie nazwała mnie „panią".

Przy ladzie, w ciemnym, zwisającym do bioder swetrze, stoi Gigi. Ma na sobie wysokie buty z zielonymi sznurówkami i czarne leggingsy. Pokryta jest grubą niczym farba warstwą makijażu, migdałowe oczy wysmarowane dookoła czarną kredką wyglądają jak posiniaczone, a rzęsy kleją się od tuszu. Włosy ma sczesane z twarzy i ściągnięte do tyłu.

– Hej – mówi pewnym głosem, prostując się przy tym jak struna.

– Hej, Gigi. Masz twarzową fryzurę. A grzywka?

– Zaczesałam ją do tyłu. Lubię coś zmienić – odpowiada, unosząc brodę.

– Ładnie wyglądasz.

– Dzięki. – Wydaje się być zdziwiona komplementem: jej twarz łagodnieje, a policzki oblewają się rumieńcem. Jakby na moment zdjęła zimną maskę. Nagle dostrzegam w jej rysach coś z łagodności Yok Lan.

– Co mam ci dzisiaj podać? – pytam, wycierając dłonie w fartuch.

Jej oczy wędrują w stronę pustawej lodówki na ladzie. Zatrzymuje wzrok na cieście z grubą warstwą lukru, ozdobionym jadalnymi srebrnymi gwiazdkami. Nazwałam je Tortem Księżniczki, więc małe dziewczynki je uwielbiają. Jedna z moich stałych mamuś twierdzi, że ciasto ma właściwości magiczne: potrafi powstrzymać jej córkę od mówienia przez całe dwadzieścia minut.

– Poproszę kawałek tego. I espresso.

– Jasne, zaraz ci przyniosę.

Uśmiecha się do mnie ostrożnie. Coś się pomiędzy nami zmieniło. Może to z powodu tragedii związanej z trzęsieniem ziemi wszyscy czujemy większą bliskość? A może dlatego, że dowiedziałam się, iż Yok Lan to jej babcia, obie mamy wrażenie, że więcej o sobie wiemy i lepiej się znamy. Niezależnie od przyczyny, Gigi zachowuje się dziś w stosunku do mnie swobodniej.

– A jak się miewa Yok Lan? – pytam.

Rilla podchodzi, staje obok mnie i bez słowa zdejmuje z półki filiżankę do espresso. Musiała słyszeć z kuchni zamówienie.

– Pau Pau? Bardzo dobrze. Była u swoich przyjaciół i grała w madżonga. Zapomnieli o czasie i przestrzeni. Matka dostała szału.

Ekspres do kawy zaczyna łoskotać, z metalowej rurki tryska ciemny płyn, na koniec wszystko pokrywa gruba warstwa pianki w kolorze karmelu. Rilla podstawia spodeczek i zaniepokojona podnosi oczy na Gigi. Sądzę, że Yok Lan jest jedną z jej ulubionych klientek.

– Twoja mama była zła? – pytam, nakładając na talerzyk szeroki trójkąt Tortu Księżniczki, pokryty grubym lukrem.

Gigi wzrusza ramionami, a sweter osuwa się z jednego z nich, ukazując ramiączko stanika, które kiedyś było białe, ale z czasem zmieniło kolor na jasnopopielaty.

– Matka nie lubi, kiedy Pau Pau gra w madżonga. Uważa, że to rodzaj hazardu. Nie chce, żeby się uzależniła. Szkoda, że nie widziałyście jej miny, kiedy oznajmiłam, że zamierzam zostać krupierem. Nie mogła mnie powstrzymać, chociaż nie była zachwycona. Ale na pensję jakoś potem nie narzekała.

Poprawia sweter, naciągając go do góry na ramię. Ściąga usta, jakby zdała sobie sprawę, że powiedziała zbyt wiele, i odwraca się, żeby powędrować w stronę ulubionego stolika. Drepczę za nią z kawą i ciastem na tacy.

Przed wyjściem podchodzi, by uregulować rachunek, i dostrzega na ladzie pudełko Czerwonego Krzyża. Wyciąga portmonetkę i wrzuca do środka całą garść monet, poklepując na zakończenie pokrywkę, jakby razem z pieniędzmi przesyłała najlepsze życzenia. Na chwilę ponura mina znika z jej twarzy, rysy miękną i, pomimo grubej warstwy makijażu, wygląda bardzo młodo. Kiedy podnosi oczy, przygląda mi się przez chwilę uważnie, myśląc o czymś.

– Powinna pani w zamian coś upiec.

– Co masz na myśli?

– Może muffinkę z czerwonym krzyżem na górze? I przeznaczyć część dochodu dla poszkodowanych. Ludzie by to kupili.

Dziękuję jej bez przekonania. Nie jestem pewna, czy potrzebuję porad biznesowych od tej dziewczyny. Kiedy wzrusza ramionami, zauważam drobinki lukru wciśnięte w ażurowy wzór zrobionego na drutach swetra. Powodowana macierzyńskim odruchem schylam się, by strzepnąć okruchy, ale ona szybko się odwraca. Rilla staje obok i obie patrzymy za odchodzącą Gigi. Moja towarzyszka pomału wyciera filiżankę, przeciskając ściereczkę przez wygięte uszko. Dziewczyna skręca na ulicę i znika z pola widzenia, ale Rilla dalej stoi ze wzrokiem wbitym w okno.

– To dobry pomysł, ta muffinka – mówi z wahaniem.

Przytakuję. Z niechęcią muszę przyznać, że ma absolutną rację.

Następny dzień zastaje mnie i Rillę zgięte wpół przed szklaną szybką piekarnika. Marjory, która jest u nas o poranku stałym gościem, stoi z filiżanką kawy w przejściu do kuchni i obserwuje, co robimy. Ma na sobie jedwabną bluzkę, szorty i sandały. Stojąca obok mnie Rilla odgarnia do tyłu włosy. Widzę, że przygryza wargę. W piecu puchną i twardnieją makaroniki. Pytam Rillę, co myśli.

– Nie wiem – mamrocze. – Może będzie dobrze. – Rzuca na mnie spojrzenie, szukając potwierdzenia.

– Moim zdaniem wyglądają wspaniale – mówi Marjory, trzymając przy ustach filiżankę. Na blasze widać górne części makaroników – białe z dwiema cienkimi malinowymi kreskami, układającymi się w znak krzyża. To Rilla zaproponowała, żeby wykorzystać pomysł Gigi i stworzyć nowy makaronik.

– Świetnie to wymyśliłaś – mówię, dotykając jej ramienia.

– Nie, to był pomysł Gigi – wykręca się Rilla. Nagle wydaje z siebie głośny pisk, prostuje się i zakrywa usta, a ja zrywam się i odwracam z ręką przyciśniętą do serca.

– Kurde! – wykrzykuje Marjory, wylewając kawę na sandały i wybuchając śmiechem.

– Yok Lan! – woła Rilla i też zaczyna chichotać. Żadna z nas nie usłyszała gongu przy wejściu.

Yok Lan stoi niewinnie obok Marjory, spogląda przez szybę do wnętrza piekarnika i przyciska palcem okulary do nosa. Marszczy twarz, mrużąc oczy, włosy sterczą jej z jednej strony, jakby się dopiero co obudziła. Wyraźnie dziwi ją nasze zachowanie, przesuwa wzrok z Rilli na mnie i z powrotem, próbując zrozumieć, co nas tak bawi. Jest tu po raz pierwszy od trzęsienia ziemi i wygląda tak jak zwykle: na jej okrągłej miłej twarzy w kolorze orzecha maluje się spokój i życzliwość. Ilekroć ją widzę, nie potrafię się powstrzymać od radosnego uśmiechu.

– Jasny gwint, mało ducha nie wyzionęłam – przeklina Marjory.

Rilla otacza Yok Lan ramieniem i widzę, że są niemal identycznego wzrostu. Przechyla swą dziewczęcą ciemną głowę w stronę głowy staruszki, a Yok Lan pochyla się w jej stronę. Wspiera się na ramieniu Rilli, a ta prowadzi ją do stolika i obiecuje, że zaparzy świeżej herbaty. Marjory z uśmiechem na twarzy zmierza w stronę łazienki, żeby opłukać sandały.

Ja zostaję w kuchni i wpatruję się w makaroniki, próbując wymyślić dla nich dobrą nazwę. Już zdecydowałam, że przeznaczymy pięćdziesiąt procent pochodzącego z nich zysku na Chiński Czerwony Krzyż, chociaż Pete z pewnością uzna, że jestem całkowicie pozbawiona zmysłu handlowego. Postanowiłam więc, że mu o tym nie powiem, żeby oszczędzić nam obojgu nerwów. Każdej nocy prześladują mnie obrazy zrujnowanych w trzęsieniu ziemi domów. Wśród ruin pojawiają się takie twarze jak twarz Yok Lan i Gigi, zagubione dzieci poszukujące rodziców, rodzice poszukujący dzieci, straszne, głębokie rany fizyczne i jeszcze większe cierpienie psychiczne. Rilla podaje mi codzienne gazety, które przynosi kurier, i spojrzeniem smutnych oczu sugeruje, żebym nie patrzyła na zdjęcia. Wycofuję się z rozgrzanego pomieszczenia, siadam przy zlewie i kartkuję sfatygowany francuski słownik o wytartych brzegach. Robię w głowie listę odpowiednich słów: pomoc, wsparcie, ukojenie... *Aide, appui, soulagement*. Nagle, jak zerwany ze sznurka balonik, pojawia się słowo *coeur*. *Coeur curatif*. „Czułe Serce". Zastanawiam się, czy to dobrze brzmi po francusku i postanawiam dla pewności zadzwonić do Léona. *Coeur curatif*.

Kilka dni później, po tym jak makaroniki *Coeur curatif* wyprzedały się co do jednego, przed drzwiami kawiarni staje niska ciemnowłosa kobieta. Nie zwracam na nią uwagi, bo myślę o zamówieniu złożonym przez Léona. Przyszedł dzień wcześniej i tak spodobały mu się nowe makaroniki i cel, na który zostały przeznaczone, że poprosił mnie o przygotowanie kilku tuzinów na specjalny lunch w „Aurorze" w najbliższy weekend. Powiedziałam mu, że może skorzystać z naszego pomysłu i sam je zrobić, jeśli chce – bardzo nam pomógł przy zakładaniu „Liliany", więc chociaż tyle możemy dla niego zrobić. Ale twarz mu wtedy posmutniała i oznajmił, że zostali zmuszeni do wyprzedania większości urządzeń piekarniczych, aby mieć miejsce do wyrobu chińskiego makaronu. Skoro tak, z radością przyjęłam zamówienie i zaoferowałam mu rabat. Chcę zrobić takie *macarons*, żeby Léon był z nich dumny. Muszą być idealne. To dla nas ogromne zamówienie i zapewne praca zajmie nam kilka wieczorów. W tej chwili mam inne rzeczy na głowie, ale jednocześnie pomału planuję listę dodatkowych składników, które trzeba będzie zakupić.

Kiedy myję okna, ponownie zauważam ciemnowłosą kobietę, pomimo że skryła się przed moim wzrokiem za ścianą. Patrzy na swoje stopy i przepycha dużym palcem kamyk. Skrzyżowane ramiona oplotła wokół ciała, jakby chciała sama siebie przytulić. Jest ciepło, ale ona ma na sobie ciemnozieloną bluzę z kapturem, pod którą ukrywa długie włosy. Nie znam jej.

– Rilla? – wołam.

– Tak?

– Chyba masz gościa.

Rilla staje za moimi plecami i wygląda na ulicę.

– Słucham, proszę pani?

– Nie tam… – Odwracam ją delikatnie w lewą stronę i wskazuję na kobietę, która w tym momencie podnosi wzrok. Na nasz widok zamiera. Ciemne włosy otaczają niczym kaptur jej okrągłą twarz, oczy ma czarne jak smoła. Jest starsza, niż myślałam, sądząc po jej kruchej budowie – może mieć dwadzieścia kilka lat i być mniej więcej w wieku Rilli.

– Tak, okej. Czy mogę…? – pyta Rilla. W jej głosie pobrzmiewa dziwna determinacja, której nigdy wcześniej nie słyszałam. Usta ma surowo zaciśnięte.

– Oczywiście. – Dalej energicznie pucuję okno, używając do tego zwiniętego w kulkę kawałka gazety. To Rilla podpowiedziała, żeby czyścić szyby gazetą, i miała absolutną rację – efekt jest olśniewający. Kiedy robię krok do tyłu, okna lśnią w ciepłym popołudniowym świetle.

Rilla przeprowadziła kobietę na drugą stronę ulicy i pochyla się teraz nad nią, ujmując ją ciepłym gestem pod ramię. Usta Rilli poruszają się szybko, twarz ma skupioną, ale łagodną. Kobieta trzyma zaciśnięte w pięści ręce w kieszeniach bluzy – ich zarys jest wyraźnie widoczny przez materiał. Rilla kładzie na jej ramionach swoje niewielkie dłonie i patrzy jej w oczy. Kobieta kiwa głową i pochyla się w kierunku Rilli, która zamyka ją w uścisku. Z zamkniętymi oczyma kołysze swoją towarzyszkę z boku na bok jak dziecko, układając usta, jakby mówiła: „szsz...". Kiedy Rilla otwiera oczy, patrzy prosto na mnie, zastygłą w oknie z kawałkiem gazety w uniesionej dłoni i wpatrzoną w rozgrywającą się scenę. Moja twarz oblewa się rumieńcem zakłopotania. Odwracam się trochę za raptownie i niemal spadam z krzesła. Odkładam gazetę i płyn do mycia szyb na pusty stolik i idę do kuchni. W zlewie pływają w mydlinach naczynia, które Rilla właśnie zmywała. Wciągam parę gumowych żółtych rękawic i zanurzam ręce w spienionej wodzie.

Le Dragon Rouge – Czerwony Smok

SMOCZY OWOC Z KREMEM MAŚLANYM Z DODATKIEM TRAWY CYTRYNOWEJ

– Strasznie z pani zdzierają – mówi bezceremonialnie Gigi, płacąc należność garścią monet.

– Zdzierają? – powtarzam, zgarniając pieniądze.

– Tak mówią kierowcy, którzy przywożą tu mąkę, cukier i wszystko inne. Rozmawiali o tym. Za niektóre rzeczy płaci pani dwa razy tyle, ile się należy.

Patrzę jej w oczy.

– Nie żartuję – mówi asekuracyjnie.

– Rozmawiali o tym? – cedzę pomału, zamykając książkę zakupów.

– Tak. Widziałam ich tu już wcześniej, a ostatnio rozmawiali o dostawcy. Znam go. No, powiedzmy, wiem, kto to jest.

Muszę wyglądać na poruszoną, bo Gigi ciągnie dalej zagniewanym głosem.

– Babcia prowadziła kiedyś restaurację. Moja rodzina zawsze miała restaurację. Aż do czasu, kiedy matka doprowadziła ją do upadku. Teraz pracuje w nieruchomościach, jak każdy inny chciwy… – potrząsa głową i nie kończy.

– W każdym razie ten facet to stary oszust. Kantuje głównie *gweilo*, obcokrajowców. Powinna pani zamawiać produkty w Czerwonym Smoku – są dużo lepsi i tańsi.

Opieram ręce o ladę i biorę głęboki oddech.

– Mówisz poważnie? Chodzi mi o to, czy naprawdę to robi. Że kasuje mnie podwójnie. – Czuję, że twarz zaczyna mnie palić. Zadaję to pytanie, ale wiem, że Gigi nie zmyśla, instynktownie czuję, że to musi być prawda. Wydawało mi się, że cena jest wysoka, ale nie miałam pojęcia, jaka powinna być. Zaufałam łajdakowi. A teraz zalewa mnie krew. Właśnie zapłaciłam za dodatkową dostawę w związku z zamówieniem z „Aurory". A przecież więcej pieniędzy mogło trafić do Czerwonego Krzyża. Byłam taka naiwna, ufając, że pan Teng proponuje dobrą cenę. Co za krętacz!

Gigi patrzy na mnie urażona.

– Nie kłamię. – Chwyta portfel i odwraca się w stronę wyjścia. – A zresztą… – dodaje chłodno.

Wychodzę zza lady i łapię ją za łokieć, zanim dociera do drzwi. Odwraca się twarzą do mnie, a jej zaokrąglony brzuch niemal dotyka mojego. Znowu wydaje mi się, że w żołądku mam kamienie. Potrzebuję sekundy, by się otrząsnąć – to przecież nie jej wina, że mam taki problem.

– Hej, poczekaj. – Ze świstem wciągam do ust powietrze. – Przepraszam. Wierzę ci. Po prostu czuję się jak idiotka, to wszystko.

Gigi wzrusza ramionami.

– Nie szukałam innego dostawcy, bo pan Teng mówi po angielsku, a ja… nie mówię po kantońsku – wyjaśniam.

– Przecież widzę – odpowiada z szelmowskim uśmiechem. Nie rusza się, choć jedną rękę wciąż trzyma na klamce.

– Więc może potrzebny mi ktoś, kto mówi – wzdycham.

Patrzymy na siebie jak dwóch bokserów na ringu. Oni zawsze wpatrują się w siebie bez słowa. Czekają, aż ten drugi wykona jakiś ruch. W tym duecie to ja muszę się zachować jak osoba dorosła, myślę. Dziewczyna łypie na mnie swoimi smutnymi migdałowymi oczyma.

I w ten oto sposób Gigi dostaje pół etatu w „Lilianie". Zatrudniam ją na trzymiesięczny okres próbny. Zobaczymy, jak sobie poradzi.

Cirque – Cyrk

LIMONKOWY Z CZEKOLADOWYM GANACHE, POSYPANY CUKREM Z CZERWONYCH POMARAŃCZY

Pora roku zamieniła się nie wiedzieć kiedy w pełnię lata – ni stąd, ni zowąd powietrze stało się ciężkie i lepkie jak lemoniada. Spocone stopy ślizgają się w sandałach, spodnie kleją się do ud. Klimatyzacja w kawiarni przynosi jaką taką ulgę, ale kiedy pracują piece, kuchnia zamienia się w przedsionek piekła. Nie jestem w stanie wytrzymać w rozpuszczonych włosach, raczej upinam je wysoko w coś, co przypomina przekrzywione ptasie gniazdo. Jedyną osobą, której upał zdaje się nie dotykać, jest Rilla – dalej nosi koszule z długimi rękawami, które naciąga aż po same nadgarstki.

Przygotowałam dla nas obu chłodny deser z bananów polanych roztopioną czekoladą i zmrożonych w naszej lodówce. Czekamy, aż minie poranny ruch i klienci wyjdą, po czym siadamy przy oknie, pod samym klimatyzatorem. Wydaję z siebie rozgrzane westchnienie, Rilla dmucha sobie na czoło. Banany są jędrne i jedwabiste, a okruchy pękającej mrożonej czekolady pryskają na stolik i na podłogę. Rilla patrzy na bałagan spod przyklejonej do czoła grzywki.

– Nie przejmuj się, musimy odpocząć. Co za poranek.

Unosi brwi, zgadzając się ze mną. Wiem, że cieszy się z tego, iż dziś po południu dołączy do nas Gigi. Zarazem podejrzewam, że trochę się obawia, jak poukładamy sobie pracę, bo ona i ja już znalazłyśmy odpowiadający nam rytm. Ale Rilla też jest zlana potem i zmęczona, więc przyda nam się dodatkowa para rąk.

Za oknem wolnym krokiem przechodzi grupka uczennic w szkolnych mundurkach – wszystkie mają na sobie białe podkoszulki i ciemnobrązowe spodnie z poliestru. Ich włosy są związane w ogonki, długie grzywki po części zasłaniają ich niewinne buzie. Chichoczą.

– Ta pogoda jest nieznośna – mówię, kręcąc głową. – Nie to, co w domu. – Pete rozgrywa dziś po południu turniej golfa z kilkoma swoimi dostawcami. Wróci pewnie do domu czerwony jak burak i będzie klął. Kładę leniwie nogi na siedzeniu krzesła.

– W Australii? – pyta Rilla.

– Nie, w Londynie – odpowiadam, odkrywając ze zdumieniem, że wciąż uważam Londyn za swój dom.

– Tęsknisz za nim?

Pytanie zmusza mnie do zastanowienia. Kiedy przeprowadziliśmy się do Makau z Londynu, w którym mieszkaliśmy z Pete'em przez kilka lat, tęskniłam za rzeczami, o których nigdy bym wcześniej nie pomyślała. Za śmiesznymi, pozornie nieistotnymi drobiazgami. Za pastą Marmite na porannym toście, za anonimowością podróży metrem, za ciepłymi pubami, za weekendową wkładką w magazynie „Guardian". Bardzo mi tego wszystkiego brakowało. Tęskniłam nawet za szarym londyńskim niebem. Dobrze pamiętam pierwsze miesiące w Chinach. Nie mogłam się odnaleźć, ciągle szukałam kluczy, skarpetek albo jakichś dokumentów. Płakałam, zamiast się śmiać, kiedy oglądałam odcinki *Małej Brytanii*, wrzucałam skorupki od jajek do ciasta, a jajka do kosza na śmieci. Wtedy też najbardziej tęskniłam za Mamą, za jej śmiechem przy filiżance herbaty, za smakiem jej domowego jagodowego syropu na naleśnikach. Tak właśnie wygląda tęsknota za domem – to rodzaj choroby, jak uporczywy kaszel albo wysypka, którą trzeba ignorować tak długo, aż się do niej przywyknie albo o niej zapomni. A najczęściej i jedno, i drugie.

Czasem widzę oczywiste objawy chorobowe u moich klientów – pewnie nawet nie zdają sobie sprawy, jak bardzo są oczywiste. Widzę smutne twarze nad filiżankami i pustymi, pełnymi okruchów talerzami. Siedzą za długo i mówią za dużo, rozkoszując się możliwością usłyszenia znajomego akcentu albo przeczytania menu po angielsku. Przy składaniu zamówienia albo przy okazji płacenia rachunku wtrącają osobiste wyznania, śmieją się sztucznie lub niepewnie uśmiechają. Kiedy pytam, jak się mają, czego pomału uczę się nie robić, zawsze słyszę gładkie kłamstwa, oślizłe jak ulica w deszczu. „Och, Makau to cudowne miejsce, to dla mnie taka szansa...", „Proszę sobie wyobrazić, że mam służącą!", „Wszyscy przyjaciele w kraju umierają z zazdrości" albo „Ach, jedziemy do Phuket na weekend". Jeśli się uważnie obserwuje, ułamek sekundy przed tym, jak zaczną się zachwycać i szczerzyć zęby, można uchwycić krótki moment zawahania. Nie trwa to długo, ale wystarczy, aby odkryć smutną i ponurą prawdę. Nienawidzę tej nieustannej potrzeby udawania, że nasze życie jest idealne. Chyba dlatego zawsze byłam nieufna – nigdy nie nauczyłam się w ten sposób zachowywać. Niedobrze mi się robi od powtarzania gładkich kłamstewek i półprawd.

– Tęskniłam – mówię miękko. Teraz wiem, że tak naprawdę tęsknię za tym, na czym chciałam budować przyszłość: za dziećmi, za pieczeniem ciast, za prawdziwą rodziną. A nie za przeszłością.

Rilla uśmiecha się. Opiera się wygodnie o krzesło i zaczyna nucić, odłamując jednocześnie zębami ostatnie kawałki banana z patyczka. Ma czystą i promienną skórę – kiedy jest spokojna, zamienia się w piękną szczęśliwą kobietę. Jeśli Pete i ja będziemy zmuszeni opuścić Makau, możemy zawsze wrócić do Australii lub do Anglii. A w zasadzie, z naszymi paszportami możemy osiedlić się w Kanadzie, Europie lub gdziekolwiek indziej. Ze smutkiem myślę o ograniczonych możliwościach, jakie ma w tym względzie Rilla.

– Yok Lan – śpiewa moja towarzyszka, a usta ma pełne bananów.

Staruszka wchodzi, opierając się na ramieniu wnuczki. Gigi przyszła przed czasem. Ma na sobie parę legginsów i o wiele za dużą, najwyraźniej świeżo wyprasowaną koszulę. Jej włosy są gładko zaczesane do tyłu. Podnosi na mnie wzrok i spogląda trochę nieśmiało spod obficie umalowanych tuszem rzęs. Rilla zrywa się, by zaparzyć dzbanuszek ulubionej herbaty Yok Lan.

– Macie ochotę na mrożone banany w czekoladzie? – pytam.

Gigi tłumaczy pytanie babci, a ta potrząsa głową.

– Pau Pau nie chce, ale ja chętnie. – Opada na krzesło, a ja dostrzegam, że z tygodnia na tydzień robi się coraz cięższa. Bierze laskę Yok Lan i odstawia ją na bok, a potem zabiera ze stołu menu i wachluje się nim energicznie. Jej drobny gest pełen jest miłości. Yok Lan uśmiecha się i zamyka oczy, a jej policzki opadają jak dwie miękkie fałdy o konsystencji świeżego ciasta.

– Możesz zapytać Yok Lan, czy chce, żeby dziś była mrożona herbata? – woła od strony lady Rilla.

– Nie, ona zawsze pije gorącą, niezależnie od pogody – odpowiada za nią Gigi, wzruszając ramionami. – To stara szkoła – szepcze mi do ucha i unosi brwi. – Taka jest tradycja.

Yok Lan uśmiecha się do wnuczki.

– Ehm. Mamy coś dla ciebie – mówi do mnie Gigi z zakłopotaniem.

Rilla przynosi do stolika filiżankę, imbryk i talerzyk z mieszanką różnych *macarons*. Podaje Gigi mrożony deser. Dziewczyna bierze tacę do ręki, a drugą sięga do torby leżącej na podłodze. Pochylając się, lekko sapie.

– Pau Pau…? – kończy pytanie po kantońsku.

Yok Lan prostuje się na krześle i kiwa głową. Patrzy na mnie błyszczącymi oczyma i pociąga jak wróbelek mały łyczek herbaty.

Gigi podaje mi plastikową tubę ze zwiniętym w rulon kawałkiem papieru.

– Pau Pau to znalazła i chciała, żebyś ty to dostała – wyjaśnia.

To kwadrat o szerokości mniej więcej siedmiu cali z delikatnego sfatygowanego papieru. Rycina przedstawia ubrane w kolorowe szorty i koszulki dzieci, które tańczą i bawią się, podrzucając w powietrze roziskrzone czerwone pierścienie. Ciemne włosy dziewcząt splecione są w długie warkocze wiszące na ich plecach jak grube liny. Chłopcy mają fryzurki na pazia, a ich krótko przystrzyżone włosy unoszą się na nieistniejącym wietrze. Dzieci mają na nogach buty i wysokie białe podkolanówki. Na niebie wisi wąski rożek księżyca. Po lewej stronie jest wyblakły czerwony margines, po którym z góry na dół biegnie czarny napis po chińsku, a pod spodem znajduje się angielski podpis: „Yick Loong Fireworks Co". Czuję blisko twarzy oddech Rilli, która nachyla się, by zobaczyć obrazek.

– To stary plakat. Ta firma była kiedyś bardzo sławna. Mieli tu w Taipa swoją fabrykę, a Pau Pau znajomych, którzy tam pracowali przy wyrobie świątecznych petard. Pomyślała, że może zechcesz powiesić go w kawiarni. Ale tylko wtedy, jeśli naprawdę ci się podoba – dodaje szybko.

Yok Lan patrzy na mnie, a jej policzki unoszą się w uśmiechu. Czeka na moją odpowiedź.

– Jest świetny – stwierdzam z przekonaniem. Już zastanawiam się, gdzie go powiesić. Może oprawię go w zieloną ramkę i poproszę Pete'a, żeby zamontował jakiś haczyk? Obchodzę „Lilianę" z plakatem w dłoniach. Na jedną ze ścian pada jasne światło, ale kolory mogą wypłowieć od słońca. Trzymam rycinę w wyciągniętej ręce i przykładam do ścian. Yok Lan uśmiecha się z zadowoleniem, zaciskając złożone razem dłonie. Opowiada coś radośnie po kantońsku. Gigi zrywa się na nogi, żeby mi pomóc, poprawia gumkę na włosach i wydyma usta, myśląc intensywnie.

– Może tutaj? – podpowiada, pochylając się nad stołem. Przechylam głowę i patrzę na wąską ścianę obok lady. Jest dobrze oświetlona, ale kolory nie wyblakną tu od słońca.

– Będziemy musiały przesunąć stolik – zauważa Rilla, drugą ręką nalewając Yok Lan herbatę z dzbanka.

– Ja to zrobię. – Gigi pochyla się energicznie nad blatem i chwyta go z obu stron. Koszula opina z przodu jej wystający brzuch. Yok Lan rzuca w jej stronę zaniepokojone spojrzenie. Mówi coś szybko po kantońsku przestraszonym, ostrzegawczym tonem i sięga po laskę. Gigi puszcza brzegi stołu i robi krok do tyłu, czerwona z zakłopotania.

– Mogę to zrobić, Pau Pau – mówi.

Rilla kładzie rękę na ramieniu Yok Lan, żeby ją uspokoić. Policzki Gigi dalej płoną. Mnie ciśnie się na usta milion pytań, ale w końcu nie zadaję żadnego. Rilla patrzy na mnie, a ja nie potrafię oderwać wzroku od Gigi, choć kątem oka widzę ostrzegawcze spojrzenie Rilli. Żadna z nas się nie rusza, a powietrze robi się gęste od ciszy.

– Hej, chce ktoś makaronik? – mówi w końcu Rilla. – Mamy nowy. Grace, jak on się nazywa? – Odchrząkuje znacząco.

W końcu wraca mi głos.

– *Le Dragon Rouge*.

– Ma smak smoczego owocu...

– I jest nadziewany trawą cytrynową.

– Jest jednocześnie owocowy i kremowy. – Rilla kiwa do mnie głową. – I jest pyszny.

Gigi patrzy na Rillę i z powrotem na mnie.

– Ja przecież mogę robić różne rzeczy – szepce, spuszczając głowę. – Mogę pracować.

Jej twarz jest tak poważna i pozbawiona zwykle malującego się na niej gniewu, że mam ochotę ją przytulić. Ale jest w niej jednocześnie jakiś upór i stanowczość, które mnie powstrzymują. Kiwam więc głową i kładę dłoń na jej szczupłym ramieniu.

– Wiem. Nie przejmuj się.

Słyszę, że Rilla gawędzi z Yok Lan na temat makaroników na talerzu, wskazuje na każdy i opisuje go, chociaż staruszka nie rozumie ani słowa po angielsku. Yok Lan obserwuje jej palec, zataczający nad białym talerzem drobne kręgi.

Gigi spogląda wprost na mnie. Na jej twarzy widać determinację.

– Gdzie mam zacząć? Chcesz przesunąć ten stół? Mam to zrobić?

Wolno kręcę głową.

– Nie, najpierw muszę oprawić plakat i upewnić się, że to odpowiednie miejsce. Poza tym, mam dla ciebie ważniejsze zadania. Chcę, żebyś pomogła mi wytłumaczyć panu Teng, gdzie może sobie wsadzić swoje dostawy.

– Gdzie może je sobie „wsadzić"?

– Tak.

Gigi śmieje się krótko i chytrze odpowiada:

– No, w tym jestem dobra.

Wrzask dopada mnie w kuchni – szybko odstawiam brudne talerze, które właśnie przyniosłam, i wracam do drzwi.

– To wkurzające! – krzyczy klient, opierając o ladę ogromne tłuste brzuszysko. – Nie możecie podawać zimnej kawy! Proszę to wymienić. I teraz oczywiście się spóźnię! – Stawia zamaszyście filiżankę na ladzie. Zignorował Rillę, gdy ta przyniosła mu kawę do stolika, bo prowadził głośną rozmowę telefoniczną, wsparty o blat grubym ramieniem. Znalazła kawałek miejsca i cichutko ją postawiła, ale zanim skończył rozmowę i zauważył kawę, ta dawno zdążyła wystygnąć.

Rilla chwyta końcówki swoich długich rękawów i patrzy w dół na kafle. Czekam, aż podniesie głowę i odpowiednio zareaguje. Zazwyczaj rozładowuje pełne napięcia sytuacje swoim spokojnym uśmiechem, ale tym razem coś ją blokuje.

– No i co? – nalega mężczyzna.

Rilla się nie odzywa.

Gigi podnosi wzrok sponad pełnego naczyń zlewu. Rzuca mi oburzone spojrzenie.

– Co za dupek – syczy.

– Zaraz podamy panu kawę w papierowym kubeczku. Momencik – wołam.

Kiedy wychodzę z kuchni, klient prostuje się i mierzy mnie wzrokiem. Jego wzrok zatrzymuje się na kilka długich sekund na moim biuście, po czym wraca do mojej twarzy. Posyłam mu słodziutki uśmiech.

– Proszę usiąść, a my przyniesiemy nową kawę. To potrwa minutkę.

– No dobrze. – Ma gorący kwaśny oddech, w którym wyczuwa się nieświeży odór kawy. Patrzy znacząco na stojącą bez ruchu Rillę i pomrukując gniewnie, osuwa się na krzesło. Znowu gdzieś dzwoni i wyraz niezadowolenia w mgnieniu oka znika z jego mięsistej twarzy. Omijam Rillę, by sięgnąć po jednorazowy kubek.

– W porządku? – szepcę.

Ona kiwa głową, odbiera ode mnie papierowe naczynie, napełnia ekspres mieloną kawą i umieszcza kubek pod dyszą. Ręce jej się trzęsą. Klepię ją po ramieniu i czuję, że zaokrągla plecy, dopasowując ciało do kształtu mojej dłoni. Spogląda na mnie wzrokiem pełnym skruchy.

– Ja... to przez tego mężczyznę... Przepraszam. – Potrząsa głową, jakby chciała coś z niej wyrzucić.

Gigi wychodzi z kuchni, trzymając w rękach kapiącą ścierkę.

– Bezczelny gnojek – mówi z pociemniałą twarzą. – Jeszcze sobie z nim porozmawiam.

– Cholera, Gigi, zalewasz wodą całą podłogę – wołam. – Wracaj do roboty, poradzimy sobie. Nic się nie stało.

Gigi wzrusza gniewnie ramionami i odwraca się na pięcie.

– Przepraszam, Grace – jeszcze raz wzdycha Rilla.

– Wszystko w porządku – szepcę do niej. – Nie martw się.

Rilla niesie kawę, trzymając kubek na wysokości oczu mężczyzny. Ten spogląda na nią niechętnie i ruchem głowy daje znać, że widzi. Wtyka dokumenty i czasopisma branżowe pod tłuste ramię i wychodzi z „Liliany", krzycząc do telefonu.

Rilla wypuszcza z płuc powietrze, gdy dzwonek przy drzwiach oznajmia jego odejście. W kawiarni zalega cisza i spokój. Dziewczyna wraca do lady i szybko zmienia temat.

– Nie idziesz dzisiaj do cyrku?

– A, tak, masz rację, idę.

Zupełnie zapomniałam. Zanim Marjory wyjechała z Donem na długi weekend, wygrała na aukcji charytatywnej cztery bilety do Cirque du Soleil i zapytała, czy byśmy z nimi nie poszli. Trzymała bilety w dłoni niby od niechcenia, ale na twarzy miała wymalowaną osobliwą nadzieję. Kobieta, która nie ma talentu do zawierania przyjaźni, bez trudu wyczuje ten problem u innych – spojrzenie Marjory nie było trudne do rozszyfrowania. Poza tym w ciągu ostatniego miesiąca Pete i ja spędziliśmy razem najwyżej pięć minut.

Rozglądam się po „Lilianie" – trzeba powycierać stoły, rozliczyć kasę, wyczyścić ekspresy do kawy. Naczynia mogą zostać na suszarce przez noc, ale i tak jest mnóstwo roboty. Rilla spostrzega, że przygryzam wargę i przyglądam się poplamionym blatom.

– Idź do domu, Grace, my możemy zamknąć.

– Nie, Marjory się nie pogniewa. Mogę iść do cyrku innego dnia.

– Nie. Pozwól nam to wszystko ogarnąć. Powinnaś pójść. Wiem, co trzeba zrobić przed zamknięciem. Będzie dobrze. – Dotyka lekko moich pleców i idzie do kuchni.

Słyszę, jak Gigi narzeka na beznadziejnych facetów, którzy myślą, że są królami świata, i co ma ochotę powiedzieć tej Górze Mięsa. Biorę do ręki ściereczkę do wycierania stołów, sztywną od wbitych w nią drobinek makaroników. Sprawdzam pod fartuchem, czy w kieszeni mam komórkę. Palcami wyczuwam znajome wybrzuszenie. Mogłabym teraz zadzwonić do Marjory i dowiedzieć się, czy można to przełożyć, pójść kiedy indziej... Z kuchni dobiega mnie beztroski śmiech Rilli. Odwracam się i widzę ją w małym okienku pomiędzy kawiarnią a zapleczem. Wycieram ostatni stolik i zaglądam do kuchni.

– Rilla?

Podnosi na mnie wzrok. Jej osłonięte rękawicami dłonie są po łokcie zanurzone w zlewie.

– Mam prośbę, żebyście zamknęły. Dacie radę?

Kiwa głową i uśmiecha się.

– Dziękuję.

Szybko wędruję do domu, wdychając chłodniejsze wieczorne powietrze. Uwielbiam cyrk – cukrową watę, klaunów z pomalowanymi twarzami, trochę zbyt głośną muzykę, trochę zbyt jaskrawe kolory... Cyrk kojarzy mi się z Mamą.

Ale zupełnie o nim zapomniałam – dopiero Rilla musiała mi przypomnieć. Dzień wypełniła sekwencja stłuczonych filiżanek, dostaw, które trzeba było rozpakować i poukładać w magazynie, naczyń usmarowanych kremem maślanym i *ganache*. Gigi jest prawdziwym darem niebios: potrafi rozmawiać z dostawcami i umie rozstawiać ludzi po kątach. Poza tym uwielbia makaroniki – widzę to na jej młodziutkiej twarzy. Zadaje mi tysiące pytań o to, jak się je robi, skąd biorę przepisy i jak *macarons* są serwowane w Paryżu. Pomału docierają się z Rillą i każda zajmuje się tym, co potrafi najlepiej. Mamy tysiące obowiązków i wszystkie jesteśmy cały czas zajęte. Codziennie przed wyjściem jestem pokryta cienką warstwą soli – od cebulek włosów po podeszwy moich zbolałych stóp. „Liliana" pochłania nie tylko cały mój czas, ale również wszystkie myśli. Moja głowa przypomina przeładowaną walizkę z przepisami, terminami spotkań, listami zakupów, grafikami dyżurów, spotkaniami z Donem i Marjory w cyrku… To, co znajduje się na końcu listy, jest zazwyczaj pierwszą rzeczą, która z niej wypada.

Kiedy, niczym wirujący derwisz, wbiegam przez drzwi wejściowe, Pete siedzi na kanapie i przegląda jakąś gazetę. Ma na sobie dżinsy i jest gotowy do wyjścia. Jego twarz ukryta w przydymionym świetle nic mi nie mówi o jego nastroju.

– Przepraszam, przepraszam, miałam szalony dzień. Zaraz będę gotowa – wyśpiewuję, rzucając się w stronę sypialni i szafy z ubraniami. W drodze do domu przemyślałam, co powinnam na siebie włożyć, więc muszę jedynie wcisnąć się w parę dżinsów i wciągnąć na grzbiet białą lnianą bluzkę. Dziękuję opatrzności, że bluzka jest już wyprasowana. Wieczorne powietrze dosięga poprzez płótno mojej skóry, chłodząc ją nieco. Przeklinam, widząc, że dezodorant przesiąkł przez materiał, pozostawiając pod każdą pachą niewielką plamę, ale jest za późno, żeby się przebierać. Chwytam srebrne kolczyki i z czeluści szafy wygrzebuję srebrne sandały. Wskakuję do salonu, ślizgając się na gładkich podeszwach. Przygotowanie się zajęło mi jakieś osiem minut. Prawie tyle samo, ile zajmuje zrobienie gładkiego *ganache* do przełożenia makaroników.

– Okej, jestem gotowa. – Uśmiecham się do męża.

Kiedy podnosi głowę, widzę, że nie ma w jego twarzy irytacji, a jedynie zmęczenie. Policzki mu poszarzały, a lewe oko nabiegło krwią. Na pewno je pocierał. Wygląda na wykończonego.

– To dobrze, kochanie. Ładnie wyglądasz. Jakoś inaczej – szepce.

– Dziękuję. To pewnie dlatego, że założyłam dżinsy – robią się obcisłe. Cały tydzień jadłam moją wersję *Ispahan macaron* od Pierre'a Hermé, żeby rozpracować przepis. Jak ja mam być szczupła!

– Co jadłaś?

– *Ispahan*. To makaronik różany z nadzieniem malinowym... to znaczy z taką malinową galaretką w środku. Nieważne.

Mój wzrok pada na zegar. Mamy jedenaście minut, żeby znaleźć taksówkę i dojechać do hotelu „Venetian Macao", gdzie zbudowano amfiteatr na potrzeby cyrkowego przedstawienia. Linda i jej koleżanki z klubu czytelniczego piały o tym od kilku tygodni.

– To cud świata! – zachłystywała się Linda, twierdząc jednocześnie, że osobiście zna choreografa. Ciekawe, jakie będą kostiumy. Widziałam jedynie plakat z dziewczyną płynącą na trapezie przez ciemne, rozgwieżdżone niebo, z powiewającym za nią długim, jedwabnym, pomarańczowym szalem. W błyszczącym cytrynowym stroju wyglądała jak cukierek.

Kiedy zjeżdżamy z Pete'em windą, widzę w nieumytej tafli lustra, którym wyłożona jest ściana, odbicie mojej mlecznobiałej twarzy i odkrywam, że zapomniałam się umalować. Pochylam się, by przyjrzeć się odbiciu. Wyglądam okropnie. Jasna jak mąka skóra i niewyskubane brwi. Pete sięga po moją rękę. Jego dłoń jest chłodna i gładka jak kamień w zetknięciu z moją, ciepłą i wilgotną.

– Co, nie mamy makijażu?

– To dlatego wyglądam inaczej. Cholera – przeklinam. – Dlaczego mi nie powiedziałeś?

Ściska moją rękę.

– Nie wiem. Chyba mi się podoba. Wyglądasz naturalnie.

Pete mówi tak cicho, że muszę wytężać słuch. Patrzy na mnie z góry. Jego świeżo umyte włosy opadają w jedwabistych skrętach na czoło. Uśmiecha się.

– Kurczę. Nie ma czasu, żeby wrócić na górę, prawda?

– Nie, zostań. Ja... Grace, to nawet ładnie wygląda, wiesz? – mówi z pewną nieśmiałością.

Nie jestem przekonana. Mam jasne rzęsy, moje usta bez szminki są bladoróżowego koloru z domieszką szarości. Widzę worki pod oczyma i nowe kurze łapki w kącikach. Ale unoszę dumnie głowę, mając jedynie nadzieję, że Marjory też nie będzie dziś wyglądała jak gwiazda filmowa. Choć to tak, jakbym chciała, żeby papież był trochę mniej papieski.

Don jest inny, niż się spodziewałam. Zakładałam, że ktoś taki jak Marjory będzie miał idealnego męża, jak z obrazka. Białe zęby, super włosy i muskuły. Don nie jest nawet wzrostu Marjory, która stoi przy nim jak posąg i mocno trzyma go za rękę. Ma na sobie białą sukienkę mini i błyszczące złote sandały. Uszy zdobią złote kolczyki. Wygląda tak, jak zwykła wyglądać Mama, gdy wychodziła gdzieś wieczorem. Uśmiech i nogi do szyi. Przechodzący obok nas mężczyźni za każdym razem się oglądają i wiem, że nie chodzi im o mnie. Była przez kilka dni na wyspie Boracay i jej ciało lśni, jakby zamknęła słoneczny blask w każdym porze skóry.

– Tak się cieszę, że przyszliście – mówi, ujmując mnie za łokieć. – Bardzo się z Donem cieszymy, że możemy się trochę lepiej poznać.

Moje oczy przesuwają się po morzu głów i zatrzymują się na wyróżniającej się w tłumie srebrnej czuprynie. Léon podaje swojej żonie Celine kieliszek szampana. W jej uszach błyszczą brylanty, a kiedy się uśmiecha, na policzkach pojawiają się delikatne dołeczki. Odbiera od niego kieliszek, a jego ręka opiera się na jej nagim ramieniu. Patrzę za długo – Léon musi czuć mój wzrok, bo unosi oczy i napotyka moje spojrzenie. Jego niebieskie tęczówki błyszczą w sztucznym świetle. Podnosi rękę i uśmiecha się. Ja odpowiadam tym samym i czuję, że się rumienię.

Marjory przedstawia mnie Donowi, który szczerzy w uśmiechu zęby i energicznie potrząsa moją dłonią. Musi być od niej dobrych dziesięć lat starszy. Jest niski, łysy i przypomina żółwia: ma duże oczy i szeroki uśmiech.

– Tyle o tobie słyszałem, Grace – mówi ciepło. – Marjory uważa, że „Liliana" to najlepsza kawiarnia w Makau.

– Ojej, cóż… – Rozpiera mnie duma, choć oczy spuszczam skromnie w dół.

– To prawda – mówi Marjory.

Pete stoi nieporadnie z boku. Zapada dziwna cisza i dociera do mnie, że muszę go przedstawić. Dotychczas zawsze było odwrotnie.

– To jest mój mąż, Pete. Pracuje przy projekcie Marvella Resort.

Witają się, a Don klepie Pete'a jowialnie po plecach. Może jest starszy, ale pomimo wyraźnej oponki na wysokości brzucha tryska energią i żywiołowością młodego człowieka. Marszczy sympatycznie oczy w kącikach.

– Pete Miller! Dużo o tobie słyszałem. Jeszcze jeden porządny australijski gość do pracy tutaj! Jestem zachwycony!

Marjory uśmiecha się do męża i obejmuje go wpół.

– Kochanie, przegapimy pierwszą połowę, jeśli teraz nie wejdziemy.

Puszcza rękę Dona i przechodzi do wejścia razem ze mną, a Don i Pete idą za nami, rozmawiając o projekcie. Kiedy podajemy bilety do kontroli, Marjory pochyla się w moją stronę.

– Mam wrażenie, że nie było mnie przez długie tygodnie. Musisz mi opowiedzieć, jak sobie radzi Gigi. I jak Rilla znosi jej obecność. Chcę wszystko wiedzieć i to w szczegółach.

Kochana Mamo,

byłabyś zachwycona dzisiejszym wieczorem. Był piękny i niesamowity. Serce ciągle łomocze mi w piersi, myśli tłuką się w głowie, skóra mi płonie i nie jestem w stanie zasnąć.

Z czarnej, aksamitnej czeluści teatru wyłonił się spektakl, jakiego w życiu nie widziałam. Jak sen. Jak fantazja, która stała się życiem. Lub jak jedna z Twoich opowieści. Były magiczne sztuczki i ekstatyczne wizje, fruwające w powietrzu bajkowe postacie o elektryzujących ciałach, którym z ust buchały prawdziwe płomienie.

Sposób, w jaki artyści grają swoim ciałem, jest niewiarygodny. Wydaje się, że muzyka ich przenika, wprawia w ruch, jakby to ona kierowała ich ciałami. Rytm, energia, uniesienie wypełniają ich tkanki i arterie, jakby poddali się działaniu siły większej, niż sami byliby w stanie wytworzyć, jakiejś nieznanej energii świata. Wzbijają się w powietrze, obracają, brawurowo nurkują w dół z rozwianymi na wietrze włosami, z szeroko otwartymi oczami, z twarzami zastygłymi w dziwnym uniesieniu. Chwilami trudno było na to patrzeć. Jakbym podglądała przeżycia zbyt intymne, by im się przyglądać. Obejmujące się postacie, akrobacje grożące upadkiem i katastrofą, zapach potu i szminki aktorskiej, twarze wyrażające skrajne skupienie i ekstazę... Czułam, że oddech zamiera mi w gardle, a serce łomocze jak szalone. Miałam ochotę do nich dołączyć, poruszać się ich rytmem, czuć na sobie czyjeś ręce, które wyrzucają mnie w powietrze i ratują przed upadkiem, czuć przez kostium na swoim ciele, na skórze czyjeś naprężone mięśnie, oddech we włosach, ciepło na szyi.

Potem świat nagle się zatrzymał. Scenę zalała ciemność. I z ciemności, jakby w blasku księżyca, wyłonili się mężczyzna i kobieta. Światła sprawiły, że ich ciała wyglądały jak utkane ze śniegu: były szaro-srebrne i biało-niebieskie. Stali objęci na postumencie, który miał kształt dryfującej góry lodowej, poruszając się razem niczym w transie. Unosili się i ześlizgiwali z siebie płynnie, jakby w zwolnionym tempie. Tworzyli jedną istotę, balansując z twarzami przyciśniętymi do siebie jak kochankowie z obrazów Klimta. Ich oddechy mieszały się, ciała pasowały do siebie niczym elementy układanki. Twarz mężczyzny była srebrzysta, zarazem silna i eteryczna. Miała idealne rysy, jakby ktoś wyrzeźbił ją z marmuru. Niemal czułam jego kość policzkową przyciśniętą do mojej twarzy, jego chłodne silne palce na mojej rozpalonej skórze. Na myśl o nim tuż obok, tulącym mnie do siebie, moje ciało przeszył słodki dreszcz. Znów przestałam oddychać.

Pete pochylił się, chyba chciał coś powiedzieć. Sięgnął po moją dłoń i zapewne przyglądał mi się w ciemności. Ale nie byłam w stanie się odwrócić. Oczy miałam utkwione w scenie, w postaci, która zdawała się wykuta z lodu. Moje ciało dygotało, przepełnione nieziemskim pożądaniem, czułam mrowienie na skórze. Myślałam o dotyku, który wprawiłby mnie całą w drżenie, ochłodził rozpaloną skórę i w którym mogłabym się rozpłynąć.

Twoja kochająca córka Grace

La Fièvre – Gorączka

RÓŻANY Z GANACHE Z CIEMNEJ CZEKOLADY I OSTREGO IMBIRU

Gigi nie zgadza się z Rillą w kwestii sposobu eksponowania makaroników. Pochyla się nad ladą, cmokając z niezadowoleniem.

– Nie możesz układać tego makaronika przy tym makaroniku – mówi zniecierpliwiona. Jej palce stukają w szybę, wskazując na muszelki *Rêve d'un Ange* i *Coeur Curatif*, leżące obok siebie niczym przypadkowi kochankowie. Zaglądam Rilli przez ramię, nakładając jednocześnie łyżką pianę na wierzch kawy cappuccino. Oba makaroniki są białe i rzeczywiście wyglądałyby lepiej ułożone oddzielnie. Marjory nie podnosi głowy sponad swojej kawy i magazynu, który czyta, ale słyszę, że z trudem tłumi śmiech, więc nie mam wątpliwości, że słucha.

Twarz Rilli blednie – widać, że czuje się urażona. Patrzy na mnie przelotnie w nadziei, że ją poratuję. Ale ja tylko wzruszam ramionami – to nie moja wojna.

– Cóż… – duka Rilla, prostując się maksymalnie, co i tak nie zmienia faktu, że jest malutka. – Dziękuję za podpowiedź. Choć tylko ty tak uważasz.

Gigi wznosi oczy ku niebu i potrząsa głową. Powieki ma pomalowane modnym grafitowym cieniem, a ze szczupłego nadgarstka zwisa jej nieco za duży zegarek.

– Dobra, okej. Jak chcecie – wzdycha dramatycznie.

Rilla ogląda się na mnie i przygryza wargę. Mrugam do niej porozumiewawczo. Uśmiecha się, znów nabierając pewności siebie. Kiedy odzywa się wejściowy gong, obie odwracają się w kierunku drzwi.

– Alo, alo! – Głos Léona niesie się po kawiarni, gdy podchodzi do lady, niosąc w lewej ręce jakąś torbę. Na twarzy ma szeroki uśmiech, a w jego oczach czai się rozbawienie. Rilla posyła mu grzeczne powitanie, ale Gigi robi krok do tyłu i spogląda nieufnie.

– Cześć, Léon, jak się masz?

– Dobrze, Grace. A ty? – Pochyla się do przodu i całuje mnie w oba policzki. Jego ciepły oddech łaskocze mnie w uszy.

– Świetnie – mówię z lekkim zakłopotaniem, odchrząkując.

Rilla wyjmuje mi z rąk cappuccino i zanosi je klientowi czekającemu przy stoliku pod oknem. Widzę, że Marjory unosi głowę i przygląda się Léonowi i mnie.

– Léon, to jest Gigi.

Gigi najpierw patrzy na mnie, a potem podaje Léonowi dłoń. On ją ujmuje i lekko potrząsa. Gigi obrzuca go nieufnym spojrzeniem.

– Dzień dobry i gratuluję – mówi Léon, uśmiechając się promiennie. To dziwne, że od razu zwraca uwagę na jej ciążę, bo wydaje mi się, że nieźle ją maskuje. Ja nieustannie mam świadomość, co się kryje pod rozciągniętymi jak na bębnie włóknami jej koszuli, ale może to z powodu moich własnych przeżyć. Gigi patrzy na niego zdumiona i opuszcza ramiona, przez co koszula opada do przodu. Mruczy coś pod nosem, a jej migdałowe policzki oblewają się rumieńcem. – Wie pani, czy będzie chłopczyk, czy dziewczynka? – dodaje Léon.

Gigi rzuca na niego szybkie spojrzenie, a oczy jej ciemnieją. Jej zakłopotanie zamienia się w agresję.

– Nie mam pojęcia – mówi, odwracając się na pięcie, i odchodzi do kuchni z filiżanką kawy w dłoni.

– Nie wiem, czy taka ilość kawy jest dobra dla dziecka – mruczę.

– Aa, nie martw się. Celine jadła i piła wszystko, kiedy była w ciąży, nawet wino. We Francji aż tak się nie przejmujemy. – Potrząsa z sympatią głową. – Kogoś mi ta dziewczyna przypomina. Ta jej zadziorność.

– Zadziorność? To dzika kotka. Przepraszam za nią, potrafi być trochę… niegrzeczna – zaśmiewam się.

– O, nie – Léon odpowiada głosem gładkim jak masło na grzance. – To pasja. Tacy ludzi odnoszą sukcesy. Poradzi sobie. Przecież jest jeszcze bardzo młoda.

W odpowiedzi mogę tylko pokiwać głową.

– Powiedz, jak interesy. – Léon pochyla się nad ladą.

– Prawdę mówiąc, bardzo dobrze. Teraz już cały czas jesteśmy na plusie. Aż trudno w to uwierzyć.

– Och, jesteś stworzona do tego biznesu. Masz to we krwi.

Przytakuję, odkrywając, jak prawdziwe jest jego spostrzeżenie. Na myśl o Mamie i o tamtym mężczyźnie przed piekarnią czuję mrowienie na plecach, od łopatek aż po krzyż.

– Mogę cię poczęstować espresso? Na koszt firmy, oczywiście.

– *Oui*. Z przyjemnością. I chciałbym kupić opakowanie tych *macarons*. – Wskazuje na białe makaroniki z czerwonym krzyżykiem na skorupce. – To moje ulubione, a jeśli przyniosę ich dziś trochę do domu, „nabiję sobie kilka punktów", jak powiadacie. Oddajesz jeszcze pieniądze na cel charytatywny? Jaki to był wspaniały pomysł!

Rilla wraca i zdejmuje z półki za ladą białe pudełko do wypieków na wynos.

– Oddaję każdego tygodnia podobną niewielką kwotę. Nie jakoś bardzo dużo, ale zawsze coś. A pomysł pochodził od Rilli i tej dzikiej kotki z zaplecza. – Sypię świeżą kawę do ekspresu. Zapach jest intensywny, wręcz oszałamiający.

– No, widzisz. Mówiłem, że ta dziewczyna ma talent.

Wrzątek przeciska się przez sprasowaną kawę, skwiercząc z wysiłku, a do maleńkiej filiżanki wlewa się aromatyczny ciemny płyn. Léon odwraca się i widzę błysk w jego oczach. Mają bladoniebieski kolor jesiennego nieba przed deszczem. Białka są jasne i błyszczące, rzęsy dwukolorowe – ciemne i popielate. Kiedy w nie patrzę, kręci mi się w głowie.

– Mam dla ciebie prezent – mówi cicho Léon.

Przesuwam kawę po blacie w jego stronę i, przypominając sobie o dobrym wychowaniu, wychodzę zza lady, wycierając ręce w pasek fartucha. Léon wyjmuje z torby widelec na długiej rączce, z trzema wąskimi zębami. Wygląda groźnie, jak diabelski trójząb.

– Co to?

On zaśmiewa się na widok mojej skonsternowanej miny.

– Po francusku nazywamy to *fourchette à tremper*. – Słowa grzechoczą w jego ustach jak słodkie dropsy. Trzyma prezent delikatnie w obu dłoniach i uroczyście mi go wręcza. – Pomyślałem, że ci się przyda, gdy będziesz robiła czekoladki do ozdoby ciast albo do innych celów.

– To widelec do czekolady? – Przypominam sobie kucharza w „Aurorze", który zanurzał praliny w ciemnej polewie czekoladowej i obracał je potem na jasnej marmurowej powierzchni. Wspomnienie sprawia, że ślina napływa mi do ust.

– Tak, to widelec do czekolady. – Oczy Léona śmieją się do mnie. – Jestem pewien, że wiesz, jak go używać. Być może będziesz musiała trochę poćwiczyć, ale… – Wzrusza ramionami tak, jak potrafią to robić tylko Francuzi, i wydyma przy tym dolną wargę, jakby się dąsał.

Widelec do czekolady! Co za prezent!

– Dziękuję, Léon. Niesamowite, że o tym pomyślałeś. – Biorę prezent w obie ręce i pochylam się do przodu, żeby ucałować Léona w oba policzki. Sztywne włoski na jego szczęce łaskoczą mnie w wargi. Pachnie ciepłym świeżym chlebem i cynamonem.

Ponad jego ramieniem widzę górną część drzwi, które otwierają się i zamykają, uruchamiając dzwonek. Jego dźwięk przypomina szczękanie kieliszków z szampanem na weselu.

– Pete! – wykrzykuję odrobinę zbyt głośno.

Mój mąż spogląda to na Léona, to na mnie. Jego wzrok zatrzymuje się w końcu na widelcu w moich dłoniach. Na wskazujący palec ma nawleczone kółko od kluczyków.

– Skąd się tu wziąłeś? – pytam z uśmiechem.

– Pomyślałem, że może masz ochotę, żeby ktoś odwiózł cię do domu. – Pomiędzy brwiami ma głęboką zmarszczkę. Napotyka wzrok Rilli, która pozdrawia go ruchem dłoni. – Cześć, Rilla.

– Cześć, Pete – odśpiewuje dziewczyna.

Gigi wygląda z kuchni – jeszcze nie poznała Pete'a – i szybko wycofuje się z filiżanką w ręce. Pete przychodzi do „Liliany" od czasu do czasu, ale nie można go nazwać stałym gościem. Wiem, że oddaliliśmy się od siebie – mam wrażenie, że jesteśmy jak dwa satelity krążące wokół innych planet. Pete wokół Marsa, ja wokół Wenus. Ale teraz przyszedł tu i przyznaję, że to dziwne uczucie widzieć go na swoim terytorium, na tym kawałku Makau, które jest wyłącznie moje. Pete mierzy Léona chłodnym wzrokiem. Pomiędzy naszą trójka wytwarza się jakiś rodzaj napięcia, którego nie rozumiem i na pewno nie jestem w stanie wyjaśnić. Mam wrażenie, że Pete potrafi rozszyfrować moje myśli i pragnienia, ogarniające mnie niekontrolowane sztubackie fale pożądania.

Léon odchrząkuje i robi krok do przodu, by przywitać się z Pete'em. Z uśmiechem na ustach potrząsa jego dłonią, drugą rękę kładzie mu na ramieniu. Chyba nie zauważa, że Pete lekko się odsuwa.

– Dawno się nie widzieliśmy – uśmiecha się.

– Taak. Léon, dobrze pamiętam? – Pete wymawia jego imię z angielska, przeciągając „e" i wyraźnie wymawiając „n" na końcu. Widzę, że uśmiech Léona staje się nieco mniej szeroki.

– Tak, Léon – odpowiada, delikatnie poprawiając wymowę Pete'a.

– Aha. Co słychać? – Pete uśmiecha się z zamkniętymi ustami, lekko zadzierając do góry brodę. Brwi wciąż rozdziela głęboka zmarszczka.

– Wszystko dobrze. Interes się kręci. Może nie tak spektakularnie, jak w „Lilianie", ale nie mogę narzekać.

Pete rozgląda się po kawiarni. Marjory obdarza go uśmiechem, który on odwzajemnia.

– Kawiarnia przynosi całkiem niezły dochód, to prawda – przyznaje. Jest w tym stwierdzeniu tyle samo dumy, co zakłopotania. Wydaje mi się, że chciałby coś jeszcze dodać, ale spuszcza wzrok na podłogę.

Zamiast niego odzywa się Léon, głosem lekkim i naturalnym. Być może jako jedyny z naszej trójki nie dostrzega tego, co jest oczywiste.

– No nic, muszę lecieć. Dziękuję za kawę. I za *macarons*. – Podnosi pudełko makaroników *Coeur Curatif*, które Rilla przewiązała kokardą.

– Cała przyjemność po mojej stronie. I dziękuję za widelec.

– Bardzo proszę – odpowiada pogodnie i kieruje się do wyjścia, nie całując mnie na pożegnanie.

Kiedy wychodzi, kawiarnia pogrąża się w bezruchu, pozbawiona jego promiennej, ożywczej obecności. Spoglądam na drzwi, przez które wyszedł, i widzę skradającą się po wieczornym niebie ciemność. Kasa zamyka się z trzaskiem, a ja zerkam na wpatrującego się we mnie Pete'a.

– Muszę jeszcze posprzątać i przygotować wszystko na jutro – mówię szybko, wchodząc z powrotem za ladę i chwytając ściereczkę do naczyń.

– Jasne. – Pete kiwa głową. – Ja pogadam z Marjory. I tak chciałem zdobyć numer Dona i umówić się z nim na piwo.

– Okej.

– Okej – powtarza.

Dopiero po chwili odwraca się, a ja zabieram się do opróżniania lodówki na ladzie.

W nocy budzę się ze snu na kanapie. Noga opadła mi bezwładnie na podłogę i wydaję z siebie krótki, urywany dźwięk, coś pomiędzy chrząknięciem i jękiem. Za odchyloną zasłoną jest zupełnie ciemno. Jestem zlana potem, włosy kleją mi się do czoła. Telewizor ryczy na cały regulator i migają w nim postacie ludzi podskakujących z kolorowymi chorągwiami w rękach. Poukładanie wszystkich szczegółów w sensowną całość zajmuje mi kilka sekund. Leżę w salonie, na kanapie naprzeciwko drzemie Pete. Oglądaliśmy film dokumentalny o zbliżającej się olimpiadzie w Pekinie, o protestach i o aresztowaniach, o walkach w Tybecie i ewakuacjach ludzi, którym odebrano domy po to, by wybudować boiska. Przecieram oczy i spoglądam na Pete'a. Leży wyciągnięty na plecach i chrapie w najlepsze. Chwiejnym krokiem wędruję do kuchni. Głowę mam ociężałą i niesprawną, jakbym zamiast niej dźwigała na szyi arbuza. Modlę się, abym się nie rozchorowała – nie mam na to czasu. Łapczywie, wielkimi haustami wypijam szklankę wody. Odstawiając ją, źle oceniam odległość, szklanka zsuwa się z blatu i rozpryskuje na drobne kawałki.

– Cholera!

Kucam na drżących nogach i zaczynam zbierać kawałki szkła. W opuszek palca wbija mi się niewielka szklana drzazga, więc jeszcze raz przeklinam. Skurczona pozycja, pulsujący ból głowy i szok wywołany skaleczeniem, które pozostawia na podłodze drobne krople krwi, wywołują falę wspomnień. Nieoświetlona kuchnia mogłaby być jakąkolwiek kuchnią. Tu i teraz albo wtedy i tam… Próbuję się skoncentrować na zbieraniu odłamków, ale pamięć podsuwa mi mgliste obrazy z przeszłości, które nie pozwalają skupić się na pracy.

– Mamo?

Siedzi w kącie na podłodze. Kolana podciągnęła pod brodę.

– Hej, Mamo!

Jej zaczerwienione oczy patrzą na mnie niezbyt przytomnie.

– Grace – szepce cichutko, jakby bała się, że ktoś nas podsłucha.

– Co robisz?

Na dżinsy wciągnęła satynową sukienkę. Patrzy na mnie wielkimi brązowymi oczyma, wzrokiem, który wyraża konsternację i zagubienie. Mrużę oczy, by lepiej jej się przyjrzeć w niewyraźnym świetle. Sukienka jest pod jedną pachą rozdarta, jakby próbowała wciągnąć ją na siebie na siłę.

– Mamo, co tu robisz?

– Ja… no… – Rozgląda się wokół, cały czas przyciskając kolana do ciała. – Ja tylko… chyba czegoś szukałam – mówi i słyszę, że głos jej drży.

– Czego szukałaś?

– Chodź tu, moja mała Grace. Chodź i usiądź przy mamie. – Klepie dłonią w podłogę obok siebie i zaprasza niepewnym uśmiechem, jakbym wciąż była dzieckiem, a nie niezdarną długonogą nastolatką.

– Rano mam egzamin.

– Podejdź, kochanie. Na minutkę. Proszę. – W jej zdartym głosie słychać błaganie, jej oczy szukają moich. Podchodzę i osuwam się na podłogę. Czuję pod sobą twarde lodowate kafelki.

– Już dobrze, dobrze – uspokaja mnie, jakbym tego potrzebowała. Jej oczy błyszczą, gdy klepie mnie po kolanie. – Wiesz, kochanie, właśnie myślałam, że powinnyśmy wykupić ci lekcje jazdy konnej, skoro tak o nich marzysz. I może uda nam się kupić dla ciebie kucyka. – Pod szeroko otwartymi, rozgorączkowanymi oczyma płoną oblane rumieńcem policzki.

– Ale ja nie chcę lekcji jazdy konnej.

– Oczywiście, że chcesz. Bez przerwy o nich mówisz.

– Mamo, to było wtedy, kiedy miałam osiem lat!

– Nie… – zaczyna i przygląda mi się. Mam za długie nogi. I pryszcze na brodzie. I za małe piersi. Spojrzenie matki jest dziwne, przeciągłe. Sprawia, że czuję się nieswojo.

– Mamo, ja mam szesnaście lat! Za chwilę pójdę na uniwersytet.

Wciąż się we mnie wpatruje.

– Nie, Grace – odpowiada.

– Tak! Zamierzam studiować geografię. Przecież wiesz.

Po tych słowach jej twarz ciemnieje i zaczyna szeptać gorączkowo:

– Nie, Grace, nie możesz tego zrobić. Jesteś za młoda. Powinnaś zostać ze mną.

– Ale powiedziałaś…

Nie da się jej przerwać. Dalej mamrocze jak w transie.

– Nie możesz wyjechać, kochanie. Jesteś o wiele za młoda.

– Mam szesnaście lat, Mamo.

– Poza tym, ja cię potrzebuję. Widzisz, co się dzieje.

Rozglądam się po ciemnej kuchni. Nie ma w niej nic oprócz nas dwóch i podłogi, która domaga się szorowania.

– Nie wyjedziesz, prawda, Grace? – W jej głosie słychać desperację. Ujmuje moją twarz w dłoń i odwraca ją do siebie. – Nie zostawisz mnie, prawda?

– Mamo…

– Nie możesz zostawić matki, Grace. Potrzebujemy się nawzajem, moje dziecko. Powinnaś tu ze mną zostać.

– Ale ja chcę… – Nawet w kiepskim świetle widzę wzbierające w jej oczach łzy. Na jej twarzy maluje się taka rozpacz, że słowa zamierają mi na ustach. Wpatruję się w wytartą szminkę na jej wargach i w zapadnięte policzki. Bardzo schudła w ciągu ostatniego miesiąca i wygląda staro.

– Powiedz, że nie wyjedziesz.

– Mamo…

– Obiecaj mi to, Grace. Obiecaj, że nie wyjedziesz.

Biorę głęboki wdech, czuję na ramionach ciężar nie do udźwignięcia.

– Grace?

– Obiecuję. Obiecuję, że…

Uwalnia z uścisku moją twarz i klepie mnie po kolanie. Siedzimy milczeniu, wpatrując się w ścianę naprzeciwko.

– Jadłaś dzisiaj lunch? – pytam.

– Tak mi się wydaje – odpowiada, pogrążona w myślach.

– Co jadłaś?

– Nie jestem pewna, kochanie. Byłam poza domem. Miałam milion rzeczy do załatwienia. Znalazłam jajko drozda. Pokazywałam ci? Jest niewiarygodne. Natura to największa ze sztuk, Grace.

– Pokazywałaś.

– Jest piękne.

– To prawda.

Uśmiecha się i ujmuje moją dłoń. Podnosi ją do ust, całuje i wzdycha. Pod palcami czuję jej policzek, blady i twardy jak szachowy pionek.

– Może upiekę dla nas *quiche*? – proponuję.

Kiwa głową.

– Cudowny pomysł, kochanie.

Wstaję i pomagam Mamie podnieść się z podłogi. Rzucam okiem na leżący na końcu blatu worek z cebulą i potrząsam głową.

Kuchnia z mojego dzieciństwa rozpływa się i zamienia w kuchnię w naszym mieszkaniu w Gee Jun Far Sing. W dłoni ściskam odłamki tłuczonego szkła. Strzepuję je nad kubłem i patrzę, jak spadają na dno. Nalewam sobie kolejną szklankę wody i wędruję do sypialni, mijając po drodze ciemną uśpioną postać Pete'a. Rzucam się na łóżko i przywieram głową do poduszki. Sen nadchodzi szybko, a wraz z nim chorobliwe, niespokojne sny.

Szybuję po ciemnym niebie, upstrzonym tu i ówdzie mrugającymi gwiazdami. Wiatr chłodnymi długimi palcami przeczesuje moje włosy. Wzdycham. Na ustach mam delikatny uśmiech, wilgotne oczy są szeroko otwarte. Ktoś porusza się nade mną i obejmuje mnie czule jak kochankę.

– Jesteś szczęśliwa, Grace? – mruczy cicho. Jego głos przenika mnie na wskroś. Wokół nas panuje głęboka, niczym niezmącona cisza. Jest tuż obok, wdycham jego zapach, na skórze czuję dotyk jego nagiego torsu. Pachnie znajomo. To zapach świeżego chleba. Wdycham go głęboko, pozwalam, by mnie wypełnił.

Zaczynamy się wznosić coraz wyżej i wyżej, tam, gdzie powietrze się rozrzedza. Zatrzymujemy się na moment, by runąć wąską spiralą w dół. On trzyma mnie mocno, a ja wtapiam się w jego ciało, pozwalam się prowadzić i chronić. Już po chwili płyniemy w powietrzu, zataczając szeroką elipsę. Jestem rozgrzana i oszołomiona, jakby ktoś całował mnie mocno i powoli. Spoglądam w górę i widzę, że on w jednej dłoni ściska jedwabne pomarańczowe wstążki, a drugą muskularną ręką obejmuje mnie ściśle w pasie.

– A więc? – szepce znowu. Głos ma jeszcze miększy niż dotyk. Dotyk, który pragnę czuć na ciele, na piersiach. Przeszywa mnie gorący dreszcz. Zamykam oczy i pozwalam, by chłodne powietrze głaskało moje powieki. Dotknij mnie, dotknij, błagam w myślach.

– Jesteś szczęśliwa?

– Mmm – odpowiadam pomrukiem. Gdzieś wewnątrz czuję intensywne pulsowanie, w tej części mojej świadomości, która sprawia, że jestem kobietą. Chcę czuć na sobie jego usta. Proszę o to!

Usta Léona zbliżają się do mojego ucha, jakby chciał coś powiedzieć, ale on całuje mnie w szyję. Zamiast oddychać, wypuszczam z jękiem powietrze. Całuje mnie ciepłymi wilgotnymi ustami, oddycha i szepce coś w zagłębienie mojego ucha. Jego pełne wargi muskają moje policzki. Niczego bardziej nie pragnę, niż poczuć jego smak na ustach. Walczę, by odwrócić się w jego stronę.

– Ostrożnie – ostrzega, ukazując w uśmiechu zęby w kolorze kości słoniowej. Rozpalona przyciągam go do siebie i w końcu czuję na wargach jego usta. Pocałunek sprawia, że zlewamy się w jedno, że tonę w nim i znikam. Moje ciało pragnie się z nim zjednoczyć, poczuć, że jesteśmy jedną istotą.

Przeszkadza mi grawitacja. Léon przytrzymuje mnie tylko jednym ramieniem i całuje moją szyję, ale ja drżę z pragnienia, by nasze usta ponownie się spotkały. Pragnę go. Chcę, żeby należał do mnie. Czuję jego ciężar i jego ciepło po wewnętrznej stronie ud i przygryzam wargi tak głęboko, że wyczuwam w ustach słony smak kipiącej pożądaniem krwi.

– Proszę… – błagam chrapliwym, zmienionym, pełnym podniecenia głosem. Próbuję się do niego zbliżyć, ale osuwam się w dół. Chwyta mnie i trzyma kurczowo ręką tuż pod biustem.

– Ostrożnie – ostrzega, a jego gardłowy głos sprawia, że jeszcze bardziej go pragnę.

Ale tracimy równowagę i wysuwam się z jego uścisku. Krzyczę, rozpaczliwie pragnąc znów poczuć ciepło i zapach jego ciała.

– Grace! – woła Léon, chwytając mój nadgarstek.

Nagle rozlega się szum, przypominający dźwięk morza we wnętrzu muszli. Albo falę rozbijającą się o kamienisty brzeg. Z ciemności wyłania się jakby ściana twarzy z otwartymi ustami. Mrużę oczy, próbując je rozróżnić. To amfiteatr ludzi, którzy obserwują, jak wysuwam się z uścisku Léona. Ich oczy, usta i kontury twarzy stają się coraz bardziej wyraziste. Jakaś Chinka zwraca się do swojej sąsiadki szeptem, z wyraźną dezaprobatą. Rysy jej twarzy wyostrzają się, gdy unosi namalowane ołówkiem łuki brwi. Uścisk Léona zaciska się, a ja wydaję z siebie okrzyk bólu. Wtedy kobieta znika, rozpływa się w ciemności. Zalewa mnie fala strachu. Krew pulsuje mi głośno w uszach i błagam wzrokiem: „Nie puszczaj mnie".

– Grace – woła z góry Léon dźwięcznym, wibrującym głosem, w którym słyszę desperację. Tak bardzo go pragnę, że czuję niemal fizyczny ból.

Spadam!

I spadam.

I spadam.

– Hej, hej! – słyszę czyjeś mamrotanie.

Rozpaczliwie próbuję złapać oddech.

– Hej, Grace. Już dobrze, dobrze. Kochanie?

Pete przytula się do mnie, podczas gdy ja siłuję się z nim i wykręcam. Jest za moimi plecami i próbuje przytrzymać moje ręce, przyciskając mi je do piersi.

– Nie! – wykrzykuję zduszonym nieswoim głosem.

– Miałaś zły sen. Już dobrze...

Mam wrażenie, że moje ciało jest naelektryzowane, rozpalone i drży z tęsknoty. Dyszę, próbując odzyskać oddech. Całą sobą domagam się Léona. Pomału wracam do rzeczywistości – głowa znów mi ciąży i czuję rytmiczne dudnienie pod czaszką.

Przestaję walczyć i nieruchomieję na materacu.

– Co ci się śniło? – szepce Pete, uwalniając mnie z uścisku. Krew buzuje w moim ciele, jakbym przebiegła milę. Wciąż kręci mi się w głowie od obrotów i upadków, których doświadczyłam we śnie, pokój tańczy przed moimi oczyma w oszałamiających pląsach. Léon! Kokardy, Léon, upadek, oczy w kolorze morza...

– Co?

– Nigdy cię takiej nie widziałem. Dobrze się czujesz?

Zrzucam przykrycie i naga odwracam się na plecy, z trudem łapiąc oddech. Gorączka pulsuje w całym ciele, jakby chciała je rozsadzić. Pokój na szczęście pomału zwalnia i w końcu zamiera w bezruchu. Z trudem odwracam ociężałą głowę i patrzę na Pete'a, który wpatruje się we mnie z powagą, marszcząc czoło.

– Chyba będę chora – odpowiadam po prostu. Potem przełykam ślinę i odwracam się, bo ciało wciąż drży z pożądania. I dobrze wiem, że twarz Pete'a nie jest tą twarzą, którą chciałam zobaczyć.

Brise d'Été – Letnia Bryza

YUZU Z CIEMNYM NADZIENIEM CZEREŚNIOWYM

Powietrze jest gęste i ciężkie od upału. Czuję się tak, jakbym właśnie wyszła z gorącej kąpieli – wilgotna para osiadła na każdym najdrobniejszym włosku mojego ciała. Mrugam, żeby świat nie rozjeżdżał mi się przed oczyma. W głowię słyszę głuche dudnienie. Kiedy obudziłam się rano, nie wiedziałam, czy to jawa, czy głęboki sen. Unosiła się nade mną Mama i tańcząc, wołała: „Paryż, Paryż, Paryż… Przeprowadzimy się do Paryża, Grace. Nie musisz wyjeżdżać, bo przeprowadzimy się do Paryża". Jedynym sposobem, aby się jej pozbyć, było zmuszenie się do wzięcia zimnego prysznica i wyjścia z domu.

Żeby dojść do apteki, muszę przejść obok chińskiego sklepu z produktami dla zdrowia i obok herbaciarni. Zazwyczaj poruszam się tak szybko, że nie zwracam uwagi na otoczenie, bo po drodze muszę kupić mąkę albo cukier, zanieść gotówkę do banku lub podrzucić poplamioną kawą poduszkę do pralni chemicznej. Dziś idę niewiele szybciej niż Yok Lan, a każdy krok wymaga takiego wysiłku, że gubię oddech. W sklepie ze zdrowymi produktami nie ma butelek z witaminami ani kolorowych plakatów, z których szczerzą zęby roześmiane twarze. Są za to suszone płetwy rekina, żółte i przezroczyste, przypominające zrogowaciałą skórę nagniotka. Są butelki pełne pomarszczonych grzybów, zioła i wszechobecny zapach ryb. Przy wejściowym schodku widzę miniaturowy ołtarzyk, czerwony ze złotymi napisami. W starej filiżance stoją kikuty patyczków zapachowych, wypalone aż po żółte nasady. Kobieta wewnątrz wachluje się gazetą i patrzy na mnie przez okno pustym wzrokiem. Ma nieruchomą, znudzoną czy umęczoną upałem twarz.

W herbaciarni zgromadzone za ladą kumoszki prowadzą ożywioną dyskusję. Wszystkie mają na sobie brązowe fartuchy, pochylają się nad dużymi metalowymi puszkami z herbatą, potrząsają głowami, ssą zęby i plotkują. To nic, że ich nie słyszę i nie rozumiem – gesty i mimika kobiet obmawiających inne kobiety są uniwersalne. „Nie, to nie jest dobra matka". „Masz rację, okropnie przytyła. Czy jej mąż tego nie widzi?". „Ludzie, jaka ona jest wścibska! Kto wytrzyma z taką teściową?". Wszystkie te półprawdy i pomówienia napełniają je niespotykaną energią. Zastanawiam się, czy ich herbata zwalczyłaby moje przeziębienie, ale decyduję się na bardziej tradycyjną kurację i zmierzam w kierunku apteki.

Wewnątrz jest przyjemnie jasno, za ladą w śnieżnobiałym fartuchu stoi łysiejący mężczyzna. Ręce trzyma złożone przed sobą, nieliczne kosmyki włosów zaczesał skrupulatnie od prawej strony łysiny do lewej, tak że wyglądają jak piasek pieczołowicie wygrabiony w dobrze utrzymanym ogródku Zen. Nie wita mnie uśmiechem, bo zajęty jest słuchaniem i przytakiwaniem innej klientce. Jest całkowicie skoncentrowany na jej poruszających się ustach, ale na jego twarzy maluje się zakłopotanie. Klientka jest niziutka jak dziecko, ale ma ciało dojrzałej kobiety, ukryte pod obszerną bluzą z kapturem. Musi jej być nieprawdopodobnie gorąco. Ciemne, długie, błyszczące włosy odsunęła z szyi i szepce coś gorączkowo do aptekarza, pochylając się w jego stronę, jakby miała zamiar chwycić go za poły fartucha. Ma wysoki drżący głos, ale nie słyszę, co mówi. Podchodzę bliżej i widzę, że ją znam – rozpoznaję pełne napięcia zmarszczki na czole i piękne włosy. To kobieta, która stała pod „Lilianą" i rozmawiała z Rillą. Zniecierpliwiony aptekarz bębni palcami po szklanym kontuarze. Czas to pieniądz. Paznokieć na jego różowym palcu jest dłuższy niż mój i pożółkły na czubku.

– Przepraszam – przerywam im. – Czy mogę pomóc?

Kobieta odskakuje, gdy kładę delikatnie dłoń na jej przedramieniu.

– Pracuję z Rillą. Widziałam panią w kawiarni – wyjaśniam zniżonym głosem.

W jej rozszerzonych źrenicach widzę zrozumienie. Kiwa głową.

– Ja… Potrzebujemy jakiejś maści na poparzenia – mówi z wyraźnym filipińskim akcentem. Nie mam wątpliwości, że pracuje jako gosposia albo pomoc domowa, zajmując się czyimś domem i nie swoimi dziećmi. Pewnie dotknęła gorącej patelni, a jeśli nie ona, to któryś z tych rozpuszczonych, niesfornych brzdąców, które przychodzą z mamusiami do „Liliany" i wieszają się na stołach, bawią w berka między krzesłami czy w inny sposób uwalniają nadmiar energii po zjedzeniu słodyczy. Żal mi tej kobiety. Aptekarz słyszy, że rozmawiamy po angielsku i przywołuje gestem córeczkę, która siedzi na taborecie i ssie lizaka. Mała podbiega i wyjmuje lizak z ust.

– Maść. Na poparzenia. Gorąco. Aua! – Odgrywam przed dziewczynką scenkę, wymawiając głośno każde słowo. Ona kiwa głową i tłumaczy ojcu, a ten podaje krem z trzeciej półki za plecami. Na dole tubki namalowane są czerwone i pomarańczowe płomienie, więc wiemy, że zostałyśmy zrozumiane. Kobieta sięga do portmonetki. Zakrywają ją włosy, ale widzę, że ma ukryte w środku dziesiątki złożonych w kosteczkę banknotów. To na pewno nie są drobne, które chlebodawczyni dała jej na maść. Z namaszczeniem wyciąga jeden banknot i podaje dziewczynce.

– Mam na imię Grace. – Uśmiecham się do przyjaciółki Rilli i wyciągam do niej rękę. Kobieta nie odwzajemnia gestu. Przygryza wargę i, nie patrząc mi w oczy, mamrocze:

– Jocelyn, proszę pani.

– Miło cię poznać, Jocelyn – odpowiadam.

Ona kiwa głową i odchodzi drobnymi szybkimi kroczkami, ze wzrokiem wbitym w chodnik.

– A co dla paaani? – nuci dziewczynka za ladą. Mówi z lizakiem w ustach. Z rozepchanym, okrągłym policzkiem wygląda jak wiewiórka.

– Przeziębienie. Grypa.

Mała wyśpiewuje ojcu tłumaczenie po kantońsku, a on kładzie na ladzie lekarstwa. Przyglądam się opakowaniom przez kilka dobrych sekund. Jeśli zadziałają, za kilka dni będę mogła wrócić do „Liliany". Nie mam pojęcia, jak Rilla i Gigi sobie beze mnie poradzą. Możliwe, że całkiem nieźle. Poza tym mogę liczyć na to, że Marjory też będzie trzymała pieczę nad kawiarnią. Ale czuję się dziwnie pusta i rozbita. W końcu „Liliana" to moje dziecko.

Gorączka ustępuje po kilku pozbawionych kontaktu z rzeczywistością dniach. Pierwszego dnia, kiedy budzę się bez niej, siadam ostrożnie, jakbym bała się, że tylko mnie przedrzeźnia i czai się gdzieś w kącie, by zaraz zaatakować. Ale nie atakuje. Pete wyszedł już do pracy – materac jest wgnieciony w miejscu, w którym leżał, prześcieradła pomarszczone. Z nosa mi cieknie i w gardle wciąż czuję pieczenie, ale nie mam gorączki i Mama opuściła moje sny.

Wstaję i biorę chłodny prysznic, nacierając się radośnie aksamitną mydlaną pianą i wzdychając z rozkoszą pomiędzy atakami kaszlu.

Kiedy wchodzę do kawiarni, Rilla piszczy, Marjory klaszcze w dłonie i nawet Gigi posyła mi szeroki uśmiech. Yok Lan spogląda na mnie z dołu z delikatnym ciepłym uśmiechem. Ma zmęczoną twarz, ale jak zwykle promienieje spokojem. Tak się cieszę, że ją widzę! Kładę jej rękę na ramieniu, a ona spontanicznie unosi ją i z radością całuje.

– Chyba nie masz zamiaru pracować? – odzywa się Marjory i grozi mi palcem. Gigi staje obok i opiera się o jej krzesło. Na stoliku leży otwarty magazyn o modzie. Modelka ma na sobie fioletowe rajstopy i siedzi niepewnie na stołku z pomalowanymi na czerwono, otwartymi, błyszczącymi ustami.

– Bardzo bym chciała – odpowiadam. – Ale chyba jeszcze dziś nie dam rady.

Rilla wybiega zza kasy i zamyka mnie w serdecznym uścisku.

– Brakowało nam ciebie, Grace – wykrzykuje. – Wszyscy o ciebie pytali. Chcesz herbaty?

Kiwam z wdzięcznością głową. Kiedy odchodzi, by napełnić imbryk, wołam za nią, starając się, by mój głos nie brzmiał nerwowo:

– Wszystko w porządku? Miałyście jakieś problemy?

Marjory klepie dłonią w krzesło obok siebie.

– Świetnie sobie poradziły, Grace – szepce, kiedy siadam. – Padały z nóg, ale wszystko chodziło jak w zegarku. Powinnaś być z nich dumna.

– Nie miałyśmy problemów – odpowiada Rilla, wracając. Na moim spodeczku położyła makaronik *Thé pour Deux*. Nadzienie jest nasączone herbatą Earl Grey, która łagodnie kontrastuje ze słodką czekoladą. Ciasteczko jest idealnie okrągłe, z delikatną falbanką z ciasta u dołu muszelki.

– Ja je upiekłam – informuje Gigi, jakby czytała mi w myślach. Dłonie trzyma oparte na brzuchu gestem, z którego chyba nie zdaje sobie sprawy. Brzuch jest obrzmiały i naprężony pod tkaniną kamizelki. Ma na sobie szorty i wysokie czarne buty, włosy spięła na czubku głowy w niesforny kok. Prawe przedramię ma obwieszone dzwoniącymi bransoletkami.

Biorę kęs. Eleganckie szaro-różowe skorupki pękają i ustępują miejsca delikatnej zawartości.

– Bardzo dobry – mówię, mrugając do Rilli, która uśmiecha się do mnie od ucha do ucha. – Obie spisałyście się na medal.

Po herbacie stajemy z Rillą za kasą, a ona zdaje mi relację z transakcji z ostatnich kilku dni. Drobiazgi, które nic nie znaczyłyby dla wielu innych osób, wywołują na mojej twarzy uśmiech. Léon znów przyszedł, by kupić kilka pudełek makaroników na spotkanie firmowe. Wybrał mieszankę różnych ciasteczek, choć przyznał, że obecnie jego numerem jeden jest *Cirque*. Zbił się jeden dzbanek. Zniknęła też jedna łyżeczka z uchwytem ze sztucznej masy perłowej. „Pani Thompson" – mówimy jednocześnie. Nosi perły dzień w dzień, nawet latem, i ma skłonność do przywłaszczania sobie różnych rzeczy, choć ma więcej pieniędzy niż wszyscy moi klienci razem wzięci. Ale zguba mnie nie martwi – w przyszłym miesiącu mogę zamówić u dostawcy kilka łyżeczek więcej. Poza tym potrzebujemy więcej śmietany i więcej mąki migdałowej. Rilla wyznaje nerwowo, że Gigi rozsypała pół worka cukru, kiedy piekły makaroniki. Zapewniam ją, że to nie problem – dodamy cukier do listy zakupów. Idzie do kuchni sprawdzić, czy jest coś jeszcze, co musimy kupić. Nuci coś pod nosem, wędrując na zaplecze. Jej ciemna fryzura kołysze się do rytmu.

– Juhu! Grace! – odwracam się i widzę Lindę, która macha do mnie z narożnika. Uśmiecham się ostrożnie. – Jak się czujesz, kochana?

– Dziękuję, Linda. Dużo lepiej.

– Miło cię znów tu widzieć – mówi uprzejmie.

Co dwa tygodnie „U Liliany" spotykają się członkinie klubu czytelniczego, do którego należy Linda. Ona i jej trzy przyjaciółki spędzają tu kilka godzin przed odebraniem dzieci ze szkoły. Nie potrafię się zorientować, czy rzeczywiście czytają książki, które ze sobą przynoszą. Na pewno o nich nie rozmawiają. Na początku każdego spotkania Linda wyjmuje z torebki kartkę i pióro, chyba w celu robienia notatek, ale po dwóch godzinach kartka wraca do torebki nietknięta atramentem. Wszystkie kobiety są szczupłe, mają długie zadbane włosy i okulary słoneczne w dużych oprawkach. Noszą sukienki bez rękawów i buty na obcasach. Pete powiedział mi, że jedna z nich pracowała jako modelka dla katalogu sieci domów towarowych. Zna z pracy jej męża. Mąż drugiej jest pilotem – słyszałam, jak opowiadała o domu na wyspie Boracay, w pobliżu najpiękniejszej plaży na całych Filipinach. Cenię je jako klientki, choć rozmawiają i śmieją się tak głośno, że kawiarnia wydaje się zatłoczona nawet wtedy, gdy oprócz nich nie ma w niej prawie nikogo.

Linda podchodzi, żeby uregulować rachunek. Rzuca okiem na zaplecze i mówi szybko:

– Grace, miałam cię, kochana, zapytać, gdzie znalazłaś swoją dziewczynę?

– Słucham?

– Swoją dziewczynę – powtarza.

– Aa, masz na myśli Rillę? Léon pomógł mi ją znaleźć. Jest bardzo pracowita.

Linda sznuruje usta i szuka w portfelu drobnych za swoje ostatnie latte.

– Linda, dzieci zaraz skończą lekcje! – woła od drzwi jedna z przyjaciółek. Pozostałe dwie rozmawiają o pierścionku, który zakupił któryś z mężów. Ile karatów, gdzie zrobiony, ile kosztował…

Linda podaje mi dwa banknoty po dwadzieścia pataca. Wydaję jej resztę w bilonie.

– Już idę! – odkrzykuje wesoło. Nachyla się do mnie i zniża głos: – Bądź ostrożna, kochana.

– O czym mówisz?

– O służących – odpowiada. – Wiesz, nie zawsze są takie, jak nam się wydaje. I wszystkie znają się nawzajem. Krewne, kuzynki i nie wiadomo, co jeszcze.

Otwieram usta, żeby odpowiedzieć, ale nie wiem co. Czuję, że się rumienię.

– Ta tutaj, Elsie, została okradziona. I to nie raz. Uważa, że jej gosposia miała lepkie ręce. – Linda podnosi dłoń i wywija palcami, żeby zademonstrować, co ma na myśli. Elsie to pewnie jedna z członkiń klubu. Dwie kobiety, które rozmawiały o pierścionku, śmieją się z czegoś perliście. Rechoczą jak papugi. Teraz omawiają japońską technikę prostowania włosów. Ta przy drzwiach wzdycha i wznosi oczy ku niebu.

– Linda?

– Ja... – próbuję coś odpowiedzieć.

– Słuchaj, nie mów nic nikomu. To bardzo przykre dla Elsie. Ale nie daj się podejść, okej? Nie spoufalaj się. Jesteś milutka i one mogą to wykorzystać. Wiesz, co mam na myśli. – Podnosi do góry brwi i rzuca mi znaczące spojrzenie. Potem prostuje się i uśmiecha. Zabiera resztę, nie pozostawiając napiwku. Sprzączka w jej torebce zapina się z głośnym pstryknięciem.

– Idę! – ćwierka do przyjaciółek i wkłada na nos okulary słoneczne. – A ty, Grace, dobrze się wykuruj. Krąży jakiś paskudny wirus – wszystkie dzieci go łapią.

– Tak, dobrze, tak zrobię. Dzięki.

Ich głosy, śmiech i stukot obcasów o chodnik pomału zamierają w oddali i cykady, niewidoczne w wysokiej trawie i hałdach śmieci z pobliskiej budowy, znów czują się dość bezpiecznie, by podjąć na nowo swą letnią opowieść.

– Ojej, ale tu cicho – uśmiecha się Rilla, wychodząc z kuchni. W dłoni trzyma mokrą ściereczkę, z której bucha para. Przekłada ją z ręki do ręki.

– Tak – mamroczę.

– Dobrze się czujesz, Grace? – pyta, lustrując moje zaczerwienione policzki.

– Tak, wszystko w porządku. Dziękuję, Rilla.

Dziewczyna zabiera się do wycierania stolika, przy którym siedziały kobiety – szoruje lepkie ślady po kawie, zbiera porozrzucane serwetki ze śladami szminki i otwarte papierowe torebki po sztucznych słodzikach.

Kilka dni później Rilla wychodzi zakupić barwniki spożywcze, więc zostajemy z Gigi same i próbujemy wymyślić przepis na nowy makaronik. Kiedy Gigi jest wewnątrz, kuchnia wydaje się nieco mniejsza, szczególnie teraz, gdy dziewczyna jest tak okrągła, że jej brzuch wchodzi do pomieszczenia na dobrą chwilę przed nią. Wciąż próbuje nosić normalne ubrania, ale ma z tym coraz większy kłopot. Któregoś dnia sięgała do góry, by zdjąć mój notatnik z przepisami z lodówki, i jej koszula powędrowała do góry. Rozporek w szortach miała całkowicie rozpięty i widać było koronkowe jasnozielone majtki. Przez szlufki przeciągnęła wstążkę, która spełniała rolę paska i utrzymywała spodenki na miejscu, choć z trudem. Zauważyła wtedy, że jej się przyglądam i wzniosła oczy do góry.

– Nic nie mów. Wiem, że to beznadziejnie wygląda, ale dobrze, że nie widziałaś, co one każą mi ubierać.

Zrozumiałam, że „one" to matka i babcia.

– Te ciuchy są paaaskudne – przeciągnęła z naciskiem. – Naprawdę.

W tej akurat sprawie byłam skłonna się z nią zgodzić. W Makau rzeczywiście trudno przyszłej mamie kupić coś modnego. Większość ciężarnych kobiet człapie w wielkich, sięgających do połowy łydki sukienkach w kształcie fartucha, w których wyglądają jak hipopotamy. Ale od incydentu z szortami Gigi zaczęła nosić większe ciuchy, głównie ogromne T-shirty i legginsy. Kupiła też modne sandały, takie, jakie nosi Marjory, i ta kombinacja wygląda całkiem przyzwoicie. Bardzo podobają mi się nieudolnie przetłumaczone na angielski napisy na niektórych koszulkach. „Miłość czyni pokój na okrągłym świecie. Czyń zabawę". Albo: „Jutro jest słoneczne. Nałóż uśmiech i tańcz w rytm serca". I mój ulubiony: „Radośnie się w nocy bawiłam. A ty?". Widok Gigi w tej koszulce, z rozdętym od ciąży brzuchem, jest więcej niż zabawny. Jej angielski jest niemal perfekcyjny, więc nie mam wątpliwości, że zdaje sobie sprawę, co sugeruje to hasło.

Dziś próbujemy stworzyć cytrusowy makaronik o smaku yuzu z bazylią. Zainspirowały mnie sezonowe smaki cukierni „Ladurée" – przeczytałam gdzieś, że na potrzeby artykułu w magazynie „Vogue" stworzyli nowy *macaron* cytrusowo-bazyliowy. A może chodziło o francuską „Elle"? W każdym razie, ciasteczko było *très chic*. Ja też próbuję być „bardzo szykowna", choć w chwili obecnej oznacza to, że jestem po łokcie uciapana w przedziwnie pachnącym ziołami nadzieniu i błyszczę się od potu.

– Grace, ten zapach jest obrzydliwy – komentuje Gigi.

– Wiem. Niestety mi nie wyszedł. Nie wiem, jak to zrobić. Jecie tu bazylię?

Dziewczyna krzywi się.

– To zioło. Pochodzi z Włoch. I chyba nie podoba mu się w Makau. – Unoszę w palcach zwiędnięty listek. Jego ciemnoszary kolor nie wróży nic dobrego.

– Chyba nie. Mnie się też tu nie podoba. Jest mi za gorąco z tym kosmicznym baniakiem – narzeka, zanurzając palec w moim *ganache*. Krzywi się z niesmakiem, marszcząc przy tym swój ładny nosek. To się raczej nie sprzeda, myślę.

– Poddaję się. Może zrobimy ciemne wiśniowe nadzienie i napełnimy nim nasze ciasteczka z yuzu? To będzie nasz produkt sezonowy – mówię, zsuwając cuchnącą ziołową mieszankę z miski do kubła.

– Jak chcesz – odpowiada niby obojętnie, ale zdradzają ją rozbłyskujące oczy.

– Właśnie takiego entuzjazmu oczekiwałam – mówię z uśmiechem. – Jak je nazwiemy? To musi być coś po francusku.

Pogrążamy się w twórczej ciszy. Na zewnątrz cykady grają swą hałaśliwą letnią symfonię. Wyobrażam sobie, jak stroją instrumenty pomiędzy starymi oponami, zapomnianymi stertami desek i porozrzucanymi plastikowymi miskami na makaron.

– Musi się kojarzyć z latem... – mruczy Gigi.

Zaglądam do mojego sfatygowanego, oprószonego mąką francuskiego słownika i decydujemy się na *Brise d'Été*. Gigi proponuje, że napisze chińskie tłumaczenie nazwy i opisu na naszej tablicy ogłoszeń. Już się cieszę na myśl o Yok Lan, która przyjdzie i odcyfruje piękne chińskie znaczki. Ciekawe, czy po znakach szczególnych, jakichś wygięciach kreski, rozpozna charakter pisma swojej wnuczki. Robimy krok do tyłu i, stojąc ramię w ramię, przyglądamy się napisowi. Widzę, że kąciki ust Gigi unoszą się, gdy patrzy na swoje dzieło z rękoma skrzyżowanymi na wielkim brzuchu.

– Czy ja dostanę jeden z tych wyrobów, czy jestem tylko niewolnikiem do pracy przy tablicy? – mówi zaczepnie, wciąż patrząc przed siebie.

– Dostaniesz, jasne. Ale najpierw musisz mi zrobić filiżankę herbaty. Jak wiesz, jesteś też niewolnikiem od parzenia herbaty.

Dziewczyna śmieje się, patrząc na swoje sandały. Chyba myśli, że tego nie widzę.

Siadamy przy moim ulubionym stoliku w rogu, skąd widzę nadciągających klientów, choć dzisiaj nie spodziewam się wielkiego ruchu. Marjory, która mieszka w tym samym bloku co większość anglojęzycznych mamuś, powiedziała mi, że dziś w Szkole Międzynarodowej jest Dzień Sportu, więc spora część rodziców pójdzie dopingować swoje dzieci. Panuje niebywały upał, a ja odruchowo martwię się o udary i oparzenia słoneczne. Pamiętam, jak kiedyś podczas wakacji w Brighton Mama smarowała mnie maścią cynkową, tak że wyglądałam niczym indiańska księżniczka ze starego westernu.

Gigi zajmuje miejsce naprzeciw mnie i podaje mi herbatę. Potem nalewa filiżankę także dla siebie. Jestem starsza od niej, więc robi to automatycznie. Biorę łyk. To czarna herbata cejlońska ze skórką pomarańczową, jedna z moich ulubionych. Gigi wkłada do ust cały makaronik, wbija w niego zęby i z westchnieniem odchyla się na krześle.

– O, ludzie… – mamrocze z pełną buzią. – *Brise d'Été*. Kurczę – dodaje po przełknięciu. – Dobry wyszedł.

Nie umiem powstrzymać śmiechu.

– A więc wypijmy za *Brise d'Été*. I za lato. – Unoszę do góry filiżankę, ona unosi swoją i rozlega się szczęk porcelany. Gigi wygląda dziś na trochę bardziej zadowoloną, rozluźnioną, jakby przebywanie w pustej kawiarni przynosiło jej ulgę. Spogląda na mnie.

– Grace, dlaczego nie masz dzieci?

Pytanie spada na mnie jak lodowaty prysznic. Z trudem powstrzymuję grymas bólu. Gardło natychmiast zaciska się ze smutku i znów doświadczam jakże znajomego uczucia, że moje serce zapada się w czeluść. Niepotrzebnie zadała to pytanie. Spoglądam na jej brzuch i czuję we własnym tęskną reakcję, jakiś smętny lament.

– To skomplikowane.

Gigi marszczy brwi i z niewinną miną drąży dalej.

– Nie chciałaś dzieci, prawda? Marjory mi powiedziała, że ona nigdy nie chciała. Dzieci strasznie człowieka ograniczają. – Ma rozluźnioną twarz i nawet przez makijaż widać, że jest bardzo młoda. W okrągłych jak u sowy oczach wyraźnie maluje się strach.

– Nie, nie... – wzdycham. – Nie o to chodzi. Chcieliśmy mieć dzieci.

Odstawia filiżankę i patrzy na mnie zaintrygowana.

– Kiedy?

– Kiedy chcieliśmy je mieć?

– Tak. I co? Potem zmieniliście zdanie? – przemawia łagodnie, bo chyba zdała sobie sprawę, że nie powinna o to pytać.

– Nie, nie zmieniliśmy zdania. Nie pamiętam, kiedy zaczęliśmy myśleć o dzieciach. To było dawno temu. Mieszkaliśmy wtedy w Londynie.

– Ale teraz już nie myślicie?

– Teraz też chcemy mieć dzieci. To znaczy, tak mi się wydaje.

Od dawna nie rozmawiałam o tym z Pete'em. Nasze rozmowy omijają ten temat szerokim łukiem. Nie chodzi o to, że chcemy uniknąć konfrontacji czy sprzeczki, bo właściwie bez przerwy się kłócimy. Wczoraj wieczorem posprzeczaliśmy się o to, czy powinniśmy kupić nowy otwieracz do puszek. On stwierdził, że ten, który mamy, jest do niczego, a ja uznałam, że Pete szerzy defetyzm. I głupi otwieracz stał się pretekstem do awantury. Tak się wściekłam, że krew dosłownie buzowała mi w żyłach i przez resztę nocy próbowałam się uspokoić, obracając się z boku na bok obok jego ciemnej chrapiącej sylwetki. Kiedy rozmawiamy o dzieciach, ogarnia nas smutek. A nowy otwieracz zawsze możemy sobie kupić. Podnoszę wzrok na Gigi i poprawiam się:

– Nieprawda, nie wydaje mi się. Wiem, że chcemy mieć dzieci. I to bardzo.

Wpatruje się we mnie, czekając, aż dokończę. A ja nie mogę znaleźć odpowiednich słów.

– Ale nie możemy mieć dzieci. To dla nas fizycznie niemożliwe. To znaczy dla mnie. Nie mogę mieć dzieci. – Mój głos jest bezdźwięczny i pozbawiony życia. Jak nadzieja, która wyparowała z Pete'a i ze mnie.

– A ja myślałam, że po prostu nie chcecie – szepce cicho Gigi.

– Chcemy. Ale ja nie mogę. – Wzdycham. Nigdy jeszcze nie powiedziałam tego głośno do nikogo poza Pete'em. Myślałam, że kiedy to zrobię, zacznę płakać. Oczywiście nie sądziłam, że przyjdzie mi o tym opowiadać ciężarnej kobiecie, siedząc nad talerzem makaroników. Odkrywam, że mogę powiedzieć znacznie więcej.

– Nie mam… komórek jajowych. To znaczy, już nie mam. Okazało się, że za długo czekaliśmy i za szybko mi się skończyły. Można powiedzieć, że nasz czas minął. – Nabieram powietrza przez nos i wypuszczam je, licząc pomału. Gigi patrzy na mnie i wiem, że słucha z uwagą. Jej spojrzenie jest ciepłe i mam wrażenie, że przenika mnie na wskroś. Jakby wiedziała, co w tej chwili czuję. Chyba pierwszy raz patrzy mi prosto w oczy.

– Masakra – stwierdza krótko.

Kiwam głową. To jest „masakra". Kto by pomyślał, że tak prosto można wyjaśnić kłębiącą się we mnie plątaninę bólu i rozczarowania?

Gigi siedzi ze mną, pozwalając wybrzmieć ciszy. Z daleka dobiegają odgłosy młota pneumatycznego i klaksonu. Jest piękny słoneczny dzień. Po niebie pomału płyną obłoki. A my popijamy herbatę.

– Grace?

– Hmm?

– Przykro mi z powodu dzieci.

– Wiem. Mnie też, kochanie. Mnie też…

Patrzy na swoje ręce i z powrotem na stół. Na talerzyku przed nami piętrzą się makaroniki w kolorze słońca. Przywodzą mi na myśl bukiet stokrotek. Gigi podnosi talerz i podaje mi.

– Może ciasteczko?

Zjadamy wspólnie wszystkie makaroniki z talerza, rozmawiamy i wypijamy kolejny dzbanek herbaty. Gigi przykłada moją rękę do swojego brzucha i pozwala mi poczuć kilka kopnięć. Łzy nie nadchodzą, cykady wciąż śpiewają. A ja czuję się tak, jakby ktoś zdjął ze mnie wielki ciężar.

Na koniec miesiąca okazuje się, że wypracowałyśmy spory przychód, nawet w dniach, kiedy byłam chora. Stoję przy ladzie, robiąc pierwsze przybliżone kalkulacje, i chce mi się krzyczeć z radości, taka jestem dumna. Rilla jest na posterunku w kuchni, Yok Lan popija herbatę na swoim stałym miejscu, a Gigi stoi oświetlona blaskiem wpadającego przez okna popołudniowego słońca i rozmawia z Marjory. Do moich uszu docierają strzępki ich konwersacji. Rozmawiają o miejscach, które odwiedziła Marjory. Umalowane oczy Gigi są szeroko otwarte.

– Nawet w Paryżu?

Marjory kiwa głową.

– Nawet w Paryżu. Widzisz, Paryż to ojczyzna makaroników. Nie widziałam ich nigdzie poza Francją, aż przyjechałam tutaj. – Spogląda na mnie. – Grace, byłaś w Paryżu?

Uśmiecham się.

– *Mais, bien sûr*. „Ladurée", „Pierre Hermé" i wszyscy inni najlepsi wytwórcy makaroników mają siedziby w Paryżu.

– Kto taki? – pyta z ciekawością Gigi.

– To największe gwiazdy makaronikowego świata – wyjaśniam, mrugając do niej. I myślę o mnie i o Mamie, wyjmujących z pudełka makaroniki, jakby to były drogocenne klejnoty. Miały kolory szlachetnych kamieni – były rubinowoczerwone, turkusowe albo kremowe jak perły. Pamiętam, jak trzymałyśmy je na języku i z zamkniętymi oczami delektowałyśmy się wyrafinowanym smakiem. Potem nie miałyśmy oczywiście pieniędzy, żeby zapłacić za pokój w hotelu, ale za to na śniadanie Mama kupowała *macarons* w cukierni „Ladurée". Czego się nie robi dla dziecka!

– W Paryżu są najwspanialsze kawiarnie... – rozmarzyła się Marjory.

Wtedy przychodzi mi do głowy Pete. W ubiegłym tygodniu zaprosił mnie na kolację do znajdującej się niedaleko francuskiej restauracji. Miał dziwną minę, gdy powiedziałam, że jestem zbyt zmęczona i że mamy duże zamówienie na makaroniki następnego ranka. Nagle posmutniał i sprawiał wrażenie, jakby się w mgnieniu oka postarzał.

– Wszędzie byłaś – mówi z podziwem Gigi do Marjory.

– Dużo podróżowaliśmy, to prawda. Ale ty też podróżowałaś.

– Nie za bardzo. Byłam tylko w Hongkongu i w Kantonie. I raz na wycieczce szkolnej w Taipei. Musiałam przez sześć miesięcy sprzedawać balony na San Malo, żeby na nią zarobić. To wszystko. – Jej ręce automatycznie wędrują do góry i spoczywają na zaokrągleniu brzucha.

– Po jakimś czasie wszędzie jest tak samo – mówi w zamyśleniu Marjory. Pociąga łyk cappuccino i przykłada do ust *L'Espoir*. Nie próbuje go od razu. – Wszędzie są te same rzeczy. Bieda i bogactwo, szczęście i cierpienie. A tobie się wydaje, że masz lepiej niż inni, bo zawsze możesz wyjechać i nie dopadnie cię ich szara codzienność i monotonia. Nowe miejsce zawsze niesie ze sobą nowe obietnice.

Gigi spogląda w dół na swoje ręce, na błyszczące bransoletki na przegubach.

– To musi być ekscytujące.

– Na początku jest. Ale po jakimś czasie zaczynasz... zazdrościć. Tym, którzy mają swoje miejsce. – Zniża głos niemal do szeptu. – Bo oni gdzieś przynależą. – Nadgryza makaronik i w zamyśleniu wodzi wzrokiem po „Lilianie".

Myślę, że Marjory ma rację.

Przez kilka chwil siedzą w milczeniu, które przerywa dochodzący z kuchni śpiew Rilli. Dziewczyna dramatycznie fałszuje, przecinając spokojne powietrze kakofonią dźwięków. Marjory krztusi się swoim makaronikiem, Yok Lan chichocze, a Gigi wybucha gromkim śmiechem.

– Kurde, ale koszmar – stwierdza Gigi z właściwym sobie brakiem taktu.

Rilla wychodzi z zaplecza, z gumowych rękawic kapie na podłogę woda, a my usiłujemy przesłonić dłońmi roześmiane twarze.

– Z czego się śmiejecie? – pyta ze zdumieniem na okrągłej twarzy.

Teraz już żadna z nas nie potrafi powstrzymać rechotu. Patrzę na cztery otaczające mnie kobiety – Gigi, Rillę, Marjory i Yok Lan – i czuję rozpierającą mnie radość.

Kochana Mamo,

czasami zastanawiam się, co by było, gdybym dokonała innego wyboru. Gdybym wyszła za innego faceta. Albo wyjechała do innego kraju. Lub zachowała się inaczej.

Czy byłabym jak Marjory? Skacząca z miejsca na miejsce niczym kamyk na tafli wody? Co kilka lat pakująca manatki i przenosząca je w inne miejsce? Niezawierająca przyjaźni ze strachu, że więzy zaraz trzeba będzie zrywać? Czy nie czułabym się wszędzie jak piąte koło u wozu? Czy byłabym równie perfekcyjna na zewnątrz i poraniona wewnątrz?

A może byłabym jak Rilla? Wydaje się zadowolona, ale trudno powiedzieć, jak jest naprawdę. Czy zastanawia się, tak jak ja w czasach, kiedy pracowałam w restauracjach, czy w życiu może chodzić o coś więcej? O coś, co ma znaczenie? O coś, co mogłoby się mieć na własność?

Mogłam też być jak Gigi. Młoda i po przejściach, ale udająca, że wszystko jest w porządku. Ona jest w ciąży, Mamo. Nie jest aż tak młodziutka, na jaką wygląda, więc nie powinnam się czuć zszokowana. Może mieć dwadzieścia kilka lat. Ale jest tak drobna, że wygląda na piętnaście. Gdybym dokonała takiego wyboru, jak ona, byłabym teraz matką. Sądzę, że w jej wieku też mogłam mieć dzieci. Ale byłam zajęta łykaniem tabletek i miałam inne problemy. Nie zdawałam sobie sprawy, że wewnętrzny zegar nieubłaganie tyka. Gigi nigdy się nie dowie, jakie to uczucie stracić drogocenną szansę na macierzyństwo. Ale myślę, że jej życie też nie rozpieszcza. Widzę to w jej twarzy, ukryte za maską śmiałości i arogancji – wszystkie niewypowiedziane słowa, zniweczone marzenia… Czasem wydaje się taka samotna i zagubiona jak mała myszka, która właśnie się obudziła i odkryła, że jest zamknięta w klatce. Ale nawet nie wiedząc wszystkiego o jej życiu i troskach, nie mogę się oprzeć wrażeniu, że pewnego dnia stanie się podobna do Yok Lan. I będzie patrzyła na wnuczkę wyższą od siebie, która położy jej dłoń na ramieniu i szepnie do ucha ciepłe słowo. Będzie w jej życiu osoba, która zatroszczy się o to, czy gra w madżonga wtedy, kiedy nie powinna. Będzie ktoś, kto ją zauważy.

Czy mogłabym być jedną z tych kobiet, Mamo?

A może mogłabym być Tobą? Z burzą rudych włosów i głową pełną opowieści o świerszczach, lizakach i latających rybach? Śpiewającą w środku nocy, tańczącą w amoku w porze podwieczorku? Czy świadomie zdecydowałam, że nie będę taka jak Ty? Czy mogłam być taka sama? Kiedy myślę o Tobie, widzę Cię jak żywą: Twoje oczy błyszczą, włosy falują, z palców sypią się iskry. Nigdy nie robiłaś niczego na pół gwizdka, ale zawsze szłaś na całość.

Myślę, że jest, co ma być. A ja jestem tym, kim jestem. I nie da się już niczego zmienić.

Twoja kochająca córka Grace

Saison Orageuse – Sezon Burzowy

CYTRYNOWO-IMBIROWY Z BRĄZOWYM KREMEM MAŚLANYM

W Makau przyszedł sezon na tajfuny. W jednej chwili niebo jest modre jak bławatki i słońce w kolorze miodu zalewa blaskiem chodniki, a w następnej szaleje burza i z szarego nieba spadają pioruny. Dziś mamy wersję pocztówkową, czyli jest słonecznie i bezchmurnie. Marjory twierdzi, że niebo jest tak nieprawdopodobnie błękitne, bo z okazji olimpiady w Chinach zamknięto wszystkie fabryki. Nie wydaje się również pozwoleń na wyjazdy w głąb kraju, aby powstrzymać napływ ewentualnych demonstrantów. To oznacza, że eleganckie cudzoziemki nie mogą chwilowo urządzać wycieczek na zakupy do Zhuhai. W rezultacie „Liliana" wypełniona jest po brzegi znudzonymi kobietami. Konieczność przetrwania długiego upalnego dnia w oczekiwaniu na burzę wywołuje u wielu osób frustrację. Dobre wychowanie i maniery wystawione są na ciężką próbę. Ale ja próbuję patrzeć na zmienne humory klientów optymistycznie: to znaczy, że każdy czuje się u nas jak w domu. Rzeczywiście, przez większość dni „U Liliany" jest jak na wielkim, hałaśliwym rodzinnym przyjęciu.

Dziś nawet Marjory nie może znaleźć wolnego miejsca. Kiedy wracam z zakupów, stoi z filiżanką za ladą. Gigi i Rilla zaśmiewają się, kiedy robi z wdziękiem przysiady. Staje ze stopami skierowanymi na zewnątrz i wykonuje nożyce, zginając kolana niemal pod kątem dziewięćdziesięciu stopni. Gigi próbuje ją naśladować, ale wydaje z siebie jęk i kładzie jedną rękę na brzuchu, a drugą na blacie.

– Co robicie?

Podnoszą na mnie wzrok i śmieją się.

– Marjory próbuje mnie zamordować! – postękuje Gigi, ale uśmiech nie schodzi jej z twarzy.

– Ta dziewczyna w ogóle nie ćwiczy! Wyobrażasz sobie coś takiego? – Marjory cmoka z dezaprobatą.

– Jeszcze raz, jak to się nazywa?

– *Pliés*. To dobre ćwiczenie przed porodem. Gigi musi być przecież silna i sprawna.

– O nie, ona jest zbyt leniwa.

Gigi zdziela Rillę ścierką do naczyń. Rilla wyjmuje z moich rąk torby z zakupami i obie wędrują do kuchni, żeby je rozpakować. Klimatyzacja w kawiarni chłodzi moje pokryte kropelkami potu czoło. Zakładam fartuch i dolewam Marjory herbaty.

– Wybierasz się w przyszłym tygodniu na turniej tenisa w Ladies' Club? – pyta.

– Gdzie? Aa, tam…

Obok lodówki na ladzie leży plik reklamówek imprezy. Obie patrzymy w ich stronę. Linda i jej koleżanki z klubu czytelniczego od kilku tygodni pytają mnie, czy przyjdę, a mnie udaje się z powodzeniem uniknąć jasnej odpowiedzi. Ale trudniej mi robić uniki, kiedy pyta Marjory. Patrzy na mnie z nadzieją w oczach i śmieje się.

– Grace, musisz pójść, dlatego że ja tam muszę być. Don mi każe, bo pewnie chce oczarować kolegów z pracy.

Jeśli nie pójdziesz, będę skazana na towarzystwo tych snobek i pewnie skończę z butem w zębach.

Marjory jest tak zabawna, że nie sposób się nie śmiać. Niestety, Gigi nie jest jedyną osobą, która w ogóle nie ćwiczy. Zjadłam ostatnio tyle makaroników, że sponad linii spodni wystaje mi miękka oponka z ciała, które wygląda jak świeże chlebowe ciasto. Poza tym Pete bardzo chce, żebyśmy poszli i korona by mi z głowy nie spadła, gdybym wyświadczyła mu tę drobną przysługę, zwłaszcza że sukces „Liliany" sprawił, iż odsunęliśmy się od siebie jeszcze bardziej. Od dawna niczego razem nie zrobiliśmy.

– Proszę…

– Dobrze. Ale robię to tylko dla ciebie. – Wysuwam w jej stronę uzbrojoną w mokrą ścierkę rękę, a ona pokazuje w uśmiechu wszystkie zęby.

Z kuchni docierają do nas odgłosy utarczek i śmiechów Gigi i Rilli. Stają się sobie coraz bliższe – jak para niepasujących do siebie sióstr. Marjory opiera się o ladę.

– Chyba dobrze się razem czują.

– Tak. Kochają się i nienawidzą w takim samym stopniu. – Ścieram z blatu drobinki kawy i cukru.

– Czy masz czasami takie uczucie, że jesteś na zewnątrz i zaglądasz do środka? – pyta cicho Marjory. Ma poważną minę, jakby długo się nad tym pytaniem zastanawiała.

– Co masz na myśli?

– Nie wiem. Życie w Makau. Nigdy nie staniemy się tubylcami, bo nigdy nie będziemy Chińczykami. Ale popatrz na Rillę – ona tu pasuje bardziej niż my.

Jakby czując, że o niej rozmawiamy, Rilla zaczyna nucić swoją pieśń, a Gigi krzyczy, żeby się przymknęła, bo uszy jej więdną. Patrzymy na siebie z Marjory i wybuchamy śmiechem.

Moja towarzyszka unosi do ust filiżankę i stawia ją z powrotem.

– Wiesz, nigdy nie chciałam mieć dzieci – mówi w zadumie. – Właściwie nie chciałam nawet mieć męża...

Mój żołądek reaguje znajomym ściskiem, ale nie tak bolesnym, jak kiedyś. Marjory rumieni się, jakby krępowało ją opowiadanie o tak osobistych sprawach.

– Córki Dona uważają, że jestem wredną macochą, ale przyzwyczaiłam się już, że nienawidzą mnie do żywego, więc nawet mnie to nie wzrusza.

– Nie?

Potrząsa głową.

– Jego była żona opowiada o mnie niestworzone historie, a ja muszę to przetrzymać. Mam nadzieję, że kiedyś mnie zrozumieją. Ważne, że kocham Dona i on mi wystarcza. Ale czasem zastanawiam się, co dalej. Chodzi mi o... – na jej opalonym czole pojawia się głęboka poprzeczna zmarszczka. – Grace, masz poczucie, że gdziekolwiek przynależysz?

Odkładam ścierkę, którą właśnie wycieram ladę. Najpierw myślę o Pete'em, o jego ciemnej czuprynie i oczach, w których czają się niewypowiedziane słowa. O Mamie i jej rudych włosach. O zimnym Londynie i o czystym australijskim niebie. Jakbym patrzyła na pokaz slajdów.

Marjory nie spuszcza ze mnie oka. Kobiety za jej plecami popijają kawę i plotkują. Siedząca w narożniku Yok Lan przysypia nad opróżnioną do połowy filiżanką herbaty. Jakieś dziecko prowadzi małą ciężarówkę po nodze stołu.

– Myślę, że przynależę... tutaj? – odpowiadam tak, jakby to było pytanie, ale wiem, że to prawda.

Marjory kiwa głową. Widzę, że się zastanawia ze wzrokiem wbitym w dal i rękoma oplecionymi dookoła filiżanki. Ciekawe, czy uważa, że miałam na myśli Makau. Albo miejsce, gdzie jest Pete. Jej uwielbienie dla Dona jest ewidentne – kiedy o nim mówi, emanuje z niej miłość. W tym związku ona może być księżniczką, a on żabą, ale to nie zmienia jej przywiązania, tego jestem pewna. Myślę, nie bez bolesnego poczucia winy, jak bardzo unikałam ostatnio Pete'a. Ale kiedy mówię o przywiązaniu, mam na myśli to miejsce. Kawiarnię „U Liliany". Niewielki kwadrat, mieszczący lokal i kuchnię. Mój mały świat.

Po kilku dniach nieznośnego upału nadciągnęła w końcu burza. W prognozie pogody mówią, że to tajfun trzeciej kategorii, ale w Hongkongu sklasyfikowano go jako kategorię szóstą. Klientów jest niewielu. Widzę, jak filipińskie nianki walczą, żeby utrzymać parasole nad dziecięcymi wózkami, a same wędrują w strugach deszczu. Brezentowe plandeki na budowie furkoczą jak damskie chusty. Wiatr zdaje się atakować z każdej strony: z lewa i z prawa, z góry i z dołu. Pełna nadziei myślę, że są duże szanse, by jutrzejszy turniej tenisowy został odwołany.

Gigi pochyla się nad szafką z makaronikami, opierając brzuch o chłodną szklaną ladę. Ja czyszczę ekspres do kawy. Dziewczyna wygląda na zmęczoną – właśnie zakończyła mycie podłogi.

– Jak tam poniedziałkowa wizyta u lekarza? – pytam.

– Dobrze.

– Lekarka jest sympatyczna?

– Jasne. – Wzrusza ramionami. – Według mnie jest w porządku. Mówi, że dziecko jest zdrowe i ja też, bez obaw.

– To dobrze.

– Tak. Powiedziała, że mam termin na dwudziestego dziewiątego października.

– Naprawdę? – Spoglądam na Gigi, po której nie widać żadnych emocji. W głowie próbuję policzyć tygodnie. A więc zostało około dziewięciu. Jak to szybko minęło! Muszę wyglądać na poruszoną, bo dziewczyna wybucha krótkim śmiechem.

– Dziecko kiedyś musi ze mnie wyjść, Grace – mówi, unosząc brwi.

– Racja – przyznaję.

– Ale akurat o tym nie chcę za dużo myśleć – mówi Gigi, odsuwając się od lady i prostując z rękoma na brzuchu. Pomału kręci kółka wysuniętą do przodu stopą i patrzy na nią w zamyśleniu. Ma lekko sfrustrowaną minę.

– A wiesz, czy to chłopiec, czy dziewczynka?

– No, nie jest to chłopiec – stwierdza stanowczo.

– Ach, tak?

– Jestem przekonana, że to dziewczyna. Ludzie, stopy mi zaraz odpadną – jęczy. – Tak spuchły od upału i tej idiotycznej ciąży, że zrobiły się wielkie jak twoje.

– Dzięki, Gi – mówię z udawaną urazą.

Gigi śmieje się do mnie i nie przeprasza. Teraz wiem, że przekomarzanie się i przekora to jej sposób komunikacji ze mną, jakbym była uciążliwą starszą siostrą. Uśmiech odsłania jej drobne siekacze, wystające zaczepnie nad dolną wargę. Kiedy się śmieje, wygląda dużo młodziej. Wytrzepuję stare fusy od kawy nad kubłem i wycieram ręką czoło, bo pod włosami czuję łaskotanie kropli potu.

– Skąd wiesz, że to dziewczynka?

– Pau Pau i ciotka mówią, że dziewczynka. A matka ma to gdzieś. – Odsuwa krzesło od jednego ze stolików i opada na nie. – Pau Pau sprawdzała to w jakimś starym kalendarzu. To coś z chińskiej medycyny.

– Dziewczynka! Ojej!

Gigi patrzy na mnie i wywraca oczami, ale znów się uśmiecha.

– Grace, daj spokój. Może być tylko chłopiec albo dziewczynka, nie ma innej możliwości. Pięćdziesiąt na pięćdziesiąt procent.

– Tak, wiem – odpowiadam i też przewracam oczami, żeby pokazać, że aż tak się nie przejmuję. Ale czuję, że moje serce na krótką chwilę zapomniało bić. Zamyślona Gigi skubie coś na blacie stołu. Kawałek makaronika albo *ganache*, lub zaschnięte niewytarte mleko.

– Zastanawiałaś się nad imieniem?

– Nie. No, nie do końca. Jest takie chińskie imię, które mi się podoba i pasuje do mojego nazwiska. Myślę, że to dobry wybór. Ale nie wymyśliłam jeszcze angielskiego imienia.

– Będzie miała dwa? Na przykład w paszporcie albo w akcie urodzenia?

– W dokumentach będzie miała tylko chińskie imię. Ale dam jej też angielskie. Wszyscy tu tak robią.

Wracam do polerowania lady. Metalowa powierzchnia błyszczy jak tafla lustra. Na zakrzywionej płaszczyźnie moja twarz się wydłuża i wygląda jak pysk konia.

– Kto ci dał angielskie imię? Mama?

– Nie, Pau Pau. Uważała, że łatwo się je wymawia, a poza tym była chyba wtedy jakaś słynna śpiewaczka, która miała na imię Gigi. Nie wiem dokładnie.

Przynoszę tacę z makaronikami i układam je ostrożnie na wypolerowanej powierzchni.

– Chcę się już pozbyć tego brzucha – mówi Gigi. – Mój chłopak Frank… – zaczyna, ale nie kończy i zaciska usta. Nigdy wcześniej nie wspominała o swoim chłopaku. Zakładam, że to ojciec dziecka, które w sobie nosi.

– Co z nim? – zachęcam ją.

– Aa, nic. Dziwnie się zachowuje.

– To znaczy?

– Tak, jakby mnie unikał. Nie wiem, może po prostu jest zajęty. Awansował na inspektora, więc dużo pracuje. Ale po pracy imprezuje i w ogóle się nie widujemy. – Milknie na chwilę. – Wiesz, ja też miałam awansować… Ale…

– Ale?

– Zaszłam w ciążę. Jedna z tych chudych suk, zapewne Crystal, powiedziała szefowi i nie dostałam awansu. A potem nagle okazało się, że już mnie nie potrzebują... Wiesz, jak to się dzieje...

Patrzę na nią z niedowierzaniem.

– Co ty mówisz? To skandal, Gigi! O niczym nie wiedziałam. Przecież powinnaś awansować, skoro takie były plany – mówię z oburzeniem.

Patrzy na mnie z kpiną w oczach.

– Nic nie rozumiesz, Grace. Tu nie jest Londyn. – Wkłada sobie do ust różowy makaronik i na krótką chwilę zamyka oczy, a słodka muszelka roztapia się na jej języku i pęka na kawałki z delikatnym chrzęstem. – Poza tym to i tak nie ma teraz znaczenia. Wolę tutaj pracować. Chciałabym się nauczyć robić takie pyszne makaroniki jak ty.

Zbywam żartem nieoczekiwany komplement.

– Tak, ale niestety zjadasz większość naszych wyrobów – śmieję się i poklepuję ją po dłoni.

Odpowiada uśmiechem, a potem wbija wzrok w dal i ścisza głos.

– Jeszcze niedawno chciałam tylko zarabiać pieniądze i mieć ładne rzeczy. To z tego powodu Frank i inni pracują w kasynach. Moja matka uważa, że pieniądze to jedyny powód, żeby coś robić. Wiem na pewno, że nie pozwoliłaby mi studiować. A już na pewno nie coś, co miałoby związek z gastronomią. Uważa, że prowadzenie restauracji to kiepski biznes. Inwestujesz mnóstwo kasy, która nigdy do ciebie nie wraca.

Przygryzam wargi, myśląc o Mamie. Też nie było mi dane studiować. Też czułam się jak w pułapce. Patrzę na Gigi, na jej wielki brzuch i ciemne oczy. Dziewczyna nie przestaje mówić, jakby makaroniki rozwiązały jej język.

– Opowiadałam ci o zdjęciu torebki Louisa Vuittona, które miałam na ścianie przy łóżku?

– Nie.

– Wisiało tam przez okrągłe dwa lata – mówi z tęsknotą w głosie.

Takie torebki kosztują fortunę i w tej części świata traktowane są jak jajka Fabergé. Żadna elegantka nie postawiłaby tu torebki na podłodze pod stołem. Niektóre lepsze restauracje oferują specjalne małe krzesełka, na których można trzymać swój drogocenny ekwipunek.

– Miałaś kiedykolwiek taką torebkę?

– Tak. Kupiłam ją za pieniądze z premii, którą rząd wypłacił nam kilka miesięcy temu. Dołożyłam jeszcze oszczędności. – Popija łyk herbaty.

– Torebka od Louisa Vuittona? – z niedowierzaniem unoszę brwi. – Cóż, gratuluję. Dużo na nią pracowałaś. Pewnie ją uwielbiasz. – Nigdy nie widziałam takiej torebki na haczykach w kuchni. I ona, i Rilla noszą zazwyczaj sfatygowane plecaki. Plecak Gigi ma poprzyczepiane modne agrafki i guziki. – Gdzie ją masz?

– Nie noszę jej. Raz miałam taki zamiar, ale nie mogłam się zdecydować, żeby wyjść z nią na dwór. Czasem ją odpakowuję i patrzę. Jest cudowna, ale – wzdycha – nie poczułam się przez nią tak, jak myślałam, że będę się czuła. Myślałam, że wszystko zmieni się na lepsze, jeśli zdobędę taką torebkę.

Patrzy na swój brzuch i jej twarz smutnieje. Zmienia temat.

– Nieważne. Muszę zadzwonić do dostawców w sprawie mąki migdałowej. Nie jest najlepsza, nie uważasz? Jeśli znowu wciskają nam taniochę, zrobię piekło.

Gigi maszeruje do kuchni, a ja odprowadzam ją wzrokiem. Biorę w palce jeden makaronik i kładę go sobie z namaszczeniem na języku. Chrupiąca skorupka topi się i zamienia w słodki krem. Ale gdzieś na końcu pobrzmiewa delikatna gorzka nuta. Nie narzuca się, ale czuję ostrzejszy, wyrazisty smak, podobny do marcepana. Większość osób zapewne wcale by go nie zauważyła. Gigi czasem zachowuje się jak postrzelona nastolatka, ale bez wątpienia ma podniebienie szefa kuchni.

* * *

Poza kilkoma złamanymi gałęziami i poszarpanym brezentem, następny poranek zdaje się nie pamiętać o szalejącej dzień wcześniej burzy. Jasne słońce zalewa ulice pomarańczowym blaskiem, a powietrze ma smak syropu. Energia wyparowuje ze mnie, jeszcze zanim docieram na korty tenisowe – wilgotny upał sprawia, że poruszam się pomału jak w letargu. Za to Pete nie może się doczekać imprezy. Opiera się o siatkę i rozciąga wszystkie ścięgna, jedno po drugim. Uwielbia rywalizację. Od świtu jego ciało emanuje jakąś zwierzęcą, dziką i prymitywną energią, której zapach wywołuje u mnie niepokój i jednocześnie sprawia, że czuję się jeszcze słabsza. Obserwuję przybywających gości, w większości ewidentne pary, choć nie trzymają się za ręce i nie całują. Za to patrzą na siebie, noszą nawzajem swoje torby i porozumiewają się zrozumiałymi dla obojga skrótami, które nie wymagają wyjaśnień. Niestety, Pete i ja moglibyśmy spokojnie uchodzić za dwie obce osoby. Przestaliśmy na siebie patrzeć i ze sobą rozmawiać, nie mówiąc o seksie czy choćby odrobinie czułości jak kiedyś. Wiem, że to ja zbudowałam między nami dystans. Odsunęłam się i pogrążyłam w pracy. „Liliana" to bezpieczny świat, w którym nie odczuwam bólu. A kiedy patrzę w tak dobrze mi znaną twarz Pete'a, widzę w niej gniew i rozczarowanie, a pod nimi, jeszcze głębiej, żal. I tego właśnie nie jestem w stanie znieść.

– Cześć! – woła Marjory, a bramka kortu zatrzaskuje się za nią z dźwięcznym klekotem. Jest ubrana na biało, na głowie ma granatową opaskę z daszkiem. Wskakuje na kort z wdziękiem antylopy, w dłoniach ściska srebrną rakietę. – Don zaraz zejdzie z jeszcze jedną parą. Gramy miksta każda para z każdą, najlepsi przechodzą dalej.

Mówiąc, odbija rakietą piłkę, nie patrząc na nią. Wszelkie ćwiczenia fizyczne przychodzą jej z łatwością, ma ku temu wrodzone zdolności. Wyobrażam ją sobie, jak tańczy na scenie – wrażenie na pewno byłoby oszałamiające. Pete przerywa na chwilę rozgrzewkę i mruży oczy w blasku słońca. Pozdrawia Marjory ruchem ręki.

– Chcesz wody? – pyta dziewczyna na widok pustej butelki w moich dłoniach.

– Tak, chętnie. To słońce zabija. Czuję, że się topię.

– Nic nie mów. Mam nadzieję, że posmarowałaś się rano filtrem – inaczej usmażysz się jak frytka.

Spoglądam na jej smukłe opalone ramiona i nie potrafię sobie wyobrazić, aby jej skóra spiekła się na czerwono albo chociażby oblała potem. Ja już mam powiększające się ciemne plamy na koszulce i czuję sól na górnej wardze. Marzę o chłodnym ciemnym wnętrzu „Liliany" w zwykły, spokojny dzień. Napełniamy butelki w dystrybutorze wody wewnątrz budynku klubu, a kiedy wychodzimy, widzimy na korcie Celine i Léona rozmawiających z Donem. Srebrne włosy Léona połyskują w słońcu. Pete stoi ze spuszczoną głową w pewnej odległości od grupy, ze wzrokiem wbitym w rakietę i w buty.

Don podnosi na nas wzrok.

– Witajcie, drogie panie. Wszystko przygotowane. Rozegramy dziś mecz przeciwko reprezentacji Francji!

– *Bonjour*! – woła na mój widok z zaśpiewem Celine.

Ma na sobie jasnoniebieską sukienkę i białe buty. Léon przedstawia się Marjory i podchodzi do mnie. Całuje mnie w policzki, mimo że moja twarz błyszczy od wilgoci. Rumienię się i widzę, że Pete uważnie nas obserwuje. Odkrywam z ulgą, że Don jest bardziej spocony ode mnie – mokre strumyki spływają po jego krępej szyi i wsiąkają w koszulkę. Kiedy tłumaczy plan rozgrywek, wzrok Pete'a wędruje ode mnie do Léona i z powrotem.

– Dobrze – mówi Don. – Najpierw zagrają Léon i Celine przeciwko waszej dwójce. Potem my zagramy ze zwycięzcami i para, która wygra ten mecz, przejdzie do następnej rundy. Przygotujcie się na ostry łomot. Mam zamiar roznieść kort na strzępy. – Unosi z dumą zwiotczałe ramię. Wydaje się, że jego biceps zsunął się na dół, w okolice pachy. Śmiejemy się, a Marjory klepie go rakietą, pokazując w uśmiechu wszystkie zęby.

Kiedy zajmujemy pozycje na korcie, Pete patrzy w moją stronę.

– W porządku?

– Tak. Tylko diabelnie gorąco. – Wycieram pot z czoła.

– Hmmm. – Patrzy na drugą stronę kortu, skąd macha do nas Léon. Pete nie odwzajemnia gestu – uśmiecha się sztywno i unosi głowę. – Nie spodziewałem się, że go tu spotkam.

– Co? – pytam, ale zanim zdąży odpowiedzieć, Léon woła:

– Jesteście gotowi?

– Tak! – odkrzykuję.

– No, dawaj – mruczy niskim głosem Pete.

Pierwsze piłki są bardzo szybkie i Léon i Celine szybko zdobywają przewagę. Próbuję serwować, ale mi nie idzie. Nie potrafię się skoncentrować na korcie w obecności Léona, on za to jest skupiony i spokojny. Kiedy w końcu udaje mi się serw, piłka wraca w kierunku Pete'a. On odbija perfekcyjnie, tak że piłka spada tuż za linią do gry pojedynczej, ale przed linią do gry w debla i Léon wydaje z siebie jęk wysiłku, aby jej dosięgnąć.

– Super! – krzyczy z ławki Marjory.

Ja odbijam fatalnie i cały czas przepraszam. Léon potrząsa tylko głową i lekko się uśmiecha.

– Hej, nie przejmuj się. To zabawa.

Ale w końcu mnie i Pete'owi udaje się odrobić straty i pomału zdobywamy przewagę. Pete jest maksymalnie skupiony i pochmurny jak gradowa chmura.

– Okej, kto teraz wygrywa? – pyta Léon.

– My – brzmi krótka odpowiedź Pete'a.

Oślepiająco jasne słońce unosi się coraz wyżej i rozlewa po niebie jak pomarańczowy likier.

Serwuje Celine. Piłka ląduje z plaśnięciem w środku kwadratu, dokładnie tam, gdzie powinna. Przybijają z Léonem piątkę. Nam też udaje się kilka kolejnych odbić. Teraz przyszedł czas na serw Pete'a.

– Nie eksploatuj się tak, stary, bo będziesz musiał potem walczyć z nami! – woła Don od linii kortu. Śmieją się wszyscy z wyjątkiem Pete'a, który serwuje mocno i szybko, patrząc prosto na Léona. Ten odbija serwis Pete'a, ścinając piłkę z góry i nadając jej ruch obrotowy. Piłka wraca ponad siatką z prędkością światła, a Pete, wciąż pochylony do przodu po zagrywce, próbuje przyjąć właściwą pozycję. Kiedy się prostuje, piłka trafia w brew nad lewym okiem, a z miejsca, gdzie „pocisk" uderzył go w czoło, rozlega się głuche plaśnięcie. Pete przyciska rękę do twarzy i wydaje z siebie przejmujący jęk. Nogi się pod nim uginają, stopy odjeżdżają w jedną stronę, tułów w drugą, rakieta wypada z dłoni, a ciało opada bezwładnie na ziemię. Przeszywa mnie dreszcz, a ręka automatycznie wędruje do ust.

– Pete! – krzyczy Marjory z drugiego końca kortu i pędzi w naszą stronę. Kucamy nad nim obie.

– *Merde*! – przeklina Léon i biegnie do nas naokoło siatki. Celine podnosi rękę do oczu, żeby osłonić je od słońca i zobaczyć, co się dzieje. Don wstaje z krzesełka.

Marjory wpatruje się w twarz Pete'a, trzymając ją w dłoniach i mówiąc coś w rodzaju: „Czy mnie słyszysz? Żyjesz?".

Léon podaje jej z góry butelkę wody.

– Może pryśnij mu wodą w twarz – mówi do Marjory.

Stoję z otwartymi ustami, ale nic nie mówię. Marjory rzuca na mnie ostre spojrzenie.

– Grace?

Widok bezwładnego, nieruchomego ciała Pete'a jest dla mnie takim szokiem, że nie mogę złapać tchu. Słyszę tylko swój własny szept:

– Co z nim będzie?

Oczy Pete'a otwierają się nagle i przez kilka sekund patrzą badawczo dookoła, akurat w chwili, kiedy Léon bryzga mu w twarz wodą. Pete wydaje z siebie dziwny dźwięk, coś pomiędzy okrzykiem i gulgotaniem. Najpierw dostrzega Marjory, potem mnie, a na końcu Léona, stojącego za nami z butelką wody w ręce.

– Pete, jak się czujesz?

Pete przenosi na mnie wzrok.

– Cholera! – przeklina. Wyobrażam sobie pulsujący ból, który go pewnie w tej chwili oszałamia. Ściera ręką wodę z twarzy.

– Wszystko jest dobrze – mówi pomału, uspokajającym tonem Marjory. – Oberwałeś piłeczką.

Pete próbuje usiąść. Pomagam mu, podpierając dłonią jego plecy. Twarz ma wykrzywioną z bólu. Patrzy w górę na Léona wzrokiem pełnym wściekłości.

– Czy mam iść po lód? – woła Don.

– Tak, przydałby się – odkrzykuje Marjory. – Może w klubie mają woreczek z lodem w zamrażarce.

– Pójdę z tobą – przyłącza się Celine.

Biegną w stronę budynku. Pete dalej patrzy z nienawiścią na Léona.

– Ty gnoju! – syczy.

– Słucham? – Léon pochyla się do przodu z wyrazem troski i zakłopotania na twarzy.

– Powiedziałem: ty gnoju.

Léon odwraca się do mnie i do Marjory, jakby szukał wyjaśnienia. My patrzymy po sobie.

– Uspokój się, Pete – szepcę, głaszcząc go po plecach.

– To nie była jego wina – mówi spokojnie Marjory.

– Jasne! Nie jego wina! – warczy Pete. Krzywi się z bólu i zamyka oczy.

Léon prostuje się. Ton głosu Pete'a i wyraz jego twarzy nie wymagają już wyjaśnień.

– Walnął mi piłką prosto w twarz! – Pete znów otwiera oczy. – Jakby tego było mało, oblał mnie teraz wodą!

– Pete, nie sądzę... – podnoszę teraz głos, mając nadzieję, że się opamięta. Albo po prostu go przekrzyczę.

– Francuski fiut! Zrobiłeś to specjalnie i dobrze o tym wiesz! Najpierw Grace, a teraz to! – wypluwa z siebie agresywne słowa.

Marjory patrzy na mnie bez słowa. Léon na mnie nie patrzy. Mam takie uczucie, jakbym była wciągana w głąb zlewu razem ze spływającą z niego wodą. I wsysana coraz głębiej i głębiej. Mój żołądek zwija się w bolesnym skurczu.

Léon pokrywa początkowe wzburzenie chłodną maską.

– Bardzo mi przykro, Pete, ale jesteś w błędzie. Nie uderzyłem cię specjalnie.

– Ha! – wykrzykuje mój mąż.

– Dlaczego miałbym to zrobić? Przecież to... absurdalne.

Marjory znów na mnie patrzy, znalazłszy się wbrew swojej woli na środku pola bitwy.

– Nie wiem, dlaczego miałbyś mnie uderzyć! Kurde! Nie wiem, dlaczego przyczepiłeś się do mnie albo dlaczego łazisz za moją żoną. Skąd miałbym wiedzieć? – wykrzykuje Pete z nieskrywaną agresją. – Wy, francuskie skurczybyki, jesteście wszyscy tacy sami!

Léon robi kolejny krok do tyłu.

– Pete, a może ty masz wstrząśnienie mózgu? Może... – Marjory milknie nagle.

– O czym ty mówisz? – szepcę błagalnie do Pete'a. Czuję, że robi mi się niedobrze.

– Boże, po co to udawanie! Przecież doskonale wiesz, o czym mówię, Grace! – Wyrzuca ręce do góry. – Léon pomaga ci w supermarkecie, piecze z tobą makaroniki, kupuje szampana i jakieś idiotyczne widelce...

– O co chodzi? – czytam z ruchu ust Marjory ponad głową Pete'a.

– Jesteś moją żoną, Grace! – syczy. – Chyba, że zapomniałaś! – Kiedy nasz wzrok się spotyka, widzę w jego oczach jawne oskarżenie.

W żołądku znowu czuję ucisk, tym razem wynikający z poczucia winy, i próbuję nie patrzeć na Léona. Pete opiera się na dłoni i przerzuca ciężar ciała na nogi, usiłując wstać. Z jego ust wyrywa się ciche stęknięcie. Złość na jego twarzy sprawia, że wygląda brzydko.

– Hej, co robisz – mówię, chwytając go za ramiona. – Usiądź, proszę. I uspokój się.

– Nie jestem głupi! – krzyczy dalej do Léona.

Léon jeszcze bardziej się prostuje. Jest blady jak ściana.

– Nigdy nie łaziłem... i nie łażę za twoją żoną. – Ogląda się przez ramię, sprawdzając, czy nie ma Celine, ale ona chyba wciąż szuka lodu. Schyla się po rakietę i odwraca, by odejść, ale Pete rzuca się w jego stronę. Pięść Pete'a ląduje na żołądku Léona, tuż pod klatką piersiową i ten zgina się wpół. Słyszę, że powietrze uchodzi z jego ust ze świstem. Marjory wydaje z siebie głośny krzyk i w tym momencie dostrzegam za nami Dona. Chwyta ramiona Pete'a i szarpie go do tyłu. Léon patrzy na nas i na ułamek sekundy jego niebieskie oczy spotykają się z moimi.

Verre de Mer – Szkło Morskie

PISTACJOWY Z KREMEM MAŚLANYM

Lekarz zaleca zwykłe środki przeciwbólowe i kompresy z lodu, po czym odsyła nas do domu. Napięcie między nami jest nie do wytrzymania. Nawet nie próbujemy rozmawiać o incydencie na korcie. Boję się otworzyć usta, żeby nie powiedzieć czegoś nieodwracalnego, z czego potem nie będzie można się wycofać. Nie jestem w stanie na niego patrzeć. Pete proponuje, że upiecze kurczaka. W jego głosie chyba słyszę skruchę. Nie odpowiadam, kiwam tylko głową i idę do gabinetu dokończyć zamówienie on-line dla „Liliany". Jeden z dostawców ekskluzywnych narzędzi cukierniczych z Hongkongu będzie sprzedawał swoje produkty w Makau. Bardzo mnie to ucieszyło, ale teraz, przewijając na ekranie zdjęcia skrobaczek marki Microplane, foremek do tarty, termometrów do cukru czy miedzianych miseczek firmy Mauviel odczuwam jedynie złość, wstyd i wewnętrzny zamęt.

Pete rozgarnia widelcem obiad na swoim talerzu: Yorkshire pudding, lśniące marchewki, ziemniaczki w chrupiących skorupkach… Zapach jest niesamowity. Siedzimy przy stole naprzeciwko siebie.

Odchrząkuję.

– Pete, nic się nie wydarzyło. Léon to tylko przyjaciel.

Pete odkłada sztućce i składa razem ręce. Patrzy w swój talerz, nie na mnie.

– On... pomagał mi tylko... w uruchomieniu „Liliany". Niczego między nami nie ma.

Myślę o widelcu do czekolady, o jego niebieskich oczach, o moich marzeniach... Przełykam kawałek kurczaka, który z powodu poczucia winy zdaje się puchnąć mi w ustach.

– Widzę, jak na niego patrzysz – mówi cicho Pete.

Otwieram usta, żeby odpowiedzieć, ale nie potrafię wymyślić żadnego wyjaśnienia. Ma rację. Mogę odpowiadać za moje czyny, ale nie za moje fantazje. Moje milczenie potwierdza jego spostrzeżenia i oboje to zauważamy.

– Nic się miedzy nami nie wydarzyło – powtarzam z głębokim przekonaniem, choć twarz mi płonie. – Nic. Rozumiesz?

Pete patrzy na mnie przez chwilę, a potem przeczesuje palcami włosy. Przepycha widelcem ziemniak dookoła talerza. Potem pomału odkłada sztućce i bierze głęboki wdech. Długo wydycha powietrze, jakby chciał wyrzucić z siebie troski całego świata. Opiera się na łokciach i przykłada zwinięte w pięści dłonie do twarzy.

– Musimy porozmawiać. Przepraszam, Grace. – Słowa zdają się więznąć mu w gardle.

– Nie powinieneś był go uderzyć.

– Nie o to chodzi.

– A o co?

Milczy przez chwilę.

– Grace, uprawiałem seks z...

Mam wrażenie, że powietrze zgęstniało i zrobiło się gorące.

– Co? Z kim...?

– Z prostytutką. W hotelu „Lisboa".

Teraz ja czuję się tak, jakby ktoś zdzielił mnie pięścią w brzuch.

– W hotelu „Lisboa" – powtarzam. Odruchowo sięgam po kieliszek z winem, by poczuć w dłoni jego gładką chłodną krągłość.

Pete spuszcza wzrok. Wpatruję się w czubek jego głowy i widzę miejsce, gdzie fryzura się przerzedza.

– W hotelu „Lisboa" – mówię jeszcze raz.

W gęstwinie jego włosów jest kilka nowych srebrnych pasemek – nigdy wcześniej ich nie widziałam. Wyobrażam sobie jego głowę ponad inną kobietą, nad kimś, kto oglądał go tak, jak ja teraz.

– Boże! – To słowo wyrywa się ze mnie jak spontaniczna modlitwa. Chyba znowu się pochoruję.

– Grace, ja… – Uniósł brodę, więc widzę jego twarz, wszystkie zmarszczki i głębokie bruzdy. Wygląda jakoś inaczej, jak obcy człowiek. Jakby ktoś zerwał z jego twarzy maskę i odsłonił nieznane oblicze. Mam wrażenie, że widzę go po raz pierwszy w życiu. Włosy sterczące pomiędzy brwiami i u nasady nosa, bruzdy na szyi, przydługie kosmyki na kołnierzu, które dawno należało przyciąć… Nie kończy zdania, tylko patrzy na mnie z otwartymi ustami, jakby chciał jeszcze coś powiedzieć, ale zapomniał co.

– Kiedy? – pytam niskim głosem, który zdaje się dochodzić gdzieś z głębin.

– W marcu. To był marzec. Upiłem się i…

Przypominam sobie noce, kiedy wracał naprawdę późno. Być może pijany. Nie wiem. Mam wrażenie, że od dłuższego czasu nie zwracałam na niego uwagi. Żyję z własnym mężem jak ze współlokatorem. Czy naprawdę trwa to już od marca?

– Grace, to był błąd. Nie wiem, co mi się stało.

I wtedy mówi to, czego oboje nie mieliśmy dotąd odwagi powiedzieć. Wraca do tematu, który krążył wokół nas od kilku miesięcy. Mówi wolno, jakby chciał poczuć smak każdego gorzkiego słowa, które wychodzi z jego ust.

– Kiedy powiedziałaś… kiedy lekarz ci powiedział, że nie będziemy mogli mieć…

Przypominam sobie Pete'a w dniu naszego wesela. W pomarańczowej koszuli, w upalnym słońcu Bali. Pamiętam wyraz jego twarzy. Ale ten obraz przesłania mi widok jego głowy nad kimś innym, jego napiętej twarzy, pochylonej nad ciałem innej kobiety. Boli mnie brzuch i z trudem łapię oddech. Wydaje mi się, że obserwuję to wszystko gdzieś z boku. To dziwne uczucie, które sprawia, że jedzenie podchodzi mi do gardła, a w klatce piersiowej czuję ucisk.

– Uprawiałeś seks z prostytutką dlatego, że nie możemy mieć dzieci?

– To nie było tak. Chodzi o to, że… Cholera! Nigdy o tym nie rozmawiamy, Grace. To znaczy, o dzieciach. O badaniach. Na te tematy nie rozmawiamy.

– Chcesz teraz o tym rozmawiać?

Podnoszę się z krzesła, nie bardzo wiedząc, co powinnam dalej zrobić, ale nie jestem w stanie siedzieć. Ucisk w piersiach zamienia się w palącą ranę. Mam ochotę wykrzykiwać straszne rzeczy, zranić go tak, żeby na zawsze to zapamiętał. Chcę, żeby cierpiał.

– Masz ochotę rozmawiać o dzieciach po tym, jak zrobiłeś mi awanturę o to, że nie tak spojrzałam na innego faceta? A sam spałeś z inną kobietą?!

– Grace…

– Z kobietą, której zapłaciłeś za seks?!

– Kurczę, to nie było… To było coś okropnego… Ja… – Sięga nad stołem po moją rękę, ale ja robię krok do tyłu, a krzesło odsuwa się o kilka cali. W głowie wykrzykuję do niego potworne rzeczy. Jak śmiesz! Jak mogłeś?! Nigdy ci nie wybaczę! Czuję się tak wściekła i nieopanowana, jak

Mama – jestem teraz zdolna do wszystkiego. Niemal widzę przed sobą jej bladą rozwścieczoną twarz.

– Proszę, Grace – błaga mój mąż – nie odchodź. Musimy...

– Co musimy?! Ha? Co musimy, Pete?! – warczę przez zaciśnięte zęby. Czuję, że krew zagotowała mi się w żyłach. Jakby nagle wstąpił we mnie duch Mamy, dziki i rudowłosy. Mam ochotę mówić rzeczy, których nie da się odwołać. Na przykład, że nie powinnam była go poślubić. Albo to, co raz wykrzyczała do mnie Mama: „Nie chcę cię! Nie potrzebuję cię tutaj! Byłaś moim życiowym błędem!". Czuję, że zaczynam się trząść. Jego ręka chwyta moją.

– Nie zbliżaj się do mnie! Nawet nie próbuj mnie dotykać! – krzyczę trzęsącym się głosem.

Podnosi na mnie w milczeniu wzrok i patrzy z otwartymi bezużytecznie ustami. W jego ciemnych smutnych oczach widzę błaganie. Mam ochotę wykrzyczeć wszystko to, co usłyszałam od Mamy. Słowa, których nie dało się potem cofnąć: „Zostaw mnie! Zostaw mnie w spokoju i nigdy nie wracaj! Nie waż się tutaj wracać!". Czuję piętrzące się pod powiekami potoki łez, które zdają się wypływać z głębi mnie samej.

– Nie chcę z tobą rozmawiać. Nie chce mi się nawet na ciebie patrzeć.

Trzęsącą się ręką sięgam po talerz i rzucam nim o ścianę. Z głośnym hukiem rozbija się na kawałki. Lepka brązowa plama sosu spływa po jasnej ścianie. Serce wali w piersi tak, jakby chciało połamać żebra. Nie jestem w stanie przebywać dłużej w tym pokoju! Odsuwam gwałtownie krzesło, które ląduje z trzaskiem na podłodze. Nie oglądam się za siebie. Wpadam do gabinetu i zatrzaskuję drzwi. Dysząc, siadam przed ekranem komputera, a po rozpalonych policzkach płyną łzy. Ręce drżą, a ciche łzy zamieniają się w gwałtowny szloch. Próbuję zapanować nad oddechem, wciągam powietrze i pomału je wydycham, wciągam i wydycham… Z czasem ucisk w piersiach ustępuje miejsca tępemu bólowi, podobnemu do bólu głowy na kacu. Czuję się kompletnie wyczerpana, jakbym przebiegła maraton.

W pewnym momencie słyszę szczękanie kluczy, które bierze do ręki Pete. Wychodzi, cicho zamykając za sobą drzwi. Kładę głowę na blacie obok klawiatury i wbijam wzrok w przycisk tabulatora, aż ten rozmywa mi się przed oczyma.

Kochana Mamo,

jestem zmęczona. Czuję się jak kawałek szkła na dnie oceanu: kiedyś kolorowy i błyszczący, teraz wysmagany przez fale, zakopany w morskim piasku, zielonkawy i mętny. Czy z takiego miejsca można jeszcze wrócić?

Czy zdarzyło Ci się, Mamo, kiedyś obudzić i nie móc uwierzyć w historię pisaną przez Twoje własne życie? Tak się czułam dziś rano. Słońce zaglądało przez okna pokoju gościnnego. Byłam sama. Wyciągnęłam rękę w stronę Pete'a, ale moja ręka opadła na gładkie puste prześcieradło i wtedy obudziłam się z gniewną gulą w gardle. Podniosłam dłoń na wysokość twarzy i pomyślałam: „Czyja to ręka?". Czy nie powinno się znać wyglądu swojej własnej ręki? Wygląda na to, że ja nie znam. Nie znam ani swoich rąk, ani nóg, ani twarzy. A już na pewno nie znam swojego serca.

Jestem jak obcy człowiek.

Jedynym miejscem, w którym wiem, kim jestem, jest „Liliana".

Twoja kochająca córka Grace

Une Vie Tranquille – Spokojne Życie

ANANASOWY Z KARMELOWYM GANACHE

Dzwonek przy drzwiach wejściowych głośnym dźwiękiem wyrywa mnie z zadumy. Stoję przed piecem i tępym wzrokiem wpatruję się w rosnące makaroniki, kontemplując powolny proces powstawania czegoś nowego. Żołądek zawiązuje mi się w supeł na dźwięk głosu mężczyzny, rozmawiającego z Rillą. Wiem, że nie powinnam, ale lekko pochylam się w stronę dobiegających mnie dźwięków. W drzwiach kuchni ukazuje się głowa Rilli.

– Grace? – mówi cicho. – To pan Léon. Chce się z tobą zobaczyć.

Ciekawe, czy widzi moje rozszerzające się źrenice i czy słyszy dudniące między żebrami serce. Nic nie mówi i podchodzi do zlewu pełnego spodeczków i filiżanek. Przeczesuję palcami włosy.

Léon ma na sobie skórzaną czarną kurtkę i dżinsy. Obdarza mnie ostrożnym uśmiechem. Czuję na szyi gorącą falę, która płynie w stronę brody i policzków.

– Cześć, Léon, jak się masz?

– Dobrze – odpowiada spokojnie. Pochyla się nad ladą, żeby pocałować mnie w oba policzki, i zderzamy się głowami. Dzbanek na blacie grzechocze niebezpiecznie.

– Mogę ci coś podać? – Moje serce jeszcze bardziej podkręca tempo.

– Och, nie. To znaczy… Chciałbym z tobą porozmawiać.

Wskazuję ręką stoliki i odwiązuję fartuch.

– Rilla! – wołam.

– Tak?

– Podaj nam proszę kawę i kilka makaroników.

Dziewczyna wychodzi z kuchni, a jej oczy strzelają to w stronę Léona, to w moją.

– Oczywiście, Grace.

Léon zmusza się do uśmiechu.

– Przepraszam. Nie chcę przeszkadzać ci w pracy, ale pomyślałem, że najlepiej będzie, jak porozmawiamy. O… no, wiesz.

Kiwam głową. Wiem.

Rozsiada się wygodniej na krześle i przez kilka chwil rozgląda dookoła, jakby sprawdzał, kto jest w kawiarni. Niezręczną ciszę wypełnia szum spieniacza do kawy.

– Léon, przepraszam cię za to, co się stało…

– Proszę bardzo. – Rilla stawia espresso przed Léonem i cappuccino przede mną, a między nami talerzyk z żółtymi makaronikami. Ananas z karmelem – *Une Vie Tranquille*. Uśmiecha się i odchodzi do kuchni.

Znów zaczynam mówić, ale Léon podnosi rękę.

– Grace, proszę. Jeśli mogę, chciałbym coś wyjaśnić.

– Okej.

– Być może niektóre rzeczy zostały… źle zrozumiane. Nie wiem. Twój mąż był bardzo zdenerwowany. Bez wątpienia uważa, że coś między nami jest.

– Léon, Pete nie…

Pete i ja od kilku dni w zasadzie nie rozmawiamy. Ustalamy, kto kupi mleko w supermarkecie, kto zawiezie pranie do pralni albo czy zjem tosty na śniadanie. Nie mogę patrzeć na niego bez uczucia narastającego gniewu czy palącego rozgoryczenia. Nie informuję go, kiedy wrócę późno do domu albo co się dzieje w „Lilianie". Cisza przenika pomału nasze życie jak trucizna.

Léon wzdycha i pochyla się w moją stronę. Pachnie wodą toaletową i, jak zwykle, chlebem.

– Grace, chcę, żeby to było bardzo jasne. Jesteś wyjątkową kobietą.

Czuję, że oblewam się rumieńcem.

– Dokonałaś tu wielkiej rzeczy, nie mając żadnego doświadczenia. Masz talent i do gotowania, i do pracy w tym biznesie. Bardzo to szanuję. – Wskazuje ręką na ladę, za którą Rilla, nucąc cicho, układa nową porcję makaroników. – Twoi pracownicy naprawdę cię lubią, stworzyliście prawdziwą drużynę. Sądzę, że masz duże umiejętności menedżerskie. I przy tym jesteś dla nich jak matka.

Mam ochotę wyciągnąć rękę i dotknąć jego dłoni, ale on trzyma obie ręce na kolanach.

– Podziwiam cię, Grace, i wszystko, co zrobiłaś. – W jego oczach o barwie bezchmurnego nieba widzę błysk. – Ale nie jestem tobą zainteresowany. Nie miałem zamiaru wysyłać do ciebie czy do Pete'a niewłaściwego sygnału. – Milknie na chwilę. – Przepraszam.

Kiwam głową i zmuszam się do tego, by wyglądać spokojnie. Albo chociaż do pewnego stopnia tak, jak zwykle. Gardło mam zaciśnięte, kiedy podnoszę filiżankę. Twarz mi płonie i zapewne przybrała kolor wozu strażackiego. Popijam łyk kawy, chociaż jest za gorąca i parzy mnie w język.

– Oczywiście. Nie masz za co przepraszać. – Zdobywam się na uśmiech. – Przecież niczego między nami nie ma. To… absurdalne. – Odstawiam filiżankę, która obija się z brzękiem o spodek.

Léon wypuszcza z płuc powietrze i klepie wierzch mojej dłoni.

– Tak się cieszę, że ty też tak myślisz.

Słyszę swój własny śmiech. Jest gardłowy i trochę zbyt głośny.

– Tak, Boże, chyba nie myślałeś, że…

On też się śmieje, nisko i z wyraźną ulgą.

– Celine sądziła, że może ty uważasz, że… Ale przecież ty i ja świetnie się rozumiemy. Jesteśmy tylko parą smakoszy, prawda?

– Dokładnie.

Bierze w palce makaronik i zjada go pomału. Ja robię to samo.

– Może czasami… – Wzrusza ramionami. – Celine uważa, że flirtuję. Mówi, że zachowuję się jak mały chłopiec, który musi zwrócić na siebie uwagę. – Potrząsa bez przekonania głową. – Uważam, że to śmieszne. Jestem po prostu miły dla ludzi, to wszystko.

Kiwam głową. Mam wrażenie, że Léon mówi sam do siebie. Nie patrzy na mnie. Od dłuższego czasu miesza w filiżance cukier, który dawno się rozpuścił. Czarny płyn obraca się w naczyniu.

– Lubię ludzi. Lubię kobiety. I co z tego? Lubię też jeść i pić, i grać w karty. To oznacza korzystanie z pełni życia. – Odkłada łyżeczkę i podnosi filiżankę do ust. – Ale jak powiedziałaś, takie podejrzenie jest absurdalne. Ty i ja? – Znowu parska, jakby chciał podkreślić nonsensowność takiego przypuszczenia. – Co za pomysł!

– Co za pomysł! – Wtóruję i śmieję się razem z nim, choć w piersiach czuję ucisk, policzki mi płoną i mam ochotę rzucić filiżanką o ścianę. Przypomina mi się sos spływający po ścianie za głową Pete'a. Czuję pulsującą w żyłach adrenalinę. Popijam kawę tak ostrożnie i spokojnie, jak to tylko możliwe. Ale ze mnie idiotka!

Po południu Gigi spóźnia się do pracy. Włosy ma w totalnym nieładzie. Zza lady posyła mi i Rilli szeroki uśmiech.

– No, pokonałam tych drani! – mówi.

– Kogo? – Unosi głowę Rilla.

– Tych złodziei dostawców. – Zamaszystym ruchem wiesza torbę na haczyku w kuchni. Na koszulce wokół jej szyi widać niewielką plamę potu. – Powiedzieli, że nie znają się na mące migdałowej. Albo łżą, albo to kompletni idioci. Na pewno nie zamówimy u nich więcej tego taniego gówna.

Rilla parska śmiechem. Nie pasjonuje się makaronikami tak bardzo jak ja i Gigi, ale uwielbia, kiedy ta przeklina. Co zresztą Gigi robi coraz częściej, zwłaszcza gdy jest podekscytowana. Zdaje się, że Marjory ma na nią niedobry wpływ.

– Nie przeklinaj tu, Gigi – mówię stanowczo.

Gigi rozgląda się po kawiarni. Jest pustawo. Jeden facet rozmawia w kącie przez telefon. Cisza przed popołudniowym nalotem gości.

– Przecież nikogo nie ma. – Wskazuje ręką na wnętrze „Liliany". – To co, robimy dzisiaj coś nowego? Mam taki pomysł, że buty wam spadną, jak spróbujecie.

– Nowy makaronik? – pyta Rilla, polerując ręcznikiem sztućce.

– Owszem, najdroższa. Absolutny hit! Grace, będziemy potrzebowały kilka cytryn dla podniesienia aromatu.

Czuję narastającą we mnie wściekłość. Kosmyki włosów, które wymknęły się spod spinającej koński ogon gumki, zwisają wokół twarzy Gigi. Sięga do tyłu, żeby zawiązać fartuch. Ledwo udaje jej się go naciągnąć na pękatym brzuchu.

– Jak was nie zatka z wrażenia, to znaczy że jestem popieprzoną niedorajdą. – Dziewczyna śmieje się szeroko, a jej ciemne migdałowe oczy błyszczą radośnie. Rzucam jej ostre spojrzenie.

– Gigi, proszę cię, żebyś tu nie przeklinała, niezależnie od tego, kto jest w środku.

Rilla i Gigi spoglądają na siebie.

– I spróbuj się nie spóźniać. Przyszłaś piętnaście minut po czasie, a żadna z nas nie miała jeszcze przerwy.

Gigi krzyżuje ręce na brzuchu.

– Co ci się stało?

– Ja tu jestem szefem, jeśli nie zauważyłaś! Ja ci płacę, a ty się spóźniasz. – Rozkręcam się coraz bardziej, a w moim głosie słychać dziwną złośliwą nutę. Coś mnie popycha, żeby dodać: – I na dodatek wyglądasz jak obdartus.

– Jak co? – szepce Rilla do Gigi.

– Mówi, że wyglądam jak łajza – odpowiada dobitnie Gigi. Jej twarz jest teraz ściągnięta i ponura, ale stoi prosto jak struna.

– Ogłuchłaś? Nie ma tu przeklinania! – Teraz ja mówię tak głośno, że siedzący przy stoliku klient podnosi wzrok znad telefonu. Prostuję się. Nie jestem w końcu ich siostrą, nauczycielką albo ich matką. Jestem ich pracodawcą. Dlaczego mam wrażenie, że nikt mnie nigdy nie słucha? Zniżam głos i syczę: – Tak, wyglądasz, jak łajza i do tego spóźniasz się do pracy. Spróbuj podejść do sprawy trochę bardziej poważnie, Gigi, i zachowuj się jak osoba dorosła. Okej?

Rilla odsuwa się od nas z rozszerzonymi oczyma w kierunku szuflady na sztućce. Źrenice Gigi zwężają się.

– Mam podchodzić bardziej poważnie?

– Tak.

Odzywa się gong przy drzwiach i wtedy zauważam, że nasz klient wyszedł. Na spodeczku na stole zostawił kilka monet. „Liliana" jest pusta. Przez okna wlewa się wczesnopopołudniowy słoneczny blask, jaskrawy i rozedrgany.

Gigi wciąga pomału powietrze i zadziera głowę. Usta ma zaciśnięte, jedna brew powędrowała w górę.

– Dobrze. Spróbuję tak robić, Grace. – Otwiera zamaszyście drzwi do kuchni i słyszę odgłos jej dłoni uderzającej o drewnianą powierzchnię. W głowie znów odzywa się roztrzęsiony głos Mamy: „I nie wracaj tu więcej!". Kiedy drzwi się zatrzaskują, wołam:

– Miło mi to słyszeć, Gigi! – Nawet ja mam świadomość, że mój głos ocieka jadem.

Tej nocy mam mieszkanie dla siebie. Pete pracuje na nocną zmianę, o czym wiem tylko dlatego, że usłyszałam, jak rozmawiał przez telefon z przełożonym. Kiedy idę do kuchni, żeby nalać sobie kieliszek wina, koło butelki z oliwą znajduję złożoną w mały daszek kartkę papieru. W poprzek wypisane jest moje imię. Rozkładam ją.

Grace,

od wielu dni ze sobą nie rozmawiamy. To milczenie mnie zabija.

Przysięgam, że to był jeden jedyny raz i że to się więcej nie powtórzy. Wybacz mi, Grace. Byłem zły i zagubiony, i nie wiedziałem, co mam robić. Upiłem się i zachowałem jak idiota. Nie wiem, czy jesteś w stanie mi uwierzyć, ale ja wiem, że to się już więcej nie zdarzy. Chciałbym zaoferować Ci coś więcej niż tylko słowa. Ale sądzę, że jedyne, co pozostaje, to uwierzyć i zaufać. To niewiele, ale być może wystarczy. Nie wiem.

Chcę porozmawiać. Myślę, że oboje powinniśmy wyjaśnić sobie niektóre sprawy. A w zasadzie wiele spraw, które uzbierały się przez ostatnich kilka lat. Nie przeszkadza Ci to milczenie? Tyle lat milczenia?

Tęsknię za Tobą, Grace. Bardzo tęsknię.

Porozmawiaj ze mną, proszę.

Pete

List zwisa luźno w mojej dłoni. Najwyraźniej sąsiedzi piętro niżej urządzili imprezę. Spod podłogi wydobywa się równomierne stłumione dudnienie. Potem słyszę pisk, czyjś śmiech i odgłosy przesuwanych po drewnianej podłodze krzeseł. Przykładam rękę do czoła, które pulsuje w rytm dochodzącej z dołu muzyki. Oprócz bólu głowy, dokucza mi dojmujące uczucie gorąca. Każdy por skóry jest rozgrzany i nabrzmiały od potu. Wiem, że to typowe uderzenie gorąca, kolejny symptom menopauzy, niewinny drobny psikus ze strony mojego ciała. Składam list i wachluję się nim.

„Uwierzyć i zaufać".

Potrząsam głową.

Wszystkie kieliszki do wina są brudne, tak samo jak piętrząca się obok zlewu żałosna kolekcja rondli, talerzy i miseczek po płatkach śniadaniowych. Chwytam więc butelkę za szyjkę i piję prosto z niej. Wlewam do gardła chłodne sauvignon blanc. W głowie dalej słyszę łomot. Łup, łup, łup... Perkusji w mojej głowie towarzyszy wybuch śmiechu u sąsiadów. Głosy męskie i kobiece, niskie i wysokie, rubaszny rechot i dźwięczne chichoty, gdakanie i szczebiot. Moja pięść ląduje z furią na kuchennym blacie.

– Zamknijcie się, do cholery! – krzyczę.

Następnego dnia w bladym świetle wczesnego poranka szukam gorączkowo kluczy do kawiarni. W głowie czuję ucisk z powodu nadmiaru wypitego poprzedniej nocy wina i braku snu. Pete wrócił do domu około trzeciej nad ranem i zakradł się do pokoju gościnnego. Kiedy w końcu udało mi się zasnąć, śniły mi się straszne sny o dzieciach rozjeżdżanych przez samochody, rudowłosych czarownicach na miotłach i upadkach z trapezu. Jestem dziś rano tak zmęczona, że bolą mnie oczy.

Dźwigam ze sobą worek mąki, opierając ciężar o biodro. Kiedy chowam klucze z powrotem do torebki, dostrzegam przy jednym z tylnych stolików dwa opuszczone na podłogę krzesła. Zatrzymuję się na chwilę. Codziennie wieczorem układamy krzesła na stołach, żeby można było umyć podłogę. Potrząsam obolałą głową i wchodzę do kuchni.

Drzwi na zaplecze są uchylone. Worek mąki, który trzymam w ramionach, robi się jeszcze cięższy, a moja klatka piersiowa napina się od wstrzymywanego w płucach powietrza. Odkładam worek na ladę, próbując nie wydać najmniejszego dźwięku. Serce łomocze, więc odruchowo przyciskam rękę do piersi. Nie bądź śmieszna – upominam się w myślach – dlaczego, na miłość boską, ktoś miałby obrabować ciastkarnię?

Wstrzymuję oddech i pochylam głowę ku framudze drzwi, nasłuchując, czy nie usłyszę szurania butów po betonowej podłodze, ale wewnątrz jest cicho jak w grobie. Zaglądam do środka, nic jednak nie widzę, bo w kantorku jest zupełnie ciemno. Wbijam na chwilę wzrok w sufit, marząc o tym, by moje serce zwolniło tempo, a mój umysł zaczął trochę sprawniej analizować fakty. Kładę ostrożnie dłoń na klamce i delikatnie uchylam drzwi odrobinę szerzej. Cisza. Biorę głęboki oddech i otwieram drzwi na oścież. Do magazynku wpada światło, a ja przekraczam próg i modlę się, bym miała odwagę na spotkanie z tym, co czeka na mnie w środku.

Na podłodze widzę dwie skulone, objęte postacie. Nie ruszają się, ale po dokładniejszej analizie stwierdzam, że oddychają przez sen. Częściowo przykrywa je przerzucony w poprzek koc. Rozpoznaję Rillę i wypuszczam z ulgą powietrze. Dziewczyna musi podświadomie wyczuwać światło, bo wydaje z siebie ciche westchnienie i opiera brodę o czubek głowy drugiej osoby. Widzę, że to jakaś drobna kobieta. Jej twarz jest niewidoczna, długie ciemne włosy rozsypały się wokół jej głowy. Kto to może być? I co one tu robią?

Uczucie ulgi szybko zastępuje narastający gniew. Jeszcze raz patrzę na postać Rilli, a w głowie rodzą mi się tysiące pytań i każde chce być najważniejsze. Co ona tutaj robi? Straciła pokój w hotelu? Dlaczego mi się nie zwierzyła? I jeśli mi nie powiedziała, to czego jeszcze nie wiem? Czy Linda mogła mieć rację? Czy za bardzo zaufałam? Od ilu tygodni nie liczyłam utargu na koniec dnia? Pozwoliłam Rilli robić wszystko: zamykać lokal wieczorem, zanosić nasze pieniądze do banku... Powinnam była być bardziej ostrożna. Czy to możliwe, że mnie wykorzystywała? Że wykorzystywała dostęp do „Liliany"? Dlaczego śpi tutaj z jakąś obcą kobietą? Jak mogła mi to zrobić? W „Lilianie"? W m o j e j „Lilianie"?

– Rilla! – syczę.

Obie kobiety budzą się z przestrachem. Rilla otwiera szeroko oczy i patrzy nieprzytomnie w światło.

– Wstawaj!

Dziewczyna mruga zdezorientowana i rozgląda się, szukając, skąd dobiega głos. Nagle rozpoznaje cień w drzwiach. Jej źrenice rozszerzają się.

– Obudź się!

Kobieta w jej ramionach usiłuje skryć głowę za plecami Rilli, oszołomiona światłem i moim ostrym głosem. To Jocelyn! Teraz rozpoznaję jej maleńką, pokorną figurkę, która chciałaby się w tej chwili zamienić w tapetę, stać się niewidoczna. Na jednym z policzków ma wielkiego siniaka. Jej duże oczy są ciemne, źrenice prawie czarne. Nie wiadomo, w jakie kłopoty się wpakowała. Zwija się w kłębek na podłodze, podciągając kolana pod brodę, podczas gdy Rilla próbuje stanąć na nogi.

– Grace, ja... my... – Wykręca z zakłopotaniem dłonie.

– Co wy tu, u diabła, robicie?! – Mój głos jest donośniejszy, niż się spodziewałam. Nie wiem, o co powinnam najpierw zapytać. Mam mętlik w głowie, czuję się oszukana i wykorzystana. Nagle, w zupełnie niekontrolowany sposób, wpadam w furię. Wyznanie Pete'a wciąż pali mnie w sercu żywym ogniem.

– Grace, wszystko ci wyjaśnię... To nie bez powodu, naprawdę. To skomplikowane...

– Cholera, Rilla! W życiu się tak nie przestraszyłam! Myślałam, że w środku jest złodziej! – wrzeszczę. Widzę, że kuli się zakłopotana i odwraca twarz, uciekając przed moim spojrzeniem.

– Popatrz na mnie!

– Przepraszam, Grace. Bardzo cię przepraszam. My po prostu... – Ogląda się na zwiniętą na podłodze Jocelyn.

– Co po prostu?! Uważacie, że mój magazynek to jakiś pieprzony hotel?! – Cała się trzęsę. Czuję się tak, jakbym była w jakiejś obcej skórze.

– Nie, skąd! Ale musiałyśmy gdzieś przenocować. – Wciąż unika mojego wzroku.

– Spójrzcie na mnie! Obydwie!

Rilla patrzy na mnie, ale Jocelyn nie. Kobieta zdaje się kołysać z jednej strony na drugą, a jej długie włosy opadają na twarz i ramiona niczym ciemna zasłona. Po zwróconej w moją stronę twarzy Rilli płyną łzy. Zaciska konwulsyjnie usta.

– I co, Rilla?

– Jocelyn... – zaczyna i spogląda na swoją towarzyszkę. – Proszę, Grace – dodaje błagalnym głosem. Oczy ma pełne łez.

Dzika furia wywołuje łomot w piersiach, jakbym oprócz własnego miała jeszcze jedno rozszalałe serce. Jestem zszokowana. I do głębi zraniona. Kręci mi się w głowie. Najpierw Pete, a teraz Rilla! Czy nie dość już wycierpiałam? Czy nikomu nie można zaufać? Czuję się tak, jakby w mój krwiobieg wstąpiła Mama ze swoją choleryczną, niezrównoważoną osobowością.

– Wynoście się! – wrzeszczę. – Obie! I to natychmiast!

Znów słyszę w głowie głos Mamy: „Nie ważcie się wracać!". Zaciskam w pięści drżące dłonie.

Twarz Rilli pochmurnieje ze strachu, a Jocelyn zrywa się wreszcie z podłogi. Obie mijają mnie i rzucają się w stronę wyjścia. Wychodzę za nimi do kawiarni i obserwuję, jak wybiegają przez drzwi wejściowe. Przez chwilę liczę na to, że Rilla się odwróci i popatrzy na mnie, ale nie robi tego. Obserwuję przez okno, jak objęte wpół i pochylone, jakby walczyły z silnym wiatrem, drepczą szybkim krokiem, obijając się o siebie, na przystanek autobusowy.

Po ich wyjściu „Liliana" pogrąża się w martwej ciszy. Biorę głęboki oddech, co przychodzi mi z trudem, bo mam wrażenie, że tonę. Opadam na najbliższe krzesło. W głowie czuję bolesne pulsowanie. Co się właściwie stało? Wydarzenia nastąpiły tak szybko, że czuję się oszołomiona. Mam wrażenie, że byłam nieobecna przez ostatnich kilka minut, że jakaś nieznana istota przejęła nade mną kontrolę. Dlaczego nie poświęciłam ani chwili, żeby dowiedzieć się, co się stało Rilli? I Jocelyn. W głowie wciąż słyszę jej głos: „Proszę, Grace". Ale czy nie miałam prawa się zdenerwować? To w końcu moja kawiarnia, prawda? Wykorzystywały mnie. Dlaczego mi nie powiedziały, że potrzebują lokum do spania? Dlaczego nikt o niczym nie rozmawia? Myśli kotłują się i zderzają w mojej głowie.

Masuję skronie opuszkami palców. Chciałabym, żeby objęły mnie jakieś ramiona. Marzę o uścisku, o pocieszającym szepcie, o tym, by poczuć na włosach pocałunek. O tym, by ktoś mi powiedział, że wszystko będzie dobrze. Że postąpiłam słusznie. Och, Mamo! Myślę o Twoim ciepłym dotyku. A potem myślę o przebudzeniu o poranku u boku Pete'a, tak jak to kiedyś bywało. O przytulnej pościeli, słonym zapachu snu, o jego ustach na mojej głowie i jego rękach na moich piersiach.

Chowam twarz w dłoniach i pozwalam, by moimi ramionami wstrząsnął płacz.

Pardon – Przebaczenie

ŚLIWKOWO-HIBISKUSOWY Z CZEKOLADOWYM GANACHE

Dziś piątek. Rilla nie pokazuje się już od trzech dni, a Gigi prawie się do mnie nie odzywa. Na dodatek postanowiła używać prawie wyłącznie kantońskiego. W tym języku rozmawia z klientami, z Yok Lan i mówi sama do siebie w kuchni. A wszystko to bez najmniejszej próby tłumaczenia. Rzuca w moją stronę przeciągłe spojrzenia, skrywające rzeczy, których nie ma ochoty mi powiedzieć. Próbuję dodzwonić się do Rilli, ale jej telefon jest albo wyłączony, albo poza zasięgiem. Nigdy dotychczas nie miałyśmy potrzeby, aby do niej dzwonić – zawsze przychodziła na czas i nigdy nie chorowała. Pewnego poranka wydaje mi się, że widzę ją po drugiej stronie ulicy, gdy niosę herbatę dla Yok Lan, ale kiedy podnoszę głowę, nikogo tam nie ma, jedynie wiatr kołysze długimi źdźbłami traw.

Bez Rilli trudno mi podołać obowiązkom: każdej nocy moje członki pulsują i puchną z bólu. Większość czasu spędzam w kuchni, gotując zapamiętale, a Gigi obsługuje klientów. Pewnego razu słyszę aksamitny głos Léona, zamawiającego kawę i konwersującego z Gigi. Dziewczyna obsługuje go z lodowatą obojętnością, a ja ukrywam się, nie mając odwagi wyjść przez kolejne trzy godziny, bo boję się, że zastanę go w kawiarni. Po wydarzeniach ostatnich tygodni nie mam siły znosić jeszcze i jego, tym bardziej teraz, kiedy wszystko zostało wyjaśnione. Jestem tak wyczerpana, że co chwilę rzucam ukradkowe spojrzenia na zaplecze, bo mam nieodpartą ochotę położyć się na podłodze, tak jak Rilla i Jocelyn, i zwinąć w kłębek niczym polna myszka. Kusi mnie myśl, by przyłożyć gdzieś głowę, zapaść w drzemkę i o wszystkim zapomnieć.

Gdybyśmy rozmawiali ze sobą, Pete pewnie zapytałby, co się dzieje. Ale niestety prawie się nie widzimy. Gotujemy sobie posiłki dla jednej osoby, chodzimy spać o różnych porach, osobno oglądamy telewizję i oddzielnie korzystamy z komputera. Żeglujemy wokół siebie po wzburzonych falach żalu i wściekłości.

Marjory zaskakuje mnie w łazience „U Liliany", kiedy przyglądam się w lustrze swojemu zmęczonemu odbiciu. Pochyla się, żeby umyć ręce, i spogląda na moje włosy, myśląc zapewne, że szukam siwych pasem, których pojawia się w tych dniach coraz więcej.

– Od lat siwieję – mówi, mrugając do mnie. – Myślałaś, że po co farbuję włosy?

Nawet w przyćmionym świetle łazienki jej fryzura lśni niczym złoto. Byłam przekonana, że to naturalny kolor. Mama powiedziała mi kiedyś, że rudzielec nigdy nie siwieje na szaro – rude włosy często nagle stają się zupełnie białe. Jak za dotknięciem czarodziejskiej różdżki. Jako dziewczynka wyobrażałam sobie, że budzę się z grzywą w kolorze białej czekolady. Ciekawe, czy tak było z włosami Mamy.

Marjory marszczy czoło na widok mojej zmęczonej twarzy.

– Hej, próbuję cię rozbawić!

– Przepraszam. Mam za sobą ciężki tydzień. Całe szczęście, że jutro nie pracujemy.

– Z powodu parady?

Przytakuję ruchem głowy. Nasza ulica będzie zamknięta, bo przejdzie tędy pochód złotych medalistów olimpijskich. I bardzo dobrze, bo muszę odpocząć.

Pryskam sobie w twarz zimną wodą, licząc na to, że chłodna kąpiel choć trochę ją ożywi. Marjory podaje mi ręcznik.

– Gigi powiedziała mi o Rilli. Nie wróciła?

Potrząsam przecząco głową.

– Cholera.

– Właśnie. – Wycieram tusz spod dolnej linii rzęs i delikatnie oklepuję ręcznikiem twarz. Cały makijaż pozostaje na ręczniku.

– Powiedziała ci, dlaczego tu spała?

– Nie. Wszystko potoczyło się za szybko. – Mój głos nagle staje się ostrzejszy, niżbym sobie życzyła. Gdzieś w gardle czuję ucisk z powodu poczucia winy.

Marjory opiera się o ścianę ze zmarszczonym czołem.

– To niedobrze.

Przypominają mi się strzępy opowieści, które słyszałam, o służących kradnących biżuterię, o opiekunkach, które uciekają z pieniędzmi wydłubanymi z dziecięcych skarbonek, o piciu, kłamstwach i innych przewinieniach. To wszystko plotki wymieniane przy latte i cappuccino. Nie sądzę, by Rilla kiedykolwiek mnie okradła, ale czuję, że jest wiele rzeczy, których o niej nie wiem. Myślę o wszystkich wieczorach, gdy pozwalałam jej zamykać kasę na koniec dnia. A co, jeśli przywłaszczyła sobie co nieco z dochodów „Liliany"? Czy rzeczywiście tak bardzo bałaby się wrócić, gdyby nie miała niczego na sumieniu?

– Nie chcę tu kłopotów, Marjory. Jeśli wiesz, że jest w coś zamieszana, lepiej mi tego nie mów.

Marjory wciąż stoi ze ściągniętymi brwiami.

– Nie sądzę, aby chodziło o to, o czym myślisz…

– Ale ja nie chcę niczego wiedzieć – przerywam jej. – Wystarczy mi własnych kłopotów, a „Liliana" to dla mnie – mówię łamiącym się głosem – jedyne bezpieczne miejsce, jakie mi zostało.

Marjory kładzie mi rękę na ramieniu.

– Przepraszam – mamroczę.

– Hej, wszystko w porządku. Już się zamykam. „Liliana" to twój biznes i prowadzisz go tak, jak chcesz. Ale martwię się o ciebie. Wyglądasz na wykończoną.

Obie spoglądamy na moje odbicie w lustrze, a ja wracam myślami do komentarza Gigi sprzed kilku dni.

– Chcesz mi powiedzieć, że wyglądam jak łajza?

Marjory uśmiecha się szeroko.

– Wyglądasz wyjątkowo paskudnie.

– Dzięki.

– Bardzo proszę. Na przyjaciół zawsze możesz liczyć.

Nie mogę się nie uśmiechnąć. Marjory obejmuje mnie ramieniem i przyciąga do swojego boku.

– Chyba obu nam przyda się mały piątkowy drink.

Trudno się z tym nie zgodzić.

Za oknem połyskuje wieczorne niebo naznaczone świecącymi punktami reklam i budynków. Marjory właśnie wróciła z łazienki ze świeżo uszminkowanymi ustami, które błyszczą teraz niczym maska nowego samochodu.

– Och, nie wiedziałam, że aż tak lubisz szampana – mówi, machając do kelnera pustą butelką. Przechyla głowę w jedną stronę w geście, który ma, zdaje się, wyrażać podziw.

– Jest smaczny i gazowany – odpowiadam, mimo że język staje mi nieco kołkiem w ustach.

– Święta prawda.

Siedzimy przodem do okna, żeby napawać się widokiem. Klub „Crystal" znajduje się na trzydziestym którymś piętrze i jest zwrócony w stronę półwyspu Makau niczym tancerz w stronę partnerki. Światła miasta błyszczą oślepiającym blaskiem i odbijają się w wodzie. Tłum wewnątrz jest młody i szczupły – dziewczyny mają na sobie rurkowate dżinsy i zwiewne koszule. Wyglądają jak wysokie trzciny, poruszane ciepłą letnią bryzą. Obok mnie przechodzi jakiś młody mężczyzna i puszcza do mnie oko. Jest ubrany w filcowy kapelusz i kamizelkę, jakbyśmy nagle przenieśli się w lata trzydzieste dwudziestego wieku.

– Makau ładnie stąd wygląda – wzdycha Marjory. Akceptuje nową butelkę szampana przyniesioną przez kelnera, który pochyla się nad nami w czarnym uniformie, by ponownie napełnić kieliszki.

Makau po prostu jest ładne – kolorowe i wesołe na tle ciemnego nieba. Ten widok przywodzi mi na myśl przyjęcie, podczas którego poznałam Léona. Wspomnienie przesiąknięte jest teraz wstydem spowodowanym moim szczeniackim zauroczeniem. Na samą myśl wzdrygam się z zażenowaniem. Wszystko zaczęło się kilka pięter niżej, w „Aurorze", wiele miesięcy temu. Mam wrażenie, że od tamtego dnia moje życie diametralnie się zmieniło. Na powierzchnię znów, jak bąbelki w kieliszku szampana, wypływają myśli o Rilli i o moim rozpadającym się małżeństwie. Wiem, że jeśli na to pozwolę, znów ogarnie mnie smutek, ale nie chce mi się myśleć.

Znów mija nas facet w kapeluszu. Patrzy przeciągle i posyła mi słodki uśmiech. Ma łagodne czarne oczy i skórę w kolorze karmelu. Jeden z jego policzków znaczy ciemne znamię.

– Jak się macie, drogie panie? – Przechyla się przez oparcie kanapy.

Marjory podnosi na niego wzrok, a potem patrzy na mnie. Ja siedzę z oczyma utkwionymi w kieliszku i wspominam szampana, którego Pete i ja piliśmy podczas miodowego miesiąca. Siadywaliśmy ze stopami zakopanymi w ciepłym piasku i obserwowaliśmy chowające się w oceanie słońce. Pamiętam pachnące ananasem pocałunki, śmiech Pete'a i obejmujące mnie ramiona...

– W porządku. A ty jak się masz? – odpowiada uprzejmie Marjory.

– Dobrze. To cudowna noc – mówi zadumanym głosem. – Mam na imię Tom.

– A ja Marjory. – Przechyla się i podaje mu rękę.

– A ty? – Tom pochyla się tak nisko, że muszę na niego spojrzeć.

– Ach! Grace.

– Cześć, Grace. – Uśmiecha się od ucha do ucha i siada na niskim stoliku przede mną. Zastanawiam się, kiedy poprosi Marjory o numer telefonu i sobie pójdzie. Zasłania mi widok. Mówi coś do Marjory, ale moją uwagę przykuwa stojąca przy oknie dziewczyna. Wokół wąziutkiej talii ma owinięty szeroki czerwony pas. Spogląda w dół na swojego drinka i chichocze, parskając co chwilę. Marjory trąca mnie łokciem w bok.

– Tom zapytał, czy może nam postawić drinka – mówi ukradkiem jedną połową ust.

– Aha.

– Powiedziałam, że wolałybyśmy coś przekąsić. Chyba wystarczy picia.

– Tak. Pewnie.

Dziewczyna nieopodal poprawia koński ogon, mocniej go zaciskając i przesuwając wyżej na środek głowy. Podczas tych manewrów trzyma w ustach srebrną portmonetkę i spogląda na mnie kątem oka, posyłając mi przebiegłe, kocie spojrzenie. Emanuje z niej pewność siebie młodej kobiety, której przyszłość jest jeszcze nienapisana. Odwzajemniam jej spojrzenie i szybko wypijam resztę szampana – musujące bąbelki łaskoczą mnie w przełyku. Marjory kładzie mi rękę na ramieniu. Stwierdzam, że Tom nie siedzi już przede mną i mogę swobodnie spoglądać na miasto. Światła delikatnie odbijają się i rozpływają w wodzie.

– Hej. Ziemia do Grace! Dobrze się czujesz?

– Co? Tak, wszystko w porządku. Cudowna noc. – Podnoszę w jej kierunku kieliszek z niepewnym uśmiechem na ustach.

– Ten facet o mały włos nie przewiercił cię wzrokiem na wylot. A ty w tym czasie myślałaś o niebieskich migdałach.

– Co?

– Mówię o Tomie. Tym gościu w kapeluszu. – Patrzę na jej błyszczące usta, które pozostawiły lepki ślad na jej kieliszku. – Dosłownie pożerał cię wzrokiem. – Marjory wpatruje się w moją twarz, jakby czegoś szukała. – Naprawdę nie zauważyłaś, że chodziło mu o ciebie? Nie przestawał się gapić, szczególnie na twoje włosy.

Tom wraca i teraz dokładnie mu się przyglądam. On patrzy na mnie z szerokim uśmiechem. Z jakiegoś powodu nie jestem w stanie na nim się skoncentrować – być może to szampan powoduje, że mój wzrok ucieka na boki. Ciekawe, jakie ma włosy pod kapeluszem.

Dolewa nam szampana i podrzuca do góry orzechy nerkowca, chwytając je w locie ustami. Rozmawia głównie z Marjory. Docierają do mnie urywki ich konwersacji. Przyjechał tu z cyrkiem. Tak, bardzo mu się podoba Makau. No wiesz, nie wszyscy jesteśmy hipisami, ha, ha, ha. Rozmowa ciągnie się w nieskończoność. Kupuje nam margarity i mówi, że pochodzi z Meksyku. Pyta mnie, co robię. Opowiadam mu o „Lilianie”, a on pochyla się do przodu z łokciami na kolanach. Nie potrafię wymyślić nic ciekawego, co jeszcze mogłabym powiedzieć, ale on wpatruje się we mnie, jakby na coś czekał. Wyciąga z kieszeni paczkę papierosów i Marjory częstuje się jednym, z kamiennym wyrazem twarzy wlepiając we mnie w kłębach dymu szkliste, chłodne ślepia. Nie wiedziałam, że Marjory pali. Potem Tom kupuje nam koktajle mojito i przygląda się, jak wyławiam palcami pływające na wierzchu listki mięty.

Kiedy moja głowa opada na miękką chłodną poduszkę, słyszę swój własny chichot, który dociera do mnie gdzieś z daleka. Czuję nad sobą ciepły oddech. Mam wrażenie, że pokój porusza się pomału, jakby obracał się niczym okręt na falach oceanu. Znów się śmieję i słyszę głos Mamy.

– Gdzie byłaś? – Głos jest zimny i ostry.

Strzepuję z nogi but, który z hałasem spada na podłogę.

– W mieście.

– Z kim?

– Wyszłam ze znajomymi.

– Jesteś pijana.

Gdybym była w stanie skinąć głową, zrobiłabym to, ale głowa ciąży na poduszce jak bryła ołowiu. Znowu słyszę chichot.

– Pijana do nieprzytomności – mówi cierpko Mama. Zdejmuje but z mojej drugiej nogi i odrzuca go w kierunku szafki. Rzut jest gwałtowny i but odbija się z hukiem od ściany. – Z jakimi znajomymi?

– Z przyjaciółmi. – Dlaczego zawsze jest taka podejrzliwa? To były tylko koleżanki z restauracji. Właściwie nigdy nie byłam na prawdziwej babskiej imprezie. Dużo się pośmiałyśmy. Faceci stawiali nam drinki. Jedna z dziewczyn przyniosła boa z piór, które dostała od koleżanek w wieczór panieński. Całą noc miałam je na szyi niczym jakaś tancerka.

– Byłaś mi tu potrzebna, Grace.

– Nie byłam – bełkoczę. Jakieś piórko łaskocze mnie w usta.

– Byłaś. Nie możesz sobie tak po prostu wychodzić.

– Cholera, jak tylko...

– Nie przeklinaj!

– Kurde, Mamo – wołam błagalnym tonem, ale zauważam, że znowu przeklęłam, więc zaczynam chichotać.

– Nie odzywaj się do mnie w ten sposób. Jestem twoją matką. Nigdy więcej do mnie tak nie mów! – Jej głos staje się coraz donośniejszy.

– Okej, okej, nie wariuj!

– Nie możesz sobie tak po prostu wychodzić! – Teraz uderza w wysokie tony.

Przewracam się na plecy, a pokój odwraca się razem ze mną. Kładę dłoń na czole.

– Mamo, ja mam dwadzieścia lat! Chyba mogę wyjść ze znajomymi na kilka drinków.

– Nawet do mnie nie zadzwoniłaś! – Jej głos jest donośny, wysoki i coraz bardziej zdesperowany, jakby za chwilę miała spaść w przepaść. Słyszę, że zaczyna się gubić.

– Mamo...

– Byłaś mi tu potrzebna!

– Uspokój się, Mamo. To tylko jeden wieczór. Nie poleciałam na księżyc, tylko poszłam do jednego pieprzonego pubu w Islington.

Słyszę, że w ciemności rozlega się chlipanie. W normalnych okolicznościach bym ją pocieszyła, ale jestem zmęczona, wkurzona i pijana. Jedna z moich koleżanek wyjeżdża na wczasy na Lanzarote. Opowiadała o wylegiwaniu się na plaży z książką i z koktajlem. Niemal wyczuwałam zapach olejku kokosowego i czułam ziarenka piasku na plecach.

– A co zrobisz, jak mnie tu nie będzie? – pytam złośliwie.

Mama przerywa chlipanie.

– Co masz na myśli?

– Kiedy wyjadę na wakacje albo gdziekolwiek.

Czuję przez pościel, że Mama zaczyna drżeć.

– Gdzie się wybierasz? – W jej głosie słychać oskarżenie.

– Nie wiem. Na Lanzarote. Albo do Grecji. A może do Australii. – Nie mam wcale takich planów. Wypowiadam nazwy miejsc, które jako pierwsze przychodzą mi do głowy. Miejsc ciepłych i odległych, gdzie można znaleźć słońce i słone oceany.

– Do Australii? – Mama wpada w histerię. Czuję, że wisi nad przepaścią, trzymając się jedną ręką. – Australii? – powtarza z krzykiem.

– Spokojnie, Mamo. – Żałuję, że w ogóle cokolwiek powiedziałam. To aromatyczne piña colady tak rozluźniły mój język. Mama zeskakuje z łóżka. Nie widzę jej dokładnie w ciemnościach, ale czuję siłę jej wściekłości.

– Jeśli kiedykolwiek... pojedziesz do Australii – wypowiada każde słowo wolno, drżącym głosem – to nie waż się wracać!

Ochota na śmiech całkowicie mnie opuszcza. Jest mi trochę niedobrze. Próbuję usiąść, ale głowa ciąży mi na karku jak dziesięciotonowy głaz.

– Mamo...

– Słyszałaś, co powiedziałam, Grace Raven. Jeśli nic a nic cię nie obchodzę, jeśli nie chcesz ze mną być, to sobie jedź. Jedź i zostaw mnie samą.

– Mamo!

– Zostaw mnie i nigdy tu nie wracaj! – Wybiega z krzykiem z pokoju. Mam wrażenie, że emanująca z jej złości energia wypełniła całą sypialnię, a w powietrzu czuje się wyładowania. Jest mi coraz bardziej niedobrze. Wychylam się poza brzeg łóżka i dostrzegam doniczkę, w której kwiatki umarły już wieki temu. Chwytam ją w ostatnim momencie, bo mój żołądek zaczyna falować i wyrzucam trzy piña colady na spragnioną wilgoci ziemię.

* * *

Zaraz po przebudzeniu wyczuwam zapach cytryny. Aromat pochodzi z czyściutkiej białej pościeli. Wszystko wokół jest jasne i kolorowe. Słyszę jakiś jęk i dochodzę do wniosku, że pochodzi z moich ust. Umysł przeszywa mi dochodzący z sąsiedniego pokoju odgłos stukania po klawiaturze. Odwracam się na drugi bok. Tuż obok mnie leży piramida satynowych poduszek w kolorze kawy z mlekiem i czekolady. Myśli pomału zbierają się w mojej głowie, jak cukier osiadający na dnie szklanki.

– Obudziłaś się?

Oglądam się za siebie. O framugę drzwi opiera się Marjory. Ma na sobie popielaty T-shirt i włochate białe spodnie od dresu. Włosy upięła na czubku głowy i przygląda mi się dziwnym wzrokiem.

– Ehm. Tak. – Odwracam się i podnoszę, by usiąść. Jestem ubrana w koszulkę z podobizną jakiejś pięknej Murzynki śpiewającej jazz. Ma jaskrawoczerwone usta w kolorze pomidora. Zdaje się, że jest tam napisane „Chicago Blues Club", ale od czytania do góry nogami zbiera mi się na mdłości.

– To koszulka Dona – wyjaśnia krótko Marjory. Siada na końcu łóżka. Rozglądam się wokół i stwierdzam, że niemal wszystko jest białe. Białe zasłony, biała pościel. Jest tu tylko kilka kolorowych poduszek i szykowny dywanik o barwie mokki, który ma przełamać oślepiająco jasną kolorystykę. Oczy mnie bolą, więc je zamykam. Przypomina mi się, jak przyglądałam się twarzy Toma i zauważyłam znamię.

– Co się stało? – Podnoszę powieki, ale tak bardzo kręci mi się w głowie, że muszę przytrzymać się brzegów łóżka.

– Upiłyśmy się – odpowiada Marjory. – Prawdę mówiąc, ty urżnęłaś się w trupa. – Patrzy na swoje ręce, które trzyma na kolanach.

– Czy… Czy coś się stało? Wiesz, o co mi chodzi.

Odwraca się do mnie i marszczy brwi.

– Z tym facetem. Tomem. – Mówię pomału, z zaciśniętym żołądkiem.

– Aha. Nie. – Znów przygląda się swoim palcom. – Tylko tyle, że obrzygałaś mu buty.

– Boże!

– Wszystko w porządku. W ogóle się nie przejął. Potem przyjechałyśmy do domu. A on dalej chciał, żebym dała mu twój numer telefonu. Musiałam powtórzyć z tysiąc razy, że jesteś mężatką.

– Aha. – Poczucie winy miesza się we mnie z poczuciem ulgi.

– Grace – mówi Marjory z zakłopotaniem. – Co się dzieje? Wiem, że ty i ja jesteśmy skrytymi osobami. Może dlatego się zaprzyjaźniłyśmy. Ale po tym, co się wydarzyło na kortach, i z Rillą, i wczoraj wieczorem… – Patrzy na mnie z poważnym wyrazem twarzy. – Nie jesteś sobą. Albo jesteś inną osobą, niż myślałam.

Opieram tył głowy o ścianę. Wiele bym dała, aby przestała tak boleć. Zamykam oczy i kładę obie dłonie na czole. Pachną tytoniem i winem. Odruchowo marszczę nos. Przez chwilę zalega między nami cisza. Potem otwieram oczy.

– Chodzi o Rillę? – pyta.

– Nie. A właściwie i tak, i nie.

Marjory czeka. Ja czuję suchość w gardle.

– Pete się z kimś przespał. Z jedną z tych kobiet z hotelu „Lisboa". – Te słowa dotkliwie mnie ranią. Nie sądziłam, że tak trudno będzie je wypowiedzieć.

Marjory przesuwa się na łóżku i obejmuje mnie ramieniem.

– Przykro mi, Grace.

Kiwam głową. A potem zaczynam płakać. Nie umiem się powstrzymać. Najpierw chlipię cicho, a potem płaczę coraz głośniej wielkimi rzewnymi łzami. Łkanie rozsadza moją biedną głowę jeszcze bardziej niż ból i pogarsza sytuację. Mieszają się we mnie łzy i ból, ból i łzy.

– Szsz – uspokaja mnie szeptem Marjory, ale ja nie potrafię przestać, a jej ramię robi się zupełnie mokre od moich łez.

Odwozi mnie do domu z workiem ubrań z poprzedniego wieczoru. Poskładała je pieczołowicie, a buty złożyła jedną podeszwą do drugiej. Mam na sobie jej spodnie od dresu i klapki. Opowiedziałam jej o mojej przedwczesnej menopauzie, o naszych nadziejach i zniweczonych marzeniach, o milczeniu, które pomału odsuwa nas od siebie. Wszystko wylało się ze mnie szybciej, niż się spodziewałam, a ona słuchała, niewiele mówiąc. Teraz klepie mnie po kolanie.

– Wszystko będzie dobrze, zobaczysz – mówi przyciszonym głosem.

– Tak myślisz? – Spoglądam w dół na swoje stopy. Złamał mi się paznokieć na dużym palcu. Pewnie wczoraj wieczorem. – A nie powinnaś mi przypadkiem poradzić, żebym rzuciła tego niewiernego gnojka?

Marjory wyłącza silnik i pochyla się na kierownicy. Słońce zaczyna zachodzić, wszystko oblane jest niewiarygodnym blaskiem. Takie zachody słońca w Makau nie zdarzają się często, więc wpatrujemy się w feerię barw, a nie w siebie nawzajem. Błękit zamienia się w morelę, a ta w ognistą pomarańczę. Smaczku dodają rozsmarowane po niebie wielkie chmury.

– Nie. Tego ode mnie nie usłyszysz.

– Dlaczego?

– Bo chociaż to, co zrobił, jest cholernie głupie, on cię kocha, Grace.

Parskam mimowolnie. Ciekawy sposób wyrażania miłości. Gniew podpełza do mojego gardła jak bąbelki szampana w kieliszku.

– Naprawdę, Grace. Wiem, bo mi też na tobie zależy, więc coś mogę na ten temat powiedzieć. – Odwracam się twarzą do niej. – Kiedy tańczyłam, bez przerwy przychodzili nas oglądać paskudni, śliscy faceci. Taki gatunek, który oszukuje swoje żony i dziewczyny. I to nie raz albo dwa, ale na okrągło, bo mają taki obrzydliwy nawyk. Długo obracałam się w tym szujowatym światku i ręczę ci, że... owszem, Pete narozrabiał, popełnił błąd, ale on nie jest jednym z tych facetów. – Oczy Marjory są utkwione w zachodzącym słońcu, ciepłe kolory odbijają się od jej twarzy. – Pomyśl, Grace. Nie uderzyłby Léona, gdyby mu na tobie nie zależało.

– Był po prostu zazdrosny. Zachował się jak jakiś pieprzony neandertalczyk.

– Dokładnie. Był zazdrosny, bo czuł, że Léon ci się podoba i nie mógł znieść myśli, że mogłabyś pokochać kogoś innego.

– Chyba nie mógł znieść myśli, że mogłabym się przespać z kimś innym. I w związku z tym... – potrząsam uniesioną do góry głową, próbując się nie rozpłakać – teraz ja muszę myśleć o nim kochającym się z inną kobietą.

Marjory przechyla głowę.

– Może to nie myśl o tobie śpiącej z Léonem doprowadziła go do takiego szału, tylko myśl, że pozwalasz, by ktoś inny pochłonął całą twoją uwagę.

– Co masz na myśli?

– To, że się na niego otwierasz i pozwalasz, by tu zamieszkał, Grace. – Patrzy mi prosto w oczy i przykłada sobie dłoń do piersi.

By tu zamieszkał?

– Słuchaj, nie jestem psychologiem. Poza tym sama mam niejedno na sumieniu – wzdycha. – Ale przemyśl to, staruszko.

Przez chwilę siedzimy w milczeniu i obserwujemy przesuwające się chmury. Biorę kilka głębokich oddechów. Marjory prostuje się i opiera o siedzenie.

– Chodź – mówi. – Musisz iść do domu, a ja muszę potrenować z Cindy Crawford na DVD. – Przechyla się w moją stronę i ściska moją rękę, a ja zsuwam się z siedzenia pasażera i staję na chodniku.

Kiedy auto zawraca, macham na pożegnanie, a Marjory posyła mi słodki uśmiech i unosi jedną rękę znad kierownicy. Nadchodzi noc, światło zanika, niebo przybiera barwę atramentu, a kształty tracą wyrazistość. Wciągam do płuc haust chłodnego powietrza i wchodzę do budynku.

Stoję w drzwiach jak duch. Pete jest w salonie, a przed nim na ułożonym na stoliku do kawy stosie książek leży otwarty laptop. Pete ma na nosie okulary do czytania, które kupiłam mu jakiś rok temu. To kolejny znak, że oboje stajemy się coraz starsi. Przegląda rozłożone wokół siebie dokumenty i nie zauważa mnie przez pewien czas, a ja wpatruję się w loczki na jego karku. Przypominają mi się chłodne letnie noce w Londynie, kiedy siadywaliśmy w ogródku piwnym pobliskiego pubu. Rozmawialiśmy o dzieciach, które zamierzaliśmy mieć. On chciał, żeby miały moje usta i rude włosy, a ja marzyłam, że odziedziczą jego ozdobione długimi rzęsami orzechowe oczy. W takie noce sięgał po moją dłoń, ściskał ją i mówił, że mnie kocha do szaleństwa, a ja mu wierzyłam. Podczas takich rozmów wybieraliśmy ulubione imiona: Rose albo Eva, Dylan, Matthew albo Jack. Byliśmy wtedy tacy szczęśliwi…

Pete marszczy brwi nad pełnymi wykresów papierami, gdzie czarne linie wdrapują się na szczyty, a potem opadają w doliny. Zauważa mnie przy drzwiach, kiedy patrzy na ekran ponad krawędzią okularów. Gwałtownie wciąga powietrze.

– Wystraszyłaś mnie. – Przygląda się mojemu T-shirtowi i klapkom. – Nie wróciłaś do domu. Wszystko w porządku?

Nie wiem, co odpowiedzieć, więc nie odpowiadam. Dalej się w niego wpatruję. Czuję się tak, jakby w mojej klatce piersiowej uwięzione były ptaki i uderzały małymi skrzydełkami, żeby się uwolnić.

– Grace?

Stawiam torbę na ziemi.

– Gdzie byłaś?

Biorę głęboki oddech, pragnąc, by uczucie rozdygotania opuściło moje ciało. Nie rozumiem, dlaczego tak trudno mi jest rozmawiać z własnym mężem.

– Byłam u Marjory. Zostałam na noc – tłumaczę się jak nastolatka.

– Okej.

Przyglądamy się sobie jak para obcych ludzi. Podchodzę do kanapy, siadam kilka stóp od niego i mówię cicho: – Myślałam przed chwilą o „Approach Tavern". O tym pubie. Pamiętasz go?

– Oczywiście, że pamiętam.– Widzę, że jego twarz się rozluźnia.

– O tych stolikach od frontu. I fantastycznych nachos.

– Podawali tam piwo London Pride prosto z beczki.

– Tak.

Odsuwa od nas stolik kawowy i wzdycha.

– Wciąż jestem na ciebie wkurzona, Pete.

– Masz do tego prawo – mówi pełnym żalu głosem.

– Niedobrze mi, kiedy myślę, że kochałeś się z inną kobietą. W ogóle nie jestem w stanie o tym myśleć.

– Bardzo cię przepraszam, Grace. Nie umiem wyrazić, jak mi przykro.

Kiedy spogląda w moją twarz, zdaję sobie sprawę, od jak dawna na niego nie patrzyłam. Nie widziałam koloru jego oczu, krzywizny ust. Nie ogolił się dzisiaj – całą brodę pokrywa sztywny zarost. Jego oczy są szeroko otwarte i po tylu wspólnie spędzonych latach wiem, że mówi prawdę.

Wciągam głęboko powietrze.

– Czy... zabezpieczyłeś się? To znaczy...

Marszczy brwi i kiwa głową, rozumiejąc, że pytam o to, czy użył prezerwatywy. Otwiera usta, by powiedzieć coś jeszcze, ale ja unoszę do góry rękę.

– Nie. Nic mi nie mów. Nie chcę znać żadnych szczegółów. Nie zniosę tego.

Pete czeka, a kiedy znowu podnoszę na niego wzrok, zaczyna mówić tak, jakby każde słowo więzło mu w gardle.

– Ja też się tego brzydzę. Nie chciałem ci o tym mówić. Chciałem, żeby to nie była prawda, żeby to wszystko się nie wydarzyło.

Kiwam głową.

– Nie potrafię tego wytłumaczyć. Wiem, że to głupio brzmi, ale było w tym coś z szaleństwa. Bo wiedziałem, że nie będziemy mieli rodziny, bo ze sobą nie rozmawialiśmy...

Rozumiem to, co mówi o szaleństwie. To niezrównoważenie w stylu Mamy, które popchnęło mnie ku zauroczeniu Francuzem i kazało wydzierać się wniebogłosy na biedną Rillę. Kładę rękę obok niego na kanapie. Pete zauważa to i patrzy na mnie, jakby prosił o pozwolenie. Jego ukradkowe spojrzenie sprawia, że mięknie mi serce. Czy to przeze mnie stał się taki niepewny? Przysuwam się do niego i biorę do ręki jego dłoń. Kiedy wypuszczam z płuc powietrze, mam wrażenie, że wstrzymywałam oddech przez całą wieczność.

– Grace, pękło mi serce, kiedy się okazało, że nie będziesz mogła mieć dzieci. Ja też ich oczywiście chciałem, ale ty myślałaś i mówiłaś o nich każdego dnia. Wiedziałem, jak bardzo chcesz być matką. Widziałem, co się dzieje i nic nie mogłem na to poradzić. Ale jeszcze gorsze, dużo gorsze jest to, co się dzieje między nami...

– Wiem. – Tak trudno to powiedzieć. Przełykam ślinę. – Próbowałam szukać zapomnienia w „Lilianie”, w snach na jawie... sama nie wiem, w czym jeszcze. – Głos mi drży.

Pete pochyla głowę w moją stronę i stykamy się czołami. Siedzimy tak przez kilka minut, z zabawnym trójkątem przestrzeni między nami.

– Bardzo cię kocham – szepce Pete.

– Wiem.

– I bardzo mi przykro.

– Wiem – wzdycham. – Ja też przepraszam.

Kochana Mamo,

czy dwoje ludzi może stworzyć rodzinę? Czy to wystarczy?

Wydaje mi się, że nam się to udało. Tobie i mnie. Przecież nie byłyśmy tylko mieszkającą razem parą osób.

Chyba nadszedł czas, żebyśmy z Pete'em też spróbowali żyć w taki sposób.

Twoja kochająca córka Grace

Thé pour Deux – Herbatka dla Dwojga

RÓŻOWY EARL GREY Z GANACHE Z CIEMNEJ CZEKOLADY

Wiszący w kawiarnianej kuchni kalendarz zwiastuje koniec września. Niedługo nadejdzie Boże Narodzenie, a potem Nowy Rok. Ta myśl w niewytłumaczalny sposób mnie porusza, jakbym próbowała trzymać czas na uwięzi, niczym domowe zwierzątko. Przyglądam się małym czarnym kwadratom i liczbom widniejącym przed moimi oczyma.

– Ktoś chce się z tobą zobaczyć.

Gigi stoi w drzwiach kuchni z rękoma skrzyżowanymi na ogromnym brzuchu. Znów zaczęła ze mną rozmawiać, ale daje mi jasno do zrozumienia, że robi to niechętnie.

– Dziękuję. Już idę – odpowiadam z uśmiechem. Dziewczyna odwraca wzrok. Odwiązuję poplamiony *ganache'm* fartuch i myję ręce.

Kiedy wchodzę do kawiarni, Pete siedzi przy stoliku pod ścianą z rozłożoną przed nosem gazetą. Zamiast ją czytać, rozmawia z Gigi, która stoi ze stosem talerzy i filiżanek poukładanych wzdłuż przedramienia aż do zagłębienia łokcia i podpartych na okrągłym brzuchu. Wymachuje drugą ręką, najwyraźniej opowiadając jakąś historię. Pete patrzy na nią do góry z uśmiechem. Stoję przez chwilę i obserwuję ich, podczas gdy Gigi potrząsa głową i wywraca oczyma. Na stoliku widzę dwa talerze, na każdym leży bagietka, a w oknach za plecami Pete'a przesuwają się szare chmury. Czuję się nieco oszołomiona jego obecnością, jak wtedy, kiedy spotykaliśmy się na pierwszych randkach.

– Hej – przerywam im.

Pete odchyla się na krześle, a jego uśmiech łagodnieje.

– Chcecie, żebym podała wam kawę? – pyta z nagłą szorstkością w głosie Gigi. Patrzy bardziej na Pete'a niż na mnie.

– Dziękuję, chętnie.

– Ja bym się napił zielonej herbaty, jeśli to możliwe – dodaje Pete.

Gigi kiwa głową.

– Miło cię poznać – mówi.

– Ciebie też, Gigi.

Kiedy odchodzi z naczyniami do kuchni, Pete unosi brwi.

– Niezłe z niej ziółko. Ale to inteligentna bestia.

– Masz rację, to specyficzna osoba. Czasem działa mi na nerwy, ale jest wyjątkowo obrotna. I jest bardzo pomocna w kontaktach z dostawcami i z miejscowymi klientami.

Pete rozgląda się po kawiarni i widzę, że tym razem dokładnie ją lustruje. Jakby chciał zapamiętać każdy szczegół. Ciekawa jestem, co myśli. Chciałabym go zapytać, ale mam wrażenie, że to zbyt wiele, że jest jeszcze za wcześnie. Dociera do mnie, że znam opinię Léona o „Lilianie", ale nie znam opinii Pete'a.

– Gdzie jest Rilla? – pyta.

Żołądek zawiązuje mi się w supeł, więc podaję mu najprostsze wyjaśnienie, takie, które wywołuje u mnie najmniejsze poczucie winy.

– Trochę się pokłóciłyśmy.

– Aha.

Gigi, która stoi teraz za ladą przy ekspresie do kawy, rzuca w moją stronę jedno ze swoich pogardliwych spojrzeń. Ciekawe, czy usłyszała, co powiedziałam. Znów wspominam z tęsknotą uśmiechniętą i łagodną twarz Rilli. Odwracam się do Pete'a.

– Pijasz zieloną herbatę?

– Tak. Nauczyłem się w pracy. – Wzrusza ramionami. – Smakuje mi.

Zdejmuje krawat i kładzie go na brzegu stołu na gazecie. Odpina guzik przy szyi i odchrząkuje.

– Może... Może zjedlibyśmy razem lunch? – mówi.

Rozglądam się po pustawej kawiarni. Yok Lan siedzi w kącie przy oknie i żuje makaronik. Zauważa moje spojrzenie i uśmiecha się, podnosząc rękę w geście pozdrowienia. Ja też posyłam jej uśmiech.

– Dobrze. Nie ma wielkiego ruchu.

Pete też się uśmiecha i pochyla w moją stronę, jakby miał zamiar coś szepnąć. Jego ruch jest intymny – czuję ciepło jego ciała, jeszcze zanim mnie dotknie.

– Masz tu coś... Wiem, że to brzmi ckliwie, ale masz coś we włosach – mówi cicho.

– Aha – odpowiadam na wydechu.

Sięga w moją stronę i wygładza kosmyk włosów nad moim czołem, a potem opiera się na krześle i przechyla głowę na bok, sprawdzając, czy dobrze wyglądam. Nadciąga Gigi z tacą i podaje moją kawę i herbatę Pete'a. Patrzy na nas, potem na bagietki, i odchodzi, by porozmawiać z babcią.

– To mydliny – wyjaśnia Pete, pociągając łyk gorącej herbaty. – W twoich włosach. Mydliny.

Kiwam głową sponad filiżanki. Czuję się, jakbym była na randce, nawet ręce mam spocone.

– Jak ci mija dzień? – pytam.

– Dzień? W porządku. – Milknie na chwilę z kanapką w ustach. – Nie, tak naprawdę jest kiepsko. Przepraszam, przyzwyczaiłem się mówić, że wszystko jest w porządku, ale sprawy mają się naprawdę marnie. – Wgryza się w swoją bagietkę, a ja rozkładam sobie serwetkę na kolanach.

– Co się dzieje?

– Gospodarka – odpowiada enigmatycznie.

– Co z nią?

– Pikuje w dół. Wszystko się szybko zmienia. Za szybko – wyjaśnia pomiędzy kęsami.

– Myślisz, że coś złego się tu wydarzy?

W odpowiedzi pomału potrząsa głową.

– Nie jestem pewien. Trudno cokolwiek powiedzieć – wzdycha.

Rozmawiamy o tym, pogryzając nasze kanapki. Ceny akcji wszystkich kasyn poszły w dół, rząd chce ograniczyć przyjazdy gości z niektórych prowincji, budowa ma opóźnienia w stosunku do harmonogramu, a pożyczkodawcy zaczynają się niepokoić. Pete cały czas potrząsa głową. Branża pogrąża się w coraz większym chaosie. Wszyscy przyzwyczaili się do regularnych dochodów i do zadowolenia akcjonariuszy. Stare powiedzenie na temat tworzenia kasyn w Makau mówiło: „Buduj, bo klienci i tak się znajdą". Teraz nie jest to już takie pewne. Pete popija herbatę pomału, łyk za łykiem.

Zmierzając do wyjścia, Yok Lan podnosi się, podchodzi, żeby położyć rękę na moim ramieniu i uśmiechnąć się do mnie. Jej twarz jest okrągła i pogodna, oczy ma półprzymknięte jak oczy medytującego Buddy. Przedstawiam ją Pete'owi.

– To jest Yok Lan, babcia Gigi.

Pete mówi coś po kantońsku. Yok Lan odchodzi z uśmiechem, kiwając głową.

– Co jej powiedziałeś?

– Powiedziałem, że miło mi ją poznać i do zobaczenia następnym razem.

Łapię się na tym, że wpatruję się w niego z podziwem, ale on nie zauważa mojego wzroku – całą uwagę skupił na kanapce.

– To jest naprawdę wyśmienite, Grace. – Wyraz jego twarzy przypomina mi młodego Pete'a. Pete'a z buzią pełną tarty pomidorowej.

– Dziękuję – szepcę.

– To świetna knajpka. Naprawdę.

Posyłam mu wdzięczne spojrzenie i uśmiecham się zakłopotana. Siedzimy razem w milczeniu i kończymy posiłek. Jest miło, swobodnie, nie czujemy się niezręcznie.

Nie całuje mnie na pożegnanie, ale kładzie mi rękę na ramieniu, tak samo jak Yok Lan, i lekko je ściska. Przez moje ciało przepływa fala ciepła i chociaż wiem, że nasze problemy są dalekie od rozwiązania, mam wrażenie, że pewnego dnia może uda się nam je rozwikłać. W jego dotyku jest miłość i prośba o wybaczenie, a moje ciało rozpoznaje jego emocje.

– Miłego dnia.

– Nawzajem – odpowiadam, dalej siedząc. Na zewnątrz wieje silny wiatr i kiedy Pete otwiera drzwi, dzwonek reaguje szaloną kakofonią dźwięków. Gdy jest już na zewnątrz, wichura unosi jego włosy i rozrzuca mu je po twarzy. Pete marszczy nos i pokazuje wszystkie zęby w grymasie niezadowolenia. Gigi śmieje się z niego przez szybę. On macha do mnie ręką, a ja odpowiadam podobnym gestem.

W nocy deszcz bez wytchnienia łomocze w okna. Nie powinnam się do nich zbliżać, ale jestem tak zdenerwowana, że nie potrafię usiedzieć. Każda przechadzka kończy się przy oknie, przez które usiłuję wyjrzeć. Czuję się jak lew w klatce. Pete siedzi przed telewizorem. Wiatr jest tak porywisty, że drzewa na naszej ulicy wyginają się w łuki. Huragan huczy i dudni złowrogo, a gdy przykładam dłoń do szyby, czuję gwałtowne uderzenia wiatru. To nie jest typowy tajfun.

– Hej... ehm...

– Dobrze, już się odsuwam – odpowiadam, zanim zdąży mnie upomnieć.

Pete wie, że martwię się o „Lilianę". Jestem pewna, że on też krąży myślami wokół swojej budowy. Patrzy mi w oczy i posyła mający dodać otuchy uśmiech. Ostatnia burza nie spowodowała wielkich zniszczeń, ale ten tajfun jest dużo gorszy. Motocykle, normalnie poustawiane wzdłuż ulicy, leżą poprzewracane na chodnikach, a na ulicach nie ma ani jednego samochodu. Jest dziwnie i zimno, jak w środku stycznia.

W telewizji zaczyna się prognoza pogody i Pete podkręca głośność. „W Hongkongu, z powodu tajfunu Hagupit i ulewnego deszczu, odwołano dziś ponad sto lotów. Zniszczone rusztowania i lokalne podtopienia to tylko niektóre następstwa tajfunu, który przeszedł nad tym regionem dzisiaj po południu...".

Słyszymy złowróżbny jęk wiatru i telewizor milknie. Za to w łazience zaczyna się obracać wentylator, uruchomiony przez gwałtowny podmuch powietrza. Biegnę, żeby go wyłączyć i obciążam sznurek szklanym słoikiem wypełnionym ziarenkami pieprzu. Kiedy wracam do salonu, Pete przygląda mi się zaniepokojony.

– Żyjesz, kochanie?

Siadam obok niego.

– Nie mogę przestać myśleć o „Lilianie".

– Wszystko będzie w porządku – mówi z nadzieją w głosie.

Słychać odgłos stukającego w okno drzewa, gałęzi obijającej się o szybę lub o framugę. Pete zamiast w okno, patrzy we frontowe drzwi. Marszczy czoło.

– To było przy drzwiach?

– Co?

– Ktoś do nas puka?

– Nie wiem.

Wstaje i otwiera drzwi. W progu widać jakąś trzęsącą się, drobną i ociekającą wodą postać.

– O mój Boże! Proszę wejść, szybciutko! – mówi.

Kiedy Pete się odsuwa, dostrzegam drobną, mokrą i pobladłą twarz. Gwałtownie wciągam powietrze.

– Rilla?

Pete rzuca mi ostre spojrzenie.

– Grace, przynieś ręcznik.

Stoję przez chwilę i patrzę na nią, a ona bez słowa wbija wzrok w drewnianą podłogę. Ma płaszcz przeciwdeszczowy, ale zamiast się nim okryć, ściska go w dłoniach tak kurczowo, że jej palce zrobiły się zupełnie białe. Kaszle, a jej usta wydają się sine na bladej twarzy.

– Grace? – mówi raz jeszcze Pete.

Przynoszę natychmiast duży ręcznik, a Pete owija nim Rillę, jakby była maleńkim dzieckiem, dopiero co wyjętym z kąpieli. Wygląda przy niej jak olbrzym; jego ręka na jej plecach jest wielka niczym niedźwiedzia łapa. Prowadzi ją do kanapy i prosi, żeby usiadła, co wprawia dziewczynę w wyraźne zakłopotanie. Ja idę do kuchni i nalewam duży kubek gorącej wody, do której wrzucam torebkę herbaty. Słyszę, że Pete coś do niej mówi, ale nie słyszę, by odpowiadała.

– To bardzo niebezpieczne – stwierdza Pete, gdy stawiam przed Rillą kubek. Dziewczyna cały czas unika mojego wzroku, ale na widok herbaty kiwa z wdzięcznością głową. – Co pani robiła na dworze?

Kiedy nie odpowiada, Pete siada obok niej i głaszcze ją dłonią po plecach. Jego brwi rozdziela głęboka, zdradzająca niepokój zmarszczka. Ja siadam niepewnie na brzegu stolika do kawy i obserwuję, jak Rilla pociąga jak ptaszek maleńkie łyczki herbaty. Jest tak przemarznięta i krucha, że czuję, jak pod powiekami zbierają mi się łzy. W końcu przestaje się trząść, a jej usta i policzki odzyskują kolor. Podnosi głowę i rzuca w moją stronę przelotne spojrzenie.

– Rilla, co się dzieje? – szepczę.

Jej usta drżą ponad krawędzią kubka.

– Przepraszam, proszę pani i pana – mamrocze, nie podnosząc głowy. – Poszłam do „Liliany", sprawdzić, co się...

– Poszłaś do „Liliany"?

– Żeby zobaczyć, czy wszystko w porządku. Ale potem autobusy przestały jeździć, więc nie mogłam wrócić do domu. Wiedziałam, że mieszkacie niedaleko... – Ma stropiony wyraz twarzy.

– Och, Rilla – wzdycham.

– Jest trochę zniszczeń, kilka rozbitych okien. I... to.

Spomiędzy zwojów ręcznika wyciąga swój płaszcz przeciwdeszczowy złożony jak pakunek i rozwija go. W środku ma rozbity na kawałki szyld. Ten widok wywołuje w moich piersiach niespodziewany ból. Jej imię połamane w drobny mak... Wciągam gwałtownie powietrze, a Rilla wreszcie podnosi na mnie wzrok. Ma szeroko otwarte oczy.

– Nie jest źle, proszę pani – mówi, spoglądając to na Pete'a, to na mnie. – Można wszystko naprawić. To tylko potłuczone szyby i trochę wody wewnątrz, ale wszystko będzie dobrze. Makau to bezpieczne miejsce, tu nie ma włamań ani kradzieży. – Jej oczy obwiedzione są wilgotnymi rzęsami, czoło ma zmarszczone. Jej troska sprawia, że czuję się jednocześnie winna i wdzięczna.

– Proszę pani? – szepce znowu. – Grace? Wszystko będzie dobrze.

Potrząsam głową.

– Bardziej przeraża mnie myśl o tobie, wędrującej w tej strasznej wichurze. – Przygryzam wargę. Wiatr gwiżdże i zawodzi za oknem, a ja kładę dłoń na jej mokrym kolanie. – Rilla, przepraszam cię. Próbowałam się do ciebie dodzwonić... – Pete wstaje, wyjmuje mi z rąk potłuczony napis i zabiera pusty kubek Rilli. Idzie do kuchni, żeby zaparzyć jeszcze jedną herbatę i zostawia nas same. Jak bardzo się myliłam, myśląc, że Rilla może mnie okraść albo wykorzystać przyjaźń, która się pomiędzy nami zrodziła. Ogarnia mnie poczucie wstydu i głos zaczyna mi drżeć.

– Rilla, proszę cię, wróć do „Liliany". Bardzo nam ciebie brakuje.

– O!

– Jeśli nie znalazłaś jeszcze innej pracy...

– Nie. Nie znalazłam innej pracy.

Siedzimy przez chwilę pogrążone w ciszy, patrząc na siebie.

– Uważam, że powinnam ci wszystko wyjaśnić, Grace. Mówię o tamtym poranku – szepce. Sztywnieję z zakłopotania, gdy spogląda na mnie z powagą w oczach. Ale wtedy wchodzi Pete ze świeżą herbatą. Jestem mu wdzięczna za interwencję.

– Nie martwcie się, dziewczyny – mówi. – Będzie dobrze. Ani się obejrzycie i znowu będziecie lepić makaroniki. – Patrzy na Rillę. – Ale będziesz musiała nam pomóc przeczekać ten tajfun. W pokoju gościnnym są świeże ręczniki, a Grace zaraz przyniesie ci jakieś ciuchy. Prawda, Grace?

Kiwam głową, z dłonią wciąż na kolanie Rilli.

– Jesteście pewni? – pyta Rilla. – Nie będę przeszkadzać? – patrzy na mnie.

– Oczywiście, że nie – mówię. – Zostań, proszę.

Następnego poranka nie docieramy do „Liliany" jako pierwsze. Marjory siedzi już w kucki przy wejściu z Gigi, której monstrualny brzuch całkowicie przykrywa dolną połowę ciała. Dookoła nich leżą porozrzucane mokre śmieci i kawałki parapetu, a potłuczone odłamki szkła połyskują w świetle jak brylanty. Rilla pomaga Gigi stanąć na nogi. Gigi postękuje z wysiłku, ale śmieje się szeroko do Rilli i przytrzymuje jej dłoń dłużej niż to konieczne, obdarzając ją siostrzanym uściskiem. Ma na sobie popielatą sukienkę ciążową i czarne dżinsy. Jej twarz jest nietknięta makijażem, z wyjątkiem grubej warstwy tuszu do rzęs.

– Wróciłaś! – mówi do Rilli z uśmiechem Marjory. – Tęskniłyśmy za tobą.

– Cholera, Grace. „Liliana" to ruina – mówi z właściwą sobie bezceremonialnością Gigi.

Mój wzrok lustruje pomału kawiarnię. Kurczowo trzymam się myśli, że mamy ubezpieczenie, by pokryć koszty napraw. Mimo to jestem przerażona. Słup reklamowy jest skrzywiony, a luźne łańcuchy powiewają smętnie w porannej bryzie. Okna przy wejściu są potłuczone – tylko jedno ostało się uparcie we framudze, ale szyba jest pęknięta na środku, tworząc rysunek słoneczka. Fragment ramy okiennej wisi na zawiasie, a między paskami żaluzji widać kawałki drzewa. Nawet z zewnątrz widać, że podłoga jest zalana wodą, a nogi stołów nasiąkły wilgocią. Jeden stolik leży przewrócony na ziemi, a przez środek blatu biegnie głęboka rysa zwiastująca pęknięcie. Wszystkie krzesła wylądowały pod zachodnią ścianą, pozostałe stoliki powpadały jeden na drugi i kłębią się w narożniku. Kiedy podchodzę do wejścia, Rilla kładzie mi dłoń na plecach.

– Dobrze się czujesz?

Kiwam głową, wdzięczna, że Rilla jest tu ze mną.

Po otwarciu drzwi wita mnie wypływająca ze środka woda. W kawiarni hula zbłąkany wiatr – to oznacza, że okno w kuchni też zapewne jest stłuczone. Zastanawiam się nad stanem pieców, lodówek i magazynku. Serce mi zamiera na myśl o wszystkich makaronikach, które przygotowałyśmy, o mące migdałowej, o sztućcach i kieliszkach. W powietrzu unosi się irytujący zapach stęchlizny. Dziewczyny wchodzą za mną i stoimy we czwórkę po kostki w wodzie pomiędzy stołami i krzesłami, rozglądając się dookoła. Zaczyna mnie ogarniać obezwładniający smutek.

Ciszę przerywa okrzyk Gigi, która wyciąga przed siebie rękę.

– Patrzcie!

Nasz wzrok podąża za jej palcem ku ścianie obok lady. Tam, tuż obok ekspresu do kawy i kasy, wisi plakat podarowany przez Yok Lan. Rama jest cała, szkło nietknięte i rycina dumnie tkwi na swoim miejscu, a niezrażone niczym dzieci wciąż bawią się pośród tańczących iskier i płomieni.

Un Petit Phénix – Mały Feniks

CYNAMONOWY Z GANACHE Z CIEMNEJ CZEKOLADY O SMAKU CHILI

Pod koniec października będziemy mogły usunąć stojak reklamowy przy drzwiach.

„Serwujemy kawę i ciasto na wynos!
Kawiarnia zostanie otwarta po usunięciu usterek spowodowanych przez tajfun!"

Rilla domalowała wykrzykniki – wydaje jej się, że napis staje się w ten sposób weselszy. Gigi przetłumaczyła informację na kantoński. Sprzedaż na wynos idzie nadspodziewanie dobrze, regularni klienci wciąż dopisują, zatrzymują się na chodniku i obserwują naprawy albo omawiają ostatnie skandale towarzyskie: kto się z kim przespał, a kto się upił i zasnął na środku ronda. Mam wrażenie, że Pete szepnął słówko o naszym lokalu każdej sekretarce czy osobistej asystentce w mieście, bo tłumy ich podjeżdżają pod „Lilianę" służbowymi samochodami, żeby kupić kawę i ciasteczka na spotkania firmowe, a przy okazji biorą pudełka czekoladek również dla siebie. Ale prowadzenie kawiarni w miejscu, które wygląda jak Londyn po nalotach, to spore wyzwanie. Sama też czuję się rozdygotana, jakby huragan przetoczył się również przeze mnie i wszystko w moim wnętrzu powywracał: moje serce, moje pragnienia, sekrety i wspomnienia o Mamie. Czuję się tak, jakbym musiała wszystko poukładać od nowa. W nocy śnią mi się spadające pociski, wpadające przez okna samoloty, śniło mi się też, że straciłam wszystkie zęby. Pete przynosi mi szklanki zimnej wody, kiedy budzę się jeszcze przed wschodem słońca, drżąca i zlana potem.

Gigi i Rilla podtrzymują mnie na duchu, zachowując się tak, jakby nic się nie zmieniło. Dyskutują o smaku ciastek, droczą się niczym rozbrykane nastoletnie siostry, chichoczą i śpiewają w kuchni. Rilla ściągnęła do kawiarni kilku znajomych, którzy pomogli nam wyszorować podłogi i uporać się z najpoważniejszymi zniszczeniami. Wszyscy mają taką samą karnację w kolorze kawy z mlekiem, a na twarzy taki sam szczery uśmiech jak Rilla. Pracują chętnie i śmieją się, zwracając się do Gigi i do mnie *per* „proszę pani", a do Rilli „szefowa". Nie wiem, jak poradziłabym sobie bez niej przez ostatnie tygodnie, co jeszcze bardziej potęguje moje poczucie winy. Przygotowuję kanapki i napoje dla całej drużyny i przyglądam się, jak Rilla bez wysiłku dowodzi nimi w ich ojczystym języku. To kobieta, która świetnie radzi sobie z kryzysami i chaosem. Pomimo bałaganu i wilgoci, długich godzin pracy i niewyjaśnionego do końca incydentu z noclegiem, jej uśmiech jaśnieje bardziej niż kiedykolwiek. Emanuje z niej pewność siebie niczym ciepły słoneczny blask.

„Liliana" odradza się pomału, podczas gdy Makau pogrąża się w jesiennym chłodzie i wietrze kąsającym nas w odkryte stopy. Pewnego ranka, kiedy moje nerwy na chwilę przestają szaleć, a niebo jest bezchmurne i jasne, Marjory proponuje stworzenie nowego makaronika, który przyniósłby nam szczęście, bo „nie ma tego złego, co by na dobre nie wyszło", jak powiada. Już po chwili Gigi i Rilla naradzają się w kuchni, pochylając ku sobie ciemne głowy i omawiając smaki, nazwy i koncepcje. Ja słucham, próbując sprowadzić dyskusję na właściwe tory. Rilla recytuje listę pomysłów.

– Czekoladowy?

– Nuda.

– Truskawkowy?

– Jeszcze gorszy.

– Cytrynowy?

– Fuj. Niedobrze mi od cytryn. Poza tym to takie banalne. A my potrzebujemy czegoś niezwykłego i naprawdę szykownego. – Gigi patrzy w zamyśleniu na sufit. – Czegoś takiego jak… solona śliwka.

Rilla wybucha śmiechem.

– To dopiero byłoby ohydne.

– Nie masz za grosz wyobraźni. To japoński zestaw smaków – ripostuje Gigi. Jej twarz zeszczuplała i widać wyraźne ciemne obwódki pod oczami. Pewnie nie może spać w nocy, bo ciąża w tej fazie musi dawać się we znaki. Przyciska teraz dłonie do czubka brzucha i odchyla się do tyłu. Zgaga.

Czuję, że powinnam wkroczyć do akcji.

– Solona śliwka to lekka przesada, Gi. Przykro mi.

Dziewczyna rzuca mi zmęczone spojrzenie. Pete wkłada głowę do kuchni i szuka mnie wzrokiem.

– Hej! – wołam do niego.

– Cześć! Przyprowadziłem gościa z próbkami tapet.

Zostawiam zajęte debatą dziewczyny. Wewnątrz kawiarni Marjory pochyla się nad stosem maleńkich białych kamieni do gry w madżonga. Naprzeciw niej siedzi Yok Lan i tłumaczy jej zasady gry po kantońsku. Marjory najwyraźniej robi, co może, by zrozumieć cokolwiek z tonu jej głosu, ruchów rąk i kontekstu, ale madżong to wyjątkowo skomplikowana zabawa i trudno ją pojąć, tym bardziej w obcym języku.

Próbki tapet są przepiękne, a na dodatek wykonawca mówi płynnie po angielsku. Współpracował z kasynami w całym Makau, więc jakość oferowanych przez niego usług nie budzi wątpliwości. Ucisk w klatce piersiowej i napięcie w karku pomału ustępują. Wyobrażam sobie ściany wyglądające jak te w prawdziwej paryskiej kawiarni. Marjory podchodzi i zagląda mi przez ramię, kiedy wskazuję palcem ostateczny wybór: miętową zieleń ze stylizowanymi złotymi liliami. Tapeta wygląda jak barwne hinduskie sari i razem z czarno-białą podłogą stworzy interesujący zestaw. Pete odchodzi na bok, by wynegocjować cenę i termin dostawy.

– Ten wzór wybrałaś? – pyta Marjory.

Kiwam głową.

– Podoba mi się. Powiem ci, że jest lepszy niż poprzedni.

– Chyba masz rację – odpowiadam.

Z kuchni docierają do nas podniesione głosy, więc Marjory odwraca głowę, by spojrzeć w kierunku zaplecza.

– Zapytałabym tę dwójkę o radę, ale Gigi jest w takim nastroju, że nie zgodzi się z nikim i z niczym. Wystarczy im awantura o makaroniki.

– Rilla zrobi z nią porządek – śmieje się Marjory.

– Rilla z nami wszystkimi robi porządek – przytakuję. – Uratowała mi życie w ostatnich tygodniach, bo sprowadziła tu tłum swoich przyjaciół. Bez jej pomocy brodziłybyśmy jeszcze po kostki w wodzie.

– Ci wszyscy ludzie słuchają jej bez słowa sprzeciwu, bo wiedzą, przez co przeszła i że mogą na nią zawsze liczyć – mówi Marjory. – Jest maleńka, ale to wulkan energii.

– Co to znaczy, że „wiedzą, przez co przeszła"?

Marjory marszczy brwi.

– Nie opowiedziała ci o Jocelyn?

Moje serce na chwilę zamiera.

– Raz próbowała, ale jakoś nie udało nam się znaleźć czasu, ciągle jesteśmy zajęte... – Wiem, że to tylko po części prawda.

Marjory patrzy na swoje buty, prawdopodobnie wyczuwając moje zakłopotanie.

– Myślę, że lepiej będzie, jak ona wszystko wyjaśni. To nie moja rola, żeby opowiadać o czyjejś przeszłości.

Czuję w gardle znajomy ucisk – poczucie zawstydzenia nie daje o sobie zapomnieć.

– Nie miałam racji, podejrzewając ją, prawda?

Marjory przechyla głowę na bok i delikatnie się uśmiecha.

– To twoja kawiarnia, Grace. Robisz to, co uważasz za stosowne, i ty odpowiadasz za zyski i straty. Poza tym miałaś wtedy parę innych problemów na głowie.

Słyszę, jak Pete ustala z wykonawcą harmonogram prac: ile dni będzie trwał remont, ile godzin pracy dziennie. Obie patrzymy w jego stronę, a on, wyczuwając najwyraźniej nasze spojrzenia, pokazuje nam za plecami uniesione kciuki. Potem podaje rękę mężczyźnie i ten wychodzi, wprawiając w pląs nowy dzwoneczek przy drzwiach wejściowych. Pomału przyzwyczajam się do nowych stosunków między nami. Nie wszystko zostało naprawione, ale też nie wszystko zostało zepsute. I znowu jesteśmy dla siebie mili. Znów jesteśmy przyjaciółmi.

Pete robi krok w naszą stronę.

– Facet mówi, że uda mu się to zrobić w dwa dni. Spuści dziesięć procent z ceny, jeśli zrobisz lunch dla niego i dla jego pomocnika. – Pete pokazuje mi wyliczenia. Nie mogę się nie uśmiechnąć.

– Ma to jak w banku. Za taką cenę dostanie jeszcze śniadanie i kawę. – Ściskam lekko ramię Pete'a w geście podziękowania.

W kuchni rozlega się trzask i wszyscy, włączając Yok Lan, patrzymy w stronę zaplecza. Drzwi otwierają się na oścież i wyskakuje z nich Gigi. Pędzi do wyjścia i jedynie brzuch spowalnia jej bieg. Za nią wychodzi Rilla. Patrzę na Yok Lan, ale ona wzrusza jedynie ramionami i powraca do lektury chińskiej gazety.

– Co to było?

Rilla wzdycha i wyciąga w moją stronę rękę. W dłoni trzyma rozbity na kawałki telefon komórkowy. Widzę kawałki plastiku oklejone drobnymi diamencikami. Odwracam się, by pobiec za Gigi, ale Rilla chwyta mnie za ramię.

– Pozwól jej wyjść. To przez chłopaka. Zadzwonił i okropnie się pokłócili.

Wszyscy patrzymy, jak Gigi oddala się ulicą, idąc tak szybko, jak to tylko możliwe.

– Ten facet to jakiś palant – komentuje Marjory, potrząsając głową.

– To jest palant – zgadza się Rilla. – I niedobry ojciec.

– Biedna Gigi.

– Już niewiele czasu jej zostało – szepczę.

Powietrze uspokaja się i atmosfera wraca do normy. Otacza nas zapach chłodnego wiatru i mąki migdałowej.

Rilla bierze głęboki oddech i uśmiecha się.

– Wymyśliłyśmy nowy makaronik. – Jej ciemne oczy błyszczą na drobnej okrągłej twarzy.

– Udało się wam pogodzić?

– Tak – mówi. – To będzie prawdziwy rarytas.

Un Petit Phénix rodzi się razem z powracającą do życia „Lilianą", jeszcze piękniejszą niż kiedyś, bo z nowym wystrojem wnętrza, nowymi oknami i odrestaurowanymi krzesłami. To makaronik cynamonowy, połączony z nadzieniem o smaku ciemnej czekolady z chili. Jego smak jest zadziwiająco wykwintny – słodki, ale pikantny, pozostający w ustach na długo, jak szczypiąca w język czekolada po aztecku. Najlepiej smakuje z kilkoma łykami czarnej kawy.

* * *

W następnym tygodniu budzę się któregoś ranka przed świtem, a w głowie kotłują mi się strzępy snów o Mamie i o Paryżu. Pete przeniósł się z powrotem do naszej sypialni, ale śpi na brzegu łóżka, w pełnej respektu odległości. Wyciągam rękę, żeby dotknąć jego pleców i w ten sposób się uspokoić. Ręka porusza się w rytm jego oddechu, do przodu i do tyłu, jak chłodne fale tuż przy brzegu. Zamykam oczy, próbując zasnąć, ale w dole brzucha czuję pulsujący, ciągnący ból. Kładę tam dłoń. Po suficie prześlizgują się światła, znak, że ulicą przejeżdżają już samochody. Chciałabym usłyszeć śpiew ptaków, zwiastujący nowy dzień. Zamiast niego słyszę klaksony i klekotanie podciąganych i skrzypiących w prowadnicach rolet.

Wstaję, żeby pójść do łazienki – najprawdopodobniej zaszkodziło mi coś, co zjadłam. Pete wzdycha i obraca się w łóżku.

Czuję, że coś przesuwa mi się między nogami – niepewnie rozsuwam je, żeby zajrzeć do muszli. Plama robi się coraz większa. Krew rozpływa się w wodzie, tworząc smugi niczym skapująca z pędzla farba. Wpatruję się w nią, otrząsając się pomału ze snu. Woda robi się różowa, a potem czerwona.

– Wszystko w porządku? – woła Pete.

Z tyłu szafki schowałam stare pudełko z czterema ostatnimi tamponami. Zakładam jeden i staję przy umywalce. Lekarz mówił, że na tym etapie mogą się jeszcze zdarzyć dwie lub trzy miesiączki i żebym sobie z tego powodu nie robiła nadziei, bo to łabędzi śpiew mojego organizmu, ostatnie słowa wygłoszone na przyjęciu z okazji przejścia na emeryturę. Rozbudziłam się już zupełnie i z nadzwyczajną ostrością widzę w lustrze swoje wpatrujące się we mnie odbicie. Bez makijażu wyglądam starzej, na rudej czuprynie pojawiły się dwa lub trzy kosmyki siwych włosów, twarz mam bladą i ściągniętą. Skóra na policzkach jest sucha, od kącików oczu rozchodzą się promieniście kurze łapki. Wypuszczam z ust długi ciepły strumień powietrza w pełnym rezygnacji westchnieniu.

– Grace? – Pete otwiera drzwi.

Materiał dowodowy wciąż tkwi w toalecie i nie umyka to jego spojrzeniu. Przenosi na mnie wzrok.

– Doktor ostrzegał, że to się może zdarzyć – mówię cicho.

Ujmuje moją dłoń i ściska ją. Ma smutek w oczach.

Przyciągam go bliżej do siebie i opieram się o jego tors, który pachnie snem i świeżo ściętym drzewem. Pete obejmuje mnie ramionami. To ulga znów znaleźć się w jego objęciach – mam wrażenie, że różne fragmenty mnie z powrotem układają się w całość i nie jestem już tak rozbita, jak czułam się od czasu tajfunu. Znów mogę głęboko oddychać. Przykładam usta do jego szyi i wzdycham.

– Tęskniłam za tobą – szepcę i jednocześnie odkrywam, że to prawda. On patrzy na mnie z góry, a potem znów na toaletę i jego twarz smutnieje. – Już dobrze – mówię. I faktycznie tak jest.

Jest leniwe popołudnie i matki właśnie wyszły z kawiarni, żeby odebrać dzieci ze szkoły. Chylące się o tej porze roku ku zachodowi słońce wypełnia wnętrze złocistym blaskiem. Nowa tapeta o intensywnych barwach dodaje kawiarni królewskiego szyku, blaty stołów wypolerowane są na wysoki połysk. Dzwoni telefon. Odbiera Rilla, podczas gdy ja zamiatam podłogę. Przyciska słuchawkę do ucha i patrzy na mnie ze ściągniętymi brwiami. Powtarza coś kilka razy, a potem słucha w milczeniu.

Podnoszę złożoną w trójkąt serwetkę, która zsunęła się na podłogę. Rilla mówi coś szybko i rozłącza się. Wydaje z siebie głośny okrzyk.

– Juhu!

– Dobrze się czujesz? – Potrząsam głową, bo wyśpiewuje coś w języku tagalskim. Nigdy wcześniej nie słyszałam tej piosenki. Coś tam, coś tam, *baby*, *baby*...

– Tak, bardzo dobrze się czuję! – woła. – To była Yok Lan. A w zasadzie pielęgniarka, która tłumaczyła dla Yok Lan.

Podnoszę gwałtownie głowę, bo moje myśli biegną w stronę Gigi, która ma dzisiaj wolny dzień.

– Gigi właśnie urodziła dzidziusia! – śmieje się Rilla.

– Co? – Miotła spada mi na ziemię.

– To była pielęgniarka, która umie mówić po angielsku. Yok Lan kazała jej powiedzieć, że Gigi chce, żeby Rilla i Grace wiedziały, że urodziła dziecko. Poród był długi, ale wszystko jest w porządku. – Rilla tryska taką dumą, jakby otrzymała wiadomość od rodzonej siostry.

– No i? – dopytuję się, wstrzymując oddech.

– To dziewczynka, Grace! Dziewczynka! – Wyśpiewuje kolejne wersy i chwyta mnie za ręce. Jej radość jest zaraźliwa, więc i ja zaczynam się śmiać.

– Jesteś stuknięta – mówię, chichocząc.

– Dziewczynka!

– Dziewczynka.

– Powiedziała, że waży siedem funtów z kawałkiem i jest zdrowa jak rybka. Czy to nie cudowne?

– Cudowne – zgadzam się z uśmiechem.

– Gigi ma córeczkę, Gigi ma córeczkę! – śpiewa dalej Rilla, kołysząc w prawo i w lewo moimi dłońmi. Znów potrząsam głową.

– Gigi ma córeczkę! – powtarzam. To niewiarygodne. Nasza młodziutka Gigi ma córeczkę. „Ma pani córkę" – usłyszała. Do mnie nikt nigdy takich słów nie wypowie. „Ma pani córkę". A Mama raz w życiu te słowa usłyszała.

La Foi – Wiara

POZIOMKOWY Z KREMEM Z RÓŻOWEGO GREJPFRUTA

Jest niedzielny poranek, więc „Liliana" jest zamknięta dla klientów. Wkładam ostatni makaronik do podstawki na jajko i umieszczam go ostrożnie na czubku tortu. W tym momencie słyszę dźwięk dzwonka przy drzwiach wejściowych i wiem, że to Pete. Nauczyłam się rozpoznawać odgłos jego kroków. To rzecz, której wcześniej nie zauważałam, ale z której zdałam sobie sprawę podczas naszego długiego okresu milczenia.

– Ojej! Jak tu kolorowo! Ile ci to czasu zajęło?

Wychodzę z kuchni i widzę, że jego włosy nie wyschły jeszcze po prysznicu, a twarz zarumieniła się od porannego joggingu.

Planowałam powiesić tylko kilka kokardek, ale kiedy zaczęłam, nie mogłam skończyć. Nie widać ścian zza porozwieszanych wszędzie pasków bibuły, jakby to był czas karnawału w Rio. Do tego dochodzą powiązane w pęki balony i obrusy na stołach ze świecącego, różowego jak landrynka materiału, które kupiłam „Pod Trzema Lampami".

– Chwilę zajęło, to prawda. Uważasz, że jest zbyt jaskrawo?

Pete podnosi z podłogi balon w grochy i przyczepia go do kiści na środku jednego ze stołów.

– Uważam, że jest cudownie. Na pewno będzie zachwycona.

– Cóż, to zdarzyłoby się po raz pierwszy – śmieję się. – Gigi z zasady się nie zachwyca. Wyrażanie zachwytu nie jest „cool". Ale może chociaż trochę jej się spodoba. Tylko tyle chciałam osiągnąć.

Pete obejmuje mnie ramieniem. Pachnie świeżo, jak grubo skrojona zielona skórka jabłka. To zapach odżywki, której używa.

– A to co? – wykrzykuje. Wskazuje palcem na czubek tortu na kuchennym blacie.

– Ach, musisz to zobaczyć. Chodź tutaj.

Zainspirowało mnie ciasto, które zobaczyłam w magazynie ślubnym. Kiedy przeglądałam strony i znalazłam jego zdjęcie, serce nieomal przestało mi bić. Dla cukiernika amatora jego przygotowanie jest jak próba zdobycia Mount Everest. To czteropiętrowy tort w kolorze pudrowego różu, w którym warstwy mają na przemian kształt kół i kwadratów, i który w całości pokryty jest makaronikami. Na samym czubku umieszczone jest małe porcelanowe naczynko, podtrzymujące pojedynczy makaronik. Od dnia, w którym Gigi urodziła dziecko, codziennie wpatrywałam się w to zdjęcie, zastanawiając się, jak takie ciasto stworzyć. Nie było to łatwe, ale udało się – udekorowałam tort pięknie, a porcelanowe naczynie zastąpiłam estetycznym kieliszkiem na jajko.

Pete chodzi wokół ciasta niczym wokół muzealnego eksponatu. Ręce wsunął głęboko do kieszeni, jakby chciał się w ten sposób powstrzymać od dotykania go.

– To niewiarygodne, Grace.

– Tak sądzisz?

– O, tak. To naprawdę niewiarygodne – powtarza. Odwraca się od ciasta w moim kierunku i lekko przechyla głowę. – Jesteś dobra w tym fachu, prawda? – mówi przyciszonym głosem.

Spoglądam na ciasto, które ma w sobie coś z ducha francuskiej architektury.

– Tak, jestem w tym dobra. – Nie potrafię powstrzymać szerokiego uśmiechu.

Pete wyciąga ręce z kieszeni i widzę, że trzyma w nich czerwoną torebkę.

– Co tam masz?

– Ee – wzrusza ramionami. – Nic takiego. – Stawia torebkę na ladzie. – Kupiłem to któregoś dnia. Zobaczyłem w sklepie. – Wyciąga ze środka miękką pluszową zabawkę – małego szarego nosorożca ze zwisającymi swobodnie łapami, dwoma beżowymi rogami i ciężkimi kopytkami. Zwierzak ma maleńki sterczący ogonek i podłużny uśmiech, który sprawia, że wygląda na zaspanego. – Może byłby lepszy dla chłopca? Nie wiem. Ale fajny jest, prawda?

Biorę nosorożca do rąk i patrzę na mojego męża. Ogolił się, czego zazwyczaj nie robi w weekendy. Zaciska wargi.

– Jest słodki. Na pewno jej się spodoba – mówię łagodnie, myśląc o tym, jak przystojny potrafi być Pete. Jego gładka twarz, na tle niebieskiego kołnierzyka, robi wrażenie.

Marjory, Don i Rilla przychodzą w tej samej chwili. Marjory niesie wypełniony helem balonik z fioletowym napisem: „To dziewczynka". Rilla przyniosła przezroczyste plastikowe pudełko z wydzierganymi na szydełku bucikami w środku.

Nadejście Gigi zwiastuje krzyk niemowlęcia. Za nimi wolnym krokiem nadciąga Yok Lan. Gigi przytula maleństwo do piersi. Wygląda na zmęczoną i nie do końca przytomną. Na ich widok wzruszenie ściska mi gardło. Jeden dodać jeden równa się dwa. Nasza Gigi jest teraz matką.

– Przepraszamy za spóźnienie – tłumaczy się ponad główką krzyczącego dziecka. – Mała za nic nie chce przestać płakać.

Wewnątrz Yok Lan staje za wiązką balonów i uśmiecha się szeroko jak dziecko.

– *Ho Leng!* – wykrzykuje, a Pete tłumaczy: – Bardzo pięknie.

– Tak, Grace. Pięknie tu – potwierdza Gigi.

– Dobrze, zajmujcie w takim razie miejsca. Ja przyniosę kawę i herbatę – mówi Pete.

Rilla przejmuje niemowlę i zaczyna je huśtać i przemawiać łagodnie, podczas gdy Gigi rozmawia z Donem i Marjory. Mam teraz okazję, by dobrze się jej przyjrzeć – dziewczyna ma na sobie rozciągnięty znoszony T-shirt, spodnie od dresu i fioletowe klapki. Tłustawe włosy upięła w koński ogon. Jej skóra jest bledsza niż zazwyczaj, a na policzkach widać jasne piegi w kolorze kawy. Dotychczas przykrywała je grubą warstwą podkładu, którego dziś nie ma.

Marjory ofiarowuje Gigi parę kolczyków podobnych do tych, które sama nosi, czyli niewielkie złote kółka. Gigi uśmiecha się i obejmuje ją z wdzięcznością. Po kilku minutach płacz dziecka cichnie, a Pete nadchodzi z filiżankami.

– Czy ktoś jeszcze przyjdzie, Gi? Jacyś znajomi? – pytam, wyglądając przez okno, jakbym spodziewała się zobaczyć grupę ciemnowłosych dziewczyn w kolorowych skarpetkach i obcisłych bluzeczkach.

Gigi potrząsa przecząco głową. Jej oczy otoczone są ciemnymi obwódkami, a na podkoszulku widać niewielką plamę.

– A twoja mama? Nie powinniśmy poczekać?

– Matka nie przyjdzie – odpowiada natychmiast Gigi.

Wzrok mój i Marjory krzyżuje się, ale nic nie mówimy. Marjory obejmuje dziewczynę i głaszcze ją po ramieniu. Gigi prawie niezauważalnie, ale jednak pochyla się w jej stronę i poddaje pieszczocie.

– Chcesz potrzymać, Grace? – pyta Rilla.

Z pewną dozą niepewności przyglądam się maleństwu. Przełykam ślinę i kiwam głową, a Rilla wkłada mi niemowlę w ramiona. To zawinięty w zwarty kokon tobołek, który mieści się w zagłębieniu mojego ramienia, miękki kłębek muślinu, ważący tyle co nic. Mała ma na głowie kępki sztywnych czarnych włosów, sterczących tak, jakby przed chwilą włożyła palec do gniazdka elektrycznego. Jej płacz ucichł, ale ciągle marudzi z kurczowo zaciśniętymi powiekami. Jest taka malutka, a jej nosek ma rozmiar jednopensówki! Wpatruję się w jej maleńką, sfrustrowaną twarzyczkę jak zaczarowana. Mam dziwne wrażenie, że żołądek opadł mi o kilka centymetrów niżej. Jej paluszki chwytają powietrze, kiedy łka, więc kołyszę ją delikatnie w górę i w dół.

– Szsz, szsz – szepcę w maleńką muszelkę jej ucha.

Rilla wręcza Gigi swój prezent, tłumacząc, że wydziergała buciki własnoręcznie. Pęka z dumy, gdy Gigi dziękuje jej pocałunkiem w policzek.

– Dzięki, Rilla.

– Cała przyjemność po mojej stronie, Mamo Gi.

Pete wsunął palec w dłoń maleństwa, a mała, pomimo rozdrażnienia, chwyciła go z całej siły. Podnosi teraz małą rączkę, by mi ją pokazać, i uśmiecha się niepewnie, nieśmiało. Ja całuję czubek jego głowy i czuję, że Gigi nam się przygląda.

– Mam podać tort? – pyta mnie Pete.

– Tak, proszę. I dziękuję.

Nie mam ochoty odłożyć dziecka do wózka. Pachnie tak czysto i słodko jak świeża pościel albo powietrze po deszczu. Kiedy Pete przynosi ciasto na stół, obserwuję twarz Gigi. Najpierw rzuca okiem, potem patrzy jeszcze raz i wbija w nie wzrok. Jej twarz łagodnieje, zaciśnięte kurczowo mięśnie rozluźniają się. Yok Lan też patrzy, ale nie na ciasto, tylko na Gigi. Dziewczyna wygląda na kompletnie zaskoczoną. Wyraz twarzy i brak makijażu odejmują jej lat. Yok Lan rzuca w moją stronę szybkie spojrzenie, jakby chciała coś powiedzieć. Jej oczy ześlizgują się na dziecko, które robi się coraz cięższe w moich ramionach.

– Och – wzdycha Gigi, jakby miała zamiar się rozpłakać.

– To rodzaj biszkoptu pomarańczowego – wyjaśniam zgromadzonym przy stole gościom.

Don wydaje z siebie pełne podziwu gwizdnięcie.

– Ale czad – mówi.

– Ekstra, kochanie – dodaje Marjory.

– Bardzo ładne, Grace – potwierdza Rilla.

Pete uśmiecha się dumnie.

Gigi patrzy na mnie, a potem znowu na tort.

– Mogę go pokroić? – pyta.

– Oczywiście. Przecież jest zrobiony specjalnie dla ciebie. Dla ciebie i dla... – Malutka dziewczynka mruga do mnie powiekami. Ma ciemne ciekawskie oczy. Patrzy prosto na mnie, a ja na nią. Z jej ust wydobywa się smętne zaspane sapnięcie, po czym opiera policzek o moją pierś. – Jak ona ma na imię?

Gigi odrywa wzrok od ciasta. Stoi z nożem w dłoni, a jej spojrzenie jest szkliste i zmęczone. Mam wrażenie, że w jej oczach błyszczą łzy, ale mruga i połysk znika, jakby był tylko złudzeniem optycznym. Dziewczyna wodzi wzrokiem pomiędzy mną i Pete'm, a potem patrzy znowu na nóż i na tort.

– Faith. Ma na imię Faith.

Faith. Jej twarz jest teraz spokojna i nieruchoma, a skóra kremowa i gładka. Kiedy oddycha, jej buzia wygląda jak miniaturowy, jasnoróżowy, wilgotny w środku cukierek. Gigi i Rilla kroją razem tort, a Gigi trzyma w palcach zdjęty z czubka makaronik. Yok Lan podnosi się z wysiłkiem z krzesła, opierając się całym ciężarem ciała na lasce. Kuśtyka w moją stronę i opada na krzesło obok z cichym stęknięciem. Cały czas patrzy na dziecko, opierając rękę na moim ramieniu. Ręka jest chłodna, ale miękka, a skóra na niej cieniutka jak papirus albo płatek francuskiego ciasta. Pod siatką delikatnych zmarszczek i przebarwień widać ciemne pulsujące żyły. Pete podchodzi i staje nad nami, czuję nad głową jego ciepły oddech. Patrzy z góry na twarzyczkę Faith i wzdycha tak, jakby wstrzymywał oddech przez całe tygodnie albo lata.

Yok Lan mówi coś po kantońsku i klepie mnie po ramieniu. Potem pochyla się, żeby pogłaskać Faith po czole zewnętrzną stroną wskazującego palca. Odwraca w moją stronę twarz i uśmiecha się ciepło. Wtedy zauważam, że jej oczy i oczy Faith są dokładnie tego samego koloru. To kolor *oolong*: głęboki, ciemny bursztyn. Kolor herbaty.

Kochana Mamo,

serca mi pęka na myśl, że Pete nigdy nie będzie ojcem. Na pewno świetnie sprawdziłby się w tej roli.

Przez bardzo długi czas nie zauważałam, że w moim życiu brakuje mężczyzny. Kochałaś mnie, ja kochałam Ciebie i tworzyłyśmy drużynę jak Batman i Robin. Nie było takiej rzeczy, której razem nie byłybyśmy w stanie dokonać. Potrafiłyśmy otworzyć zbyt mocno zakręcony słoik i przepchać zatkany zlew. Nie miałyśmy samochodu, więc nigdy nie musiałyśmy zmieniać opon, a jeśli potrzebowałam zdjąć coś z górnej półki w kuchni, nie miałaś nic przeciwko temu, żebym wdrapywała się na blat. Mogłyśmy wszystko naprawić i ze wszystkim sobie poradzić, prawda, Mamo?

Ale przez całe dzieciństwo pragnęłam mieć zwierzątko. Kociaka albo pieska. Pamiętasz, jak Cię o to błagałam? I pamiętasz, co mi odpowiadałaś?

„Nie, Grace, dziecko to i tak więcej, niż twoja mama potrafi ogarnąć, dużo więcej".

Miałaś rację.

Ale tak naprawdę, dużo bardziej niż zwierzątka potrzebowałam taty. Tyle że nie mogłam Ci tego powiedzieć. Nie mogłam o to prosić, bo prośba o cokolwiek jeszcze, na przykład o ojca dla mnie, byłaby rodzajem zdrady. Nie masz pojęcia, jak często zastanawiałam się, kim on jest. Tak bardzo chciałam wiedzieć, czy jest wysoki albo czy słodzi herbatę... Tak bardzo mnie kochałaś, że na swój sposób obie byłyśmy tą miłością zmęczone. Więc nie mogłam dać Ci odczuć, że mi nie wystarczasz. Wiem, że starałaś się zastąpić to, czego według Ciebie mi brakowało, atrakcjami: przejażdżką promem przez kanał La Manche i do Paryża któregoś lata, powiewem słonego wiatru we włosach. Pytałaś: „Czy tu nie jest jak w niebie?" i ściskałaś moją zmarzniętą rączkę w swojej ciepłej dłoni. Chodziłyśmy razem na koncerty rocka i mecze piłki nożnej, nauczyłaś mnie jeździć na rowerze i przygotowywać gorące bułeczki z szynką na kaca. Wiem, że się starałaś.

Są różne rodziny, prawda? Obserwowałam dziś naszą nietypową gromadkę. Każdy z nas należy do innej rodziny i inną rodzinę tworzy. Rilla sprawia wrażenie, jakby była częścią ogromnego klanu, składającego się z kuzynów, przyjaciół i rzeszy znajomych Filipińczyków. Jest tu też Marjory z Donem i ja z Pete'em. Pete nigdy nie będzie ojcem, ja nigdy nie będę niczyją matką, ale mamy siebie nawzajem i za to nauczyłam się być wdzięczna. Myślę, że Gigi jest wyczerpana, pró-

bując poradzić sobie z maleństwem w pojedynkę, bez wsparcia partnera. W jej spojrzeniu widać pustkę. Kto wie, gdzie jest teraz tato Faith? A Yok Lan spogląda na każdego z nas po kolei, nie rozumie ani słowa, ale jest zadowolona niczym wygrzewająca się na słońcu kotka. Taka z nas dziwaczna familia. Chciałabym, żebyś tu była i stała się jej częścią.

Twoja kochająca córka Grace

W następną sobotę leżę w łóżku, pogrążona w głębokim śnie, gdy do mojej świadomości dociera jakieś brzęczenie. Niechętnie uchylam powieki.

– Grace. Kochanie. Obudź się. – Słyszę przyciszony głos Pete'a.

– Co...?

– To twój telefon.

Sięgam po komórkę. Pete siada na łóżku, pocierając oczy wierzchem wolnej dłoni.

– Słucham.

– *Wai?* – To jedyne słowo, które udaje mi się wyłowić z zalewającego moje uszy potoku kantońskich wyrazów. Głos po drugiej stronie słuchawki należy do jakieś kobiety, tyle mogę na pewno stwierdzić, ale mówi tak szybko, że nie potrafię rozróżnić pojedynczych słów. Rozbudziłam się i przyciskam komórkę do ucha, jakby to miało mi pomóc w zrozumieniu tej przemowy.

– Wolniej, wolniej, proszę mówić trochę wolniej, dobrze? Przepraszam, ja...

Pete kładzie dłoń na mojej nodze.

– Kto to?

– Ktoś coś mówi po kantońsku. Nic nie rozumiem.

– To na pewno pomyłka.

– *Mm sik teng ah* – mówię, próbując przerwać wypowiadany w słuchawce na jednym oddechu chiński monolog. Często używam tego zdania. „Nie rozumiem, co pani mówi". Albo dosłownie: „Nie wiem, jak panią usłyszeć".

– To pomyłka, Grace – powtarza Pete.

Kobieta w telefonie w końcu milknie, a w tle słychać wtedy syrenę alarmową, ale odgłos nie jest zbyt wyraźny. Poza tym dźwiękiem, w miejscu, z którego kobieta dzwoni, jest cicho. Mówi coś jeszcze, tym razem wolniej. Rozumiem teraz jedno słowo. To „Gigi".

Pete ciągnie mnie za górę od piżamy, pokazując, że mam się z powrotem położyć spać. On się kładzie i nakrywa kołdrą ramiona.

– Przepraszam, co takiego? Co z… – Wkładam palec do drugiego ucha, próbując się skoncentrować.

Kobieta znowu się odzywa, jękliwym i podenerwowanym głosem, po czym się rozłącza. Zanim połączenie zostanie zerwane i usłyszę w słuchawce głuchy sygnał, wyłapuję zrozumiałe dla mnie dźwięki: *Kiang Wu*. To nazwa szpitala w Taipa. Zrzucam z siebie okrycie i wyskakuję z łóżka. Pete przekręca się na drugi bok i mówię mu, co usłyszałam. Ubieramy się w ciągu trzech minut, po siedmiu minutach wychodzimy.

Prenez Ce Baiser – Kradziony Całus

PLASTER MIODU Z GANACHE O SMAKU MLECZNEJ CZEKOLADY

Yok Lan czeka na nas w lobby. Miękkie włosy sterczą jej z tyłu głowy jak zmierzwione piórka pisklęcia. Wstaje, żeby się z nami przywitać, ale niepewnie trzyma się na nogach. Gdy się uśmiecha, czuję taką ulgę, jakbym odzyskała oddech. Chyba nie może być aż tak źle. Opiera się na mnie i prowadzi nas na szpitalny oddział. Cały czas mówi coś poważnym tonem, ze wzrokiem wbitym w podłogę, bo obserwuje uważnie każdy kolejny krok. Nie po raz pierwszy żałuję, że nie rozumiem ani słowa z tego, co mówi. Chciałabym wiedzieć, co robimy w szpitalu o trzeciej nad ranem. Pete pochyla się, słuchając jej słów, ale wzrusza ramionami – on też niczego nie rozumie.

Skręcamy za rogiem na oddział położony na parterze. Są tam cztery łóżka, ale tylko jedno jest zajęte. Pete bierze mnie za rękę, a ja staram się opanować emocje. Mój mąż wpatruje się w leżącą na łóżku kobietę i na sadowiącą się przy niej Yok Lan. Pacjentka ma obnażone ramiona, otwarte dłonie skierowane są do góry. Przypięte są do niej różne rurki i medyczne akcesoria, a otwarte usta opadają bezwładnie w jedną stronę.

– To jest Gigi? – pyta Pete.

– Tak – odpowiadam szeptem. Wygląda tak krucho, leżąc na surowym białym prostokącie łóżka. Widzę niewielką wypukłość na wysokości brzucha – to pozostałość po dopiero co zakończonej ciąży. Cała reszta wygląda jak ciało dwunastolatki, drobne i bezbronne, pozbawione energii i tak charakterystycznego dla Gigi uporu. Yok Lan ciągnie za wetknięte w nogi łóżka prześcieradło, więc Pete przechodzi na drugą stronę, by pomóc jej je wyciągnąć i okryć dziewczynę. Staruszka uśmiecha się do niego z wdzięcznością, z powrotem zajmuje swoje miejsce i spogląda na bladą twarz wnuczki. Pete wraca, siada obok mnie na sąsiednim łóżku i obserwujemy obie kobiety. Czuję się tak, jakbym oglądała film w obcym języku, ale bez napisów. Wszystko wydaje mi się poplątane i nierzeczywiste. Chciałabym wiedzieć, gdzie jest Faith, bo wciąż mam w pamięci jej słodki zapach.

– Co się stało? – mruczy Pete.

– Nie mam pojęcia.

Kilka minut później na oddział wchodzi jakaś kobieta. Jest najprawdopodobniej grubo przed pięćdziesiątką, ale jej ubiór i makijaż sprawiają, że wygląda starzej. Zaczesane wysoko włosy są obficie spryskane lakierem, z jej nadgarstka zwisa ostentacyjnie markowa torebka. Ma na sobie garnitur i czółenka na niewielkim obcasie. I pcha przed sobą wózek. Wszystko to razem oraz fakt, że jest trzecia nad ranem, sprawiają, że chwilowo tracę mowę.

Kobieta zaczyna mówić, jeszcze zanim na dobre wejdzie do pokoju. Nie trzeba rozumieć tego, co mówi, by rozpoznać w jej głosie gniew i oburzenie. Wyszczekuje ostre, urywane słowa i patrzy gniewnie na Yok Lan, która podniosła się z miejsca. Ja i Pete też wstajemy – kobieta zachowuje się tak agresywnie, że czujemy się w obowiązku wstać, bo inaczej możemy pożałować.

Kiedy tyrada dobiega końca, Yok Lan odpowiada, wskazując na Gigi. Kobieta krzyżuje ramiona i wzrusza nimi, ale jej gest nie jest nonszalancki. Dostrzega nas i jej wzrok zatrzymuje się najpierw na mnie, a potem na stojącym obok Pete'm.

– Kto...? – zaczyna Pete.

Jego pytanie przerywa strumień kantońskich słów, a kobieta wskazuje na wózek, na Gigi i na nas. W końcu obie milkną. Powietrze w sali gęste jest od ładunków elektrycznych, a niezręczną ciszę wypełnia jedynie jednostajny szum sprzętu medycznego i kłapanie gumowych butów za drzwiami. Kobieta popycha wózek w stronę Yok Lan, niemal uderzając ją w brzuch, i wyrzuca do góry obie ręce. Mówi coś jeszcze tonem zimnym jak kostka lodu i wychodzi z sali. Energiczny stukot jej obcasów o linoleum odbija się echem po korytarzu. Odwracamy się w stronę Yok Lan. Staruszka stoi z osowiałą miną i wygląda na bardzo zmęczoną.

– Mama – wyjaśnia, wskazując na Gigi. Z wózka, w którym leży Faith, rozlega się głośny krzyk.

Noc zdaje się nie mieć końca. Faith zasypia dopiero wtedy, gdy na niebie pojawiają się pierwsze oznaki wschodu słońca. Znajdujemy w wózku mleko w proszku, a Pete'owi udaje się w jakiś sposób wytłumaczyć na migi przechodzącej pielęgniarce, czego potrzebujemy. Butelka mleka, odbicie, zawinięcie w kokon i w końcu nastaje cisza. Yok Lan siada, opierając się plecami o ścianę. Pete i ja obserwujemy, jak chrapie z opadniętą dolną szczęką, robiąc całkiem sporo hałasu.

Pete również odchyla się w krześle, a ja opieram się o niego, szczęśliwa, że jest ze mną. Pozostała trójka śpi, a my toczymy szeptem dyskusję.

– Myślisz, że uczestniczyła w jakimś wypadku?

Pete potrząsa nade mną głową.

– Nie wiem. Nie wygląda na potłuczoną ani połamaną.

– Ale była wściekła.

– Kto?

– Jej matka.

– O, tak. Była wściekła.

Przypomina mi się Mama podczas jednego ze swoich ataków szału. Jej oskarżenia i groźby. Ale u Mamy wynikało to zawsze z lęku. „Nie zostawiaj mnie, proszę, kochaj mnie…". Miała wrażliwe, pełne różnych namiętności serce. Ale zawsze wiedziałam, że mnie kocha.

– Była taka… – Pete zaczyna i nie kończy.

Myślę o nienawistnym błysku w oczach kobiety, gdy pchnęła wózek w stronę Yok Lan. I o złości, z jaką Gigi wyrażała się o swojej matce. Czuło się tam coś jeszcze: gorycz, zazdrość…

– Była pełna nienawiści – kończę za Pete'a.

– Mam nadzieję, że wszystko z nią dobrze. – Wskazuje brodą Gigi.

– Ja też.

Spoglądam na Faith śpiącą spokojnie jak malowany cherubinek. Szukam na jej główce miejsca, gdzie czaszka jeszcze nie stwardniała i obserwuję delikatne pulsowanie pod włoskami. Czuję ulgę na myśl, że mała oddycha tuż obok. Jej mama też musi szybko wydobrzeć.

Ziewam i zakopuję głowę w bluzie Pete'a. Pachnie meksykańskim jedzeniem. Ostatni raz miał ją zapewne na sobie w restauracji, bo czuję sos guacamole i pikantne, skropione oliwą chipsy z tortilli. Ciało boli mnie i rozpaczliwie domaga się snu, ale także żołądek ma swoje prawa i cichym pomrukiem oznajmia gotowość do porannego posiłku.

Po przebudzeniu atakuje mnie zapach stali i wybielacza. Przypominam sobie, gdzie jestem – głowę mam ciężką z powodu braku snu, a ciało zachowuje się tak, jakby było wypełnione mokrym piaskiem. Zerkam na Gigi. Włosy ma wilgotne od potu, ale jej oczy są wciąż zamknięte. Pete budzi się w chwili, gdy na oddział wchodzi lekarz w towarzystwie dwóch pielęgniarek. Yok Lan i ja robimy krok do tyłu, żeby nie przeszkadzać. Lekarz rozpoczyna badanie, przysłuchując się biciu młodego serca Gigi, potem naciska jej miękki brzuch. Błyszcząca plakietka na jego piersi głosi, poza niezrozumiałymi chińskimi napisami, że jest to doktor Chang. Lekarz wydaje krótkie instrukcje pielęgniarkom i prostuje się, chrząkając. Pielęgniarka patrzy na nas, potrząsa głową i ruchem nadgarstka odsyła swoją koleżankę na zewnątrz. Lekarz patrzy najpierw na Faith, a potem na Pete'a i na mnie.

– Jesteście znajomymi czy rodziną? – pyta perfekcyjnym, zdradzającym staranne wykształcenie angielskim.

– Znajomymi – odpowiadam.

Pete ujmuje moją rękę i trzyma ją w swoich dłoniach.

– Aha. – Lekarz podnosi wiszącą na łóżku tabliczkę informacyjną.

– Panie doktorze, może nam pan powiedzieć, co jej się stało?

– Takich informacji mogę udzielać tylko rodzinie. – Nie odrywa wzroku od karty chorobowej.

Pete puszcza moją rękę i wstaje.

– Ale my jesteśmy jej dobrymi przyjaciółmi. Byliśmy tu całą noc.

Lekarz patrzy to na nas, to na Yok Lan. Potem zerka na wózek.

– Nie wolno mi z wami rozmawiać. Takie są szpitalne zasady. Musicie zapytać babcię.

Pete i ja spoglądamy po sobie.

– Ale to Yok Lan po nas zadzwoniła. Jestem szefową Gigi. Bardzo się martwimy – dodaję. – Tylko o to chodzi.

Lekarz kończy uzupełnianie karty i wiesza tabliczkę w nogach łóżka. Stopy Gigi wystają spod prześcieradła. Paznokcie ma pomalowane na czarno i ozdobione srebrnymi iskierkami. Lekarz w zamyśleniu ściąga prześcieradło, by je przykryć, i wzdycha.

– To narkotyki. Pigułki. Tylko tyle mogę powiedzieć. Ale wyjdzie z tego.

W moich oczach musiał wyczytać nieme pytanie, bo zniża głos i dodaje:

– Młodzi ludzie jeżdżą na imprezy do Zhuhai, po drugiej stronie granicy, i tam pakują się w kłopoty.

Pete potrząsa głową.

– Ale jak…

– Przepraszam, ale nic więcej nie mogę powiedzieć. Musicie zapytać rodzinę – mówi i wychodzi z sali.

Zdaje się, że Faith wyczuła napięcie, bo budzi się i zaczyna łkać. Wyjmuję ją z wózka. Pojawia się pielęgniarka z tetrową pieluszką w dłoniach, którą kładzie na moim ramieniu. Poklepuję Faith pomiędzy maleńkimi łopatkami, tam, gdzie miałaby skrzydła, gdyby była aniołkiem. Yok Lan mówi coś do pielęgniarki, która zwraca się do mnie.

– Panna Grace?

– Tak?

– Starsza pani pyta, czy nie wzięłaby pani Nok Tang na jeden dzień. Do… do… – Zamyka oczy, jakby usiłowała sobie wyobrazić właściwe słowo.

Pete pochyla się nade mną.

– Kto to jest Nok Tang? – pyta szeptem.

– Faith. To chińskie imię Faith.

Pielęgniarka dalej marszczy czoło i patrzy na nas, szukając pomocy.

– Może chodzi o… kuchnię?

– O „Lilianę". To kawiarnia – wyjaśniam.

Widzę błysk zrozumienia w jej oczach.

– Tak. Ka... wiarnię. Pani mówi „przepraszam" i że przyjdzie do was odebrać dziecko. Ale później.

Waham się przez moment, bo myślę o makaronikach, które muszę dziś upiec, by mieć co sprzedawać przez kolejne dwa dni.

– Mogę wziąć trochę wolnego, Grace – mówi szybko Pete, jakby czytał w moich myślach. – Poradzimy sobie.

Mówimy pielęgniarce, że z radością zajmiemy się Faith, a ona przekazuje nasze słowa Yok Lan, która podchodzi i zamyka moje dłonie w swoich.

Pete pochyla się nad Faith i kładzie palec obok zaciśniętej małej piąstki. Pięść natychmiast się otwiera i zaciska kurczowo na jego palcu. Pete zaśmiewa się.

– No, panienko Faith, to twój szczęśliwy dzień. Dzisiaj ty, Grace i ja będziemy piec makaroniki.

Patrzy na mnie, a jego twarz rozjaśnia inny, nowy rodzaj uśmiechu. Zmęczenie gdzieś znika, w oczach pojawia się ciepło i czułość. W odpowiedzi obdarzam go najpiękniejszym uśmiechem, na jaki mnie stać, i rozkoszuję się słodkim brzemieniem w postaci Faith, ukrytej w moich utrudzonych ramionach.

Wieczorem, gdy dzień ma się ku końcowi, Pete kładzie się obok mnie na łóżku i patrzy w sufit. Nasze ubrania przesiąknięte są zapachem ciasta i nie do końca strawionego mleka dla niemowląt. Yok Lan przyszła późnym popołudniem, żeby zabrać Faith. Przywiązała ją sobie do pleców długim kawałkiem płótna. Jest zbyt wiekowa i zbyt krucha, by zajmować się niemowlęciem, ale kiedy odchodziła z zawiniątkiem, z którego wystawała stercząca na baczność czarna czuprynka maleństwa, jej twarz wyrażała pełną determinację. Teraz wiem, skąd się bierze stanowczość Gigi.

– No, tak – mówi Pete.

– No, tak.

– Powinniśmy byli dać Yok Lan opakowanie mleka, które kupiliśmy.

– A nie daliśmy?

Czuję, że kręci przecząco głową na swojej poduszce.

Chwile takie jak ta, kiedy gapię się w sufit, uświadamiają mi, jak brudne i zakurzone stało się nasze mieszkanie. W nogach łóżka co najmniej od tygodnia stoi kosz z czystym praniem, którego nie miał kto odłożyć na miejsce. Może powinnam zapytać Rillę, czy nie zna kogoś, kto pomógłby mi posprzątać i przy okazji zarobiłby parę groszy. Robię wszystko, żeby nie myśleć o Gigi. I o Faith.

Pete odwraca się twarzą do mnie.

– Jak tam? – szepce.

Odwracam głowę, by spojrzeć na niego.

– W porządku? – pyta z troską w głosie.

– W porządku – wzdycham.

Przysuwam się bliżej, by poczuć zapach jego ciała i wtulić się w ramiona, które obejmują mnie i splatają się na moich plecach. Wokół Pete'a unosi się woń ciepła, mąki i brudnych filiżanek po kawie. Tuż pod uchem, na szyi, czuję jego ciepły oddech, jakby wyznawał mi jakieś sekrety. Kiedyś często tak leżeliśmy, ale już nie pamiętam, kiedy zdarzyło się to po raz ostatni. W ciągu minionych tygodni wiele myślałam o moich własnych małżeńskich grzechach, o moich unikach, o zaniedbaniach, o tym, jak wyobrażałam sobie inne usta zbliżające się do moich, o tym, jak bardzo pragnęłam tych ust. Przytulam policzek do policzka męża, żeby poczuć dotyk jego skóry. To gest, który oboje pamiętamy. Ściska mnie delikatnie w odpowiedzi i przysuwa usta do mojej szyi.

– Przy tobie czuję się jak w domu – mówię głośno to, co czuję.

– Ja przy tobie też – odpowiada niskim, pełnym uczucia głosem.

Kiedy odwracam się w jego stronę, jest na to gotowy. Obsypuje moją twarz drobnymi pocałunkami, potem delikatnie szuka moich ust. Mam wrażenie, że coś przepływa przez moje wnętrze, jak powracająca do oceanu wielka fala. Z trudem łapię oddech. Pete odchyla się, zdejmuje moją bluzkę, potem rozpina biustonosz, odsłaniając górną połowę ciała. Pochyla się i składa pocałunek nad moją lewą piersią.

– Tu jest twoje serce – mówi szeptem.

W tym momencie zaczynam bezgłośnie płakać. Spoglądam w dół na grzywę jego zmierzwionych włosów, które poruszają się w rytm składanych na moich piersiach pocałunków. Jest bardzo delikatny, dotyka mnie z czułością. W mojej głowie kłębią się najróżniejsze uczucia, a każde wywołuje u mnie kolejny potok łez. Pete uspokaja mnie i jednocześnie po kolei rozbiera, nie próbując powstrzymać mnie od płaczu. Chyba oboje czujemy, że przyszedł czas, kiedy trzeba się wypłakać. Kiedy i on jest nagi, zamyka mnie ponownie w gorącym uścisku i całuje moje słone policzki. Odsuwa mi włosy z czoła i ujmuje moją twarz w swoje dłonie. Jego palce zatykają mi uszy i słyszę szum morza. Wiem, że to odgłos krążenia krwi w żyłach, bicie mojego serca. Milczę, więc mogę je usłyszeć. Łzy pomału wysychają.

Wchodzi we mnie gładko i delikatnie. Najpierw porusza się pomału, ale przyciągam go do siebie z całej siły, więc przyspiesza. W nocnej ciszy słyszę jedynie odgłos naszych westchnień. Całuję jego szyję, powieki i każdą jego część, którą napotykają moje usta. Wypełnia całe moje wnętrze i moje serce, tę ciemną, poplątaną część mnie, która najbardziej boli i z której istnienia nie do końca zdawałam sobie sprawę. Kiedy jest po wszystkim, Pete nie wydaje z siebie żadnego dźwięku, za to ja krzyczę. Opada na mnie z uchem tuż przy moich ustach. Drżenie ustaje, ale leżymy dalej razem, ciało przy ciele, skóra przy skórze.

* * *

Zanim Rilla zdąży zawołać, już wyczuwam i wiem, że przyszła Gigi. Trzeba odwrócić blaszkę w piecu, żeby makaroniki równo się opiekły. Zamiast to zrobić, przerywam pracę i prostuję się. Minęło kilka dni od czasu, gdy widziałam ją rozciągniętą na szpitalnym łóżku. Może jest to jakiś rodzaj instynktu macierzyńskiego? W każdym razie uczucie ma swoje źródło gdzieś głęboko, na dnie żołądka.

– Grace? – głos Rilli jest lekki, ale nieco spięty.

– Idę! – Wycieram ręce w fartuch. – Czy mogłabyś odwrócić blaszkę?

Gigi siedzi przy stoliku od frontu i spogląda przez okno. Ręce trzyma splecione na kolanach. W stojącym obok wózku śpi Faith. Kaszlę, kiedy się zbliżam, i dziewczyna natychmiast mnie zauważa. Jej skóra wygląda czysto, dziwnie nago, tak jest inna od karnacji dawnej Gigi, zawsze przykrytej grubą warstwą makijażu, jakby była jakąś punkową gejszą.

– Hej.

– Hej – mamrocze.

Patrzy mi w oczy, kiedy siadam przy jej stoliku.

Rilla przynosi nam dzbanek herbaty i zagląda z uśmiechem do wózka. Potem wkłada do środka rękę i przypuszczam, że głaszcze maleństwo po miękkim policzku. Chciałabym spojrzeć na małą, ale cały czas czuję na sobie wzrok Gigi. Najwyraźniej chce, żebym skupiła się na niej.

– Śpi – mówi miękko Rilla.

Gigi przytakuje i marszczy brwi, co może być zarówno grymasem niezadowolenia, jak i wymuszonym uśmiechem. Rilla zostawia nas, więc skupiamy się na popijaniu herbaty.

– Dobrze się czujesz? – pytam.

– Tak – odpowiada tonem, który zdradza zakłopotanie. Pozwalam wybrzmieć ciszy. Kiedy pije herbatę, obejmuje filiżankę obiema dłońmi, a z jej ust wydobywa się ciche westchnienie.

– Grace, dziękuję, że zajęłaś się Faith.

Delikatnie kładę dłoń na jej przedramieniu. Odwraca twarz w stronę okna.

– Naprawdę to doceniam – dodaje poważnie, ale nie patrzy na mnie. Po twarzy spływa jej wielka czysta łza. Posuwa się z wolna w dół policzka i niżej w kierunku brody. Dziewczyna przygryza dolną wargę w bolesnym grymasie i mruga szybko powiekami. Do oczu napływa jej coraz więcej łez, więc przysuwam w jej stronę serwetkę. Nie zwraca na nią uwagi i wpatruje się z determinacją w okno.

– Frank odszedł. – Jej głos zaczyna drżeć.

– Ojej.

Potrząsa wolno głową.

– Wiem, że byłby okropnym ojcem, teraz to widzę. Nie, żebym ja była lepszą matką... Te tabletki to był jego pomysł. Powiedział, że się zabawimy. A ja chciałam, żeby wszystko było jak dawniej, przed ciążą. Byłam idiotką, że dałam się namówić. A... a teraz już go nie ma.

Kiwam głową, nie wiedząc, co odpowiedzieć.

– Wyjechał gdzieś w głąb kraju. Tu... najadł się za dużo wstydu. Nieślubne dziecko, ja w szpitalu... Kiepsko to wyglądało. – Przerywa na chwilę. – Myślę, że nawet go rozumiem. – Jej głos jest cichy, jakby mówiła sama do siebie. Nie słychać w nim buntu i wojowniczości, do których u niej przywykłam. Wierzchem dłoni wyciera brodę, próbując osuszyć łzy. – Prawdopodobnie rodzina go zmusiła. Matka zrobiłaby to samo w stosunku do mnie, gdyby mogła. Bardzo by chciała, żebym znalazła się gdzieś daleko i żeby nie musiała się dalej za mnie wstydzić.

– Tak mi przykro, Gigi.

– Jest okej. To znaczy, jest totalna masakra. Ale i tak chyba lepiej, jak go tu nie ma i nie pogarsza sytuacji.

Chciałabym powiedzieć coś, co doda jej otuchy. Ale nie potrafię znaleźć odpowiednich słów. Gigi odchrząkuje i podnosi do góry brodę, co przywodzi mi na myśl dziewczynę ze świątyni. Broda pozostaje ta sama, ale wszystko inne całkowicie się w niej zmieniło. Odwraca teraz głowę i patrzy na mnie wilgotnymi ciemnymi oczyma.

– Nie wiem, jak długo będę mogła zostać w domu.

– Co masz na myśli?

– Matka chce, żebym wróciła do pracy w kasynie, bo tam zarabia się lepsze pieniądze niż w kawiarni. Uważa, że tracę czas, pracując tutaj.

Serce zamiera mi w piersi.

– Och, Gi!

„Liliana" i makaroniki to w tej chwili jedyne, co trzyma biedną dziewczynę przy życiu. Gigi patrzy na mnie i wie, co myślę, bo kiwa delikatnie głową, jakby się zgadzała.

– Sądzę, że wyrzuci mnie z domu, jeśli nie zrobię tego, co chce.

Wracam pamięcią do kobiety w szpitalu, z jej starannie ułożoną fryzurą, stukotem obcasów i malującą się na twarzy złością.

– Gdzie się wtedy podziejesz?

Wzrusza ramionami i wydaje z siebie przeciągłe westchnienie.

– Nie mam pojęcia. Najgorsze, że jest jeszcze Pau Pau. Bez przerwy staje w mojej obronie, a to doprowadza matkę do szału. Grozi, że ją też wyrzuci. Babcia jest na to wszystko za stara i potrzebuje mojej opieki. Już dość długo się mną zajmowała. Matka też by się nią opiekowała, wiem o tym, ale mama i Pau Pau nigdy się ze sobą nie dogadywały. Matka jest taka sama jak dziadek. Umarł dawno temu, ale mama robi dokładnie to samo, co on. Traktuje babcię jak służącą i patrzy na nią z góry.

Zastanawiam się nad dziwną naturą genów. Nad tym, jak natura rozdaje, niczym karty w grze, dobre i złe cechy, szaleństwo i rozsądek, a wszystko w tym samym rozdaniu. W tej samej rodzinie. Wyciągam dłoń i biorę Gigi za rękę. Dziewczyna obdarza mnie zmęczonym, ale pełnym wdzięczności cieniem uśmiechu.

– Nie o tym marzyłam – mówi cicho. – Nie chciałam jeszcze być matką.

Znów nie wiem, jak zareagować. Ściskam jej rękę w nadziei, że wyczuje w tym geście empatię. Chciałabym jej powiedzieć, że wszystko będzie dobrze, ale nie chcę kłamać – przecież nie wiem, czy jej sprawy się ułożą.

– To dla mnie za trudne, Grace – mówi cichutko, jakby bała się, że rozpadnie się na pół, kiedy się do tego przyzna.

Słowa grzęzną mi w gardle i boję się, że za chwilę sama się rozpłaczę. Faith kwili przez sen, ale się nie budzi.

– Co zamierzasz zrobić? – pytam łagodnie.

Gigi podnosi na mnie wzrok. Łzy już wyschły na jej zarumienionych policzkach, ale oczy są wciąż otoczone czerwonymi obwódkami.

– Naprawdę nie wiem – odpowiada. Siedzimy tak przez kilka długich chwil, spoglądając na siebie. Mam wrażenie, że oddychamy w tym samym tempie. Że ona bierze oddech wtedy, kiedy ja wypuszczam powietrze, i na odwrót.

– Pomożemy ci, Gigi. Pomożemy ci na tyle, na ile będziemy mogli, okej? Powiedz nam tylko, co możemy zrobić. Obiecujesz?

Kiwa głową.

– Obiecuję, Grace. – Przerywa. – Dziękuję. Bez tego miejsca, bez „Liliany"... – Przełyka ślinę i nie kończy zdania, które zastyga między nami.

Teraz ja kiwam głową.

– Wiem – mówię szeptem. I naprawdę wszystko rozumiem.

* * *

Kiedy Pete wraca do domu, siedzę na okiennym parapecie z kieliszkiem wina. W jednej ręce trzyma torbę z laptopem, pod pachę ma wsuniętą gazetę. Kiedy mnie dostrzega, najwyraźniej nie wierzy własnym oczom.

– Wcześnie wróciłaś.

– Rilla dziś zamknie.

– Aha, to dobrze. – Zdejmuje buty i rozluźnia krawat. Idzie do kuchni i wraca z pustym kieliszkiem.

– Mogę się przyłączyć?

– Jasne.

Usadawia się plecami do framugi okna. Opieramy się o narożniki i łączymy nasze stopy. Moje palce są smukłe, stopy wąskie, ale niestety wcale niemałe. Nieźle się namęczyłam, żeby znaleźć w Chinach buty dla siebie. Zawsze chciałam mieć małe stopy. Stopy Pete'a są właściwie tego samego rozmiaru, co moje, tylko dużo szersze. Bierze spory haust wina i wzdycha.

Widok z naszego miejsca jest ciągle fascynujący, choć oglądamy go każdego dnia. W gęstym smogu słońce raczej blednie, niż zachodzi. Na placu zabaw między blokami dzieciaki grają w koszykówkę, ale widzę, że piłka rzadko kiedy trafia do celu.

– W „Lilianie" wszystko w porządku?

– Owszem, nie narzekam.

Pete kiwa głową, zachęcając mnie do mówienia.

– Przyszła dzisiaj Gigi – zaczynam niepewnie, ucząc się od nowa z nim rozmawiać. Po to, żeby dzielić się swoim życiem. Obiecaliśmy sobie, że będziemy teraz o to dbać.

– Naprawdę? Wszystko już u niej w porządku?

– Szczerze? Nie. I bardzo się o nią martwię, Pete. Ojciec Faith, Frank, odszedł, a jej matka to jakiś potwór. Zagroziła, że wyrzuci z domu Gigi i Yok Lan, jeśli dziewczyna nie wróci do nadzorowania gier karcianych. – Biorę oddech. – Nie ma się co dziwić, że Gigi jest taka zbuntowana. – Pete popija łyk wina i marszczy brwi. – Wiem, że ma talent do gotowania, Pete. A teraz również i to się jej odbiera.

– Nie będzie jej łatwo z dzieckiem i bez ojca. Bez żadnego wsparcia, w takim ekonomicznym chaosie... – Zawiesza głos.

Kiwam głową. Będzie ciężko w takich czasach – już jest ciężko.

– Chciałabym móc coś zrobić. Pomóc jej i Faith, i Yok Lan. Mają kłopot, a Gigi to naprawdę bardzo porządna dziewczyna. Trudna, ale dobra, a ja... – przerywam i popijam łyk wina. Pete czeka, aż skończę. Jego oczy wydają się bardzo ciemne w przyćmionym świetle. – Nie wiem, co mogłabym dla niej zrobić – kończę. Czuję, że pod powiekami czają się łzy.

Pete przez chwilę nic nie mówi. Oboje wpatrujemy się w boisko do koszykówki.

– Myślę, że powie ci, jeśli będzie czegoś potrzebowała i będzie gotowa przyjąć pomoc. Przypuszczam, że nie ma w tej chwili zbyt wielu osób, które zechciałyby jej wysłuchać. Może właśnie tego najbardziej potrzebuje – kogoś, kto jej wysłucha.

Kiedy to mówi, jednemu z chłopców udaje się trafić piłką do kosza. Dzieciaki wrzeszczą, podskakując i obejmując się nawzajem. Chłopiec biega w kółko, potrząsając pięściami w geście triumfu.

– Pewnie masz rację – odpowiadam. Próbuję odsunąć zmartwienia związane z Gigi, Faith i Yok Lan na dalszy plan, chcę, by opadły w odległy zakątek mózgu jak osad na dnie kieliszka.

Spoglądam na Pete'a. Wygina stopę, dotykając palcami moich palców. Na jego skarpetkach widać mokre ślady potu, który osiada ma moich stopach. Krzywię się z obrzydzeniem, a on obdarza mnie szerokim uśmiechem. Wracamy do obserwacji placu zabaw, gdzie chłopcy stoją z zadartymi do góry głowami. Przyszła po nich matka, żeby zabrać ich do domu. Mówi po kantońsku coś, czego nie możemy usłyszeć. Wskazuje palcem ulicę i wszyscy posłusznie odchodzą w tym samym kierunku.

– Bądź jej przyjaciółką, Grace – mówi w zamyśleniu Pete.

Les Soeurs – Siostry

MIĘTOWY Z GANACHE Z CIEMNEJ CZEKOLADY

Któregoś dnia w tym samym tygodniu, tuż przed zamknięciem kawiarni Rilla wkracza do kuchni z uśmiechem w chwili, gdy najbardziej tego potrzebuję. Zamartwiam się o Gigi, a ona przerywa moje myśli, podkręcając głośniej muzykę w radiu i ruszając w tany z mopem. Kręci biodrami pod fartuchem i tupie nogami. Przed chwilą miałam zmarszczone czoło, ale na jej widok wybucham śmiechem. Ona mruga do mnie, jakby mówiła: „Teraz dużo lepiej". Potrząsam głową: jej talenty taneczne dorównują wokalnym, co oznacza, że w obu sprawach jest beznadziejna, ale za to zawsze udaje jej się mnie rozśmieszyć. Po raz kolejny dociera do mnie, jaką jestem szczęściarą, że Rilla jest częścią mojego życia, mojej codzienności, że mam ją tuż obok w „Lilianie". Posyłam jej pełen wdzięczności uśmiech. Dzwonek telefonu sprawia, że sztywniejemy. Rilla ścisza radio, a ja wychodzę z kuchni, żeby porozmawiać. Głos Marjory po drugiej stronie słuchawki jest zdenerwowany i zadyszany.

– Grace, to ja. Jest Rilla?

Rilla wychodzi z kuchni i nasze oczy się spotykają.

– Jest. Coś się stało?

– Muszę podjechać i ją zabrać. Chodzi o Jocelyn.

– Jocelyn?

Rilla odchodzi szybko, by przynieść płaszcz i torebkę. Pośpiech Marjory sprawia, że i ja czuję się podenerwowana.

– Musimy ją zabrać ze schroniska. Zdaje się, że jej pracodawcy dowiedzieli się, gdzie przebywa, więc trzeba ją na wszelki wypadek przenieść. To nie byłoby dobre ani dla niej, ani dla jej współlokatorek. Może się okazać, że niepotrzebnie się martwimy, ale… – Słyszę odgłos wchodzącego na wyższe obroty silnika.

– Czy ona…? – zaczynam.

Marjory podnosi głos i słyszę odgłos klaksonu.

– Wyjaśnię ci później. Przepraszam, ale na razie muszę ją zabrać w jakieś bezpieczne miejsce. Ze mną nie pojedzie, ale zaufa Rilli. Czy ona może wcześniej wyjść z pracy?

– Tak, oczywiście.

– Dobrze. Grace, czy my możemy przywieźć Jocelyn do „Liliany"? Potem się zastanowimy, gdzie można by ją umieścić.

Kiwam głową, po czym zdaję sobie sprawę, że przecież Marjory tego nie widzi. Moje serce bije teraz bardzo szybko.

– Grace?

– Tak, oczywiście, że tak.

– Dziękuję, zaraz podjadę, okej?

– Okej.

W słuchawce zapada cisza, a ja patrzę na Rillę, która wkłada płaszcz i w pośpiechu zbiera się do wyjścia. Czuję się nieco zagubiona.

– Wszystko w porządku? – pytam.

Rilla patrzy na mnie z dziwnym wyrazem twarzy i potrząsa przecząco głową. Potem wybiega do łazienki.

Po kilku minutach przed kawiarnią zatrzymuje się z piskiem opon biała terenówka. W ciemnych oknach samochodu, na tle pomarańczowego o tej porze dnia nieba, odbija się szyld „Liliany". Rilla wybiega z kawiarni, wdrapuje się na siedzenie pasażera i siada z torebką w jednej dłoni i fartuchem w drugiej. Drżącą ręką podaje mi fartuch przez okno. Twarz ma bladą i poważną. Kiedy odbieram od niej fartuch, Marjory patrzy na mnie z siedzenia kierowcy.

– Mam nadzieję, że nie zajmie nam to dużo czasu. Wyjaśnię wszystko, kiedy wrócimy, obiecuję – mówi i wciska pedał gazu. Moja lewa ręka, w której trzymam fartuch w kolorze fuksji, zwisa bezwładnie wzdłuż boku. Niewielki wir powietrza unosi z drogi piasek i kurz, który, kręcąc się, zbliża się w moim kierunku. Bezmyślnie obserwuję, jak miniaturowe tornado uderza w krawężnik i zamienia się w kupkę pyłu. Wkładam rękę do kieszeni w poszukiwaniu komórki i wybieram numer Pete'a. Jeszcze zanim zdążę wydusić z siebie jakieś wyjaśnienie, on mówi, że już jedzie. Siadam na krawężniku i czekam.

Pete i ja jesteśmy wewnątrz, kiedy przed kawiarnią zatrzymuje się auto Marjory. Słońce znikło, a w jego miejsce pojawił się maleńki jak paznokieć księżyc. Otwierają się tylne drzwi, wysiada Rilla i pomaga Jocelyn wyjść z samochodu. Kobieta kurczy się na widok Pete'a. Rilla obejmuje przyjaciółkę ramieniem i prowadzi ją do kuchni. Kiedy wchodzi Marjory, razem z nią wpada do środka zimny podmuch wiatru. Jej piękna twarz jest ściągnięta i blada. Pete pyta, czy ma ochotę na kawę, a ona potwierdza skinieniem głowy. Siada naprzeciwko mnie i sięga po moją rękę.

– Och, Grace – wzdycha głęboko. – Dziękuję. Dziękuję, że o nic nie pytałaś.

– W porządku – mamroczę zaskoczona.

– Chodziło o to, żeby szybko tam dotrzeć. Wiesz, nie miałam wcześniej pojęcia, że te sprawy mogą być tak skomplikowane. Nie wierzyłam w te historie. Albo nie chciałam wierzyć. Ale teraz... po prostu wiem. – Potrząsa głową.

Kiedy Pete przynosi kawę, Marjory obejmuje filiżankę swymi smukłymi palcami. Mój mąż zanosi też dzbanek z wrzątkiem i filiżanki do kuchni. Słyszę, że oferuje herbatę Rilli i Jocelyn, ale nie słyszę ich odpowiedzi. Gdy wraca, siada obok Marjory i obejmuje ją ramieniem, a ona przytula się do niego z wdzięcznością.

– Rilla powiedziała mi, że Jocelyn ma kłopoty, więc skierowałam ją do Sióstr Dobrego Pasterza. One prowadzą przytułek. Usłyszałam o nich na aukcji charytatywnej.

– Siostry Dobrego Pasterza?

– To zakonnice, które pomagają kobietom w potrzebie. Byłam tam kilka razy od czasu, kiedy Jocelyn się do nich przeprowadziła, ale za każdym razem była zbyt przestraszona, żeby ze mną pogadać. Kiedy siostrzyczki usłyszały, że jej pracodawcy mogą wiedzieć, gdzie ona jest, zadzwoniły do mnie z prośbą o pomoc. Muszą chronić resztę kobiet. – Kładzie sobie rękę na czole.

Pete patrzy na mnie, oczekując wyjaśnień, ale ja czuję się tak samo zagubiona, jak on.

– Przepraszam – mówię łagodnie – ale nie rozumiem. O jakie kłopoty chodzi?

Marjory przygląda mi się z głową przechyloną na bok.

– Rilla nic ci nie mówiła?

Potrząsam głową z miną winowajcy.

– Nie. Nie rozmawiałyśmy o tym.

Marjory bierze długi oddech, który ma ją uspokoić.

– Jocelyn przyjechała do Makau, żeby pracować jako pomoc domowa. Pośrednicy pracy, jeśli w ogóle można ich tak nazwać, załatwili jej tu miejsce u rodziny. A potem poinformowali, że co miesiąc ma im płacić haracz za ten przywilej.

Pete potakuje głową, więc patrzę na niego.

– Ona ma im płacić? – pytam.

– To możliwe – odpowiada cierpko Pete.

– Ale to nie był największy problem – ciągnie gorzkim tonem Marjory. – Chodzi o jej chlebodawców. To para mieszkająca ze starszym ojcem. Od razu zabrali jej paszport i nie pozwolili na ani jeden dzień wychodnego. Skarżyli się, że jest powolna. Traktowali gorzej, niż ty traktowałabyś wściekłego psa. – Marjory wzdryga się. – Próbowała skontaktować się z pośrednikami, ale nie chcieli jej pomóc. Dla nich Jocelyn to źródło dochodów. Poradzili jej, żeby siedziała cicho i nie podskakiwała, i przypomnieli, że pomoc domowa w Makau zarabia więcej niż prawnik na Filipinach. Usłyszała, że jeśli chce być dobrą matką dla swoich dzieci, powinna ciężej pracować. – Marjory zaśmiewa się ironicznie. – Ciężej pracować! Jakby się leniła! I jakby to była jej wina! – Twarz Marjory przybiera gniewny wyraz. – Więc uciekła. Mieszkała w przytułku od tamtej nocy, kiedy ona i Rilla przespały się tutaj.

Cofam się pamięcią dwa miesiące wstecz i przypominam sobie dwie leżące na zapleczu kobiety. Pete patrzy na mnie, a ja jedynie potrząsam głową.

– Tak naprawdę nikt nie wiedział, jak była traktowana i co tam się działo. Siostry mówiły, że była bardzo cicha i zamknięta. Może nie chciały wiedzieć... Ale Rilla się zorientowała, przez to, co jej się przytrafiło w Dubaju. Chyba wystarczył jej wyraz twarzy Jocelyn. Bardzo się zaprzyjaźniły.

– Tak, Jocelyn przychodziła tu do Rilli w odwiedziny – mówię cicho, przypominając sobie, jak czekała na Rillę na zewnątrz i chowała się za framugą drzwi, próbując ukryć twarz za zasłoną ciemnych włosów.

– Myślę, że w Rilli znalazła kogoś, komu mogła zaufać. Ale kiedy Jocelyn przestała przychodzić na umówione spotkania, a Rilla nie miała od niej ani telefonów, ani esemesów, naprawdę się przestraszyła. Powiedziała o tym znajomym Filipińczykom w Makau i wszyscy obiecali, że będą mieli Jocelyn na uwadze. I całe szczęście, że istniała taka rozbudowana siatka znajomych: ochroniarze z banków i sklepów, kobiety w prywatnych domach, wychodzące codziennie z wózkami... Wiesz, jak to wygląda. W końcu ktoś zobaczył ją w „San Miu", tym chińskim supermarkecie. Na oczy miała naciągniętą czapkę, więc nie mógł dokładnie zobaczyć twarzy, ale był pewien, że to Jocelyn. Rilla uspokoiła się na chwilę, bo wiedziała, że ją widziano, że wydawała się w dobrej formie, ale chyba czuła, że coś jest nie tak. W każdym razie kilka miesięcy temu dostała wiadomość z prośbą, żeby przyszła na parking przed torem wyścigowym. To nie był numer Jocelyn. Okazało się, że musiała ukraść jeden z telefonów swoich pracodawców, ale przecież nie można jej za to winić. Oni wcześniej zabrali jej komórkę i trzymali w tym cholernym domu jak w jakimś więzieniu.

Marjory wie, co w tej chwili myślę.

– Tamtej nocy znalazłaś je tutaj. Wtedy zdecydowała się na ucieczkę.

Czuję, że zaschło mi w gardle.

– Coś się stało?

Nasze oczy spotykają się i Marjory milczy przez chwilę.

– Stłukli ją patelnią – odpowiada w końcu ze smutkiem w głosie.

Moje gardło reaguje uciskiem, oczy zaczynają piec. Widzę przez łzy, że Pete złapał się za głowę.

– Boże! – mówi.

– Nie wiedziałam – tłumaczę się zmienionym głosem.

– Hej! – mówi łagodnie Marjory. Pochyla się i poklepuje mnie po ramieniu. – Nikt z nas nie wiedział, Grace. Kiedy Rilla próbowała po raz pierwszy prosić mnie o pomoc, miałam ochotę zatkać uszy. Nie chciałam się w to mieszać. Uważałam, że to nie moja sprawa...

– Ale to jest nasza sprawa – mówi pomału Pete.

– Tak – wzdycha Marjory. – To nasza sprawa. Ci ludzie przyjeżdżają tu, żeby dla nas pracować – dla obcokrajowców i bogatych miejscowych. Ale nikt nie broni ich interesów, nikt się nimi nie opiekuje, więc takie przypadki się zdarzają. Takie albo dużo gorsze. – Patrzy na mnie uważnie. – Grace, to nie była twoja wina. Nie wiedzieliśmy o tym. Ale teraz wiemy i możemy coś w tej sprawie zrobić. Chyba powinniśmy.

Przytakuję głową i zaciskam usta. Z kuchni dochodzą nas pocieszające szepty Rilli.

– Zostają dzisiaj z nami – stwierdza stanowczo Pete.

Marjory odwraca się w moją stronę.

– Jesteście pewni? Ja nie mam nic przeciwko…

– Tak – odpowiadam szybko. – Proszę, pozwól im zostać z nami.

– Okej – wzdycha. – Dobrze. Musimy się zastanowić, jak to rozwiązać. Te kobiety potrzebują organizacji, która by je chroniła i pomagała im w sytuacjach takich jak ta. Don ma przyjaciela prawnika. Może on nam podpowie, czy złożyć w tej sprawie pozew i jakie dokumenty trzeba wypełnić, żeby Jocelyn dostała nowy paszport. Don ma podzwonić i popytać, co się da zrobić. Jej pracodawcy wciąż mają jej paszport i na pewno będą próbowali ją powstrzymać od opowiadania o tym, co się stało. Nie wiadomo, do czego są gotowi się posunąć.

– W porządku – mówię pospiesznie. – Możemy się nią zająć. Możemy się nimi obiema zaopiekować. Mamy dość miejsca.

– Powinnaś pojechać do domu, do Dona – mówi do Marjory Pete. – Wyglądasz na wykończoną. My zabierzemy je do domu i o wszystko zadbamy.

Marjory posyła mu pełne wdzięczności spojrzenie i wstaje z miejsca. Jej makijaż nieco wyblakł i wokół oczu widać drobną siateczkę zmarszczek. Zdejmuje z głowy okulary słoneczne i trzyma je złożone w dłoni. Kiedy odwraca się, żeby odejść, uderza mnie pewna myśl, pod wpływem której po plecach przechodzi mi zimny dreszcz, a serce na chwilę przystaje.

– Marjory? Mówiłaś coś o Dubaju…

Odwraca się w moją stronę.

– Czy coś złego zdarzyło się Rilli w Dubaju?

Marjory marszczy brwi.

– Nigdy nie zastanawiałaś się nad tym, że zawsze nosi długie rękawy? – pyta łagodnie, ale ze zdziwieniem. – Tak, to się zdarzyło w Dubaju. Musisz z nią porozmawiać, Grace. Ja dowiaduję się coraz więcej o losie takich kobiet jak one. I na pewno nie są to miłe rzeczy. – Znowu wzdycha i odwraca się w kierunku wyjścia, obiecując, że zadzwoni z samego rana.

„U Liliany" jest teraz gwarno jak w ulu, nawet zanim pojawią się klienci. Uczestniczymy w czymś na kształt sabatu czarownic albo żeńskiego zgromadzenia: maleńka, rozgrzana kuchnia wypełniona jest po brzegi pracującymi, dyskutującymi, roześmianymi kobietami, które troszczą się jedna o drugą.

Po kilku dniach i nocach Rilla przenosi się z powrotem do swojego mieszkania, ale Jocelyn mieszka dalej ze mną i z Pete'em. Każdego dnia chodzi ze mną do „Liliany" i z powrotem, rzadko kiedy cokolwiek mówi i gdy tylko docieramy do kawiarni, przywiera na cały dzień do zlewu. Mówię jej, że nie musi pracować, ale ona potrząsa tylko głową i kursuje dyskretnie pomiędzy ladą i zlewem. Myje pomału wszystko, co wpadnie jej w ręce, dokładnie, metodycznie szorując uszka filiżanek i z namaszczeniem wycierając widniejące na spodach talerzyków sygnatury. Ledwie zdejmę makaroniki z metalowych blach, te natychmiast lądują w spienionej gorącej wodzie. Czasem słyszę, że nuci coś pod nosem. Kiedy nastawiam ucha, stwierdzam, że ma dobry głos, choć dźwięki są tak cichutkie, że trudno uchwycić melodię.

Gigi za to ucichła. To coś, czego nigdy bym się wcześniej nie spodziewała. Przychodzi, zanim stali klienci dotrą tu w poszukiwaniu porannej kawy albo muffinków, które wpychają dzieciakom do buzi, bo nie zdążyli w domu przygotować śniadania. Jej urlop macierzyński jeszcze się nie skończył, ale nie mogę zabronić jej przychodzić. Jestem pewna, że w „Lilianie" czuje się lepiej niż w domu. Jej twarz wciąż ma ów lekko nieobecny wyraz, jest koloru spranych białych skarpet, a piegi odbijają się wyraźnie od pobladłych policzków. Cała Gigi sprawia wrażenie, jakby ktoś wyprał ją o kilka razy za dużo – głos ma przygaszony, nastrój zazwyczaj smętny. Jedyną rzeczą, o której ma ochotę ze mną rozmawiać, są makaroniki. Zakładam, że udało jej się odsunąć groźbę matki, że wyrzuci ją z domu, ale o tym też nie chce mówić. Być może nie przyznała się matce, gdzie spędza całe dnie – wcale by mnie to nie zdziwiło. Kawiarnia i makaroniki zdają się trzymać ją przy życiu. Z błąkającym się na ustach uśmiechem zapisuje pomysły i przepisy w notatniku, który natychmiast po użyciu znika w jej torebce.

Tuż po Gigi do kawiarni wpada Rilla, niemal biegnąc od przystanku. Głowę nosi wysoko i po pierwsze sprawdza, czy Jocelyn jest bezpieczna. Pomaga jej sprzątnąć pierwszą turę brudnych naczyń. Rilla emanuje jakąś nową energią, która jest trudna do wytłumaczenia. To forma wiary w siebie, poczucia wartości. Marjory mówi, że Rilla stała się znana wśród Filipińczyków jako osoba, która pomaga dziewczynom oszukanym przez tak zwanych pośredników pracy albo wykorzystywanym przez pracodawców. Znają jej historię i widzieli wypalone papierosami blizny po wewnętrznych stronach jej ramion i rąk. Ponieważ prosiłam, opowiedziała mi o tym, co wydarzyło się w Dubaju – o tym, jak płacono jej dużo mniej, niż wcześniej obiecano, o zadłużaniu się u pośredników z powodu tajemniczego haraczu, o biciu, które miało ją skłonić do posłuszeństwa i milczenia. I tak uważa się za szczęściarę – wiele dziewcząt jest zmuszanych do prostytucji, a wielu z nich nigdy nie udaje się uciec.

Od czasu do czasu podciąga teraz rękawy, więc mam okazję obejrzeć blizny: wypalone w delikatnej skórze czerwone półksiężyce. Gdyby nie emanująca od niej duma i fakt, że nosi teraz głowę wysoko, rozpłakałabym się na ich widok. Przeprosiłam za sposób, w jaki potraktowałam ją i Jocelyn tamtego poranka, kiedy je znalazłam, ale ona prosi, żebym więcej o tym nie myślała. „Nie wiedziałaś" – mówi. Przypominam sobie, jaka była przestraszona na widok biznesmena, który skarżył się na zimną kawę, i zastanawiam się, jak zareagowałaby teraz. Z przyjemnością na nią patrzę i to, co widzę, napełnia mnie matczyną dumą. Dla Gigi i Jocelyn jest niczym emocjonalna szalupa ratunkowa, bo sobie tylko znanymi sposobami potrafi podtrzymywać obie kobiety na duchu.

Marjory dołącza do nas ostatnia – przyjeżdża zazwyczaj po południu, tuż po zakończeniu pory lunchu. Sadowi się w swoim stałym miejscu i delektuje kawą cappuccino. Wyciąga z kuchni Jocelyn, żeby z nią porozmawiać. Sadza ją obok siebie i obejmuje smukłym ramieniem, przemawiając szeptem i podając kolejne chusteczki. Widzę, że wsuwa dyskretnie pieniądze do kieszeni Jocelyn, kiedy ta nie chce ich przyjąć.

Marjory spędza teraz poranki w przytułku Dobrego Pasterza. Opowiada z zachwytem o siostrze Julietcie, a ja uśmiecham się do siebie ukradkiem na myśl o wielbicielce najnowszych diet i trendów, spędzającej całe dnie z zakonnicami.

– To, co ona robi, jest niesamowite, Grace! – opowiada z zapałem. – Współpracujemy z grupą z Hongkongu, która namierzyła niektórych pośredników, sprowadzających tu te biedne dziewczyny do pomocy w domach. Cholera, ładna mi pomoc w domu! – Przez jej twarz przebiega grymas wściekłości. – To współczesna forma niewolnictwa i wszyscy o tym wiedzą.

Dzieli się swoimi frustracjami i opowieściami nawet z Yok Lan, która słucha cierpliwie, nie rozumiejąc ani jednego słowa. Marjory mówi, że najprawdopodobniej niedługo będą w stanie odesłać Jocelyn do domu na Filipinach, do dzieci.

Gigi przynosi ze sobą Faith, zakutaną w puchate kombinezony i wełniane czapki, bo na dworze czuje się zimowy chłód. Lokuje małą w narożniku przy ladzie, gdzie możemy ją obserwować niczym wianuszek dobrych mam. Faith mruga do nas z wózka oczyma okrągłymi jak jagódki, policzki ma zarumienione od zimna. Czasem gaworzy albo przeciąga się nieświadomie przez sen z rączkami zaciśniętymi w piąstki i ułożonymi wokół miękkich ciemnych włosów. Jestem oczarowana jej różowymi usteczkami i jasną skórą, nawet kiedy się budzi i wrzeszczy tak, że budynek drży w posadach. Jej dziecięca niewinność niesie ze sobą świeżość i nadzieję, na przekór smutkowi i agresji ostatnich kilku tygodni. Wyjmuję ją i przytulam, wdycham zapach talku i niemowlęctwa, i opowiadam historie, które opowiadała mi Mama. O wróżkach, królewnach, zatrutych jabłkach, o książętach i o latających dywanach. Kiedy z nią jestem, moje serce wypełnia miłość i nadzieja.

Yok Lan i ja na zmianę kołyszemy ją w wózku i zmieniamy pieluszki. Gigi pozwala nam to robić, ograniczając się do przygotowywania butelek z mlekiem i przejmując pieczę nad kasą, gdy ja zajmuję się dzieckiem. Czuję się trochę winna, że dopieszczam Faith, a Gigi musi pracować, ale ona patrzy na mnie z ulgą; obsługiwanie stałych klientów sprawia, że zaczyna przypominać dawną Gigi, a jej twarz nabiera kolorów. To dla niej rodzaj terapii, której nie do końca rozumiem. Może Faith jest dla mnie tym samym?

Kochana Mamo,

nie uważasz, że na świecie jest dużo perfidnych ludzi? Takich, którzy będą kopać leżącego, którzy wyrzucą biedaka na ulicę i tak długo będą deptać cudzą godność albo podkopywać wiarę w siebie, aż nic nie zostanie. Skąd się bierze taka podłość? Czy życie ich tego nauczyło, czy może tacy już się urodzili?

Codziennie przyglądam się dwóm matkom, których życie nie rozpieszczało i którym wmówiono, że są zupełnie do niczego, że nic z nich nie będzie. Smagano je pięściami i językiem. Te same kobiety pracują w kawiarni tak ciężko, że z trudem udaje mi się namówić je do wyjścia, kiedy dzień ma się ku końcowi. A i to nie wszystko. Z całego serca starają się być dobrymi matkami, w jedyny sposób, w jaki potrafią. To tak, jakby cały czas pływały i utrzymywały się na powierzchni, ale nigdy nie docierały do brzegu.

Ty też tak żyłaś, Mamo, prawda? Robiłaś wszystko, żeby życie Cię nie zatopiło. Chciałabym móc spotkać się z Tobą twarzą w twarz i powiedzieć Ci, że wiem, jak bardzo się starałaś. Teraz to widzę. Wszystko wybaczam. Czy Ty też będziesz w stanie mi wybaczyć?

Twoja kochająca córka Grace

Le Retour – Powrót do Domu

KWAŚNE MANGO Z KREMEM MAŚLANYM

Drepczę przez mieszkanie najciszej, jak to tylko możliwe, ale deski skrzypią w chłodnym powietrzu. W kuchni wrzucam do tostera dwie kromki chleba i włączam czajnik. Nie chcę obudzić Jocelyn, która jeszcze śpi. Widzę, że powycierała i odłożyła na miejsce naczynia, które zostawiłam na suszarce. Proszę ją, żeby tego nie robiła, ale odnoszę wrażenie, że sprzątanie jest w jej przypadku rodzajem nerwowego nawyku: w kółko i bez wytchnienia składa ściereczki do naczyń albo porządkuje szafki, a jej wzrok ślizga się po przestrzeniach pomiędzy przedmiotami. Jakby miała nadzieję, że gdy zajmie czymś ręce, uda jej się oderwać myśli od nieprzyjemnych wspomnień. Od wydarzeń, których nawet nie chcę sobie wyobrażać. Chyba tylko Rilla naprawdę wie, jak można ją pocieszyć. Nieustannie wyświadcza jej drobne uprzejmości, jakby Jocelyn była jej ukochaną młodszą siostrą. Przynosi jej kanapki z gotowanym jajkiem, muszelki z rysunkami uśmiechniętych buzi albo układa małe bukieciki stokrotek obok jej śniadania. W „Lilianie" często głaszcze ją po plecach, szepce coś po tagalsku, a kiedy zachodzi potrzeba, prowadzi do łazienki, żeby mogła się wypłakać.

Mój tost wyskakuje jak z katapulty, brązowy i gorący. Sięgam, by wyłączyć czajnik, zanim zacznie gwizdać. Z dzióbka bucha wrząca para. Tymczasem za moimi plecami rozlega się leniwe ziewnięcie.

– Nie musisz jeszcze wstawać – mówię przyciszonym głosem.

Pete przeczesuje ręką włosy. Przyodziany jest od stóp do głów w niebiesko-pomarańczowo-zieloną piżamę. Na lewym policzku ma odbite zagniecenia od poduszki. Uśmiecha się jedną połową ust.

– Pomyślałem, że zjem z tobą wczesne śniadanie – mówi szeptem, spoglądając na zamknięte drzwi pokoju Jocelyn.

– Nie przejmuj się, ona jeszcze śpi.

Wkładam do tostera dwie dodatkowe kromki chleba i podaję mu kawałek mojego tosta, posmarowanego masłem, które wsiąkło w pory pieczywa. Pete przyjmuje go ode mnie i jemy, opierając się o kuchenkę. Popijam łyk zielonej herbaty, a płyn wypełnia zakamarki mojego ciała i ogrzewa je. Ziewam teraz w duecie z Pete'm.

– Zapomniałem ci powiedzieć – mówi, przełykając kęs pieczywa – że zamykają niektóre restauracje.

Zalega niezręczna cisza.

– Chodzi o „Aurorę", prawda?

Przytakuje i gładzi mnie dłonią po plecach, ściskając na koniec delikatnie moją talię. Wypuszczam z płuc powietrze. Od długiego czasu nie myślałam o Léonie, w czym dopomógł fakt, że przestał regularnie przychodzić do „Liliany". Czuję zawstydzenie, gdy myślę o moich niedawnych uczuciach. Zauroczenie Léonem było rodzajem zakaźnej gorączki, która mnie zaatakowała i potem opuściła, pozostawiając mnie obnażoną i zażenowaną. Odgryzam kęs tostu. Obejmujące mnie ramię Pete'a działa uspokajająco. Jego oczy świecą w bladym świetle poranka zielono-złotym blaskiem.

Unoszę brodę.

– Co się stanie z Léonem?

Pete patrzy na mnie, w głąb mnie, jakby szukał czegoś w moich oczach. Wiem, czego szuka, ale tego nie znajduje. Jego spojrzenie łagodnieje i potrząsa głową, wycierając okruszki z palców o nogawkę piżamy. Sięga po czajnik i nalewa sobie filiżankę herbaty.

– Nie wiem. Mam zamiar do niego zadzwonić i dowiedzieć się, co się dzieje. To nie moja działka, ale... chyba jestem mu winien rozmowę. – W jego głosie też słychać zakłopotanie.

– Biedna Celine – mówię. Potem myślę o dziewczynkach.

– Tak... Sądzę, że, jeśli tylko by zechciał, mógłby zostać przesunięty w jakieś inne miejsce, ale nie wiem, bo chodzą plotki, że zostanie. Najwyraźniej podoba mu się w Makau. Te kasyna, styl życia...

Wracam pamięcią do lunchu w „Aurorze", do uginających się od jedzenia stołów, do kapiącego plastra miodu i świeżego, ciepłego chleba. Potrząsam głową. Czas stał się dziwnie elastyczny, jakbyśmy byli tam ledwie wczoraj i jednocześnie całe lata temu. Nie było wtedy „Liliany", nie było w naszym życiu Marjory, Rilli, Gigi czy Yok Lan. Zbieram wszystkie te osoby w głowie jak kawałki patchworkowej kapy, przylegające ściśle do siebie. To, co je łączy, to wspólne wspomnienia: Gigi szukająca babci po trzęsieniu ziemi albo Rilla i Gigi śpiewające i śmiejące się w „Lilianie".

Pete odstawia filiżankę i staje przede mną. Ujmuje w swoje ręce moje dłonie i patrzy w moją twarz. Gest jest tak poważny, że mam wrażenie, iż w kuchni pociemniało. Biorę haust powietrza i wstrzymuję je w piersiach aż do granicy bólu. Jego uśmiech to cienka, przecinająca twarz groźna kreska. Mam wrażenie, że jest podenerwowany.

– Grace, nie jestem pewien, jak długo...

Odrywam od niego wzrok i wbijam go w podłogę. Stopy mam zimne, blade palce kontrastują z żywą czerwienią lakieru do paznokci. On też na nie patrzy i przysuwa swoje palce do czubków moich. Potem delikatnie opiera swoje czoło o moje.

– Grace – mówi szeptem, ale nie kończy zdania. Czuję na twarzy jego ciepły oddech, słodki od zapachu tostów i snu. Pochyla się w moją stronę, a potem huśta na piętach. Całuje mnie łagodnie ponad prawą brwią i marszczy czoło. – Wiem, ile to miejsce dla ciebie znaczy…

W gardle coś mnie uwiera, jakbym połknęła garść kamieni.

– Kiedy będziemy musieli wyjechać? – pytam tak cicho, że sama ledwie słyszę własny głos.

Końcówka roku mija nam w szybko, jak w hipnotycznym transie. Jednocześnie przygotowujemy się do wyjazdu Jocelyn na Filipiny. W przypadku rozprawy sądowej być może będzie musiała wrócić do Makau, ale przyjaciel Dona, prawnik, ostrzegł nas, że w tego rodzaju przypadkach często do rozprawy nie dochodzi. Poza tym nie wierzy, żeby sąd dał wiarę zeznaniom filipińskiej służącej. Jeśli jest tylko jej słowo przeciwko słowu pracodawców, oni odmalują portret kłamliwej imigrantki, której w żadnym wypadku nie należy ufać. To bolesne, jak łatwo przełykamy takie opowieści. Skoro mnie samej bez trudu przyszło odsądzić Rillę od czci i wiary, kto uwierzy Jocelyn? Wszystkich nas do furii doprowadza myśl, że jej pracodawcy mogą nie ponieść najmniejszej odpowiedzialności, ale staramy się skupić na tym, co jest teraz najistotniejsze, czyli na bezpiecznym wysłaniu Jocelyn do domu, do dzieci.

Marjory mówi, że Jocelyn musi być gotowa do wyjazdu w każdej chwili, więc w nogach jej idealnie zaścielonego łóżka zawsze czeka zapakowana reporterska torba. Nadchodzi

Boże Narodzenie, ale trudno normalnie świętować, kiedy wszyscy zrywamy się na równe nogi na dźwięk telefonu albo pukania do drzwi. Daję Rilli, Marjory, Gigi i Jocelyn małe srebrne ozdoby z wygrawerowanymi na spodzie ich imionami. Dla Faith kupiłam wypchanego watą, miękkiego biało-złotego aniołka. W bożonarodzeniowym dniu otwieramy „U Liliany" butelkę szampana i podajemy go z czekoladowymi truflami, które przygotowałam, a potem Pete, Jocelyn i ja jemy wspólnie na obiad pieczonego kurczaka. Nie ma wielkiej fety. Są chwile, kiedy wiemy, że to święta i chwile, kiedy zupełnie tego nie czujemy. Jocelyn wkłada ostrożnie swoją ozdobę do bocznej kieszeni torebki i łapię ją na tym, że kilkakrotnie sprawdza, czy na pewno jeszcze tam jest.

W końcu, w sylwestrowy poranek, przyjeżdża Marjory. Przywozi nowy paszport Jocelyn i kopertę z biletami lotniczymi i pieniędzmi. Z domu przyjeżdża szybko Rilla, aby pożegnać się z przyjaciółką.

– Masz wszystko? – pytam jak nadopiekuńcza matka.

Jocelyn kiwa głową i uśmiecha się, poklepując boczną kieszeń torebki. Rilla kładzie jej obie dłonie na ramionach, patrzy prosto w oczy i daje ostatnie rady po tagalsku. Wyobrażam sobie, co mówi: „Nie rozmawiaj z nieznajomymi, kiedy wylądujesz w Manili, idź prosto do autobusu, pilnuj torebki, byłaś w toalecie?". Jocelyn uśmiecha się – musimy wyglądać na bardzo zmartwione. Nawet Pete wydaje się jakiś smutny.

– Będzie mi jej brakowało – mruczy, obejmując mnie ramieniem w pasie.

– Wiem. Mnie też.

Widzieliśmy zdjęcia jej dzieci i słuchaliśmy opowieści o nich. Chłopczyk ma na imię Matthew, a dziewczynka Teresa. Imiona świętych, jakby od samego początku wiedziała, że będą potrzebowały nadzwyczajnej opieki. Na fotografiach widać, że odziedziczyły jej ciemne oczy i drobną twarz. Teresa uwielbia rysować i słuchać bajek o wróżkach. Matthew lubi wspinać się na drzewa. Jocelyn nie mówi nic o ich ojcu, a ja nie pytam, ale nie ma go na żadnej z drogocennych, lekko pogniecionych fotografii o kolorach wyblakłych od częstego głaskania.

– Niedługo zobaczysz dzieciaczki – mówi Marjory, jakby czytała w moich myślach.

Jocelyn podnosi na nią wzrok.

– Będę z nimi taka szczęśliwa! – Patrzy na nas błyszczącymi oczyma.

– Dbaj o nie, Jocelyn. Nie spuszczaj ich z oka – ostrzega Rilla.

– Nie spuszczę.

– I uściskaj je od nas wszystkich. Najmocniej, jak potrafisz – dodaje Pete.

– Tak... – Marjory spogląda na mnie i widzi, że z trudem powstrzymuję łzy. – Myślę, że powinnyśmy już iść.

– Mamy pojechać z tobą na lotnisko? – pyta Pete.

Marjory potrząsa głową.

– Im mniej ludzi, tym lepiej. Ja rzucę tylko okiem, żeby się upewnić, czy wszystko w porządku. Lepiej nie zwracać niczyjej uwagi.

Wszyscy razem wychodzimy na ulicę. Jocelyn wdrapuje się na przednie siedzenie samochodu Marjory, długie włosy opadają jej na ramiona. Przypominam sobie, jak zasłaniała się tymi włosami, próbując ukryć straszliwy ciemny siniec. Teraz jej twarz jest jasna i błyszcząca, wygląda jakby coś rozświetlało ją od środka. Jest bezpieczna. Jedzie do domu. Z jej ust możemy wyczytać „Dziękuję", gdy siedzi z jedną ręką przyciśniętą do szyby. Rilla, Pete i ja stoimy przed kawiarnią i machamy na pożegnanie.

Marjory zapala silnik i przyciska klakson kilka razy, po czym zjeżdża z krawężnika. Odprowadzamy auto wzrokiem aż do chwili, kiedy znika nam z oczu.

* * *

Następnego dnia Rilla dostaje od Jocelyn esemesa. Jest już w domu razem ze swoją siostrą i dziećmi, w małym miasteczku nad morzem. Wszyscy są zdrowi. Matthew i Teresa bardzo wyrośli. Na kolację zjedli rybę z ryżem. Jej siostra robiła zdjęcia, więc przyśle nam kilka odbitek. Wiadomość kończy się uśmiechniętą buźką. Wszyscy oddychamy z ulgą.

– Zabiłabym ludzi, którzy jej to zrobili – odgraża się Gigi.

– My też – zgadzam się.

– Kurde, świat jest pełen dupków! – dodaje dziewczyna.

Rilla spogląda na mnie, wchodząc do kuchni z tacą pełną brudnych filiżanek, ale nie besztam Gigi za przeklinanie. Ma rację. Naprawdę świat jest pełen dupków.

– Jest ktoś w kawiarni?

– Tylko Linda i jej klub czytelniczy – odpowiada Rilla.

– Nie powinny się już zbierać?

– Tak myślę. Lekcje w szkole kończą się za dziesięć minut.

– Pójdę się z nimi rozliczyć.

Rilla patrzy na mnie i odnoszę wrażenie, że w jej spojrzeniu widzę ulgę, ale trudno powiedzieć. Zaczyna śpiewać w rytm piosenki dochodzącej ze stojącego na parapecie tranzystorowego radia. Zaczęła ostatnio słuchać muzyki country i muszę przyznać, że jej głos brzmi trochę lepiej, kiedy swingując, wyśpiewuje historie o złamanych sercach, wyjących na ganku psach czy ciężarówkach z dziurawą oponą. Gigi nie może tego znieść – patrzy na mnie i bez przerwy wywraca oczyma.

Drukuję na kasie paragon, kiedy do lady podchodzi Linda. Jej jasne włosy są teraz wyjątkowo długie, spływają jej na ramiona.

– Dziękuję, Grace, makaroniki były dziś cudowne – ćwierka słodkim głosem.

– Cieszę się. Mam skasować tylko ciebie, czy płacisz za wszystkich?

– Zapłacę całość, bo dziś świętujemy.

Przerywa i czeka, aż zadam pytanie. Mam ochotę pozwolić, aby zapadła między nami cisza, ale to wydaje się niegrzeczne.

– Co świętujecie?

Jej twarz się rozjaśnia.

– Paul dostał pracę w Singapurze. Na nowej budowie i na poważnym stanowisku.

– Ojej, to wspaniale.

– Wyjeżdżamy za kilka miesięcy.

– Cieszę się razem z tobą. – Z uśmiechem wkładam do kasy banknoty i wręczam jej kilka monet.

– To będzie prawdziwa zmiana po Makau! – Unosi brwi. – Wiesz, Singapur to całkiem inny świat.

– Nigdy tam nie byłam – przyznaję.

– Oj, to musisz się wybrać, Grace! Tam jest cudownie. Żadnych śmieci na ulicach, świetne restauracje i nikt nie pluje. – Patrzy na mnie z zachwytem. – Prawdziwa cywilizacja. I tak czysto.

– Rozumiem – mówię krótko, bo odzywa się gong przy drzwiach i ponad ramieniem Lindy dostrzegam wchodzącą Marjory. Ma na sobie białe spodnie i czarną koszulkę, która pięknie opina jej ciało. Za nią wchodzi zaprzeczenie jej stylu, czyli zakonnica w biało-brązowym habicie, z twarzą wolną od makijażu, z błyszczącymi niebieskimi oczyma. To na pewno siostra Julietta. Obie uśmiechają się do mnie szeroko.

Linda nie zauważyła, że mój wzrok się z niej ześlizgnął.

– Musisz nas odwiedzić, Grace. Tam jest cudownie – powtarza.

– Tak, któregoś dnia przyjadę – mówię z roztargnieniem.

Linda zamyka torebkę, wzdycha i pochyla się nad ladą w moją stronę.

– Chciałam ci powiedzieć, że cieszę się, że pozbyłaś się tej drugiej. One wiedzą, jak zatruć człowiekowi życie.

Moja uwaga z powrotem skupia się na Lindzie.

– Słucham?

– Tej drugiej dziewczyny, tej, która odeszła.

– Jocelyn? – mój głos brzmi hardo.

– Tak miała na imię? Cóż, gdybyś kiedyś potrzebowała dodatkowych rąk do pracy, jestem pewna, że któraś z nas mogłaby cię przez kilka godzin wspomóc. Gdybyś się nie wyrabiała.

– Któraś z was? – pytam z ironią w głosie.

Przez ułamek sekundy usta Lindy pozostają otwarte. Potem zniża głos.

– Któraś z nas emigrantek, Grace. Wiesz, jesteśmy bardzo zajęte dziećmi, mężami i wszystkim innym, ale zawsze możemy ci kogoś naraić, jak nie będziesz dawała rady.

Próbuję wyobrazić sobie Lindę z jej wypielęgnowanymi paznokciami przy zlewie. W domu zapewne nie zmywa sama naczyń, a już na pewno brak jej wytrwałości, żeby stać godzinami nad moimi oblepionymi mąką blachami.

– Powiem ci, Linda, że Jocelyn to był skarb. Bardzo nam jej brakuje. I radzimy sobie, nie potrzebujemy pomocy. Gigi, Rilla i ja mamy wszystko pod kontrolą.

Linda robi krok do tyłu i zaciska usta. Jej oczy lekko się zwężają, ale szybko zmusza się do uśmiechu.

– Cóż… – mówi.

– Linda George! – wykrzykuje Marjory głosem jednocześnie słodkim i lodowatym.

Linda odwraca się na pięcie.

– Wieki cię nie widziałam! Jak wspaniale wyglądasz! Przedłużyłaś włosy?

Linda wpatruje się przez chwilę w Marjory, przygląda się białym spodniom i wspaniałemu ciału tancerki, skrytemu pod ciemnym topem.

– Wychodzisz? – pyta Marjory z zimnym uśmiechem.

– Aa, tak… – Linda spogląda to na Marjory, to na zakonnicę. To zagadka, której nie potrafi rozwiązać. Jej oczy kursują pomiędzy kobietami, a te mrugają do niej, niczego nie wyjaśniając i nie przedstawiając się.

– Wychodzisz, prawda? – powtarza Marjory.

Linda bez słowa kiwa głową. Kiedy jest w połowie drogi do wyjścia, odwraca się do mnie i unosi głowę. Chce pokazać, że jesteśmy najlepszymi przyjaciółkami, więc podnosi dłoń i kiwa palcami, przesyłając mi jednocześnie promienny biały uśmiech.

– Do zobaczenia, kochana.

Sprawia mi wielką przyjemność, że mogę odpowiedzieć pomału i na tyle głośno, żeby wszyscy usłyszeli:

– Odpieprz się, Linda.

Kątem oka widzę, że usta Marjory rozciągają się w szerokim uśmiechu.

La Môme Piaf – Wróbelek

GRUSZKOWO-KASZTANOWY Z KREMEM MAŚLANYM Z BRANDY POIRE WILLIAMS

Budzę się w środku nocy, kiedy niebo jest jeszcze całkiem ciemne. Zimne styczniowe powietrze przenika mnie, gdy biorę kilka oddechów, zastanawiając się, gdzie jestem i czekając, aż moje serce zwolni rytm. W moim śnie Faith leżała w naszym łóżku – jej drobna słodka figurka wtulona była między nas. Trzymała Pete'a za palec. Siadam i kładę dłoń na chłodnej pościeli, ale małej oczywiście tam nie ma. Oczyma wyobraźni widzę jej twarz: kępki włosów, delikatną skórę, zalane łzami oczy w kolorze herbaty oolong. Od tygodni jest w „Lilianie" codziennie. Łapię się na tym, że każdego ranka jej wyglądam, z niecierpliwością czekając, aż przyjedzie z Gigi, i będę mogła ją tulić, całować i wdychać jej cudowny zapach. Teraz pojawiła się także w moich snach.

Pete powiedział mi, że zespół z Melbourne chce, aby wrócił do Australii. Ma tam być budowany hotel, a dalsze finansowanie inwestycji w Makau wisi na włosku. Dla niego decyzja jest oczywista, ale zdaje sobie sprawę, że mnie pęka serce. Dał mi więcej czasu, niż powinien, bo oferta jest otwarta, a on zwleka z ostateczną odpowiedzią. Doskonale wiem, że w Melbourne nie będą czekać wiecznie. Bardzo kocham moją pracę, ale nie przynosi ona takich dochodów, jak praca Pete'a, a poza tym wydaje się, że kawiarnię mogę otworzyć wszędzie. Tylko czy na pewno? Pete będzie potrzebował mojego wsparcia, w końcu jesteśmy małżeństwem. Więc niedługo będę musiała zadecydować, co dalej z „Lilianą"... To dla mnie bardzo trudne. To, i jeszcze świadomość, że niedługo nie będę oglądała na co dzień twarzy Marjory, Rilli, Gigi i Faith.

Kładę się z westchnieniem, które zmienia się w zduszony szloch. Pete, niczego nieświadomy, śpi dalej. Jego twarz we śnie jest łagodna i piękna. Łzy cisną mi się do oczu i spływają po policzkach. Wkładam do ust brzeg dłoni i wbijam w nią zęby. Łzy pomału przestają płynąć, choć pojedyncze krople łaskoczą mnie w szyję i wsiąkają w kołnierz piżamy. Tak bardzo pragnę, aby była z nami Faith, że odczuwam fizyczny ból w klatce piersiowej.

Wyobrażam sobie Mamę, leżącą w łóżku z kocem podciągniętym pod szyję i martwiącą się, gdzie się podziewam i czy aby jestem bezpieczna. Czy uważała, że sobie poradzę? Czy ufała, że wiem, jak się o siebie zatroszczyć, że jestem dość duża, żeby przetrwać na własną rękę? Bez niej? Wtedy wydawało mi się, że jest zbyt samolubna i wymagająca, za bardzo zajęta sobą, żeby się o mnie martwić. Ale nie miałam racji. Na pewno się martwiła. Teraz jestem tego pewna ponad wszelką wątpliwość. Mama martwiła się o mnie tak samo, jak ja martwię się o Faith, której słodka twarz bez przerwy pojawia się w moich myślach.

Wyobrażam sobie Mamę w mojej pustej sypialni, z ręką gładzącą pościel na łóżku. Na ścianach plakaty, w starym pojemniku po lodach, na toaletce – kolekcja biletów z koncertów. Czy siadała i przyciskała do piersi poduszkę? Płakała, pragnąc, bym wróciła do domu? Do Anglii? Nigdy nie przypuszczałam, że wrócę do domu za późno. Nie planowałam tego. Oczywiście zakładałam, że się jeszcze zobaczymy, kiedy ja będę na to gotowa, a ona przeprosi za rzeczy, które do mnie powiedziała. Ale nie byłam przygotowana na tak długi czas. Ani na tamtą chwilę.

Kochana Mamo,

mówią, że prawda nas wyzwoli. Wierzysz w to? Może czas się o tym przekonać.

Choć wiem, że to mi Ciebie nie wróci.

Twoja kochająca córka Grace

Muszę zatem opowiedzieć, jak dowiedziałam się o Mamie.

Pete i ja wróciliśmy właśnie z naszego dwuosobowego wesela na Bali. Byliśmy opaleni i szczęśliwi, i całowaliśmy się przy każdej nadarzającej się okazji. Końcówki włosów miałam rozdwojone od soli i słońca, a czuprynę czerwoną i wysuszoną jak jesienne liście. Byłam tak zachwycona faktem, że jestem mężatką, że bez przerwy obracałam na palcu obrączkę. Myślałam sobie, że teraz założę nową rodzinę. Londyn wydawał się tak odległy, leżał za górami i za morzami, w innej galaktyce, i w zupełności mi to odpowiadało. Moja przeszłość była zbyt skomplikowana, aby ją roztrząsać, Mama była zbyt wielkim ciężarem do udźwignięcia, natomiast przyszłość jawiła się pełna słodyczy i miłości. Przygotowywałam śniadanie, a Pete oglądał w salonie telewizję, wołając „Kocham cię" w przerwach na reklamy, kiedy zadzwonił telefon. Nie spieszyłam się, żeby odebrać. Coś przerywało i buczało, a potem odezwał się kobiecy głos.

– Grace Raven?

Pomyślałam o moim nowym nazwisku, Miller, i przytuliłam komórkę do ucha, sięgając jednocześnie po grzanki.

– Tak.

– Och, a więc mam cię. Wydawało mi się, że słyszę angielski akcent, ale czasem trudno to rozpoznać. Ciężko panią namierzyć, złotko.

Mówiła z angielskim akcentem. Z północy. Położyłam gorącą grzankę na talerzu i zamarłam w bezruchu.

– Przepraszam, ale kto mówi?

– Muszę przyznać, że nieźle się nagimnastykowałam, żeby panią odnaleźć.

Akcent z okolic Manchesteru. Gadała jak nakręcona, w tempie pędzącego w dół rollercoastera.

– Nazywam się Fran. Fran Adamson. Jestem pielęgniarką w St. Bernard's. Wie pani, ona mówiła, że ma córkę, ale nie wiedziałam, czy jej wierzyć, a potem tak trudno było panią odnaleźć. Narodziny, śmierci i małżeństwa są okropne. Dużo gorsze niż szpitalna administracja. A ta potrafi być okropna.

Pielęgniarka z Manchesteru, która dzwoni ze szpitala w Londynie?

– Czy my się znamy ze szkoły, Fran?

– O, nie. Szczerze wątpię – zaśmiała się. – Jestem od pani dużo starsza. Wiem, bo mam tu w teczce pani akt urodzenia.

– Słucham?

– Kiedy pani się urodziła, złotko, ja właśnie zdawałam testy po gimnazjum.

– Ale o co…?

– Jest pani córką Lilian, prawda?

Na to nie byłam przygotowana.

– Tak – odpowiedziałam, przełykając ślinę.

– Znałam pani matkę. Byłam jedną z jej pielęgniarek.

W pierwszej chwili nie zwróciłam uwagi na czas przeszły. Moja reakcja była opóźniona jak na zwolnionym filmie.

– Mama jest chora? – zapytałam.

– Cóż, staramy się nie określać tego w ten sposób, ale była chora. To była przypadłość psychiczna. Myślałam, że pani wszystko wie…

– Co miałabym wiedzieć? Przepraszam, ale o co chodzi?

– Dzwonię, ponieważ jest pani najbliższą krewną. Muszę panią poinformować o jej… odejściu.

Osunęłam się na kuchenną podłogę, próbując utrzymać w dłoniach telefon.

– Jest pani tam? – ciągnęła Fran niewzruszonym głosem, jakby wypowiadała te słowa każdego dnia. Mama od miesięcy była w szpitalu St. Bernard's. Fran sądziła, że mogło to być około ośmiu miesięcy, ale nie była pewna, bo nie miała przed sobą księgi przyjęć. Mówiła, że szpitalne wpisy to „jeden wielki bałagan", a poza tym nie pracowała tam w momencie, kiedy Mama została przyjęta, usłyszała o wszystkim dopiero później. Mówiono, że przywieziono ją przemoczoną do suchej nitki, w koszuli nocnej i grubych czarnych rajstopach. Policja zgarnęła ją w pewien deszczowy dzień i przywiozła prosto do szpitala St. Bernard's. I bardzo dobrze, bo takie osoby często lądują w więzieniu albo giną bez wieści, co jest jeszcze straszniejsze. Takie osoby? Kogo miała na myśli?

Niemal zapomniałam, gdzie jestem, zasłuchana w głos Fran, opowiadający wydarzenia z życia mojej matki, o których nie miałam pojęcia. Powiedziała, że teraz nazywa się to „zaburzenie afektywne dwubiegunowe" i zasypała mnie opisami medykamentów o ciągnących się w nieskończoność nazwach. Miałam wrażenie, że podłoga się pode mną rozstępuje. Fran mówiła, że kiedy Mama miała lepsze dni, opowiadała o mnie. Mówiła, że ma córkę, która mieszka w Australii, ale że jakiś czas nie miała z nią kontaktu. Kiedy zmarła, Fran zastanawiała się, czy naprawdę była jakaś córka, a gdy zaczęła drążyć temat, dotarła do mojego aktu urodzenia. Crystal, dentystka, u której kiedyś się zarejestrowałam, była moją koleżanką ze szkoły i przepytała inne osoby, czy wiedzą, gdzie mnie można znaleźć. W szkole nie miałam wielkiego kręgu znajomych, więc chwilę czasu zabrało odszukanie kogoś, kto miał mój numer telefonu.

W potoku słów nastąpiła krótka pauza. Wyprostowałam się, opierając plecy o kuchenne szafki, bo głos Fran stał się teraz bardzo rzeczowy.

– W każdym razie w ramach obowiązków służbowych musiałam zadzwonić i powiedzieć pani o matce. Nie miała wiele, ale jest tu kilka drobiazgów. Nie wiem, czy będzie pani chciała je odebrać.

Przypomniałam sobie ponownie, że Mama nie żyje. Świadomość tego faktu wracała do mnie i odpływała jak fale nad brzegiem morza.

– Dobrze… dobrze, że pani zadzwoniła – powiedziałam bezbarwnym głosem.

– To dramat, jak trudno panią znaleźć – stwierdziła raz jeszcze. – W moich czasach ludzie tyle się nie przemieszczali. Pani wylądowała w Australii, a mój syn, nie wiedzieć czemu, w Bostonie. Rozproszyliśmy się w tych czasach po świecie, prawda?

Potrząsnęłam głową. Musiałam się zebrać na odwagę.

– Może mi pani opowiedzieć o… jej śmierci, Fran? Ja nic nie rozumiem.

Fran umilkła na chwilę. A może to był chwilowy brak zasięgu. Nie wiem. Westchnęła, jakby się na moment zadumała. Powiedziała, że Mama umarła trzy miesiące wcześniej. Byli zadowoleni z przebiegu leczenia, bo akurat była w bardzo dobrej fazie. Nie była już taka „dzika", jak określiła to Fran. Pozwalali jej trochę dalej się oddalać, samodzielnie robić drobne zakupy i tym podobne. Pielęgniarka mówiła, że Mama lubiła kupić sobie coś słodkiego w cukierni albo pospacerować po parku.

– Któregoś dnia wyszła i nie wróciła na czas do domu. Powinna była przyjść z powrotem kilka godzin wcześniej. Wtedy zadzwonił John, kierowca karetki. Świetny gość z tego Johna. Powiedział, że jedna z naszych pacjentek wpadła pod samochód.

Serce skoczyło mi do gardła. „Jedna z naszych pacjentek"? Moja Mama?

Fran opowiadała dalej. Mama nie cierpiała. Kobieta, która prowadziła samochód, bardzo to przeżyła. Taka tragedia! W ogóle nie zauważyła Mamy. Zapadał zmrok, światło o tej porze dnia bywa zwodnicze, mówiła. Wyobraziłam to sobie. W zapadającej szarówce wszystko wygląda nierzeczywiście, szosa błyszczy od deszczu, w oddali szczeka pies, opony piszczą na zakręcie... Nad wszystkim unosi się wilgotny, ziemisty zapach zmierzchu.

Fran mówiła coś jeszcze, ale nie potrafiłam skupić się na jej słowach. Powiedziała, że w rzeczach osobistych Mamy była taśma, list, książka, sweter i tym podobne drobiazgi. W portfelu trzymała zdjęcia niemowlaka, kilkuletniej dziewczynki, nastolatki... „To pewnie pani" – powiedziała Fran. Zapytała, czy chcę odzyskać rzeczy Mamy. Chyba wtedy wszedł Pete. Popatrzył na mnie i wyjął mi z rąk telefon.

– Szsz... Jestem tu. Jestem przy tobie, kochanie – powiedział, a jego głos zdawał się dochodzić z daleka.

Podnoszę się z łóżka i idę do gabinetu. Muszę kucnąć pod biurkiem, żeby wyciągnąć pudło. Wewnątrz jest jedna koperta, która leży na pliku innych kopert z moim charakterem pisma. Ta jest cieniutka. Otwieram ją ostrożnie. Tyle razy czytałam ten list, że papier stał się niemal przezroczysty i przetarty na zgięciach. Głaszczę opuszkami okrągłe litery.

Moja ukochana Grace,

niestety Twoja mama znów jest w lekkich tarapatach. Pewnie Cię to nie zdziwi. Mam, zdaje się, szczególny talent to pakowania się w kłopoty, nie uważasz? Ale tym razem nie musisz się martwić, bo jestem w dobrym miejscu. Dbają tu o mnie i czuję się już dużo lepiej. Myślę, że powinnam była tu wylądować dawno temu, sama się tu zgłosić. Ale co się stało, to się nie odstanie. C'est la vie, non?

Dużo o Tobie myślę, Grace. Zastanawiam się, jak Ci tam jest. I czy naprawdę kangury skaczą tam po ulicach. Ktoś mi kiedyś powiedział coś takiego, ale pewnie mnie nabierał. Ta myśl jednak wciąż do mnie powraca i wyobrażam sobie, jak lawirujesz między kangurami i wombatami w drodze do supermarketu. Jak dźwigasz z powrotem torby pełne owoców mango, ananasów i bananów. Na głowie masz wielki, chroniący przed słońcem kapelusz. Jak Jackie O. Uważaj, żebyś się nie spaliła, kochanie, bo w naszej rodzinie kobiety mają delikatną skórę. Nie zachowuj się jak jedna z tych chudych laleczek, które od opalania robią się pomarańczowe, dobrze, Grace?*

Spotykasz tam jakichś chłopców? Oj, wiem, matki nie powinny się wtrącać. Pewnie powinnam była dać Ci siostrę, żebyś miała z kim pogadać, żeby był ktoś, z kim można wymieniać pod kołdrą sekrety i snuć opowieści. Kiedyś tak rozmawiałyśmy, pamiętasz? Zanim urosłaś na tyle, żeby zainteresować się chłopcami. Wszystko mi opowiadałaś. Rozmawiałyśmy tak długo, aż zasypiałaś w połowie zdania. Strasznie mnie to rozśmieszało. Mówiłaś o kokardkach na hełmie jeździeckim Lizzy albo o Billu Ringwoodzie, który przyniósł do szkoły trąbkę, albo po raz setny

* Australijska aktorka i prezenterka telewizyjna.

prosiłaś mnie o kotka i nagle, pach, gasłaś, jakby ktoś wyłączył pstryczek. Potrafiłaś całkiem głośno chrapać, kochanie. Dalej chrapiesz? Hm, musiałabyś mieć w łóżku chłopca, żeby Ci o tym powiedział. Ha, widzisz? Znów zaczynam.

Założę się, że kogoś masz. Nigdy nie zdawałaś sobie sprawy, jak jesteś piękna. Ale mężczyźni to widzą, moja droga.

Cóż, może przyjadę Cię odwiedzić i sama się przekonam. Pobawię się z Tobą i z kangurami. Grace, wiem, że zanim wyjechałaś, powiedziałam wiele złośliwych rzeczy, ale wybaczysz starej matce, prawda? Dobrze wiesz, co się ze mną nieraz dzieje. Łatwo mnie wyprowadzić z równowagi. Mam tu swojego lekarza i on mówi, że to się zdarza. Pomaga mi to wszystko zrozumieć i sprawia, że bardziej akceptuję swoją zwariowaną naturę. Ale wszystko Ci opowiem, kiedy się zobaczymy. Podleczę się, odnajdę Cię i wszystko się między nami ułoży, Grace. Nie powinnam była powiedzieć Ci tych wszystkich rzeczy i wcale tak nie myślę.

Nie mogę się doczekać, kiedy Cię zobaczę. Niepewnie się tu czuję bez Ciebie. Chcę posłuchać opowieści o Twoich podróżach, o ludziach, których spotkałaś i potrawach, które jadłaś. Czy uczyłam Cię kiedykolwiek, jak się robi deser Pavlova? To australijski tort bezowy. Smakowałby Ci. Wiem, że uwielbiasz słodycze. Tak samo, jak Twoja mama. W każdej chwili mogę Ci pokazać, jak się robi taki tort: wysoki, puszysty i bardzo słodki.

Odezwij się do mnie, kochanie.

Twoja mama

xxx (i jeszcze więcej)

Wsuwam list z powrotem do koperty. Nigdy nie opuściło mnie poczucie winy, że nie mogłam odpowiedzieć na ten list. Na ostatni list mojej Mamy.

Kiedy nie mogłam zajść w ciążę i nie mogłam przestać myśleć i śnić o Mamie, zaczęłam do niej pisać, głęboko pragnąc, by w jakiś sposób przeczytała moje listy. Żeby odezwała się do mnie z zaświatów, wyszeptała odpowiedź we śnie. Tak bardzo pragnęłam jej obecności, że czułam się obolała. Myślałam, że te listy w jakiś sposób zastąpią te, których nie napisałam wcześniej, gdy ona mnie potrzebowała, a ja nie zdawałam sobie z tego sprawy. To był rodzaj spowiedzi, sposób, abyśmy obie uwolniły się od przeszłości, nasza prywatna jednostronna rozmowa, skrywana nawet przed Pete'em. Zresztą jak wiele innych wspomnień, uczuć czy obaw, jak poczucie winy, o którym nigdy mu nie mówiłam. Całe lata milczenia.

Pod listem Mamy znajdują się wszystkie moje listy do niej. Przewiązałam je fioletową wstążką, którą teraz delikatnie głaszczę palcem. Ciepłym opuszkiem wyczuwam chłód jedwabiu. Uwielbiała fioletowy kolor. Wsuwam kopertę pod węzeł, razem z pozostałymi listami.

Przypominają mi się chwile, gdy piekła ciasto z policzkami rozgrzanymi od buchającego z pieca ciepła. Jej uśmiech. Przypominam sobie, jak tańczyła ubrana zbyt lekko w Ogrodach Kensington i złapała katar. I jej długie nogi. I jak wyciągała mnie z łóżka w środku nocy, żeby oglądać gwiazdy, i jak opowiadała mi ich historie. Każda z gwiazd była zesłaną na wygnanie księżniczką lub baletnicą, albo życzeniem wypowiedzianym pod adresem nieba, albo iskrą z cygara Ojca Wszechświata. Myślę o jej ognistych, kręcących się włosach i przedziwnie błyszczących oczach. Przypominam ją sobie w księgarni, w kinie, gdzie śmiała się za głośno, przed szkołą, gdzie ściskała mnie trochę zbyt wylewnie. Myślę o mojej dłoni w jej dłoni. O niej w Paryżu, kiedy wręczała mi pudełko z makaronikiem, jakby jego słodycz miała mi pomóc pogodzić się z rzeczami, które były dalekie od ideału. Pozwalam sobie na płacz, więc łzy płyną obficie. Siedzę otoczona wspomnieniami i patrzę na lśniące światła kasyn, odbijające się od nocnego nieba.

Kiedy słońce zaczyna się wkradać przez okno sypialni i rozświetla drobinki kurzu, fruwające w ciepłym powietrzu poranka, siedzę w nogach naszego łóżka z pudełkiem w dłoniach. Zaczął się nowy rok, więc przeszłość powinna zostać pogrzebana. Chcę zacząć od nowa. Chcę znowu kochać. Dystans pomiędzy nami nie powstał jedynie z winy Pete'a – w takich przypadkach zwykle winne są obie strony. Mam wrażenie, że wreszcie zrozumiałam, na czym polega miłość rodzinna. Często poplątana, pełna ran, ale cudowna. Nigdy nie doskonała. Miłość na wieki. Czuję się dziwnie lekka, jak rosnąca w piecu skorupka makaronika.

Pete siada na łóżku z ciężkim westchnieniem. Jego ciało postarzało się od czasu, kiedy wróciliśmy z miodowego miesiąca, ale jest tak samo znajome. Jego skóra pachnie w ten sam sposób. Jego oczy są tak samo złoto-zielone jak wtedy na Bali, kiedy, wpatrzona w nie, mówiłam „tak". Pociera twarz, bo pewnie wciąż jeszcze coś mu się śni. Mruga nieprzytomnie, widząc mnie wpatrzoną w niego po drugiej stronie łóżka. Po pofałdowanej kołdrze przesuwam w jego stronę pudło z listami. Chwyta jego brzegi zgiętymi palcami. A ja zaczynam pomału wyjaśniać to, czego nie powiedziałam przez całe lata.

Kilka dni później, tuż po wschodzie słońca, stoję na tyłach „Liliany". Zawołałam do pomocy Gigi, choć nie do końca rozumiem, dlaczego. Być może dlatego, że wiem, iż jej matka też jest trudna do kochania. A może dlatego, że kiedy skończę, chcę zobaczyć słodką twarzyczkę Faith. Pete patrzy na mnie i na Gigi, stojące ramię w ramię. Też tak stał, tuż obok mnie, nad maleńkim, sfinansowanym przez opiekę społeczną nagrobkiem w Anglii. Nędzny to był grób, w niczym nieprzypominający samej Mamy. Patrząc na jej nagrobek, czułam się jak sparaliżowana, odsuwałam się od Pete'a i od każdego, kto miałby ochotę za bardzo się zbliżyć. Wtedy nie byłam gotowa, żeby pozwolić jej odejść.

– Czy na pewno powinnyśmy to robić? – Gigi wygląda na zatroskaną.

Kopię dziurę w małym skrawku ziemi na tyłach kuchni. Ziemia pełna jest resztek szkła i metalu. Za każdym razem, gdy łopata natknie się na coś niespodziewanego, rozlega się przenikliwy zgrzyt. Pete ustawia w rzędzie kawałki butelek po piwie Tsingtao, poskręcane widelce i powykrzywiane szprychy od roweru. Twarz ma poważną, jakby on też się o mnie martwił.

– Muszę to zrobić. – Mój głos niesie się ponad przekopaną ziemią i wyciągniętymi z niej śmieciami. Oni kiwają bez słowa głowami i dalej usuwają wszelkie resztki, które wpadną im w ręce. W końcu nasze trzy głowy pochylają się nad dziurą o głębokości prawie jednego metra, szeroką na pół metra, o kształcie ściśniętej elipsy. Pete wyciera błoto z rąk.

– Co teraz?

– Teraz musimy wynieść magnetofon – instruuję.

Bardzo trudno było znaleźć magnetofon kasetowy, który w tych stronach jest takim samym zabytkiem jak gramofon. Gigi pospiesznie wraca do kuchni i minutę później stuka we framugę okna.

– Kabel dalej nie sięgnie. – Podnosi magnetofon do góry, żeby pokazać, o co jej chodzi. Postawiła go na wąskim parapecie, więc istnieje niebezpieczeństwo, że odtwarzacz spadnie na podłogę.

– W porządku, może być.

Gigi wraca, ale zatrzymuje się niepewnie w drzwiach. Ja wpatruję się w pustą bruzdę w ziemi. Pete wyjmuje z mojej ręki szpadel i podaje mi plastikową torbę. Opiera łopatę o kuchenną ścianę i kładzie swą szeroką dłoń na moim krzyżu. „Do dzieła", zdaje się mówić jego gest. Słowa nie przychodzą do mnie od razu, ale kiedy się pojawiają, tłoczą się jedno przez drugie, jakby chciały się nawzajem stratować.

– Kochana Mamo... – Odkasłuję, próbując uwolnić się od niewidzialnej obręczy, która ściska moje gardło. – To jest mój ostatni list.

Czuję w dłoni ciężar torby i mam świadomość, że to Pete ją tam włożył.

– Dziś obie, i Ty, i ja, musimy zrobić krok do przodu.

Magnetofon, trzeszcząc, daje wreszcie znak życia i małe podwórko wypełnia się silnym i przenikliwym głosem Edith Piaf. Słyszę, że Gigi wciąga głęboko powietrze i dociera do mnie, że ta piosenka porusza nawet te osoby, które nigdy wcześniej jej nie słyszały. Mama uśmiechnęłaby się na ten widok.

– Chcę, żebyś wiedziała, jak bardzo mi przykro, że Cię opuściłam. Niczego nie rozumiałam: jak się czułaś, kim byłaś. Byłam młoda i pragnęłam wolności. Nie wiedziałam... – urywam w pół zdania. – I zostawiłam Cię samą.

Pete ujmuje moją dłoń i ściska ją.

– Ale nigdy o Tobie nie zapomniałam, Mamo. To miejsce stworzyłam dla Ciebie. Nosi Twoje imię i jest tu wszystko, o czym mogłabyś zamarzyć, całe mnóstwo wspaniałości: makaroników, herbaty, miłości i cudownych ludzi. Chcę, żebyś zawsze miała tu swoje miejsce, niezależnie od tego, gdzie się teraz znajdujesz. Więc zostawię tu kilka Twoich drobiazgów. To kotwica, która sprawi, że będziesz tu powracać.

Płynąca z taśmy piosenka nabiera intensywności i kiedy spoglądam na Gigi widzę, że płacze cichutko, a jej łzy kapią na rozkopaną ziemię. Ja też zaczynam płakać.

– Kochałam Cię, Mamo. Jestem Twoją córką i zawsze będziesz we mnie, ze mną, gdziekolwiek się znajdę. Wybaczam Ci wszystko i mam nadzieję, że Ty też mi przebaczysz.

Z kuchennego okna spływa na nas muzyka, pełna trzasków i niedoskonałości, a ja tłumaczę sobie w głowie słowa piosenki. Zamykam na chwilę oczy, pozwalając, aby wszystko znikło za zasłoną powiek i pogrążyło się w ciemności, podczas gdy ja próbuję odzyskać oddech. Potem otwieram oczy i podnoszę plastikową torbę, pozwalając, by odziedziczone po Mamie drobiazgi wpadły w ziemię. Najpierw wypada książka, prawdopodobnie ostatnia, jaką czytała, z biało-czerwoną okładką. To zbiorek wierszy, po jednym na każdy dzień roku. Kartki są zmięte i gdzieniegdzie podarte, a wzdłuż grzbietu książki biegnie, przypominająca siniak, podłużna plama od herbaty. Następnie w dziurze ląduje jej sweter. A po nim sznur fioletowych paciorków. Pamiętam, jak śpiewała jazzowe piosenki i tańczyła po domu, a korale skakały i pląsały wokół jej twarzy w rytm podskoków. Jest też szczotka do włosów i jedna skarpetka. Szara. Dość gruba, aby zabezpieczyć palce przed dokuczliwością londyńskiego chłodu. W końcu na wierzchu niewielkiego stosiku ląduje koperta z wypisanym okrągłymi literami słowem „Grace". Wyciągam ją i wsuwam do kieszeni. To wszystko, co po niej zostało, więc ją zachowam. Ten list i wciąż śpiewającą Edith. „Niczego nie żałuję" wibruje w moich uszach.

W końcu Pete podaje mi pudło po butach, a ja odwiązuję wstążkę. Do dziury wpadają moje własne listy, jasne jak skrzydła gołębicy. Odpoczywaj w pokoju, Mamo.

Pete obejmuje mnie, a ja zalewam się łzami. Zastanawiam się, czy bez poczucia winy i smutku, który przytłaczał mnie przez wszystkie te lata, będę wciąż tą samą osobą. Tęsknię za nią.

Czuję w sobie dziwną lekkość, która ma swoje źródło gdzieś na zewnątrz, jakbym była przywiązana do sznurków, które ktoś pociąga z góry. Wiatr przeczesuje moje włosy, a kiedy podnoszę wzrok, widzę, że chmury się rozstąpiły. Ponad nami, pomiędzy budynkami, pojawiła się wstęga błękitnego nieba. Pete unosi głowę i też ją widzi. Gigi wchodzi do środka. Słyszymy, że przewija taśmę i ponownie wciska „Play". Panna Piaf znów rozdziera nam serca. Wyobrażam sobie angielskie napisy, przesuwające się po niebie żywcem wyjętym z renesansowego obrazu. To słowa, które odrzucają żal, które mówią o godzeniu się z przeszłością. I o narodzinach czegoś całkiem nowego. Piaf nie mówi, o co chodzi, ale ja wiem. Chodzi o nadzieję.

Pete składa pocałunek na moim czole i zwalnia uścisk. Chwytam łopatę i zasypuję niewielki grób. Kiedy kończę, powstaje w tym miejscu mała górka ziemi. Przykładam palce do ust, a potem przyciskam je do czarnych grudek.

– Żegnaj, Mamo. *Je ne regrette rien.*

Wieczorem, kiedy dzień ma się ku końcowi i kawiarnia jest już zamknięta, otacza mnie wianuszek kobiet. To coś na kształt stypy. Takiej, jaka bardzo spodobałaby się Mamie: są kobiety, ploteczki, słodycze i dużo śmiechu. Ciemne niebo rozświetla księżyc w pełni i błyszcząca posypka z gwiazd; siedzimy razem w świetle świec i spoglądamy przez okna na lśniący spektakl. Posiliłyśmy się ciastem i makaronikami, wypiłyśmy herbatę i opowiedziałyśmy mnóstwo historii. Marjory przerzuciła włosy przez jedno ramię, a jej palce zanurzone są we włosach Gigi, które próbuje, niczym surowe ciasto, uformować w warkocz. Rilla nalewa Yok Lan herbatę. Faith śpi. W migoczącym świetle ich twarze błyszczą złotym blaskiem.

– Włosy ci urosły, Gi – uśmiecha się Marjory.

– Dawno ich nie ścinałam. W tej chwili w ogóle mnie to nie obchodzi. Mogą sobie rosnąć, ile chcą. – Wzrusza ramionami.

– Nie wolno ich ścinać przed chińskim Nowym Rokiem, prawda? – pyta Rilla, a Yok Lan poklepuje jej dłoń w geście podziękowania. Staruszka podnosi do ust parującą filiżankę i pociąga łyk.

– Tak, coś w tym rodzaju. Powinnam zapytać Pau Pau, ona zna stare tradycje. Ja wiem tylko, że noszenie czerwonych majtek przynosi szczęście.

Marjory zawiązuje końcówkę warkocza Gigi gumką do włosów.

– Bomba! – woła. – To mi się podoba!. Zastanawiam się, czy mam jakieś szalone czerwone figi, które mogłabym ubrać w chiński Nowy Rok.

Rilla i Gigi wybuchają śmiechem.

– Na pewno masz – stwierdza Gigi z krzywym uśmieszkiem.

– Mamie też by się ten zwyczaj podobał – mówię szeptem.

Odwracają się w moją stronę, a ich twarze poważnieją.

– Hej, w porządku – zapewniam je. – Wszystko jest dobrze. Mam wrażenie, że jest tu z nami. Uwolniłam ją i pozwoliłam iść do nieba albo tam, gdzie chce, więc pewnie patrzy na nas z góry.

Yok Lan spogląda na mnie, jakby wiedziała, o czym mówię. Jest w spojrzeniu jej ciemnych oczu coś, co mnie ogrzewa, uspokaja i przenika aż do szpiku kości. Jej pomarszczoną twarz rozjaśnia uśmiech i kiwa głową. Jakby mówiła do mnie: „Dobre dziecko".

Marjory obejmuje mnie serdecznie.

Rilla podaje mi talerz z makaronikami, a ja wybieram śliwkowo-hibiskusowy z czekoladowym *ganache*. *Pardon*. Skorupki kruszą się w zębach, a czekolada roztapia się na języku i na podniebieniu.

– Jaki teraz będzie rok? – pytam Gigi.

– Chodzi ci o zwierzę?

– Tak.

– Teraz mamy Rok Szczura, więc następny to Rok Wołu.

– Rok Wołu – powtarza Rilla.

Znów patrzę na nie wszystkie. Na ich tak bardzo różne, ale piękne twarze, lśniące w delikatnym świetle świec. Twarze młode i stare, o różnej karnacji, o różnych rysach. Obok mnie w wózku śpi Faith. Kładę dłoń na małym brzuszku i czuję, jak ręka unosi się i opada wraz z jej oddechem.

– Hej, czas na toast – mówię, unosząc za uszko filiżankę. Twarze zwracają się w moją stronę i słychać brzęk porcelany. Herbata Orange Pekoe pryska na obrus, który rozłożyłam, co niezmiernie bawi Rillę. Wyobrażam sobie Mamę, widzącą z góry jak na dłoni mnie i moje życie, całą moją przeszłość. Czuję na sobie jej wzrok, przenikający mnie na wylot. Byłaby dumna z tego, co widzi. Wyobrażam sobie jej ciemne oczy, ognistą czerwień jej włosów, jej uśmiech... Wspomnienie wywołuje dreszcz, który przeszywa moje ciało od nasady kręgosłupa aż po cebulki włosów.

– Za Rok Wołu.

Wszystkie oczy utkwione są we mnie. Wbijam wzrok w plamę z herbaty, rozkwitłą na środku białego obrusa.

– Obiecuję, że nigdy was nie zapomnę – mówię łamiącym się głosem. – Żadnej z was. Ani Yok Lan, ani Gigi, ani Marjory, ani ciebie, Rilla... ani Faith. – Ostatnie imię wypowiadam ledwie słyszalnym szeptem. Łzy cisną mi się do oczu, talerze na stole zaczynają dziwnie tańczyć. – Zmieniłyście mnie.

Marjory śmieje się nerwowo.

– Mówisz to tak, jakbyś miała umrzeć – zauważa, ale w jej jowialnym głosie słychać niepewność.

Jedynie Gigi patrzy na mnie spokojnie i bez emocji. Twarz ma tak bladą, jakby przed chwilą zobaczyła ducha

– kolor zupełnie z niej spłynął. Kładzie obie dłonie na obrusie. Na końcówkach paznokci widać resztki granatowego lakieru – pomalowała je dawno temu i zapomniała o ich istnieniu, a paznokcie odrosły. Wolno wciąga powietrze i przez chwilę patrzy gdzieś poza mnie. Potem wzdycha, jakby od zawsze wiedziała, że tak to się skończy.

– Ona nie umiera. Ona wyjeżdża.

La Promesse – Obietnica

HERBACIANY, OPRÓSZONY ZŁOTEM Z NADZIENIEM MASCARPONE I GALARETKĄ Z RÓŻY

Przez następnych kilka dni Marjory jest prawie cały czas w „Lilianie", a Gigi i Rilla pracują na okrągło, od rana do późnego wieczora. Zdaje się, że usiłują spędzić tu jak najwięcej czasu, bo martwią się, że to miejsce niedługo zniknie z ich życia. Ja też się martwię. Co zrobić z przedsięwzięciem, które ocaliło mnie od rozpaczy i dało nadzieję? Z moim własnym dzieckiem? Czy ktoś może kochać to miejsce bardziej niż ja? Pieniądze nie mają w tej chwili znaczenia – inwestycja się zwróciła, a poza tym nigdy nie chodziło w niej o dolary. Najważniejszą sprawą była pasja tworzenia.

Siedzę przy oknie, obgryzając podrażnioną czerwoną skórę wokół paznokci, a Faith puszcza w moim kierunku bańki swoimi idealnie uformowanymi usteczkami. Jej zaczepki rozpraszają mój strach. Dziewczyny pracują ciężko w kuchni, więc nie mam nic do zrobienia i mogę bawić się z Faith i wyglądać przez okno. Wyjmuję ją z wózka i unoszę jej masywne ciałko nad głowę. Mała reaguje piskiem i wybuchami śmiechu. Robi się coraz cięższa. Energicznie fika w powietrzu odzianymi w pasiaste skarpetki nóżkami. Jej intensywnie brązowe oczy otoczone są ciemnymi rzęsami.

– Kocham cię, mała Faith – szepcę w ciepłą szyjkę, tuląc dziewczynkę mocno do siebie.

Na zewnątrz słychać rozmowę w obcym języku, więc odwracam głowę. Po drugiej stronie ulicy zatrzymał się niewielki autokar wycieczkowy, z którego wylewa się grupa Japonek w średnim wieku. Wskazują na nas i robią zdjęcia. Na końcu wysiada poważna młoda kobieta w garsonce, z notatnikiem w dłoni. Na widok tłumu za szybą Faith wydaje z siebie głośny okrzyk, ale kobiety zajęte są precyzyjnym zakładaniem daszków przeciwsłonecznych, sprawdzaniem zawartości portfeli, poszukiwaniem właściwego guzika w aparacie koleżanki albo pozowaniem. Po schodkach z tyłu schodzi jakiś mężczyzna. Jest wysoki, siwowłosy i ma na sobie skórzaną czarną kurtkę. Mrużę oczy, żeby się upewnić.

Gigi wychodzi z kuchni z ręcznikiem w dłoni.

– Czy to nie ten francuski kucharz?

– Léon – przytakuję i kiwam głową.

Obserwuję, jak gromadzi wokół siebie kobiety. Patrzą na niego szeroko otwartymi oczyma i uśmiechają się entuzjastycznie. Młoda kobieta w garsonce tłumaczy, ale nikt nie zwraca na nią uwagi; tłumek jest absolutnie zauroczony Léonem, który rozkłada szeroko ramiona, a następnie przytyka do ust opuszki palców. Kobiety wodzą wzrokiem za jego dłońmi, za smukłymi palcami, za błękitnymi oczyma. Ich uszy rozkoszują się jego francuskim akcentem i jestem pewna, że ich serca gubią rytm. Wyobrażam sobie historie, które będą opowiadały koleżankom po powrocie do domu.

– Co on robi? – Gigi wygląda przez okno z ręcznikiem przewieszonym przez ramię.

– Nie wiem. – Przyglądam się Léonowi i nie czuję przyspieszonego bicia serca, spłyconego oddechu czy rumieńców. Nic nie czuję. Oczyma wyobraźni widzę Mamę, patrzącą na mnie z góry, chichoczącą i potrząsającą nade mną głową. „No, kochanie, a co ty sobie myślałaś?". Spoglądam na sufit i uśmiecham się, jakby rzeczywiście była tam i patrzyła. Potem pochylam się i całuję szyję Faith. Mała wtula się we mnie.

Léon podchodzi do drzwi „Liliany", a Gigi odsuwa się od okna.

– *Bonjour*! – wita się, wchodząc.

– Cześć, Léon – odpowiadam z uśmiechem.

– Oprowadzam wycieczkę japońskich kobiet. Widzisz? – Wskazuje ręką na drugą stronę ulicy.

– Tak, widzę.

– To zwiedzanie Makau dla smakoszy. Moje nowe przedsięwzięcie biznesowe. – Uśmiecha się promiennie i zniża głos: – Nikt dotychczas nie zatroszczył się o zaspokajanie zainteresowań żon najlepszych sportowców. Znalazłem wielką niszę na rynku.

– Właśnie widzę.

Gigi splata ramiona na piersi i patrzy na niego wilkiem.

– Okej. Idziemy na lunch i tartę jajeczną do portugalskiej restauracji kawałek dalej, a potem wrócimy tu spróbować makaroników. Oczywiście muszą odwiedzić „Lilianę", bo jest sławna. A makaroniki są w Japonii bardzo popularne. Zobaczymy się zaraz?

– Jasne – mówię i dziękuję za to, że zapowiedział wizytę.

Wychodzi długimi i szybkimi krokami, poły wystającej spod kurtki koszuli trzepoczą za nim, a ja zastanawiam się, ile razy jeszcze go zobaczę przed wyjazdem z Makau i czy to przypadkiem nie jest ostatni raz. Kobiety niemal biegną za nim, próbując dotrzymać mu kroku, a ich twarze rozpływają się w uśmiechach. Czy mi się to podoba, czy nie, ten człowiek odegrał ważną rolę w mojej chińskiej przygodzie, był istotną częścią trudnego, ale wspaniałego roku, który tu spędziłam. Czuję się, jakbym zatoczyła pełne koło. Od tamtej nocy w „Aurorze", poprzez naukę pieczenia makaroników, moje szalone romantyczne fantazje, aż do odkrycia, że, koniec końców, kocham mojego własnego męża. Teraz Léon przyprowadza inne osoby do mojej kawiarni, do mojej „Liliany", i oferuje im moje słynne makaroniki! Uśmiecham się do siebie szeroko.

– Nie lubię tego gościa – stwierdza ponuro Gigi, ściągając brwi i z podejrzliwością patrząc na mój uśmiech.

– Wiem, Gigi – śmieję się. – Wiem. – Nie musisz się już o mnie martwić, mam ochotę dodać. Szkoda, że nie wykorzystała tego namierzającego nieodpowiednich facetów radaru w swoim własnym życiu, myślę złośliwie.

Kiedy tłumek znika z pola widzenia, wkładam Faith z powrotem do wózka, bo zasnęła głęboko z ciężką główką opartą o moje ramię. Gigi idzie do kuchni i wraca z ułożonymi na talerzu czterema makaronikami. Są pomarańczowo-brązowe, jak jesienne liście, i oprószone złotym pyłem. W kolorze moich włosów, myślę sobie. Gigi całuje Faith w policzek i siada naprzeciw mnie. Ma na sobie skarpetki w paski, jak jej córka, ale sięgają jej do kolan, niemal do nogawek ciemnozielonych szortów, które do nich ubrała. Faith ziewa w wózku.

– Nowe makaroniki? – pytam.

Dziewczyna przytakuje i ściąga gumką włosy w koński ogon.

– Opowiedz mi o nich.

– Mają smak herbaty Orange Pekoe i na wierzchu oprószone są złotym pyłem. – Podnosi jeden, żeby go zademonstrować. – Nadzienie zrobiłam z serka mascarpone. – Przegryza ciasteczko dokładnie w połowie i pokazuje mi jego wnętrze. – A w samym sercu kryje się galaretka z róży.

– Brzmi dobrze. Jak go nazwiemy?

– Nie wiem.

Sięgam i wybieram jeden makaronik. Jego waga, kompozycja i tekstura są idealne. Ciasteczko jest lekkie, symetryczne, obie skorupki dobrze wypieczone i połączone gładkim nadzieniem. Kiwam z aprobatą głową i kładę je na języku. Gigi ma rację – smak róży i pomarańczy zlewają się w moich ustach w wyśmienitą mieszankę. Jest takie, jak Mama: śmiałe i pełne niespodzianek. Gigi naprawdę mi zaimponowała – bardzo dużo się nauczyła. Nie zgodziła się porzucić pracy w „Lilianie" i wrócić do nadzorowania gier karcianych, niezależnie od reakcji, jaką wywoła to w domu. Jest uparta i utalentowana. Już wiem, że ten makaronik sprzeda się na pniu.

Oczy Gigi robią się coraz większe, bo czeka na akceptację. W jej ciemnych źrenicach niemal widzę swoje odbicie, gdy siedzę niczym klientka, a ona obsługuje mnie ubrana w firmowy fartuch. Do głowy wpada mi pewna myśl i zaczyna kiełkować. Kołyszę jej córkę w wózku, popychając go delikatnie stopą.

– Niech no zastanowię się nad nazwą – mówię pomału.

Gigi wydaje z siebie przeciągły jęk, pełen udawanej frustracji.

– Dobrze, ale najpierw powiedz, czy może być.

– Czy może być? – przeciągam pytanie, drażniąc się z nią.

– No i? – Wznosząca się intonacja wskazuje na napięcie.

– Jestem nim zachwycona – mówię. – Jest idealny.

Jej zmęczona twarz rozjaśnia się w uśmiechu. Wzdycha z ulgą, a potem patrzy to na Faith, to na mnie. Przechyla głowę w jedną stronę.

– Grace, jest pewna sprawa, o której od dawna chciałam z tobą porozmawiać – mówi z powagą.

Kiwam głową, spoglądając na Faith. Mała otwiera nagle oczy, ale natychmiast pomalutku je zamyka. Gigi przez chwilę nic nie mówi i bawi się brzegiem swojego fartucha. Jej twarz wydaje się starsza, pozbawiona makijażu sprawia wrażenie zmęczonej, ale wciąż ma ten sam stanowczy wyraz. Przygryza wargę. Mam ochotę ją objąć, ale powstrzymuję się i czekam, co powie.

– Wiesz, kocham ją – szepce.

– Wiem, Gigi.

– Nie spodziewałam się tego.

Nie odpowiadam.

– Wydawało mi się, że ona rujnuje całe moje życie. Wszystkie marzenia, jakie kiedykolwiek miałam. – Przełyka ślinę i trzepocze powiekami. – A teraz myślę o życiu, jakiego chciałabym dla niej. Najlepszego z możliwych. Nie jestem pewna, czy ja… – Jej głos cichnie, a ona wpatruje się w coś ponad moją głową. Zastanawiam się, czy patrzy w mały, oprawiony w ramkę plakat na przeciwległej ścianie. Na tańczące dzieci, iskry i płomienie. Maluchy wyglądają tak, jakby świętowały Nowy Rok. Przypomina mi się Pete, który zachęcał mnie, bym słuchała. Słuchała i była jej przyjaciółką. A potem myślę o Mamie i o tym, jak pierwszy raz w życiu jadłam makaronik, siedząc na łóżku w ten ponury, chłodny poranek w Paryżu. „Od razu zrobi ci się lepiej" – powiedziała. Taka była obietnica Mamy.

– Może napijemy się herbaty i skończymy te makaroniki?

Gigi uśmiecha się łagodnie i kiwa głową.

Marjory ma na sobie ciemną bluzkę w kolorze szlachetnego granatu, z rękawami, które powiewają wokół jej długich rąk lekko, jakby utkane były z nitek babiego lata. Jasne włosy unoszą się na wietrze.

– Fiolet?

– Tak. – Wzrusza ramionami. – Pomyślałam, że przyszedł czas na odrobinę koloru.

– Podoba mi się.

Uśmiecha się do mnie i rozgląda po wnętrzu kawiarni. Krzesła są poustawiane do góry nogami na stołach, w kuchni jest już ciemno.

– Na kogo czekamy?

– Rilla przebiera się na zapleczu. Pete ma po drodze zabrać Dona, ale spotkamy się na miejscu. Czekamy na Gigi i Faith.

– Gigi zabiera Faith?

– Nie martw się, tam będzie mnóstwo dzieci. Byłam tam o tej porze rok temu. Stanę z nią z tyłu, z dala od… – Powraca do mnie wspomnienie młodej kobiety ubranej w bluzę w gwiazdki.

– Z dala od dymu – kończy za mnie Rilla. Ma na sobie lekką letnią sukienkę z krótkimi rękawami. Sukienka jest kwiecista, a Rilla dobrała do niej sandały w odcieniu jasnego brązu. Teraz nie można mieć wątpliwości, że to dziewczyna. Śmiejąc się z naszych zdziwionych min, obraca się na czarno-białych kafelkach wokół własnej osi, a sukienka unosi się wokół jej obnażonych nóg.

– Coś podobnego! – wykrzykuje Marjory, chwytając Rillę za ręce. Wszystkie chichoczemy, gdy dziewczyna oblewa się rumieńcem i zawstydzona spuszcza w dół głowę. Odzywa się dzwonek przy drzwiach wejściowych.

– Jest i panienka Gigi! – śmieje się Marjory, a my odwracamy się w stronę dziewczyny, która wchodzi z wózkiem, prowadząc za sobą Yok Lan.

Twarz Gigi jest weselsza, niż była przez ostatnie miesiące. Ubrana jest na czerwono, a to kolor, który w Chinach oznacza szczęście i pomyślność. Do bluzki z mandaryńską stójką ubrała dżinsy, włosy ma uczesane na gładko. Rzęsy musnęła markowym ciemnym tuszem. Yok Lan ma na sobie granatową bluzkę w tym samym stylu, a na jej twarzy widać cień makijażu Gigi – ten sam ciemny tusz i odrobinę błyszczyka do ust. Uśmiecha się do nas radośnie, stojąc z jedną ręką opartą na ramieniu wnuczki, a drugą – na lasce. Niebo na zewnątrz błyszczy już od świateł i snującego się nisko dymu, który w świetle sypiących się iskier przybiera zielony, czerwony, żółty lub pomarańczowy kolor.

– Idziemy?

Po przybyciu na miejsce Gigi podaje mi Faith, a ja rozbijam obóz w punkcie oddalonym od miejsca głównych wydarzeń, żeby odsunąć się nieco od najgłośniejszych wybuchów i dymu. Mam ze sobą składane krzesełka, wózek Faith, torbę z pieluchami, butelki z mlekiem i przekąski dla nas wszystkich. Siadam i kładę sobie na kolanach Faith zawiniętą w kokon niczym larwa motyla. Naciągam jej czapeczkę głęboko na uszy. Mała patrzy w górę i z zapałem ssie mój mały palec. Uśmiechnięta Yok Lan siada tuż obok, dzierżąc w dłoniach termos z herbatą. Gigi chichocze jak mała dziewczynka na widok wielkiej torby z fajerwerkami, którą taszczy ze sobą Marjory. Oczy Marjory błyszczą figlarnie. Zdaje się nie zwracać uwagi albo po prostu nie zauważa sporej ciemnoszarej smugi na ramieniu i mniejszej pod brodą. Rilla rzuca się do pomocy i obie, wśród wybuchów śmiechu, pokrywają się sadzą.

Pierwszych kilka prób kończy się fiaskiem. Sztuczne ognie po odpaleniu skwierczą żałośnie albo wpadają do wody, zamiast wzbić się do nieba. Wszyscy śmiejemy się z tych nieudanych prób. Gigi klaszcze w dłonie, dodając odwagi Marjory, która stoi w napięciu nad racą, z językiem utkwionym w kąciku ust. Rilla chichocze, przyciskając ręce do twarzy. Lont rakiety jest odpalony, jak ogon wije się i iskrzy.

– Odsuńcie się! – wykrzykuję nerwowo, tuląc Faith do piersi. Mała lgnie do ciepła mojego ciała. Wszyscy robią dwa kroki do tyłu ze wzrokiem wbitym w rakietę. Płomień dociera do celu, więc wstrzymujemy oddech. Nocne powietrze przeszywa świst, przypominający odgłos czajnika, w którym gotuje się woda...

Ziuuu! Rakieta wylatuje w kierunku ciemnego nieba, przebijając się przez kłęby dymu i mgły. Jej świst słychać teraz słabiej. Podnoszę się, przyciskając do siebie Faith i ochraniając jej małą główkę dłonią. Gigi, Rilla i Marjory zadzierają głowy do góry, patrzą w niebo, a usta mają otwarte na kształt wielkiego „O". Nastaje moment ciszy, a potem...

Bum!!!

Następuje eksplozja oślepiającego światła, potoki iskier w kolorze szampana spływają z góry, jakby z nieba padał złoty deszcz. Rilla podskakuje do góry, Marjory przybija piątkę z Gigi, która głośno wiwatuje. Ja też wybucham śmiechem. Dziewczyny wykonują teraz spontaniczny dziki taniec wokół naszej wyrzutni rakietowej. Tyle w nich radości, pasji i nadziei! Mają błoto na butach, sadzę we włosach i promienieją miłością do całego świata. Niemal słyszę wiwatującą Mamę.

Nagle czuję, że wokół talii, pod węzełkiem, w którym trzymam Faith, oplatają mnie czyjeś silne ramiona. Czuję ciepło na szyi i delikatny pocałunek. Opieram głowę w miejscu pomiędzy jego brodą i tułowiem. To moje miejsce. Kocyk zsuwa się z twarzy Faith, więc patrzymy na małą, która mruga do nas intensywnie brązowymi oczyma, niewinnymi i czystymi jak łza.

– Szczęśliwego Nowego Roku, Grace – mówi szeptem Pete.

Epilog

Wyglądam na oblane żółtym światłem podwórko otoczone niskim płotkiem z palików, które domagają się świeżego malowania. O płot oparty jest trzykołowy rowerek. Światło ma barwę dojrzałej cytryny, a jakiś ptak o piórach we wszystkich barwach tęczy, głośno skrzecząc, wyśpiewuje nam piosenkę na dobranoc. Powietrze pachnie Australią – eukaliptusami, upałem, karmelem i węglem drzewnym z rozpalonego przez kogoś grilla. Przed sobą mam biurko przykryte fakturami, pocztówkami, dokumentami podróży, fotografiami nowego szyldu „Liliany" ze stojącą pod nim Gigi czy wycinkiem prasowym ze zdjęciem Marjory w otoczeniu zakonnic, ustawionych w rządku jak stadko uśmiechniętych pingwinów. W domu panuje nadzwyczajna cisza i czuję, jak spokój rozlewa się w moim ciele. Wzdycham. Nie dalej jak ostatniej nocy, gdy leżeliśmy obok siebie w ciepłym mroku, Pete wyszeptał: „To dobre życie, prawda, Grace?", a ja przytaknęłam i skuliłam się u jego boku jak koala w swojej torbie. To dobre słodkie życie, nie mam co do tego wątpliwości.

Wdycham wilgotne powietrze i zapadam się głębiej w fotel, który wydaje z siebie drewniane stęknięcie. Gdzieś w tym bałaganie powinien być notatnik. Wyławiam go i wyciągam pióro z puszki po herbacie jaśminowej, która teraz służy jako stojak na długopisy. Pisząc, wyobrażam sobie jej twarz. Świeżą, pozbawioną ciężkiego makijażu, który kiedyś nakładała. Wciąż ma ten sam wyzywający podbródek, który teraz nadaje jej buzi wyraz raczej pewności siebie niż buntu. Skóra wokół oczu jest trochę zmęczona – w końcu jest już nieco starsza – ale delikatne linie pierwszych zmarszczek biegną na zewnątrz i do góry, bo powstały od śmiechu. Nie wywraca już teraz oczami, ciemnymi i czystymi, które zdają się przenikać patrzącego na wskroś. Widać w nich jej prawdziwą, szlachetną naturę.

Kochana Gigi,
jak się masz?

Przesyłam Ci kilka rysunków do zawieszenia w mieszkaniu. Jesteśmy na nich Ty i ja, różowe niebo (jak zwykle!) i popijająca herbatę Yok Lan. Dowiedziałam się, że pozostałe rysunki przedstawiają ciastka.

Przyglądałam się przed chwilą bałaganowi na swoim biurku i myślałam o wszystkich sprawach, o których zapominam powiedzieć, kiedy rozmawiamy – mała tak bardzo nas absorbuje. Czy mówiłam ci na przykład, że zarezerwowaliśmy już lot na chiński Nowy Rok? Zostaniemy co najmniej cztery tygodnie, ale być może uda mi się przedłużyć pobyt, jeśli nie będę miała żadnych pilnych zleceń. Powiedz Yok Lan, że przywieziemy te czekoladowe ciasteczka, które tak uwielbia. I to tyle, ile uda mi się upchać do walizki. Mam nadzieję, że znajdziecie dla nich miejsce w kuchennych szafkach.

Interes kręci się tu nieprawdopodobnie, Gigi. Na początku nie byłam pewna, czy się uda, bo musiałam pogodzić pracę z lekcjami pływania, wyprawami na plac zabaw i tym podobnymi atrakcjami, ale wszystko się poukładało. W końcu to tylko ciasteczka, chociaż trzeba im poświęcić niemało czasu, zwłaszcza że niektórzy domownicy wyjadają mi polewę albo malują po ścianach palcem unurzanym w surowym cieście. Mam zamówienie z okazji otwarcia nowej rosyjskiej restauracji na Brunswick Street. Myślę, że przygotuję makaroniki o smaku ciemnej czekolady z nasączonym wiśniówką ganache i posypię je drobnymi złotymi gwiazdkami, których użyłam na weselu państwa Lam.

Dostałam artykuł o Marjory i wręczanej w Makau Nagrodzie Dobrego Samarytanina – Don go przysłał. Prawda, że ona wygląda jak modelka? Widać tylko białe zęby i nogi do samej szyi. Musisz jej powiedzieć, żeby przestała zakładać takie krótkie spódniczki, kiedy się fotografuje z zakonnicami – przysięgam, że to najseksowniejsza Matka Teresa, jaką kiedykolwiek widziałam. Wyobrażam sobie, że podekscytowana i zawstydzona Rilla stoi gdzieś z boku albo chowa się za którąś rośliną w doniczce. We dwójkę po kolei zmieniają świat, dziewczynę za dziewczyną. Kiedy przyjadę, chcę koniecznie zobaczyć nową siedzibę fundacji. Może przygotujemy drobny firmowy bankiet? Pozdrów je ode mnie, proszę i powiedz, że niebawem się zobaczymy.

Już niedługo będziemy obchodzić kolejne urodziny. Nie mogę w to uwierzyć. A Ty? Minęły pełne cztery lata od dnia, w którym Rilla podniosła słuchawkę i powiedziała, że urodziłaś dziewczynkę. Dech mi zapiera, gdy pomyślę, jak duża potrafi być czterolatka, bo wciąż mam w pamięci obraz maleńkiego ciemnookiego bobasa z idealnymi usteczkami. Czas tak szybko leci. Nieustannie żałuję, że tak rzadko się widujemy, ale i tak udało nam się to wszystko poukładać, prawda? Pierwszy rok był najtrudniejszy. Nie wiem, kto płakał więcej – Ty, ja czy ona. Płakałyśmy ze smutku, ze szczęścia, z żalu i z potrzeby akceptacji. Moglibyśmy zapełnić łzami deltę Rzeki Perłowej, nie uważasz? Ale, dzięki Bogu, istnieją ciasta i „Liliana". Musiałyśmy się po prostu wszystkie przyzwyczaić do tęsknoty i odzyskać wewnętrzną równowagę. Cieszę się, że nam się udało. I cieszę się, że znów słyszę śmiech w Twoim głosie.

Ona chce wiedzieć, czy dostanie na chiński Nowy Rok „ciasteczka księszcowe". Pamięta je z przedostatniej wizyty – siedziała wtedy na kolanach Yok Lan, która karmiła ją małymi okruszkami, a ona obserwowała w stawie złote rybki. Nie mam serca jej powiedzieć, że te ciasteczka je się tylko podczas Święta Środka Jesieni. Może w ramach rekompensaty przygotujemy specjalny noworoczny makaronik? Powiem Ci, że ostatniej nocy zastanawiałam się nawet nad przepisem. Ale może nie jest odpowiedni dla dziecka? To byłby makaronik o smaku chińskiego liczi z nasączonym szampanem kremem maślanym i ozdobiony fiołkiem w cukrze. Nazywałby się L'Amour et les Amis, czyli Miłość i Przyjaźń. To tylko pomysł.

Muszę iść. Przez okno widzę dwie nadchodzące osoby: małą i dużą. Ktoś chyba dzierży w dłoni balonik. Już nie możemy się doczekać, kiedy się zobaczymy. Tęsknimy za Tobą i mamy nadzieję, że spodobają Ci się rysunki. Myślimy o Tobie każdego dnia, Mamo Gi.

Twoja kochająca rodzina,
Grace, Pete i Faith
X

* * *

Odkładam pióro i kładę list na rysunkach: na namalowanych energiczną kreską kredkami świecowymi kółkach i wymyślnych liniach, które układają się w kształt ciastek i lizaków. Jutro je wyślę. Wstaję i macham ręką przez okno. Pete dostrzega mnie pierwszy. Uśmiecha się szeroko i podnosi rękę. Faith też podnosi na mnie wzrok. Jej ciemne włoski odsuwają się z twarzy i nasze oczy się spotykają. Uśmiecha się od ucha do ucha. Wokół nadgarstka ma przewiązaną wstążkę od balonu. Kiedy puszcza rękę taty i biegnie w kierunku domu, balonik podskakuje nad jej głową. Jej śmiech rozbrzmiewa i niesie się na wietrze, przywodząc na myśl śmiech Gigi. Przyciskam rękę do okna i patrzę na nią. A ona przywołuje mnie głosem pełnym energii i radości:
– Mamo!

Makaroniki

Makaroniki to małe francuskie ciasteczka przyrządzane z drobno mielonych migdałów, białek jaj i cukru. Od wieków oczarowują mieszkańców Paryża i Europy kruchymi słodkimi skorupkami, wypełnionymi kremowym nadzieniem. Są zdecydowanie bardziej eleganckie niż babeczki, delikatniejsze niż tarty i ładniejsze niż zwykłe ciastka. Śliczne, przypominające bezy guziczki wpisują się w jakże francuską tradycję szycia wszystkiego na miarę. Ich tajemnica jest ukryta w zmieniających się smakach, inspirowanych porą roku, nagłym kaprysem albo nastrojem. Najlepiej smakują z filiżanką dobrej herbaty, przy rozmowie pełnej ploteczek i sekretów. To ciasteczka, które mają oddanych wielbicieli i łatwo jest zrozumieć dlaczego: uzależniają od pierwszego kęsa.

Podziękowania

Gorące podziękowania kieruję do cudownej ekipy w wydawnictwie Scribner, w szczególności do Whitney Frick, redaktorki i wielkiej orędowniczki tej książki, za której entuzjazm i zaangażowanie jestem ogromnie wdzięczna. Dziękuję za wsparcie mojej agentce Catherine Drayton i dobrym ludziom w agencji Inkwell. Dziękuję ofiarnemu, niezwykle twórczemu zespołowi Pan Macmillan Australia, który pierwszy dostrzegł potencjał w Grace i Lilianie, i od którego tak wiele się nauczyłam. Dziękuję Brianne Collins za jej wielkoduszność, takt i cenne spostrzeżenia. To dzięki Waszemu wysiłkowi moje marzenie mogło stać się rzeczywistością.

Dziękuję piszącym o jedzeniu autorom i blogerom, których pasja była dla mnie inspiracją i wytchnieniem, zwłaszcza Karen Chong, autorce blogu Mad Baker, i Clotilde Dusoulier z Chocolate & Zucchini. Osobiste podziękowanie kieruję do Anthony'ego Poha, utalentowanego szefa kuchni, za cierpliwe i dogłębne wyjaśnienia.

Dziękuję moim fenomenalnym przyjaciołom, szczególnie tym w Makau, którzy z dala od rodziny stali się moją drugą rodziną, między innymi Gigi Kong, Veron Mok,

Petcie Lewis, Amandzie Quayle, Monice Ellefsen, Kylie i Chrisowi Rogers, Helene Wong, Faith i Paulowi Town, Lucie i Philowi Geappen. Wyrazy wdzięczności dla Deane Lam za przyjaźń i obfitość informacji dotyczących Makau. Za wszelkie pomyłki wyłącznie ja ponoszę odpowiedzialność. Dziękuję mieszkańcom Makau: Fran Thomas, Marjory Vendramini i członkom ILCM, którzy próbują choć trochę naprawić rzeczywistość, za ich służbę i serce. Gorące uściski ślę do przyjaciół w Vancouver, wspierających mnie podczas zmagań edytorskich, a szczególnie do wszystkich „Mam". Nigdy nie zapomnę naszej współpracy i wspólnie spędzonego czasu. *Merci beaucoup* dla Rachelle Delaney i Helene Wong za korektę mojego (okropnego) francuskiego i dla Rii Voros za życzliwe siostrzane wsparcie. Faith i Lucie, dziękuję z serca za Waszą radość i inspirację; Lucie, jesteś wspaniałą muzą.

Podziękowania dla mojego niewiarygodnego *whānau*: Roba, Glena, Grega i Kendalla Tunnicliffe, którzy we mnie wierzyli i z miłością mnie wspierali. *Aroha nui* teraz i zawsze. W sposób szczególny dziękuję mojej Mamie za częste przyloty, opiekę nad dzieckiem, czytanie brudnopisów, bezwarunkową miłość i przywiązanie. Kochamy Cię, Nonna. Dziękuję mojej drugiej rodzinie Ballesty, a szczególnie Paulowi i Wendy, którzy przyjęli mnie z miłością i dodawali otuchy. To wielka radość być częścią Waszego klanu.

I dziękuję moim wspaniałym najbliższym. Wren Lilly, Twoja mama uwielbia Cię z całego serca. Zwykłe dziękuję to za mało, by wyrazić wdzięczność mojemu ukochanemu mężowi i najlepszemu przyjacielowi Matthew Ballesty'emu. W przedziwny sposób dzięki Tobie jestem bardziej sobą. Za to, że we mnie wierzysz, troszczysz się o mnie i podtrzymujesz na duchu aż do ostatniego słowa, bardzo Cię kocham.

Spis treści